W0395360

Harper
Collins

Zum Buch:

„Bitte, nehmen Sie das Auto und gehen Sie", sagt sie. „Ich verspreche Ihnen, ich rufe keine Polizei." Ihre Gedanken rasen, während sie sich zu vergegenwärtigen versucht, wie man sich bei einem Überfall verhalten soll. Was hat sie darüber gehört?

Was ihr einfällt ist ein Gewirr aus Widersprüchen. Wenn du dich wehrst und schreist, riskiert du, ihn zusätzlich zu reizen. Falls sich die Gelegenheit bietet, dann wehr dich, dadurch steigen die Chancen, unverletzt fliehen zu können. Tu alles, was er sagt und beschwichtige ihn, es erhöht die Wahrscheinlichkeit, ungeschoren davonzukommen. Falls du dich ergibst, erhöht sich die Wahrscheinlichkeit, dass er dir etwas antut.

Zum Autor:

Max Manning arbeitete als Journalist bei einer großen Tageszeitung. Er begann seine Karriere als Regionalreporter und wechselte schließlich in die traditionsreiche Londoner Fleet Street, wo er für verschiedene Blätter tätig war – die letzten sechzehn Jahre als Schlussredakteur für den Daily Telegraph.

Lieferbare Titel:

Böse Bilder

Max Manning

Böse Opfer

Thriller

Aus dem Englischen von
Joannis Stefanidis

Harper
Collins

HarperCollins®

FSC
MIX
Papier
FSC® C014496

1. Auflage: Dezember 2019
Deutsche Erstausgabe

Umschlaggestaltung: zero-media.net, München
Umschlagabbildung: Lyn Randle / Trevillion Images
Satz: GGP Media GmbH, Pößneck
Printed in Germany
Dieses Buch wurde auf FSC®-zertifiziertem Papier gedruckt.
ISBN 978-3-95967-356-3

www.harpercollins.de

Werden Sie Fan von HarperCollins Germany auf Facebook!

Für Albert und Sean

1

Der Gefahreninstinkt ... ein Ziehen im Bauch ... eine innere Stimme, die »Pass auf« flüstert.

Die feinen Härchen an Gem Goldings Unterarmen kribbeln, während sie das Tempo drosselt und von der Hauptstraße abbiegt. Hinter dem Beifahrerfenster ziehen mit Graffitis übersäte Mauern vorbei, dann ein verbarrikadierter Imbiss. Die Straße wirkt heruntergekommener als beim letzten Mal. *Vielleicht wegen der Dunkelheit*, überlegt sie.

Sie fährt langsam auf den spärlich beleuchteten Parkplatz, kommt zum Stehen und schaltet den Motor aus. Das einzige andere Auto steht dichter am Laden, die Heckscheibe ist zertrümmert. Der Anflug einer unheilvollen Vorahnung bringt Gem beinahe dazu, den Motor wieder anzulassen und weiterzufahren. Doch durch die Glastür des Ladens fällt helles Neonlicht, und der Anblick einer mittelalten Frau und zweier Jugendlicher in Hoodies, die zu dritt an der Kasse anstehen, beruhigt sie wieder.

Sie steigt aus und will den Wagen verriegeln, als plötzlich ihr Handy klingelt. Sie hält inne und fischt es aus ihrer Handtasche. Sie muss nicht nachschauen, um zu wissen, wer der Anrufer ist.

»Wo bist du?«, fragt Drew. »Ich dachte, du wärst längst zu Hause.«

Seine Sorge ist anrührend und sie lächelt leicht. »Tut mir leid. Mir ist etwas dazwischengekommen. Du weißt ja, wie es ist. In zwanzig Minuten bin ich da. Ich besorge nur schnell noch Schmerztabletten.«

»Die Kopfschmerzen sind nicht weg?«

»Im Gegenteil. Sind schlimmer geworden.«

»Du arbeitest einfach zu viel«, sagt er. »Du weißt, dass das nicht nötig ist.« Gem hört die Missbilligung in seiner Stimme. »Fahr vorsichtig«, sagt er.

»Tu ich immer«, entgegnet sie und legt auf. Sie schiebt das Handy wieder in die Handtasche. Aus dem Augenwinkel bemerkt sie eine Bewegung und fährt herum. Der Mann ist bestimmt zehn Zentimeter größer als sie und marschiert, ohne seine Schritte zu verlangsamen, auf sie zu. Etwas Beunruhigendes liegt in seinen Bewegungen. Jeder seiner Schritte hat etwas Bedrohliches.

»Hübschen Wagen haben Sie da«, sagt er und nickt knapp.

Er rauscht unbeirrt auf sie zu, bleibt erst direkt vor ihr stehen. Er ist zu nahe. Viel zu nahe. Gem versucht, um ihn herumzugehen. Er macht einen Schritt zur Seite, versperrt ihr den Weg.

»Was zum Teufel machen Sie da?«, empört sie sich und weicht zur Fahrertür zurück.

Er beantwortet ihre Frage nicht, verzieht nur die Lippen zu einem höhnischen Lächeln. Verwirrt fragt Gem sich, ob er sie vielleicht verwechselt.

Erneut versucht sie, um ihn herumzugehen, und wieder versperrt er ihr den Weg. Diesmal spürt sie Panik in sich aufsteigen. »Ich treffe gleich meinen Freund. Er ist jeden Moment hier.«

Ohne auf ihre Äußerung zu reagieren, tritt der Fremde noch dichter an sie heran und lehnt die Arme zu beiden Seiten ihres Körpers gegen das Wagendach, sodass sie eingeklemmt in der Falle sitzt. Gems Herz beginnt zu rasen. Sie will wütend werden und Kraft daraus ziehen, aber sie spürt nur kalte Angst. Mit beiden Händen hält sie ihm ihre Handtasche hin.

»Hier, nehmen Sie. Geld und Handy.«

Er sagt nichts, schlägt ihr die Tasche mit einer kurzen Bewegung aus den Händen; sie fällt zu Boden, der Inhalt quillt auf den Beton. Sein Schweigen ist furchterregend. Er steht so dicht vor ihr, dass Gem den Bartschatten an seinem Kinn sieht, seinen Atem im Gesicht spürt. Schweißrinnsale laufen ihr über den Rücken. Sie hebt die Hände, um ihn wegzuschieben, drückt ihre Fingerspitzen gegen seine Brust. Sein Lächeln verwandelt sich in ein anzügliches Grinsen.

»Was wollen Sie?«, fragt sie. Ihre Stimme klingt anders. Zu hoch und zittrig.

»Was glaubst du denn, was ich will?«

Gem drückt stärker gegen ihn, schiebt ihn einen halben Schritt zurück. »Lassen Sie mich in Ruhe.«

Das Grinsen erlischt. Er packt ihre Handgelenke und drückt sie gegen das Auto. Über seine Schulter hinweg sieht sie die beiden Jugendlichen aus dem Laden treten, jeder mit einem Sechserpack Bier.

Bevor sie um Hilfe rufen kann, legt er ihr blitzschnell seine rechte Hand auf den Mund und presst den linken Unterarm gegen ihre Kehle. Gleichzeitig drückt er sich an sie, sodass es aus der Ferne aussieht, als wären sie ein knutschendes Liebespaar.

Während die Jugendlichen zur Parkplatzausfahrt hinüberschlendern, schauen sie kichernd herüber.

Der Mann legt seinen Mund an Gems Ohr. »Sei still. Tu, was ich dir sage, dann geschieht dir nichts. Ich will nur das Auto.«

Er zieht die Hand weg und sie saugt die kühle Abendluft ein. Erneut packt er ihre Handgelenke und verdreht ihr die Haut. Sie presst die Zähne zusammen, um nicht laut aufzuschreien. Das Herz hämmert ihr gegen den Brustkorb, ihre Gedanken überschlagen sich. *Soll er den Wagen ruhig nehmen. Es ist nur ein Auto.* Sie hält noch den Zündschlüssel in der Hand. Sie hebt ihn hoch. »Nehmen Sie und verschwinden Sie«, sagt sie. »Es ist mir egal. Lassen Sie mich los.«

Er reißt ihr den Schlüssel aus der Hand und steckt ihn in die Jackentasche. Wegen eines Autos würde sie nie im Leben riskieren, verletzt zu werden. Ungestraft davonkommen lassen wird sie den Kerl aber nicht. Auf keinen Fall. Sie wird dafür sorgen, dass er erwischt und bestraft wird.

Wenn die Polizei sie um eine Täterbeschreibung bittet, wird sie vorbereitet sein. Er muss mindestens eins fünfundachtzig sein. Seine Mütze sitzt so tief, dass man keine Haare sieht, aber seine Augenbrauen sehen schwarz oder braun aus. Seine Nase ist gerade, sein Kinn markant, aber seine Augenfarbe kann sie in der Dunkelheit nicht erkennen. Unter seiner offenen schwarzen Jacke trägt er ein weißes T-Shirt.

Er lässt ihr Handgelenk los, umfasst ihre Finger und drückt so fest zu, dass sie aufschreit. »Sieh mich nicht an«, zischt er. »Und ich hab gesagt, du sollst still sein. Ich hab ein Messer. Bring mich nicht dazu, es zu benutzen.«

Gem muss schlucken. Er hat ein Messer. Sie senkt den Blick und hält am Boden verzweifelt nach ihrem Handy Ausschau. Sie entdeckt es, hinter ihm, neben einer Ein-Pfund-Münze und ihrem Lippenstift.

»Bitte, nehmen Sie das Auto und gehen Sie«, sagt sie. »Ich verspreche Ihnen, ich rufe keine Polizei.« Ihre Gedanken rasen, während sie sich zu vergegenwärtigen versucht, wie man sich bei einem Überfall verhalten soll. Was hat sie darüber gehört?

Was ihr einfällt, ist ein Gewirr aus Widersprüchen. *Wenn du dich wehrst und schreist, riskierst du, ihn zusätzlich zu reizen. Falls sich die Gelegenheit bietet, dann wehr dich, dadurch steigen die Chancen, unverletzt fliehen zu können. Tu alles, was er sagt, und beschwichtige ihn, es erhöht die Wahrscheinlichkeit, ungeschoren davonzukommen. Falls du dich ergibst, erhöht sich die Wahrscheinlichkeit, dass er dir etwas antut.*

Sie lehnt sich gegen die Wagentür zurück und rammt ihm mit aller Kraft die Hände gegen die Brust. Er ist überrascht und gerät leicht ins Taumeln. Vielleicht haut er ja ab, denkt sie in einem Anflug banger Hoffnung.

»Du Miststück«, flüstert er und stößt sie so heftig zurück, dass ihr Kopf gegen das Wagendach schlägt.

Das war bescheuert von mir, denkt sie. *Hör auf mit dem Unsinn. Tu, was er sagt. Lass ihn gewinnen. Dann verschwindet er.* Mit einer gewaltigen Willensanstrengung gelingt es ihr, ihren Körper zu entspannen und sich vollständig erschlaffen zu lassen; sie wirkt jetzt völlig hilflos. Jetzt hat er keinen Grund mehr, wütend auf sie zu sein. Er hat gewonnen. Er muss keinen Gedanken mehr daran verschwenden, ihr etwas anzutun.

2

Er spürt, wie ihre Gegenwehr schwindet, und lächelt leicht. Er weiß, dass er längst hinterm Steuer des Wagens sitzen und unterwegs sein sollte, aber er hat zu viel Spaß. Der Parkplatz ist dunkel und verlassen, doch er schaut trotzdem kurz über die Schulter, ehe er die Frau um die Motorhaube herum zur Beifahrertür zerrt; dort kann man sie nicht sehen, falls noch jemand aus dem Laden kommt.

Sie lässt sich willenlos von ihm führen, ihre Körpersprache die eines Lammes, das man zur Schlachtbank führt. Es hat ein bisschen gedauert, aber endlich hat sie es kapiert. Er packt ihre Handgelenke fester und wirft einen schnellen Blick auf den Wagen. Der BMW ist schon einige Jahre alt, dürfte aber immer noch gute fünfundzwanzigtausend Pfund wert sein. Eine Ausschlacht-Werkstatt könnte damit mühelos ein hübsches Sümmchen verdienen. Er kennt Leute, die ihm gutes Geld dafür zahlen würden, den BMW in seine Einzelteile zerlegen zu dürfen. Aber das ist nicht der Plan. Nicht heute Abend.

»Sie tun mir weh«, sagt sie. »Sie haben versprochen, mir nicht wehzutun.«

Lächelnd lockert er seinen Griff ein wenig. »Stimmt, das hab ich gesagt.«

Sie wirft ihm einen seltsamen Blick zu, eine Mischung aus Erleichterung und Entsetzen. Er muss fast lachen. Wie kann sie sich so ein Auto leisten? Ein Superjob in der City? Ihr stinkreicher Freund?

Er nimmt an, dass das Leben ihr ausgezeichnete Karten zugespielt hat. Er bekam nur den Joker ab, aber herumalbern tut er schon lange nicht mehr. Menschen wie ihr ist er schon oft begegnet und immer hat er die Ungerechtigkeit des Ganzen gehasst. Wahrscheinlich musste sie nie um etwas kämpfen im

Leben. Wurde nie einer echten Prüfung unterzogen. Das wird sich jetzt ändern.

Er schenkt ihr sein breitestes Lächeln, zwingt sie zurückzulächeln. Sie gibt sich Mühe, doch es wird nur eine Grimasse. Ihre Zähne sind so strahlend weiß, dass sie in der Dunkelheit beinahe leuchten. Sie hat ein symmetrisches herzförmiges Gesicht, ihr dunkles Haar ist schulterlang. Wir sind etwa gleich alt, denkt er. *Würde sie mich auf der Straße eines Blickes würdigen?* Vielleicht, sagt er sich. *In einem anderen Leben würden wir vermutlich gut zusammenpassen.* Die himmelschreiende Ungerechtigkeit des Ganzen bringt sein Blut in Wallung.

3

Gem spürt seinen heißen Atem am Hals. Ob er wirklich ein Messer hat, fragt sie sich. Der Gedanke bereitet ihr eine Gänsehaut. Sie stellt sich die Waffe vor, schwer in seiner Jackentasche. Ein glatter Griff, die Klinge gekrümmt, erpicht darauf, zum Einsatz zu kommen. *Vielleicht behauptet er nur, er habe ein Messer dabei, um mich gefügig zu machen.* Aber ganz gleich, ob Lüge oder nicht, es funktioniert.

Seine Atmung wird schneller und sie spürt eine Berührung am rechten Oberschenkel. Finger schlüpfen in ihren Hosenbund und betasten ihre Haut. Sie riskiert einen Blick auf ihn. Seine Augen sind geschlossen. Ihr Gesicht brennt vor Scham.

Dies darf nicht geschehen, denkt sie. Sie wünschte, sie hätte sich irgendwann einmal die Zeit genommen, um zu überlegen, wie sie sich in einer solchen Situation verhalten würde. Niemand rechnet damit, dass ihm etwas Derartiges widerfährt. Über solche Dinge denkt man ungern nach.

Vielleicht gibt es einen Ausweg. Bring ihn zum Reden. Sprich vernünftig mit ihm. Bestimmt kommt gleich jemand vorbei, der uns sieht und die Polizei ruft.

»Bitte, tun Sie das nicht«, fleht sie. »Sie sagten, Sie wollen das Auto. Sie können es haben. Nehmen Sie es.«

Er löst sich ein wenig von ihr. In ihrem Herzen flammt Hoffnung auf. Dann sprudeln die Worte aus ihr heraus.

»Ich weiß, dass Sie mir nicht wehtun möchten. Warum auch? Sie sehen nicht aus wie ein schlechter Mensch. Bitte, tun Sie mir nichts. Ich bekomme ein Kind. Bitte, tun Sie meinem Baby nichts an.«

Es ist gelogen, aber vielleicht funktioniert es. Sie ist gewillt, alles zu versuchen. Sie ist nicht schwanger, obwohl Drew es gern so hätte. Er wäre so glückselig, falls sie ein Kind erwartete und ihren Job kündigte. Sie hat ihm zu verstehen gegeben, dass sie damit noch warten möchte. Sieben gemeinsame Monate seien einfach eine zu kurze Zeit, um zu wissen, ob es das Richtige sei, sagte sie ihm, worauf er tagelang beleidigt war.

Der Carjacker packt sie am Haar, reißt ihren Kopf zurück und schaut ihr in die Augen. »Ich weiß, dass du lügst«, sagt er leise. »Hältst mich für blöd?« Es war eigentlich keine Frage, sondern eine Feststellung.

»Es stimmt. Über so etwas würde ich nie lügen. Ich bekomme ein Baby. Ich bin in der achten Woche schwanger. Wirklich.« Er schüttelt langsam den Kopf, und sie weiß, dass ihr Bluff nicht funktioniert.

»Du lügst«, sagt er. »Aber weißt du was? Selbst wenn du schwanger wärst, glaubst du, es würde mich kümmern? Glaubst du, es macht irgendeinen Unterschied für mich? Hör zu. Es kümmert mich einen Scheißdreck. Du hältst dich wohl für besonders schlau, was? Mich am Reden halten, bis jemand vorbeikommt und dir hilft. Lass dir was sagen: Es ist dunkel, und um diese Zeit sind in dieser Gegend kaum Leute unterwegs. Es ist zu gefährlich.«

Er zieht fester an ihren Haaren, doch sie zuckt mit keiner Wimper. Ihr Fokus liegt darauf, unbeschadet aus der Sache herauszukommen. Er hat versprochen, ihr nichts zu tun, solange sie seinen Anweisungen folgt. Aber kann man jemandem trauen, der einem mit Gewalt droht? Eher nicht. Falls sie nach ihm schlägt und versucht, ihm die Fingernägel ins Gesicht zu graben, wer weiß, was er dann tut.

Es heißt, man soll immer wachsam sein. Sich in keine Gefahrensituation begeben. Spätabends nicht allein spazieren gehen. Darauf achten, dass man immer genügend Akku im Handy hat und das Auto verriegelt ist. Sie kennt diese Ratschläge von ihren Eltern. Von Drew. Fahr vorsichtig. Pass auf dich auf.

Aber wie sie sich verhalten soll, wenn jemand sie in der Dunkelheit packt und damit droht, sie abzustechen, falls sie sich seinen Anweisungen wiedersetzt – das hat ihr niemand erzählt. Ihre Augen füllen sich mit Tränen, doch sie blinzelt sie weg. Sie weiß, dass Tränen ihr nicht helfen würden. Sie holt tief Luft und versucht noch einmal, vernünftig mit ihm zu reden. »Bitte, nehmen Sie das Auto und lassen Sie mich gehen. Ich werde keine Anzeige erstatten, werde es nicht bei der Versicherung geltend machen. Bitte, das Auto gehört Ihnen. Nehmen Sie es.« Seine Fingernägel bohren sich tiefer in ihre Haut. Sie zuckt zusammen.

»Du überlässt mir dein Auto? Wow, das ist aber nett von dir. Unglaublich.«

Für einen Moment verwirren sie seine Worte, aber dann sieht sie den Ausdruck in seinen Augen. Seine Wut ist kalt. Er ist beherrscht, und das macht ihr mehr Angst als alles andere. Ruckartig zieht er sie heran und stößt sie wieder zurück.

»Ich bin dir ja so dankbar. Was bist du nur für ein netter Mensch.«

»So habe ich es nicht gemeint.«

»Glaubst du etwa, du hättest hier irgendein Mitspracherecht?«, sagt er und speit die Worte aus, als hätten sie einen üblen Geschmack.

Gem schüttelt den Kopf. »Bitte, lassen Sie mich gehen. Sie machen mir Angst.«

»Leute wie du brauchen manchmal ein bisschen Angst.«

Ihre innere Stimme sagt ihr unmissverständlich, dass es an der Zeit ist, so laut und lange wie möglich zu schreien. Sie öffnet den Mund und wirft den Kopf in den Nacken, aber ehe ihrer Kehle ein Laut entspringen kann, liegt eine große Hand fest auf ihren Lippen. Ihr Hinterkopf ist an das Wagendach gepresst und sie spürt seinen an sie gedrückten Körper.

»Du dumme, dumme Frau«, sagt er leise. »Warum tust du nicht, was man dir sagt?«

Mit Entsetzen wird Gem klar, dass dies der Moment ist, den sie so gefürchtet hat. Sie muss eine Entscheidung treffen. Totale Selbstaufgabe, ihn mit ihr tun lassen, was ihm beliebt, und auf das Beste hoffen. Oder sich nicht einschüchtern lassen, einen Weg zur Gegenwehr finden und sich auf das Schlimmste gefasst machen.

4

AUFGEBEN

GEM DAS OPFER

Sie sank leicht in die Knie und atmete langsam durch die Nase aus, ließ sich vollends gegen den Wagen sinken. *Lass ihn spüren, dass du keine Bedrohung darstellst*, sagte sie sich. *Sobald er sich dessen sicher ist, wird er sich wieder beruhigen.*

Er zog seine Hand von ihrem Mund, verschmierte dabei Lippenstift auf ihrer Wange und packte ihr freies Handgelenk. Sie nutzte die Gelegenheit, um etwas zu sagen. »Es tut mir leid. Ich bin in Panik geraten. Ich verspreche Ihnen, ich werde nicht noch einmal zu schreien versuchen.«

Ihr flehender Tonfall hatte die erhoffte Wirkung. Er wich ein Stück von ihr zurück und richtete sich auf. »So ist schon besser«, sagte er. »Warum sollst du es dir auch schwerer als nötig machen?«

Gem schüttelte langsam den Kopf, wollte ihm unbedingt zeigen, dass sie ihm recht gab, dass sie unfassbar dumm gewesen war. »Ich weiß nicht, was über mich kam. Es tut mir wirklich sehr leid.« Sie erhaschte einen weiteren Blick auf sein Gesicht. Der Bartschatten am Kinn zog sich bis zu den Wangen hoch. Seine Augen waren dunkle Schlitze.

»Ich werde jetzt verschwinden«, sagte er.

Die Erleichterung, die sie plötzlich durchflutete, machte ihr weiche Knie, und instinktiv hielt sie sich an seinem Arm fest, um nicht zu Boden zu sinken.

Er grinste. »Ich wette, du wirst mich vermissen.« Sie antwortete nicht und er lachte leise.

Er hielt kurz inne, dann ließ er ihre Handgelenke los. »Leg

dich auf den Boden«, befahl er ihr. »Du bleibst so lange liegen, bis ich weg bin. Sonst benutze ich das hier.« Er zog das Messer aus der Tasche und schnitt mit einer schnellen Handbewegung durch die Luft. Die Klinge schimmerte im Halbdunkel. Er hatte nicht gelogen.

Gem ging langsam in die Hocke, aber dann zögerte sie. Ihr wurde schlecht bei der Vorstellung, sich hinzulegen. Sie wäre ihm total ausgeliefert, andererseits war sie das doch längst, oder etwa nicht?

»Ich sagte hinlegen«, herrschte er sie an. »Runter mit dir. Rühr dich nicht, bis ich weg bin. Sonst hat es Konsequenzen für dich.«

Ihr Blick wanderte zu dem Messer, das locker in seiner rechten Hand lag. Gib ihm keinen Anlass, es zu benutzen, dachte sie. *Tu, was er sagt.* Sobald sie seitlich auf dem kalten harten Beton lag, verschwand er aus ihrem Blickfeld. Sekunden später hörte sie, wie die Wagentür zufiel. Der Motor erwachte zum Leben und Gem schloss die Augen. Abgasgestank stieg ihr in die Nase. Sie lag reglos da, während der BMW an ihr vorbei losrollte und davonbrauste.

Sie rappelte sich auf, Tränen der Erleichtertung strömten ihr über die Wangen. Sie war in Sicherheit. Erst als der Wagen kreischend bremste und im Rückwärtsgang auf sie zuraste, fiel ihr seine Warnung ein: »Rühr dich nicht, bis ich weg bin.«

Ihr Kopf schrie ihren Beinen zu, loszurennen, doch es war zu spät. Der Kotflügel des Wagens streifte ihre linke Seite und schleuderte sie zu Boden. Sie lag rücklings auf dem Beton und starrte zum sternenlosen Abendhimmel auf.

Bei jedem Atemzug flammte in ihrer Brust ein stechender Schmerz auf. Etwas Warmes floss ihr über die Nase und die Lippen. Sie schmeckte Blut. Es lief ihr in den Mund und sie fing an zu husten. Sie versuchte, sich auf die Seite zu drehen, um nicht an ihrem eigenen Blut zu ersticken. Doch sie konnte sich nicht bewegen. Dann wurde alles schwarz.

5

KÄMPFEN

GEM DIE KRIEGERIN

Furcht durchflutete ihren Körper bei dem Gedanken, was sie zu tun im Begriff war, aber sie tat es dennoch. Sie biss ihm mit aller Kraft in den Ringfinger und kleinen Finger, bis sie spürte, wie die Knochen zerbarsten.

Er fauchte wie ein verwundetes Tier und riss die Hand weg, sodass ihre Zähne durch das Fleisch pflügten. Blut sickerte aus der Wunde, und er ließ sie los, um den Blutfluss irgendwie zu stoppen.

Sie fuhr herum, um loszurennen, aber sie war nicht schnell genug. Er stellte das rechte Bein hinter ihr linkes Knie und rang sie zu Boden. Er ignorierte die Schmerzen und drückte sie mit dem rechten Arm nieder; Blut tropfte auf ihre Jacke.

Gleichzeitig steckte er seine gesunde Hand in die Jackentasche. Oh Gott, dachte Gem, *das Messer*. Verzweifelt starrte sie zu ihm auf, erwartete, jeden Moment die Klinge am Hals zu spüren. Fieberhaft warf sie sich unter ihm herum, worauf er den Halt verlor und zur Seite wegrutschte.

Adrenalin flutete durch ihre Venen, ihr Herz hämmerte wie ein Presslufthammer. *Dies geschieht nicht wirklich*, sagte sie sich. *So was kann mir nicht passieren.*

»Runter von mir!«, brüllte sie, während sie ihren Körper verdrehte und ihm mit voller Wucht ihr Knie gegen die Hüfte rammte. Er grunzte überrascht, absorbierte den Schmerz mit einer Grimasse.

Er zog die gesunde Hand wieder aus der Tasche, legte die Finger um ihren Hals und drückte zu. Gem griff seine Hand, versuchte, seine Finger wegzuziehen, und bäumte sich wie wild auf, um ihn von sich abzuwerfen – vergeblich. Das war's, dachte sie. *Er ist zu stark für mich.* Ihr Kopf fühlte sich an, als würde er gleich explodieren. Sie versuchte nicht länger, seine Hand von ihrem Hals zu lösen, sondern langte jetzt nach seinen Augen. Er riss den Kopf zurück, fiel auf die Finte rein. Sie packte seine verletzte Hand und quetschte die zermalmten Finger brutal zusammen.

Er schrie schmerzerfüllt auf und ließ augenblicklich ihren Hals los. Gem rollte sich von ihm weg, nahm ihren Wagenschlüssel und rappelte sich auf, rannte zur Fahrertür, sprang hinters Steuer und betätigte die Zentralverriegelung. Sie versuchte, den Wagenschlüssel in die Zündung zu stecken, doch ihre Hand zitterte so sehr, dass ihr der Schlüssel herunterfiel. Sie beugte sich hinab und tastete fieberhaft den Fußraum ab, bis sie den Schlüssel endlich fand. Als sie sich wieder aufsetzte … stand der Carjacker vor der Motorhaube und starrte sie durch die Windschutzscheibe an.

Gem schaute zum Laden hinüber. Hinter der Glastür blickten ein Mann in braunem Overall und eine Frau, die eine Einkaufstüte hielt, auf den Parkplatz heraus. Der Mann brabbelte aufgeregt in sein Handy, und Gem fragte sich, ob er mit der Polizei sprach. Auf deren Ankunft würde sie auf keinen Fall warten. Sie startete den Motor und fuhr langsam an. Der Carjacker blieb ungerührt stehen und breitete die Arme aus. Blut tropfte aus seiner rechten Hand.

Gem begann, um ihn herumzufahren, aber der Kerl sprang ihr in den Weg. Sie stieg aufs Gaspedal und der Wagen schoss nach vorne. Der Carjacker wich zur Seite aus, doch als sie dann richtig Gas gab, sprang er plötzlich wieder zurück. Sie riss das Lenkrad herum, konnte ihm aber nicht mehr ausweichen. Es folgte ein dumpfer Knall, dann lag der Mann am Boden.

Gem hielt nicht an, schaute nicht zurück.

6

AUFGEBEN

GEM DAS OPFER

Licht drang durch Gems geschlossene Lider, während sie den Geruch nach Desinfektionsmitteln und frisch gewaschenen Bettlaken einatmete.

Noch bevor sie die Augen aufschlug, wusste sie, wo sie war, aber nicht, warum sie hier war. Das Zimmer war klein und stickig. Neben dem Bett piepte ein metallgraues Patientenüberwachungsgerät.

Gems Kopf pochte und ihr rechter Arm, der an ihrer Seite lag, fühlte sich unnatürlich schwer an. Sie versuchte, ihn anzuheben, aber als ihr von der Hand ein scharfer Schmerz in den Ellbogen hinaufschoss, hielt sie inne und stöhnte auf. Der Schmerz lichtete etwas von dem Nebel in ihrem Hirn; aus dem Dunkel heraus manifestierte sich eine Abfolge von Bildern: ein großer, bedrohlicher Mann. Eine Messerklinge. Die Rücklichter eines Autos, das auf sie zuraste.

Die Tür ging auf und Drew kam herein. Sein sorgenvolles Gesicht hellte sich auf, als er sah, dass sie wach war. »Gott sei Dank«, sagte er, als er an ihr Bett trat und lächelnd auf sie herabblickte. »Blöde Frage, ich weiß, aber … Wie fühlst du dich?«

Seine Gegenwart und die aufrichtige Besorgnis in seiner Stimme hoben Gems Laune. »Du hast recht. Ist wirklich eine blöde Frage«, antwortete sie, ihre Kehle trocken, ihre Stimme zittrig. »Ging mir schon mal besser. Wie sehe ich aus?«

Drew beugte sich zu ihr herab und küsste sie zärtlich auf die Lippen. »Schön wie immer. Das Outfit ist nicht ganz so toll, aber selbst das kann deiner Schönheit nichts anhaben.«

»Für einen Rechtsanwalt bist du ein schrecklich schlechter Lügner.«

Drew schüttelte den Kopf. »Was zum Himmel ist passiert? Als ich dich anrief, war doch noch alles in Ordnung.«

Gem nahm sich einen Moment Zeit, um ihre Gedanken zu ordnen. »Ich hatte gehofft, *du* würdest mir das erzählen können. Im Augenblick ist noch alles ziemlich verschwommen. Ich weiß nicht mal, in welchem Krankenhaus ich liege.«

Drew strich ihr eine Haarsträhne aus der Stirn. »Im Newham General. Ist keine Überraschung, dass du noch ein bisschen durcheinander bist, Darling. Du hast eine üble Wunde seitlich am Kopf. Du warst im Tiefschlaf, seit du gestern Abend eingeliefert wurdest.«

»Warst du die ganze Nacht hier?«

»Direkt neben dir.«

Gem schloss die Augen. Ihr erschien das Bild eines großen Mannes, der eine Wollmütze trug, und im selben Moment begann das Überwachungsgerät in schneller Folge zu piepen. »Er hat mein Auto gestohlen. Ich hatte solche Angst.«

Drew legte ihr eine Hand auf die Schulter. »Du bist jetzt in Sicherheit. Das Auto spielt keine Rolle. Hauptsache, du wirst wieder gesund. Das ist das Einzige, was zählt. Dein Arm ist gebrochen. Ein glatter Bruch knapp über deinem Handgelenk. Er ist eingegipst.« Er machte einen Schritt zur Tür. »Ich sag der Schwester Bescheid, dass du aufgewacht bist. Die Polizei ist schon ganz versessen, dich vernehmen zu können.«

»Die Polizei?«

»Natürlich. Sie haben mich telefonisch informiert, dass man dich hier eingeliefert hat. Sie möchten dich zum Hergang befragen. Erzähl ihnen einfach, woran du dich erinnerst.«

Drew schickte sich an, das Zimmer zu verlassen, aber Gem hatte noch eine Frage. »Bist du hier, wenn die Polizei kommt?«

Unbehaglich verlagerte er das Gewicht von einem Bein aufs andere. »Tut mir leid. Ich habe ein Meeting, das ich nicht verpassen darf. Ich war die ganze Nacht hier, Gem. Ich muss duschen und mich umziehen. Du kriegst die Befragung auch ohne mich hin, und ich komme so schnell es geht zurück, versprochen.«

Gem war klar, dass sie es ihm sagen musste. Je eher, desto besser. Es gab keinen Grund, sich zu schämen, und doch tat sie genau das. Sie schämte sich. »Er hat mich angefasst«, sagte sie, ihre Stimme kaum mehr als ein Flüstern. »Hat sich an mich gepresst. Ich konnte es nicht verhindern.«

Drew presste die Lippen aufeinander und zog die Augen zusammen. »Hat er dich vergewaltigt?«

»Nein, das nicht. Aber er hat mich angefasst. Mich betatscht.«

»Wie hast du dich verhalten?«

»Er hatte ein Messer. Er hätte mich erstechen können.«

Drew dachte nach, kaute auf der Unterlippe. »Eigentlich wollte ich es jetzt nicht ansprechen, aber ich habe dir schon oft gesagt, dass es mir nicht gefällt, wenn du bis spät in den Abend arbeitest.«

»Ich weiß.«

»Ich habe dir schon hundert Mal gesagt, dass du diesen Job nicht machen musst. Es gefällt mir nicht, wenn du so spät quer durch die Stadt fährst. Wir brauchen das Geld nicht. Such dir einen Job mit regulären Arbeitszeiten.«

Gem wollte widersprechen, ihm sagen, dass sie ihren Job liebte, dass sie hart dafür gearbeitet hatte, um ihre gegenwärtige Position zu erreichen. Aber das alles wusste er, und ihr war nicht nach Streit zumute. »Ich weiß«, sagte sie.

Drew nickte langsam. »Ich hole jetzt die Krankenschwester.«

7

KÄMPFEN

DER DETECTIVE

Detective Inspector Elliot Day beugte sich zum Schreibtisch vor, stützte das Kinn auf seine Faust und sah sich zum dritten Mal die CCTV-Aufnahme der Parkplatzüberwachungskamera an.

Ihm gegenüber wartete Detective Sergeant Cat Shields ungeduldig auf das Ende des Videos.

»Sie werden nichts Neues mehr entdecken, egal, wie oft Sie es sich noch anschauen«, sagte sie. »Es deckt sich mit der Aussage des Opfers. Schade nur, dass der größte Teil der Geschehnisse wegen des Autos vor der Kamera verborgen blieb.«

Day hob die Hand und bat um Ruhe, während er sich auf die Stelle konzentrierte, die er sich noch einmal ganz genau anschauen wollte. Die Bildqualität war schlecht, körnig, doch Days Blick konzentrierte sich auf die dunkel gekleidete Gestalt, die reglos auf dem Asphalt lag, während Gem Golding über den Parkplatz raste. Der rücklings am Boden liegende Mann rollte sich langsam und bedächtig herum, erhob sich auf Hände und Knie und stand auf.

Das Bild war zu verschwommen, um sein Gesicht erkennen zu können, aber seine hochgezogenen Schultern und die Art und Weise, wie er seinen linken Arm vor der Brust hielt, deuteten darauf hin, dass er unter starken Schmerzen litt.

Day lehnte sich auf seinem Stuhl zurück. »Ein forensischer Mediziner soll die Frau untersuchen und die Halsquetschungen fotografieren. Jemand soll bei den Krankenhäusern nach einem Mann fragen, auf den die Täterbeschreibung passt und der mit einer schweren Handverletzung und Aufprallverletzungen in der Notaufnahme aufgetaucht ist.«

Shields nickte, stand auf und blieb an der Tür noch einmal stehen. »Als was betrachten wir das Ganze, Boss? Simpler Raub, bewaffneter Raubüberfall oder versuchter Mord?«

Diese Frage stellte Day sich auch, seit er Gem Goldings Aussage gelesen hatte. »Im Moment sind alle drei denkbar. Wenn wir den Kerl geschnappt haben, werden wir hören, was er zu sagen hat. Sie meint, er hätte ein Messer gehabt und ihr gedroht, es zu benutzen, falls sie nicht tut, was er sagt, und er hätte sie gewürgt. Hätte sie sich nicht so vehement gewehrt, würde sie jetzt vielleicht im Leichenschauhaus liegen und wir würden in einem Mordfall ermitteln.«

Shields lächelte schief. »Sie hat sich aber mehr als nur vehement gewehrt. Sie hat ihn mit ihrem Wagen umgemäht. Sie hätte ihn umbringen können. Eine Frau nach meinem Geschmack.«

Sie wandte sich ab, um zu gehen, hielt aber erneut inne. »Oh, noch eine andere Sache. Der Freund des Opfers, Drew Bentley, macht ziemlichen Wind. Er will wissen, wann er sie endlich nach Hause mitnehmen kann.«

Day machte eine wegwerfende Handbewegung. »Er muss sich gedulden, Catherine. Sie darf das Krankenhaus erst verlassen, wenn unser Arzt sie untersucht hat.«

Shields verzog das Gesicht. »Ich würde es vorziehen, wenn Sie mich Cat nennen – so wie alle anderen auch.«

»Ich bin aber nicht alle anderen, oder? Ich bin Ihr Boss.«

Shields zuckte mit ihren breiten Schultern. »Wie Sie meinen. Tun Sie, was Sie wollen.«

»Mach ich immer«, sagte Day. »Deshalb hat man mich ja hierher versetzt.«

Shields warf ihm einen eigentümlichen Seitenblick zu, ehe sie das Büro verließ, und Day nahm an, dass sie den Grund für seine Strafversetzung kannte oder zumindest eine Version der Geschichte. Polizei-Klatsch verbreitete sich schneller als ein Grippevirus.

Day hatte noch nie mit Shields zusammengearbeitet. Dieser Raubüberfall war sein erster Fall seit seiner Strafversetzung vom Mordermittlungsteam East London zum Criminal Investigation Department in Hackney. Er war aus dem Team so lange verbannt, bis seine Vorgesetzten vielleicht irgendwann einmal beschließen würden, dass er lange genug gebüßt hatte. All die Jahre harter hingebungsvoller Arbeit, um nach oben zu gelangen, waren futsch wegen eines einzigen Fehlers.

Day sah sich die Parkplatz-Aufnahme ein weiteres Mal an; ab und zu stoppte er das Video, um sich Notizen zu machen. Der Täter war zweifellos ein widerlicher Mistkerl, dennoch gab es jede Menge Spielraum für eine robuste Strafverteidigung. Der überwiegende Teil des Vorfalls hatte sich auf der falschen Seite des Autos zugetragen, außerhalb des Sichtfelds der Überwachungskamera. In der Aufnahme schien Gem Golding mit ihm freiwillig hinter das Auto zu gehen. Sie sagte, er hätte sie an den Handgelenken gepackt, doch es ließe sich auch behaupten, dass sie Händchen gehalten hatten.

Das Würgen hatte die Überwachungskamera nicht festgehalten, und obwohl die Frau angab, er hätte behauptet, ein Messer zu haben, hatte er es nicht gezückt. Genau genommen könnte ein cleverer Strafverteidiger – und nach Days Erfahrung waren die meisten von ihnen gerissene Arschlöcher – vorbringen, dass das Gewalttätigste, was man auf der Aufnahme sah, der Moment sei, als Gem Golding den Mann absichtlich anfuhr.

Day hegte keinen Zweifel, dass sie die Wahrheit sagte. Der Carjacker strahlte etwas aus, das Day mit Unbehagen erfüllte; den Bewegungen des Mannes haftete etwas Bösartiges an, und die Szene, als er völlig reglos vor dem Auto stand, war absolut verstörend. Days Bauchgefühl sagte ihm, dass es, falls sie den Kerl nicht schnappten, bald ein weiteres Opfer geben würde, und zwar eines, das keine Aussage mehr machen konnte. Tote reden nicht.

Er sah auf die Uhr. Eigentlich hatte er längst Feierabend, aber die Aussicht, in sein leeres Apartment zurückzukehren, war wenig erbaulich. Er rückte mit dem Stuhl näher an den Computerbildschirm heran und startete die Aufnahme von Neuem.

8

AUFGEBEN

DER SPIELMEISTER

Con Norton lag auf dem Sofa und sah sich grinsend die CCTV-Aufnahme an. Er wusste, dass er der Mann war, der in dem Video zu sehen war, doch niemand sonst würde darauf kommen.

Er nahm die Fernbedienung und stellte den Ton der Nachrichtensendung lauter.

»Die Polizei in Hackney bittet um Zeugenmeldungen, nachdem eine Frau von einem Mann angefahren und verletzt wurde, ehe er mit ihrem Auto verschwand. Das Verbrechen ereignete sich vor dem Shopwise-Laden in der Roman Road in Bow gestern Abend um 22:45 Uhr. Die Polizei bezeichnet den Täter als potenziell gefährlich und rät davon ab, sich ihm zu nähern.«

Lachend streckte Norton sich auf dem Sofa aus und schob die Hände hinter den Kopf. *Potenziell gefährlich. Das ist echt lustig*, dachte er. Potenziell? Sollte das ein Scherz sein? Wenn sie doch nur wüssten, wozu er imstande war.

Die Frau konnte sich glücklich schätzen, noch am Leben zu sein. Er war sicher gewesen, dass sie ihn verstanden hatte. Er hatte sie vor den Konsequenzen gewarnt, falls sie ihm nicht gehorchte. Was hätte er denn anderes tun sollen?

Dass er nachtragend war, ließ sich wahrlich nicht behaupten. Er hatte gesehen, wie sie ihn angeschaut hatte, nachdem sie von dem Gedanken, Widerstand zu leisten, abgerückt war. Es ließ sich nicht leugnen, dass sie eine attraktive Frau war. Da war etwas gewesen, irgendein Funke, oder etwa nicht? Er lag in diesen Dingen selten falsch. Und selbst wenn er ab und zu mal danebenlag, konnte er die Sache meistens geradebiegen – ganz gleich, ob es der jeweiligen Frau passte oder nicht.

Er hatte noch genügend Geld für mindestens zwei Monate. Davon konnte er die Miete und sein Essen bezahlen. Die zweite Rate musste er noch eintreiben, und das könnte sich als knifflig erweisen, aber er würde eine Lösung finden. Das tat er immer.

Er drehte sich auf die Seite, um es etwas bequemer zu haben, doch es war vergebens. Das Sofa war schmutzig und roch muffig, wie der Rest des Rattenlochs auch. Er wohnte seit drei Monaten hier, was mindestens zwei Monate zu lange war. Es war billig, und mit dem Vermieter hatte er ein inoffizielles Mietverhältnis, was hieß, dass es keinen Papierkram gab, aber vielleicht würde er, nachdem alles erledigt war, aus East London fortziehen. Irgendwohin, wo ihn niemand finden würde.

Sein Magen knurrte. Er hatte sich längst für eine Riesenpizza mit Hackfleischsoße entschieden, aber damit würde er bis Sonnenuntergang warten und seinen Hunger solange aushalten müssen. Er wollte sich tagsüber noch nicht nach draußen begeben, außerdem fand er Londons Straßen im Dunkeln viel aufregender.

GEM DAS OPFER

Gem Golding griff nach dem Wasserglas neben ihrem Bett und trank einen Schluck. Nichts vom Frühstücksangebot des Krankenhauses – Haferflocken, Cornflakes, Milch und Mandarinen – hatte ihren Appetit geweckt. Nun aber konnte sie es kaum erwarten, dass es endlich Mittagessen gab.

Wegen der ständigen Unruhe draußen auf der Station – laute Stimmen, eilige Schritte, das Klappern von Rollwagen –

war Gem dankbar, dass Drew darauf bestanden hatte, sie weiter im Einzelzimmer liegen zu lassen.

Sie ließ sich auf das Kissen zurücksinken, schloss die Augen und atmete tief durch. Sie hatte die Hölle durchgemacht. Noch nie zuvor hatte sie so großes Entsetzen verspürt und sie wollte so etwas niemals wieder erleben müssen. Nichtsdestotrotz hatte sie überlebt. Ein bisschen verbeult hier und dort, doch es hätte so viel schlimmer kommen können.

Ein scharfes Klopfen an der Tür riss Gem aus den Gedanken. Sie öffnete die Augen und im nächsten Moment kam eine große kurzhaarige Frau in einem dunklen Anzug herein; ihre Miene war ernst.

Die Frau kam sofort zur Sache. »Ich bin Detective Sergeant Shields. Der Arzt sagt, es gehe Ihnen gut genug, um einige Fragen beantworten zu können. Wäre Ihnen das recht?«

Gem nickte. »Ich fürchte aber, es ist alles noch ein bisschen verschwommen.«

Ein Lächeln machte die Züge der Polizistin weicher. »Keine Sorge. Außer Ihren Verletzungen haben Sie auch einen Schock erlitten, der vermutlich immer noch nachwirkt. Wir führen hier nur eine lockere Unterhaltung. Wir warten, bis es Ihnen besser geht und Sie wieder zu Hause sind, bis wir Ihre formale Aussage zu Protokoll nehmen.«

Gem schob sich in eine Sitzposition hoch und legte den eingegipsten rechten Arm vorsichtig auf den Schoß.

Shields sah einen einzelnen Plastikstuhl neben dem Überwachungsgerät stehen, zog ihn zum Bett heran und setzte sich. »Können Sie mir schildern, warum Sie auf den Parkplatz des Ladens gefahren sind, wo Sie vorher gewesen sind und wo Sie hinwollten?«

Gem überlegte kurz. »Ich war auf dem Heimweg. Ich hatte Überstunden gemacht wegen einer Public-Relations-Kampagne, die längst fertig sein sollte. Ich hatte pochende Kopfschmerzen und wusste, dass wir keine Schmerzmittel zu

Hause hatten. Deshalb hatte ich vor dem Laden geparkt und wollte welche kaufen.«

»Wie hat der Täter sich Ihnen genähert?«

Gems Atmung wurde schneller. »Eigentlich kam er aus dem Nichts. Ich war völlig überrascht, und ehe ich mich versah, hatte er mich schon gepackt. Er war viel stärker als ich.« Der Piepton des Überwachungsgeräts wurde lauter und schneller, während Gem die Erinnerungen überkamen.

Shields streckte die Hand aus und tätschelte Gem an der Schulter. »Alles in Ordnung. Wir haben eine CCTV-Aufnahme von dem Vorfall, aber leider ist der Täter darauf nur verschwommen zu erkennen. Können Sie ihn mir beschreiben?«

Gem wusste, dass sie sich eigens darum bemüht hatte, sich das Äußere des Mannes einzuprägen, aber das einzige, was ihr nun einfiel, war sein kalter, stechender Blick. »Er war größer als ich, fast zehn Zentimeter. Ja, er war groß und hager.«

»Was hat er zu Ihnen gesagt?«

»Dass er ein Messer hat und dass er mir nichts tut, wenn ich seinen Anweisungen folge.«

»Haben Sie das Messer gesehen?«

»Ich glaub schon. Er sagte, ihn interessiere nur das Auto, aber …« Gem verstummte und schaute zur Seite.

»Aber was?«

Gem zuckte mit den Schultern und blickte wortlos ans Fußende.

Shields wechselte das Thema. »Haben Sie an irgendeinem Punkt versucht, sich zu wehren? Oder vernünftig mit ihm zu reden?«

»Ich hatte zu große Angst. Besonders nachdem ich wusste, dass er ein Messer hat. Ich versuchte, mit ihm zu reden, sagte, dass mir der Wagen egal sei. Ich sagte sogar, dass ich schwanger wäre, in der Hoffnung, dass er Mitleid bekommen würde. Es gab nichts, was ich sonst hätte tun können. Ich dachte, wenn ich mich wehre, würde es meine Lage nur verschlimmern. Wie auch immer, es wäre sowieso vergebens gewesen. Finden Sie, ich hätte Widerstand leisten sollen?«

Shields zögerte, dann schüttelte sie den Kopf. »Das kann ich nicht beantworten. In so einer Situation ist es schwierig zu entscheiden, wie man sich verhalten soll. Es gibt kein Richtig oder Falsch. Das muss jeder mit sich selbst ausmachen.«

Gem hörte, was die Polizistin sagte, und vielleicht interpretierte sie deren Worte ein wenig ungerecht, aber irgendwie fühlte sie sich von ihr zu Unrecht verurteilt. Klar, dachte Gem, *ob man sich richtig oder falsch verhalten hat, hängt vom Resultat ab. Wenn man ohne ernsthafte Verletzung davongekommen ist, spielt es keine Rolle, ob man sich gewehrt hat oder nicht.*

Sie hatte überlebt, indem sie alles getan hatte, was der Mann gesagt hatte. Als sie sich ein einziges Mal über seine Anordnungen hinweggesetzt hatte, hatte sie einen Preis dafür gezahlt. Gem fiel ein, wie vehement er darauf bestanden hatte, dass sie am Boden liegen bleiben solle, bis er verschwunden war. Sie hatte das eigenartige Gefühl, während des gesamten Vorfalls auf die Probe gestellt, ja sogar herausgefordert worden zu sein. Ihre Erleichterung, als er losgefahren war, hatte sie unachtsam werden lassen. Sie hatte ihm nicht gehorcht und das hatte er ihr nicht verziehen.

»Ich stand auf, ehe er vom Parkplatz gefahren war«, sagte sie. »Das war mein einziger Fehler. Als Strafe kam er im Rückwärtsgang zurückgerast und fuhr mich an. Hätte ich mich davor irgendwie gewehrt, ihm in irgendeiner Form getrotzt, wer weiß, was dann geschehen wäre. Für mich zählt nur, dass ich am Leben bin und nicht allzu schwer verletzt.«

Shields erhob sich und stellte den Stuhl zurück. »Da haben Sie völlig recht. Sie hatten riesiges Glück. Wie ich höre, werden Sie nachher entlassen. Ruhen Sie sich einige Tage aus, dann reden wir noch einmal und nehmen Ihre Aussage zu Protokoll.«

Gem wartete, bis die Polizistin das Zimmer verlassen hatte, ehe sie ihr Kissen zurechtschob und sich wieder hinlegte. Sie starrte an die Decke und fragte sich, was Detective Shields wirklich von ihr hielt. Sie an meiner Stelle hätte bestimmt ihr Kampftraining ausgepackt und den Kerl zu Klump geprügelt, überlegte Gem.

Gott, sie konnte es kaum erwarten, endlich nach Hause zu kommen und sich ins eigene Bett zu legen. Warum war dies ausgerechnet ihr passiert? Ihr Leben war bislang wunderbar verlaufen. Sie hatte eine tolle Karriere, einen aufmerksamen, liebenden Freund. Sicher, in ihrer Jugend hatte sie schwere Phasen durchgemacht, aber ab dem Moment, als ihr Vater die Familie verlassen hatte, war ihre Mutter fest entschlossen gewesen, dass ihr einziges Kind später in keiner Sozialbauwohnung würde hausen müssen, sondern sich ein besseres Leben aufbauen würde, und genau das hatte Gem getan. Sie betrachtete sich als selbstbewusste, eigenständige Frau. Doch letzten Abend hatte sie sich so hilflos gefühlt. Als Opfer. Diese Sichtweise war ihr völlig fremd. Vielleicht würde sie ihr Leben überdenken müssen, ihr Selbstbild überprüfen. Der Gedanke machte sie wütend, am liebsten hätte sie geschrien. Stattdessen biss sie sich auf die Unterlippe und blinzelte die Tränen fort.

Beinahe hätte sie Detective Shields erzählt, dass der Mann sie betatscht hatte. Aber sie hatte es sich verkniffen, weil Drews Reaktion so negativ gewesen war. Es war offenkundig gewesen, dass er es lieber nicht erfahren hätte und bestimmt nicht wollte, dass andere Leute davon erfuhren. Irgendwann aber musste sie der Polizei davon berichten. Die würde natürlich wissen wollen, warum sie nicht früher damit rausgerückt war, aber schlimme Erinnerungen verdrängt man eben lieber.

Am besten wäre vielleicht, diese bestimmte Erinnerung nie wieder zurückkehren zu lassen, überlegte sie.

9

KÄMPFEN

DER SPIELMEISTER

Norton nahm die Jubilee-Line von Süden nach West Ham, dann die District Line nach Upton Park im traditionellen Herzen des Londoner East End. Die Fahrt dauerte fünfzehn Minuten und bei jedem Ruckeln und Wackeln flammte in seinem Brustkorb ein brennender Schmerz auf.

Obwohl es schon nach dreiundzwanzig Uhr war, war die Bahn rappelvoll, und sein fortwährend schmerzverzerrtes Gesicht und die Art, wie er den angewinkelten Arm krampfhaft an die Brust presste, zogen viele neugierige Blicke auf sich.

Die Polizei hatte ein computergeneriertes Phantombild des Carjackers veröffentlicht, und Norton hatte es vorhin gesehen. Es sah ihm nicht unähnlich, aber er glaubte nicht, dass er etwas zu befürchten hatte. Die Kinnpartie war zu unausgeprägt, die Wangenknochen nicht hoch genug, und die Wollmütze würde er ganz bestimmt nicht mehr tragen.

In einer ausufernden Achtmillionenstadt abzutauchen hatte ihm nie sonderliche Probleme bereitet. Die allgemeine Anonymität erlaubte ihm, Leute zu betrügen, einzuschüchtern und zu manipulieren, ohne Vergeltung fürchten zu müssen. Deshalb liebte Norton London.

Der zwanzigminütige Fußweg zum Newham General Hospital war weniger schmerzhaft als die U-Bahnfahrt. Norton wusste, dass es gefährlich war, in dieser Gegend spätabends zu Fuß unterwegs zu sein. Ebenso wusste er, dass sich nur gewöhnliche Menschen über derartige Dinge Gedanken machten, und er war weit davon entfernt, gewöhnlich zu sein.

Ein paar Jugendliche, die an der Ecke Glen Road herumstanden, verstummten und traten, als er auf sie zuging, brav aus dem Weg, um ihn durchzulassen. Es funktionierte trotz seiner Verletzung: Wenn er wollte, dass Leute sich vor ihm fürchteten, dann taten sie es auch. Es war eine ganz natürliche Fähigkeit, wie Atmen. Er konnte es nicht erklären, körperlich aber beinhaltete es ein Anspannen der Schultermuskeln, einen vorgeschobenen Kopf, langsameres Atmen und einen kalten Blick. Natürlich war es mehr als das, viel mehr: eine spezielle Energie, eine machtvolle Kraft. Sie kontrollierte ihn nicht und er kontrollierte sie ebenso wenig. Die Kraft war er. Er war die Kraft.

Gleichzeitig konnte er bei Bedarf die meisten Menschen – Männer und Frauen gleichermaßen – dazu bringen, ihn zu mögen und ihm zu vertrauen. Norton lächelte in sich hinein. Es war eine seltene Gabe, die er zu seinem Vorteil nutzte.

Er war seit fünfundzwanzig Jahren nicht mehr im Krankenhaus gewesen. Seit dem Tag seiner Geburt. Er erinnerte sich nicht daran, und vermutlich war es besser so. Als er die Notaufnahme des Newham General betrat, schwor er sich augenblicklich, nie wieder ein Krankenhaus zu betreten. Der Ort stank nach Erbrochenem und Desinfektionsmitteln, nach Schweiß und nach Angst.

Die Triage-Schwester, eine schlanke Brünette, schaute hinter ihrem Empfangstresen müde zu ihm auf. »Name?«

Norton wusste, dass die Polizei vermutlich die Krankenhäuser in der Gegend instruiert hatte, auf einen Mann mit Aufprallverletzungen zu achten, auf den seine Beschreibung passte. Er hatte zwei Tage durchgehalten, obwohl jeder Atemzug ihn schmerzhaft daran erinnerte, dass das Miststück sich gewehrt hatte und ihm entkommen war.

Er setzte darauf, dass die Nachtschicht des Krankenhauses zu viel zu tun hatte und zu erschöpft war, um an etwas anderes zu denken als an das Ende ihrer Schicht.

»John Joseph«, sagte er und bedachte die Schwester mit einem Lächeln.

»Was fehlt Ihnen denn, Mr. Joseph?«, fragte sie, während ihre schlanken Finger über die Computertastatur flatterten.

Norton trat näher heran und blickte ihr direkt in die Augen. »Es mag nicht so aussehen, aber es handelt sich um einen Notfall. Ich muss ganz schnell zu einem Arzt.«

Die Schwester zog die Stirn kraus und klimperte mit den Wimpern; unter seinem direkten Blick stieg ihr Farbe in die Wangen.

»Haben Sie starke Schmerzen?«

»Glauben Sie, ich wäre sonst hier?«, zischte Norton.

Die Schwester zuckte zusammen, und er hob schnell die Hand, um sich zu entschuldigen. »Tut mir leid. Ehrlich. Ich weiß, Sie stehen schwer unter Stress in einem Krankenhaus wie diesem, und ich finde, Sie leisten großartige Arbeit. Aber mir geht es wirklich schlecht. Ich habe stechende Schmerzen im Brustkorb. Ich könnte sterben. Ich muss wirklich schnellstmöglich zu einem Ihrer Ärzte.«

Er lächelte erneut, und diesmal lächelte sie zurück, ehe sie seine Symptome eingab. »Nehmen Sie Platz«, sagte sie. »Wir rufen Sie sobald wie möglich auf.«

Norton nickte und ging zum Wartebereich, in dem es wimmelte von fiebrigen, stöhnenden, blutverschmierten Leibern, gebrochenen Männern, Frauen und Kindern, die geduldig darauf warteten, untersucht zu werden. Ihre Schwäche widerte ihn an.

Zwanzig Minuten später lag er auf einem Klinikbett, einen Gurt über den Hüften. »Wie ich höre, glauben Sie, Sie müssten sterben«, sagte der Arzt, ein müdes Lächeln im pausbäckigen Gesicht.

»Ich glaube es nicht, ich weiß es. Wir sterben alle irgendwann.«

Der Arzt sah etwas älter als Norton aus, war aber fünfzehn

Zentimeter kleiner und mindestens dreißig Kilo schwerer als er. »Das ist nur zu wahr«, sagte er. »Aber in Ihrem Fall dürfte es bis dahin noch eine Weile dauern. Patienten übertreiben manchmal ein wenig, um schneller dranzukommen.«

Norton sagte nichts. Er wollte es so schnell wie möglich hinter sich bringen.

»Sie haben schwere Prellungen am rechten Brustkorb. Wie ist das passiert?«

»Ich weiß nicht genau. Ich war betrunken und bin gestürzt, glaub ich. Können wir nicht einfach röntgen und schauen, was los ist?«

Der Arzt legte die Fingerspitzen an den geprellten Bereich. Norton zuckte zurück, gab aber keinen Mucks von sich.

»Röntgen wäre Zeitverschwendung. Wie es aussieht, haben Sie ein, zwei gebrochene Rippen. Das heilt von selbst. Bis dahin können wir nichts tun, außer Ihnen Schmerzmittel mitzugeben.« Der Arzt deutete auf die blutverkrustete Bisswunde an Nortons rechter Hand. »Das sieht aber gar nicht gut aus. Wie ist das passiert?«

Norton stieg vom Bett und zog sein Hemd über. »Mein Hund hat mich gebissen. Zuerst hat es wahnsinnig wehgetan, aber jetzt ist es nicht mehr so schlimm. Normalerweise tat der Köter keiner Fliege was zuleide. Aber dieses eine Mal ist es mit ihm durchgegangen. Ich hab ihn einschläfern lassen.«

Der Arzt hob die Augenbrauen. Ihm konnte man nichts vormachen. »Was auch immer. Falls sich so ein Biss entzündet, kann es ernst werden. Ich gebe Ihnen etwas dagegen.«

Norton stieg in Stratford aus der U-Bahn und bahnte sich auf dem überfüllten Bahnsteig seinen Weg Richtung Ausgang. Vor einer Dreiviertelstunde hatte er das Krankenhaus mit einem Streifen Antibiotika und einer Schachtel Schmerztabletten verlassen. Und die ganze Zeit über hatte er an die Frau gedacht, die ihn gebissen und vorgeführt hatte. Ich wette, sie ist zufrieden mit sich, überlegte er. *Bestimmt glaubt sie, sie sei in Sicherheit.*

Es würde zwei bis drei Wochen dauern, bis seine Rippen halbwegs verheilt waren, und das Antibiotikum würde ihm auf den Magen schlagen. Alles nur ihretwegen. Es ist nicht vorbei, sagte er sich. *Es ist nie vorbei, bis ich gewonnen habe.*

Norton beschleunigte seine Schritte, während er an der Südseite des Queen Elizabeth Olympic Park entlangging, wo die gigantische Silhouette des London Stadium die Skyline dominierte. Jeder Schritt jagte einen Schmerzimpuls in seine Brust und nährte seinen Zorn.

Ihm gebührte Wiedergutmachung ob seines erlittenen Leids, sagte er sich. Der im Vorfeld ausgehandelte Deal hatte weder gebrochene Rippen noch Bisswunden beinhaltet. Es war sein Recht, mehr zu verlangen, und genau das würde er tun.

Norton nickte, während in seinen Gedanken eine Idee Gestalt annahm. Oh ja, mehr Geld würde sein Leid etwas verringern, aber das allein genügte ihm nicht.

Mich hält niemand ungestraft zum Narren. Ausgeschlossen. Der Gedanke an das, was kommen würde, ließ eine warme Welle des Wohlgefühls durch seinen Körper strömen, die ihn für eine Weile sogar seine Rippenschmerzen vergessen ließ.

Gleich war er zu Hause. Er war zutiefst erschöpft und würde sich am liebsten hinlegen, doch das musste warten. Es galt, einen Plan auszuarbeiten.

Norton lächelte. Es ging ihm schon viel besser. Benötigte er diese Medikamente wirklich? Wahrscheinlich nicht. Stell dich dem Schmerz, benutze ihn, sagte er sich. Schmerz ist ein Treibstoff, und er wusste genau, wie man ihn verbrannte.

10

AUFGEBEN

GEM DAS OPFER

»Wir haben Ihr Auto gefunden«, sagte Shields und trat über die Türschwelle in den Flur.

Gem führte die Polizistin und ihren männlichen Kollegen in ein geräumiges Wohnzimmer und bedeutete ihnen, sich zu setzen.

»Das ist Detective Inspector Day«, sagte Shields. »Mein Chef.«

Gem begrüßte Day mit einem Nicken. Er sah nicht viel älter aus als Shields, aber seine dunklen Augenringe deuteten darauf hin, dass er in letzter Zeit wenig Schlaf bekommen hatte.

»Wie geht es Ihnen inzwischen?«, fragte er sie.

»Schon deutlich besser. Es tut gut, wieder zu Hause zu sein, und das hier heilt wunderbar«, antwortete sie und strich ihr dunkles Haar zurück, um ihm die genähte Wunde an ihrer linken Schläfe zu zeigen. »Mir wurde gesagt, dass nur eine ganz kleine Narbe zurückbleibt, die man kaum sehen wird.« Sie deutete auf ihren eingegipsten rechten Arm. »Hiermit muss ich mich aber noch eine Weile herumplagen.«

Die beiden Detectives lächelten und wechselten einen Blick. »Wie meine Kollegin bereits sagte, wurde Ihr BMW gefunden. Aber viel Freude wird er Ihnen nicht mehr bereiten. Er wurde völlig ausgebrannt am Kanal in Hackney Wick entdeckt. Ein verschrumpelter Altmetallhaufen.«

Gem runzelte die Stirn. »Warum zerstört ein Carjacker ein wertvolles Auto?«

Day zuckte mit den Schultern. »Gute Frage. Meistens werden die Autos ausgeschlachtet und in Einzelteilen verkauft. Manchmal geht es dem Carjacker nur um die Aufregung. In Ihrem Fall scheint der Täter ein besonders gewalttätiges Individuum zu sein, dem es weniger um den Wagen ging als darum, Sie zu terrorisieren.«

Gem dachte an den eisernen Griff des Mannes und an seinen heißen Atem an ihrem Hals; sie schauderte. Die Vorstellung, dass er irgendwo dort draußen frei herumlief, entsetzte sie. »Wie stehen die Chancen, dass Sie ihn bald verhaften?«

Day nickte Shields kaum erkennbar zu. »Wir tun unser Bestes«, sagte sie. »Unser Pressebüro bittet die Öffentlichkeit um Hinweise und Zeugenmeldungen. Wir haben Videoaufnahmen vom Täter, aber die Bildqualität ist leider schlecht, kaum verwertbar.« Shields schaute zögerlich zu ihrem Chef hinüber.

Er verdrehte die Augen, und Gem sah ihm an, dass er fand, seine Kollegin solle aufhören, um den heißen Brei herumzureden und endlich zur Sache kommen. »Wir fragen uns natürlich, woran Sie sich noch erinnern können«, sagte er. »Im Krankenhaus sagten Sie ja, Ihre Erinnerung sei noch ziemlich verschwommen. Falls Sie mittlerweile imstande sein sollten, einige Fragen zu beantworten und uns eine Täterbeschreibung zu geben, wäre das großartig.«

Gem wollte ihnen natürlich helfen, ganz klar. Im Moment wünschte sie sich nichts sehnlicher, als den Carjacker hinter Schloss und Riegel zu sehen. Aber sie war sich nicht sicher, ob sie mit der Polizei reden sollte, ohne dass Drew dabei war, und er kam erst in zwei Stunden nach Hause.

Die Vorstellung, die Ereignisse jener Nacht von Neuem durchleben zu müssen, machte sie krank. Ihre Erinnerungen waren in Form lebhafter Flashbacks zurückgekehrt, oft wenn sie im Bett lag und nicht einschlafen konnte. Aber ganz sicher sein, ob diese Schnappschüsse real waren oder lediglich ihrer Einbildung entsprangen, konnte sie sich nicht. Sie schloss die Augen und atmete ein paarmal tief und langsam durch.

»Falls Sie noch nicht soweit sind, warten wir natürlich«, sagte Day. »Dann kommen wir ein anderes Mal her oder wir lassen Sie abholen.«

Gem schüttelte den Kopf und hob ihre zitternde Hand. Es hinauszuzögern war sinnlos, fand sie. Irgendwann musste sie es ohnehin hinter sich bringen, warum also nicht jetzt?

»Ich glaube, an das Meiste kann ich mich erinnern«, sagte sie mit zögerlicher Stimme. »Ich versuche es einfach mal.«

»Wunderbar«, sagte Day. »Aber falls es zu anstrengend wird, sagen Sie etwas, okay?«

Gem nickte.

»Warum haben Sie am späten Abend ausgerechnet vor dem betreffenden Laden gehalten?«

Das hatte Gem sich auch schon viele Male gefragt. Hätten sie doch nur Schmerztabletten zu Hause gehabt. Wäre sie doch nur etwas umsichtiger gewesen. Es war dumm gewesen, zu der späten Stunde in der Gegend zu halten.

»Ich war auf dem Heimweg von einer beruflichen Veranstaltung und hatte schreckliche Kopfschmerzen. Ich wusste, dass wir nichts dagegen zu Hause hatten, und ich hatte in dem Laden schon mal Tabletten gekauft. Allerdings am helllichten Tag.«

»Sie sind aus dem Auto gestiegen, und was ist dann passiert?«

Gem schlug die Hand vor den Mund, die Finger überkreuzt. »Der Parkplatz war leer, aber im Laden sah ich Leute. Er kam aus dem Nichts, aus der Dunkelheit. Ist lächelnd auf mich zumarschiert, als würde er mich kennen. Und ehe ich mich versah, stieß er mich gegen das Auto. Er sagte, er hätte ein Messer und würde mir etwas antun, falls ich nicht tue, was er sagt.«

Die Worte sprudelten aus ihr heraus und Gem geriet beinahe außer Atem.

Day lächelte teilnahmsvoll. »Lassen Sie sich Zeit. Wir haben es nicht eilig.«

Gem nutzte die Gelegenheit, um sich zu sammeln. Die Fragen des Detective zwangen sie dazu, sich Dinge zu vergegenwärtigen, die sie rigoros ausgeblendet hatte. Sie hatte den Vorfall ohne ernste Verletzung überstanden, aber falls sie sich noch einmal in die Situation zurückversetzen lassen könnte, würde sie sich dann anders verhalten? Wahrscheinlich nicht. Zum ersten Mal seit dem Überfall begriff sie, dass die damals getroffene Entscheidung sie verändern würde, dass sie sie bereits verändert hatte. Sie wusste nicht genau, wie, aber sie spürte es.

Day nickte ihr aufmunternd zu. »Er hat Ihnen also gesagt, er hätte ein Messer dabei. Haben Sie es tatsächlich gesehen?«

Gem schloss kurz die Augen, zuckte zusammen, als sie in ihrer Vorstellung das Bild der gekrümmten, in der Dunkelheit aufblitzenden Klinge sah. »Ich glaube, ich habe es gesehen. Ja, ich habe das Messer gesehen. Es hatte eine gekrümmte Klinge und einen schwarzen Griff, glaube ich. Ich hatte entsetzliche Angst und konnte nicht mehr richtig denken und …«

»Das reicht schon, danke«, sagte Day. »Sehr gut. Ausgezeichnet. Was ist mit dem Täter selbst? Können Sie ihn beschreiben?«

Als der Mann sich an sie gepresst und ihr in die Augen geschaut hatte, war Gem überzeugt gewesen, dieses Gesicht und seinen stechenden Blick niemals wieder vergessen zu können. Nun aber hatte sie von ihm kein klares Bild mehr vor Augen, seine Züge waren in ihrer Erinnerung bereits verblasst.

»Er war groß und hager. Sehr kräftig, sodass ich nichts gegen ihn hätte ausrichten können. Mich zu wehren wäre verrückt gewesen. Er trug eine dunkle, tief ins Gesicht gezogene Wollmütze. Von seinem Haar konnte ich nicht viel erkennen, aber ich glaube, es war auch dunkel. Er war rasiert, aber hatte einen Bartschatten. Zur Augenfarbe kann ich nichts sagen, aber er hatte tief liegende Augen. Ich glaube, er sprach mit einem East Londoner Akzent und ich … ach, ich weiß nicht.«

Day schaute zu Shields hinüber und sie schüttelte den Kopf. »Das reicht für den Augenblick«, sagte er. »Falls Ihnen noch etwas einfällt, teilen Sie es uns bitte mit. Sie waren großartig. Sie haben uns sehr geholfen.«

Gem stand am Wohnzimmerfenster und beobachtete, wie die Polizisten ins Auto stiegen und losfuhren. Es gefiel ihr nicht, untätig zu Hause herumzusitzen, aber Drew hatte bei ihr auf der Arbeit Bescheid gegeben, dass es mindestens eine, vielleicht sogar zwei Wochen dauern würde, bis sie zurückkehren würde.

Es hatte sie wütend gemacht. Von früh auf hatte sie ihre eigenen Entscheidungen getroffen. Am Tag vor ihrem neunten Geburtstag hatte sie sich endlich zu der Erkenntnis durchgerungen, dass ihr Vater sie nicht verlassen hatte, weil sie nicht klug oder hübsch genug gewesen wäre. Nein, er war gegangen, weil *er* ein Problem hatte, weil *er* nicht gut genug war. Seitdem war sie immer stolz gewesen auf ihre innere Unabhängigkeit.

Ihr war natürlich klar, dass Drew glaubte, ihr einen Gefallen zu tun, trotzdem hatte sie sich geärgert, als er ihr von seinem Anruf bei ihr im Büro erzählt hatte. Ginge es nach ihm, würde sie überhaupt nicht mehr zur Arbeit zurückkehren.

Gem trottete in die Küche, goss sich ein Glas Leitungswasser ein und schluckte zwei der Schmerztabletten, die man ihr im Krankenhaus mitgegeben hatte. Sie wollte Drew nicht verärgern, aber sie würde auf keinen Fall zwei Wochen lang Däumchen drehen. Sie hatte ihr Auge auf eine Beförderung geworfen, deshalb war es wichtig, so bald wie möglich wieder im Büro zu erscheinen. Sie hatte Drew noch nichts davon erzählt, weil sie wusste, wie er reagieren würde.

Sie liebte ihren Job und wollte nicht, dass er auf den Gedanken kam, zu Hause würde Tag für Tag eine brave Stepford-Frau auf ihn warten. Dazu würde es nicht kommen und das musste er einfach akzeptieren.

DER DETECTIVE

Es waren nur drei Meilen von Gem Goldings Haus in Shoreditch bis zum Revier in Hackney, aber in der Dalston Lane kroch der Verkehr im Schneckentempo voran und um ein Haar wäre Day einfach ausgestiegen und zu Fuß gegangen. Shields fuhr bereits seit über zehn Minuten, trotzdem war das Revier immer noch zwei Meilen entfernt.

Day schaute aus dem Beifahrerfenster auf die gut besuchten Restaurants, Weinbars und Cafés. Im Zuge der Gentrifizierung waren viele georgianische Reihenhäuser abgerissen worden und die Immobilienpreise waren durch die Decke gegangen.

»Wie viel die beiden wohl verdienen? Die Hypothek auf das Haus muss exorbitant sein.«

Shields trat auf die Bremse, als der Verkehr zum Stillstand kam. »Ich schätze, als Public-Relations-Profi verdient sie recht gut und Bentley ist Fachanwalt für Arbeitsrecht. Er zeigt Leuten, die gefeuert wurden, wie sie aus ihrem ehemaligen Arbeitgeber die höchstmögliche Abfindung rauspressen können.«

Day nickte. Nach seiner unfreiwilligen Versetzung hatte er selbst schon erwogen, sich juristischen Beistand zu holen, aber beschlossen, es nicht darauf anzulegen. Er hatte Glück gehabt, im Polizeidienst bleiben zu dürfen, so viel war ihm klar. Der Verkehr setzte sich in Bewegung und Shields legte den Gang ein. Sie sprach nicht weiter über Bentleys Beruf, und während das Schweigen sich hinzog, spürte Day, dass auch sie in Gedanken bei seiner ins Stocken geratenen Karriere war.

»Ich nehme an, Sie wissen, warum ich aus dem Mordermittlungsteam rausgeschmissen wurde?«

Shields warf ihm einen Seitenblick zu. »Ich schätze, jeder Cop in London hat von der Sache gehört. Zumindest eine Variante der Geschichte.«

Day brummte. Er wusste nur zu gut, dass Polizisten geborene Klatschweiber waren. »Wenn Sie mir verraten, was die Leute über mich erzählen, dann verrate ich Ihnen, ob es stimmt. Was halten Sie von dem Angebot?«

Shields schaltete in den nächsten Gang, aber sagte nichts. Day war klar, dass sie ihren neuen Boss bestimmt nicht kränken wollte, gerade weil sie erst seit Kurzem zusammenarbeiteten und noch keine gemeinsame persönliche Grundlage geschaffen hatten.

»Ich würde gern wissen, welche Geschichten über mich kursieren«, sagte er. »Aber keine Sorge. Ich erschieße den Boten nicht. Selbst wenn die Botschaft der letzte Müll ist.«

Shields ließ den Blick auf die Stoßstange des vor ihnen fahrenden Autos gerichtet. »Nun, ähm … Es heißt, Sie hätten einen anderen Detective Ihres Ermittlungsteams angegriffen und ihm gedroht, ihn aus dem Fenster zu werfen.«

Day stieß ein langgezogenes Seufzen aus. »Das ist überraschend zutreffend. Eigentlich trifft es sogar genau ins Schwarze. Aber wissen die Klatschmäuler auch, dass sich das Fenster im zweiten Stock des New Scotland Yard befindet und dass meine Frau mich verlassen und unseren Sohn mitgenommen hatte und bei dem Mistkerl eingezogen war?«

Shields warf ihm einen weiteren Blick zu und schüttelte den Kopf.

»Nun, dann wissen die Klatschmäuler es jetzt.«

11

KÄMPFEN

GEM DIE KRIEGERIN

Gem drehte das Wasser so heiß auf, wie sie gerade noch würde aushalten können, und warf eine Badesalzbombe in die Wanne, rührte mit den Fingerspitzen im Wasser. Sie schloss die Augen und atmete tief durch die Nase ein, während das süßliche Aroma von Orangen und Vanille den Raum erfüllte.

Sie zündete die Kerzen an, die sie im Bad aufgestellt hatte, und stieg ins Wasser, lehnte sich langsam zurück, bis der Schaum ihre Schultern bedeckte. Nach einigen Augenblicken griff sie hinter sich auf dem Wannenrand nach dem Weinglas mit gekühltem Chardonnay und trank einen Schluck.

Als Kind hatte sie einmal pro Woche gebadet. Allerdings immer nur kurz, schnell eingeseift, untergetaucht und fertig. Heute war die Wanne ihr Lieblingsort, um zu entspannen und sich zu verwöhnen, und gerade Letzteres brauchte sie nach alledem, was sie durchgemacht hatte.

Sie hatte bei der Polizei ausgesagt, und ihr und Drew war versichert worden, dass alles Menschenmögliche für die Ergreifung des Carjackers getan werde. Gem nahm einen weiteren Schluck vom Wein. Eigentlich sollte sie stolz darauf sein, sich gegen einen gewalttätigen Verbrecher erfolgreich gewehrt zu haben und unversehrt davongekommen zu sein, doch die ganze Sache wühlte sie zutiefst auf.

Als einziges Kind einer alleinerziehenden Mutter hatte sie keine leichte Kindheit gehabt, aber eine körperliche Bedrohung hatte sie nie erleben müssen, und obwohl ihre Gegenwehr erfolgreich gewesen war, wusste sie nur zu gut, dass es auch ganz anders hätte ausgehen können.

Als sie, vollgepumpt mit Adrenalin, vom Parkplatz gerast war, hatte sie sich nahezu unbesiegbar gefühlt. Das Gefühl hatte nicht lange angehalten. Sie war kein naiver Mensch, aber die kalte Erkenntnis, dass es dort draußen Leute gab, die gewillt waren, ihr etwas anzutun und daran auch noch Spaß hatten, weckte in ihr ein Gefühl der Schutzlosigkeit, das sie noch nie zuvor verspürt hatte.

Aus diesem Grund hatte sie es nicht eilig damit, wieder ins Büro zurückzukehren, was sie überraschte. Sie liebte ihren Job und arbeitete daran, die Karriereleiter zu erklimmen, und eines Tages würde sie vielleicht eine eigene Firma gründen. Aber seit dem Überfall hatte sie nicht die geringste Lust, über die Markteinführung eines neuen Produkts nachzudenken oder die Eröffnung eines neuen Nachtclubs zu promoten.

Gem blickte auf die naheste Kerze, schaute in die flackernde blaugelbe Flamme. Gewaltverbrechen waren in der Stadt weitverbreitet, sexuelle Übergriffe, bewaffnete Raubüberfälle, Messerstechereien. Jeden Tag berichteten die Medien über diese Dinge, aber wie die meisten anderen Leute hätte auch sie sich nie vorstellen können, dass ihr selbst so etwas zustoßen könnte.

Sie holte tief Luft und ließ sich in die Wanne gleiten, bis ihr Kopf unter Wasser war. Nach einigen Sekunden tauchte sie wieder auf und schob sich das nasse Haar hinter die Ohren. An dem Abend hatte sie in einem Sekundenbruchteil entschieden, sich zu wehren. Hatte sie das Richtige getan oder hatte sie einfach nur Glück gehabt? Am meisten Angst machte ihr der Umstand, dass wenn es ihr einmal zustoßen konnte, es auch ein zweites Mal geschehen konnte.

Matt Revell schaltete sein Handy aus und warf es mit einem zufriedenen Grinsen auf den Schreibtisch. Er hatte viel Zeit und Mühe und einen Teil seiner Spesen darauf verwendet, in der Stadt gewisse Polizeikontakte zu kultivieren, und er freute sich diebisch, wenn es sich auszahlte.

Er drehte sich auf seinem Stuhl um und blickte auf die beiden Schreibtischreihen vor ihm. Wie immer war der Redaktionsraum voller Reporter, die entweder in ihre Handys brüllten oder hineinflüsterten, während andere fieberhaft ihre Tastaturen bearbeiteten und konzentriert auf ihre Computerbildschirme starrten.

Mit einigen der Schlagzeilenjäger war er befreundet, mit den anderen pflegte er eine professionelle Beziehung, aber in einem waren all seine Kollegen gleich: Sie waren seine Rivalen. Sie waren fortwährend auf der Jagd nach Geschichten, die an möglichst prominenter Stelle in der Zeitung erscheinen sollten; alle waren sie versessen darauf, ihren Namen über dem Artikel stehen zu sehen.

Die Armen, dachte Revell. *Wenn sie doch nur wüssten.* Eine Story, die garantiert auf der Titelseite erscheinen würde, war ihm soeben in den Schoß gefallen. Er hatte schon die Schlagzeile im Kopf: *Frau ringt Carjacker nieder und überfährt ihn.* Oder vielleicht *Mutiges Opfer wehrt Messermann ab*.

Revell wusste, dass irgendeinem der Redakteure wahrscheinlich noch eine griffigere Schlagzeile einfallen würde, aber letztlich interessierte ihn nur, dass sie seinen Namen richtig buchstabierten.

Er stand auf und ging mit federnden Schritten zum Büro des Chefredakteurs. Der erste Schritt bestand darin, den Mann darüber zu informieren, dass er – Revell – kraft seines brillanten journalistischen Instinkts mal wieder eine heiße Geschichte an Land gezogen hatte. Danach würde er den

Stein ins Rollen bringen, indem er die Pressestelle der Metropolitan Police anrief.

DER DETECTIVE

Day riss seine Tür auf und rief quer durch den Teamraum: »Shields, sofort in mein Büro!«

Er beobachtete, wie sein Detective sich hinter ihrem Schreibtisch erhob, zum Wasserspender schlenderte, in aller Seelenruhe einen Becher füllte, ihn halb austrank und den Rest wegschüttete, ehe sie sich endlich zu seinem Büro begab.

Er hielt ihr die Tür auf, ein reumütiges Lächeln im Gesicht. »Tut mir leid, dass ich so rumschreie«, sagte er. »Aber gerade rief die Pressestelle an, und Sie glauben gar nicht, wie sauer ich bin.«

Shields setzte sich und zog die Augenbrauen hoch. »Was ist passiert?«

»Im Golding-Fall hat es ein Leak gegeben. Irgendein Schmuddelreporter der *Daily News* kennt die ganze Geschichte, wie die Golding sich gegen den Carjacker wehrte und ihn mit dem Auto anfuhr. Ich wette, die Herausgeberin der Zeitung macht sich vor Freude ins Höschen. Gar-nicht-hilflose-Frau nimmt es mit gewalttätigem Angreifer auf und triumphiert. Zeitungen lieben diesen Schwachsinn.«

Shields überlegte kurz. »Die dürfen Goldings Namen nicht veröffentlichen, falls sie Opfer eines sexuellen Übergriffs war.«

Day nickte. »Natürlich nicht, aber wir haben den Fall noch nicht als sexuellen Übergriff klassifiziert.«

»Was denken Sie, Boss?«

Day ging zum Fenster und suchte am grauen Himmel nach einer Antwort. »Unsere Presseleute befürworten eine Zusammenarbeit mit den Medien und eine volle Berichterstattung.

Die Story werde sowieso gebracht, heißt es. Auf diese Weise hätten wir eine gewisse Kontrolle, und vielleicht würde sich ja irgendwer mit Informationen melden.«

»Und was ist Ihre Meinung?«

»Ich glaube, die haben wahrscheinlich recht. Das Phantombild und die kurze Presseveröffentlichung haben nichts gebracht. Ich glaube nicht, dass der Täter aufhören wird. Er wird nicht die Hände heben und beschließen, ab jetzt ein braver Junge zu sein. Früher oder später wird er es wieder tun, und beim nächsten Mal hat das Opfer vielleicht nicht solches Glück.«

Shields schürzte die Lippen. »Ohne Goldings Zustimmung können wir daraus keine große Nachrichtenstory machen, mit Pressekonferenz im Fernsehen und allem Drum und Dran. Es wäre ziemlich viel von ihr verlangt. Ich an ihrer Stelle würde es mir gut überlegen, ob ich mich wirklich derart ins Rampenlicht stellen möchte.«

Day wandte sich vom Fenster ab, ging zurück und setzte sich wieder an den Schreibtisch. »Ich bin mir nicht sicher, ob Sie recht haben, Cat«, sagte er. Die Betonung, die er auf ihren Spitznamen legte, zauberte Shields ein Lächeln aufs Gesicht.

»Sie hat sich gegen den Kerl gewehrt und ihn überwältigt, oder? Es würde mich überraschen, falls sie es ablehnte, sich öffentlich über den Vorfall zu äußern. Ich möchte, dass Sie zu ihr fahren und sie bitten, mit der Presse zu kooperieren. Erklären Sie ihr den möglichen Nutzen einer ausführlichen Berichterstattung und dass es die Chancen erhöhe, den Täter zu schnappen. Mein Gefühl sagt mir, dass sie mitmachen wird.«

12

AUFGEBEN

GEM DAS OPFER

London Field's war einer der Orte, wo Gem am Wochenende gerne spazieren ging, besonders wenn Drew sie begleitete. Der Tag hatte grau in grau begonnen, doch gegen Mittag hatte die Frühlingssonne die Wolken fortgebrannt.

»Der Gips juckt wie verrückt«, sagte sie und deutete mit einer Kopfbewegung auf die Schlinge, in der ihr gebrochenes Handgelenk gestützt wurde. Drew lachte und drückte ihre gesunde Hand. Ihr war aufgefallen, dass er seit dem Überfall besonders aufmerksam war und zeitig von der Arbeit kam, damit sie mehr Zeit miteinander verbringen konnten.

Sie lächelten sich an, während sie an der hohen Mauer entlangschlenderten, die das angesagte Freiluftschwimmbecken umgab; dahinter waren Stimmen, Gelächter und heftiges Rumgeplatsche zu hören.

»Heute Abend koche ich«, sagte Drew und drückte erneut Gems Hand.

»Ich helfe dir. Völlig unbrauchbar bin ich ja nicht.«

»Das brauchst du nicht. Ich möchte dich verwöhnen. Ich habe deinen Lieblingswein gekauft.«

Gem neigte sich zu ihm und gab ihm einen Kuss. Als sie sich von ihm löste, beschloss sie, ins kalte Wasser zu springen und ihm die Neuigkeit mitzuteilen. »Ich glaube, nächste Woche gehe ich wieder arbeiten. Ich weiß, du möchtest, dass ich zwei Wochen zu Hause bleibe, aber das ist mir zu lange.«

Drew sagte nichts, doch Gem spürte, wie sein Griff um ihre Hand fester wurde.

»Zu Hause herumzusitzen macht mich verrückt, und abgesehen von den Unannehmlichkeiten durch den Gips geht es mir gut. Ich kann am Schreibtisch arbeiten und gehe zu keinen Abendveranstaltungen, bis der Gips ab ist.«

Drew blieb weiterhin stumm, aber nach einigen Schritten spürte sie, dass er sich entspannte.

»Wenn du das wirklich möchtest, dann habe ich nichts dagegen«, sagte er. »Nach allem, was geschehen ist, mache ich mir natürlich Sorgen, aber wir dürfen nicht zulassen, dass dieser Scheißkerl, der dich überfallen hat, unser Leben bestimmt, nicht wahr?«

Gem seufzte. Drew versuchte es sich nicht anmerken zu lassen, aber ihm wäre es am liebsten, wenn sie gar nicht mehr arbeitete oder einen weniger fordernden Job annähme. Seine Gründe dafür hatte er ihr nie richtig erklären können. Wenn sie ihn darauf ansprach, antwortete er, dass er sich Sorgen mache, wenn sie spätabends noch unterwegs war, und dass es bei ihm beruflich so gut laufe, dass er bald eine gewaltige Gehaltserhöhung bekommen würde und sie doch eigentlich gar nicht mehr zu arbeiten bräuchte. Und dann begannen sie jedes Mal zu streiten. Gem hatte sich oft schon gefragt, ob seine seltsam altmodischen Ansichten damit zusammenhingen, dass er in einem Heim aufgewachsen war. Er wollte oder konnte über diesen Lebensabschnitt nicht mit ihr reden, doch sie wusste, dass er nie Teil einer Familie gewesen war, nie ein richtiges Zuhause gehabt hatte.

Vielleicht begriff er ja allmählich, dass die Höhe seines Einkommens und seine Meinung über ihre zuweilen beziehungsunfreundlichen Arbeitszeiten sie nie davon abhalten würden, ihr Leben nach ihren eigenen Vorstellungen zu gestalten. Sie würde sich treu bleiben, alles andere kam nicht infrage. Drew wusste ganz genau, wie sehr sie ihren Beruf liebte und wie hart sie dafür gearbeitet hatte, dort hinzugelangen, wo sie heute war. Er würde es schlucken müssen.

»Schön, dass du es so siehst«, sagte sie. »Wenn ich die Beförderung will, muss ich Flagge zeigen, mich voll reinhängen. Ein gebrochenes Handgelenk wird mich nicht stoppen.«

Drew legte seine Arme um sie und drückte sie an sich. »Wenn du glücklich bist, bin ich es auch. Ich bin einfach erleichtert, dass du diese Begegnung mit dem Wahnsinnigen heil überstanden hast und es dir wieder gut geht.«

Hand in Hand spazierten sie über einen Weg, der sie, wie sie wussten, zu einer Wildblumenwiese führen würde. In den vier Tagen seit ihrer Entlassung aus dem Krankenhaus hatten sie noch nicht bis ins letzte Detail über den Vorfall gesprochen. Jedes Mal, wenn sie das Thema aufbrachte, schien Drew etwas Wichtiges erledigen zu müssen. Diesmal aber war er derjenige, der das Thema ansprach, und so nutzte sie die Gelegenheit.

»Sag mir, falls ich falschliege, aber im Krankenhaus hatte ich das Gefühl, dass du es gern gesehen hättest, wenn ich mehr getan hätte …, wenn ich mich irgendwie *gewehrt* hätte.«

Drew wandte sich ihr zu und schaute ihr direkt in die Augen. »Ich war ziemlich aufgewühlt, hatte Angst um dich, das ist alles. Er hat dich überrascht und war bewaffnet. Was hättest du sonst tun sollen? Keine Ahnung, was gewesen wäre, wenn er dich ernsthaft verletzt hätte, oder Schlimmeres. Es spielt keine Rolle, wie du dich verhalten hast. Du bist wohlauf, und das ist das Einzige, was zählt.«

Gem nickte, dankbar dafür, dass er sich ernsthafte Gedanken gemacht hatte. Das Problem war, dass sie tatsächlich das Gefühl hatte, sich gewehrt haben zu sollen. Nicht, dass sie ihr Leben hätte riskieren sollen, nein, das nicht, aber etwas mehr Widerwillen hätte sie durchaus an den Tag legen können. Dann hätte sie jetzt nicht solche Schuldgefühle.

Sie spürte Drews Unbehagen, aber es gab Dinge, die sie ihm erzählen musste. »Glaub mir, ich wollte schreien, ihn treten und beißen. Wirklich. Aber eine Stimme in mir sagte, dass ich aufpassen soll. Ihn nicht wütend machen soll, nicht zu etwas treiben soll, das er gar nicht wollte. Ich fühlte mich so hilflos. Er hatte ein Messer. Ich war starr vor Entsetzen.«

Drew sagte nichts. Er blieb stehen und legte erneut die Arme um sie. Sie vergrub das Gesicht an seiner Brust, aber ihre Augen blieben trocken. Sie war fest entschlossen, nie wieder vor ihrer Angst zu kapitulieren. Nie wieder.

»Am schlimmsten ist, dass dieser Kerl noch immer frei herumläuft«, sagte sie. »Es macht ihn an, Leuten Angst zu einzujagen und sie zu verletzen, ganz einfach.«

DER SPIELMEISTER

Con Norton saß mit angezogenen Beinen im Gras, den Rücken an einen der vielen Bäume gelehnt, die es auf den Grünflächen des Parks gab. Er beobachtete, wie die beiden sich umarmten. Ach, wie romantisch, dachte er. Am liebsten hätte er gekotzt. Obwohl die Dinge vielleicht nicht so waren, wie es schien. Ihm war völlig klar, was Bentley im Schilde führte. Der Kerl nutzte die schwierige Situation des Mädchens aus, um seine Position zu festigen und sich unentbehrlich zu machen. Er war zweifellos unfassbar verständnisvoll. Ob sie dumm genug war, darauf hereinzufallen? Wahrscheinlich, dachte Norton.

Wenn sie doch nur wüsste, wie Bentley wirklich war. Schlüpfrig wie ein Aal und doppelzüngig wie eine Schlange. Ein Mann, der sich nicht an sein Ehrenwort gebunden fühlte. Ein Betrüger und Verräter.

Norton fragte sich, was Bentley wohl sagen würde, wenn er wüsste, was wirklich zwischen ihm – Norton – und Gem gelaufen war an dem Abend. Mit der prickelnden Chemie zwischen ihnen hatte er nicht gerechnet, aber sie war zweifellos dagewesen. Sicher, er hatte ihr Angst gemacht, aber wirklich schlimm war es nicht gewesen. Sie würde es nie zugeben, aber auch sie hatte das Prickeln gespürt. Daran gab es nicht den geringsten Zweifel.

Sie hatte alles getan, was er ihr befohlen hatte, ohne Widerrede. Sie hatte sich ihm unterworfen und eigentlich hatte er ihr nicht wehtun wollen. Eigentlich nicht. Sie hatte ihm sogar versprochen, nicht die Polizei einzuschalten.

Als er sich an sie gedrückt hatte, war etwas in ihm in Wallung geraten. Nicht nur etwas Körperliches. Viel mehr als das. Aber dann hatte die dumme Kuh es verdorben und war unerlaubt aufgestanden. Dafür hatte er sie bestrafen müssen. Was war ihm anderes übrig geblieben?

Norton rieb sich über die Bartstoppeln. Er ließ sie erst seit drei Tagen sprießen, aber es fühlte sich bereits ziemlich dicht an. Ein Bart war eine schnelle, einfache Methode, um sein Erscheinungsbild zu verändern.

Jeder beging mal einen Fehler, und er war bereit, Gem eine zweite Chance zu geben. Was für ein Glück für sie, dass er so ein netter Mensch war. Bentley stellte ein Problem dar, aber Probleme ließen sich lösen, wenn man bereit war, die entsprechenden Maßnahmen zu ergreifen. Nichts und niemand würde sich zwischen ihn und Gem stellen. Sie begehrte ihn. Sie wusste es nur noch nicht.

Er stand auf, klopfte sich die Hosenbeine ab und reckte sich. Gem und Bentley traten zwischen den Bäumen hervor und schlenderten Arm in Arm auf den Parkausgang am Lansdowne Drive zu.

Norton stieß ein schnaubendes, humorloses Lachen aus und folgte den beiden.

Day stoppte den Wagen vor dem viktorianischen Reihenhaus, zog sein Handy aus der Tasche und schickte seiner Frau eine SMS, die aus einem einzigen Wort bestand. *Jetzt.*

Zur Tür zu gehen, anzuklopfen und ein paar höfliche, verlegene Worte zu wechseln kam nicht infrage. Er war sich nicht sicher, ob er sich zivilisiert verhalten würde. Vielleicht würde es ihm eines Tages gelingen. Vielleicht auch nie. Er hatte vereinbart, mit seinem Sohn den Tag zu verbringen. Ansonsten wollte er mit niemandem in dem Haus etwas zu tun haben.

Die Haustür öffnete sich ein wenig. Tom schlüpfte heraus, rannte zum Auto und kletterte auf den Beifahrersitz. Day neigte sich zu ihm und zerstrubbelte seinem Sohn die Haare. Es war erst eine Woche her, seit er ihn das letzte Mal gesehen hatte, doch er schien mindestens zwei Zentimeter gewachsen zu sein.

»Ich weiß nicht, womit sie dich füttern, aber es wirkt«, sagte er.

Tom strahlte. »Wo fahren wir hin, Dad?«

Day zuckte mit den Schultern. »Tja, wir haben jede Menge Zeit. Um halb sechs soll ich dich zurückbringen. Ich dachte, wir fahren zum Greenwich Park und steigen auf den Hügel, danach essen wir irgendwo nett zu Mittag. Was meinst du?«

Tom verzog das Gesicht und rieb sich mit dem Handrücken über die Nase. »Klingt langweilig. Warum gehen wir nicht bowlen oder so und futtern einen Burger? Ich habe einen Bärenhunger.«

Day startete den Motor, fuhr los und fädelte sich in den zäh dahinfließenden Verkehr ein. »Ein Spaziergang wird uns beiden guttun«, sagte er. »Dabei können wir uns in Ruhe unterhalten.«

Tom widersprach nicht. Er saß schweigend da, bis vor ihnen eine Ampel auf rot wechselte und Day anhielt.

»Dad?«

»Was?«

»Kann ich dich was fragen?«

»Natürlich. Aber ich kann nicht versprechen, dass ich dir antworte.«

»Lasst ihr euch scheiden, du und Mum?«

Day verschnürte es die Kehle und er schluckte schwer. Diese Art von Gespräch hatte er nicht im Sinn gehabt. »Nein. Ich meine, ich weiß nicht, was geschehen wird. Wir werden die Dinge klären, wenn wir so weit sind.«

Tom runzelte die Stirn. »Rob sagt, du und Mum müsst euch scheiden lassen. Dass dir keine andere Wahl bleibt.«

Die Ampel würde grün und die Blechlawine setzte sich wieder in Bewegung. Day starrte geradeaus, umkrallte das Lenkrad so fest, dass seine Finger weiß wurden. *Wen zum Teufel schert es, was Rob denkt? Niemanden. Und wie kommt dieses blöde Arschloch dazu, mit meinem zwölfjährigen Sohn über solche Dinge zu reden?*

Er warf Tom einen Seitenblick zu und lächelte gezwungen. »Noch ist nichts entschieden. Wenn es soweit ist, wirst du es sofort erfahren. Ich verspreche es dir. Es ist eine Sache zwischen Mum und mir, und wir werden sie regeln. Es hat nichts mit diesem, mit ihm, mit …« Day verstummte. Er brachte es nicht über sich, den Namen des Mannes auszusprechen.

13

KÄMPFEN

GEM DIE KRIEGERIN

Gem hatte das Türklingeln erwartet, doch als es dann gleich zweimal klingelte, erschrak sie. Sie ging durch den Flur, nervöser als erwartet. Sie und Drew hatten die halbe Nacht wach gelegen und darüber geredet, wie klug – oder unklug – es wäre, wenn sie sich interviewen ließe.

Drew hielt es für einen großen Fehler, mit einem Reporter über den Vorfall zu reden und Interesse an etwas zu wecken, das sie besser hinter sich lassen sollten. *Merk dir meine Worte,* hatte er gewarnt. *Füttert man einen hungrigen Wolf, hat man schon bald das ganze Rudel am Hals.*

Letztlich hatte er widerwillig akzeptiert, dass Gem bei ihrer Meinung bleiben würde. Sie war fest davon überzeugt, dass es richtig war, öffentlich über den Überfall zu sprechen. Wenn es nur einer einzigen Person helfen würde, die in eine solche Situation geriet, dann wäre es die Sache schon wert gewesen.

Sie öffnete die Tür und erblickte einen leicht lächelnden Mann in einem schicken grauen Anzug mit weißem Hemd und roter Krawatte. Der Gesamteindruck wirkte nicht ganz im Einklang wegen seines widerspenstigen dunklen Haarschopfs. Sie schätzte ihn etwa gleich alt, vielleicht etwas jünger.

»Matt Revell, Reporter bei der *Daily News*«, sagte er. »Wir haben wegen des Interviews telefoniert.«

Er wich ein winziges Stück zurück und neigte den Kopf zur

Seite, was Gem das Gefühl gab, er würde halb damit rechnen, dass sie ihre Meinung geändert hatte, und sich auf eine Enttäuschung gefasst machen.

»Natürlich«, sagte sie und bedeutete ihm einzutreten. Sie führte ihn ins Wohnzimmer und setzte sich auf einen der beiden weißen Ledersessel. Nach kurzem Zögern ließ der Reporter sich auf der Sofakante nieder.

»Vielen Dank für Ihre Einwilligung, mit mir zu reden«, sagte er. »Es ist eine fantastische Story. Die Polizei hat Ihnen ja gesagt, dass dies die Ermittlungen weiterbringen könnte, aber es könnte auch anderen Menschen helfen, die in eine ähnliche Situation geraten wie Sie.«

Als PR-Sachbearbeiterin hatte Gem ständig mit Journalisten zu tun, aber das hier war etwas anderes. Diesmal war sie selbst die Geschichte. Sie wusste, dass der Reporter auf viele grausige Details hoffte, aus denen sich ein Aufmacher für die Titelseite machen ließe. Falls er nicht genau das bekam, worauf er aus war, würde er an der Story womöglich ein bisschen herumdoktoren.

»Möchten Sie einen Kaffee?«, fragte sie ihn.

»Falls es Ihnen recht ist, würde ich gern sofort anfangen.« Revell zog ein Diktiergerät aus der Tasche, schaltete es ein und legte es zwischen ihnen auf den Tisch.

Gem starrte auf das Gerät.

»Wir nehmen heutzutage alles auf«, sagte Revell. »Es schützt beide Seiten vor Unstimmigkeiten darüber, was gesagt wurde und was nicht. Und es ist leichter, als in Steno mitzuschreiben. Dafür hatte ich nie ein Händchen.«

»Natürlich. Ich habe nichts dagegen, wenn wir unser Gespräch aufnehmen. Ich halte die Geschichte für wichtig und möchte, dass man akkurat darüber berichtet. Ich will nicht, dass meine Äußerungen verdreht oder abgeändert werden und dadurch die Wahrheit verzerrt wird. Das verstehen Sie doch, nicht wahr?«

Revell hob die Augenbrauen und sah sie an, als ob ihm dieser Gedanke noch nie gekommen wäre, ehe er sich vorbeugte und das Diktiergerät ein Stück in Gems Richtung schob.

»Im Grunde weiß ich über den Vorfall bestens Bescheid. Was mich vor allem interessiert, ist der Umstand, dass Sie sich gegen den Täter gewehrt haben. Und nicht nur das. Sie haben ihn besiegt.«

Gem strich mit den Händen über die Armlehnen des Sessels und bohrte ihre Fingerspitzen ins Leder. Dies würde schwerer werden als gedacht. Sie fasste sich an den Hals, wo der Angreifer sie gewürgt hatte. Die Druckstellen waren verschwunden, aber die Haut war noch immer sehr empfindlich.

»Es lässt sich schwer beschreiben, welche entsetzliche Angst ich hatte. Er sagte, er hätte ein Messer. Ich hatte keine Ahnung, wie ich mich verhalten soll. Man rechnet ja nicht mit so einem Überfall. Man weiß zwar, dass so etwas ständig geschieht, aber dass es einem selbst widerfährt, kann man sich eigentlich gar nicht vorstellen.«

»Haben Sie das Messer gesehen?«

Gem schüttelte den Kopf.

Der Reporter hob eine Hand. »Sorry, aber könnten Sie für die Aufnahme bitte ja oder nein sagen?«

Gem nickte. »Ja. Tut mir leid. Ich meine, ich bin mir nicht sicher, ob ich das Messer wirklich gesehen habe oder nicht. Aber er sagte, er hätte eins dabei, und warum hätte ich ihm nicht glauben sollen?«

Revell lehnte sich zurück, aber nur kurz, denn im nächsten Moment beugte er sich wieder vor und stellte ihr die nächste Frage, die ihm offenbar besonders wichtig war. »An welchem Punkt haben Sie beschlossen, dass Sie sich wehren würden, dass Sie Ihr Leben riskieren und kämpfen würden?«

Gem hielt einen Moment lang inne und atmete tief durch, ein Gewirr schattenhafter Bilder im Kopf. »Ich glaube, es war keine bewusste Entscheidung. Ich war panisch und wusste nicht, was ich tun soll. Ich hatte so viele widersprüchliche Sachen darüber gehört, wie man sich in so einer Situation verhalten soll, aber richtig darüber nachgedacht hatte ich nie. Ich war völlig unvorbereitet, wusste nicht, was ich tun soll.«

Der schrille Klingelton des Festnetztelefons unterbrach die beiden. Revell lächelte. »Wollen Sie nicht drangehen?«

Gem erwartete keinen Anruf. Drew rief sie immer auf dem Handy an. Sie schüttelte den Kopf, und schweigend warteten sie, bis es aufhörte zu klingeln. Sofort stellte Revell ihr die nächste Frage.

»Erinnern Sie sich, wann und warum Sie sich gegen einen offenkundig gewalttätigen, brandgefährlichen Mann zur Wehr gesetzt haben? Hatten Sie keine Angst, dass es Ihre Lage verschlimmern könnte und Sie womöglich eine ernsthafte Verletzung oder Schlimmeres davontragen könnten?«

Gem rieb mit den Händen über die Sessellehnen, während sie sich das Entsetzen ins Gedächtnis rief, das sie an dem Abend gespürt hatte, seine Hände an ihrem Körper, seine Finger, die sich um ihren Hals schlossen.

»Mir war klar, dass es meine Lage verschlimmern könnte, falls ich mich wehrte. Aber gleichzeitig hatte ich Angst, was er mit mir anstellen würde, falls ich mich kampflos ergäbe. Er sagte, er würde mir nichts tun, sei nur an dem Auto interessiert. Aber irgendetwas an ihm gab mir das Gefühl, dass er mir wehtun wollte, ganz gleich, ob ich ihm gehorche oder nicht.« Gem konnte sich atmen hören und nahm sich einen Moment Zeit, um sich zu sammeln.

»Sie haben lieber gekämpft, als zu kapitulieren, weil Sie Ihr Leben so oder so in Gefahr wähnten?«

Gem schüttelte den Kopf, dann fiel ihr ein, was Revell über das Diktiergerät gesagt hatte. »Nein. So simpel war es nicht. Ich sagte ja, dass ich mich nicht bewusst für den Kampf entschieden hatte. Es ist einfach passiert. Ich weiß nicht, was über mich gekommen war. Vielleicht war es eine Art Urinstinkt tief in meinem Innern.« Sie machte erneut eine Pause und gab sich Mühe, langsam ein- und auszuatmen.

Revell lehnte sich auf dem Sofa zurück. »Lassen Sie sich Zeit«, sagte er. »Sie machen das großartig. Es wäre toll, falls Ihnen einfiele, wie Sie sich gegen ihn gewehrt haben und ihm schließlich entkommen sind.«

Gem konnte sich nur nur zu gut an alles erinnern. In ihrem Kopf war alles da, bis ins kleinste Detail. Sie hatte die Erinnerungen zu vergraben versucht, aber sie stiegen immer wieder auf, wie ein sich wiederholender Albtraum. Sie konnte es einfach nicht vergessen, obwohl sie es so sehr wollte, obwohl sie sich nichts sehnlicher wünschte. Sie wollte, dass diese Erinnerungen verschwanden. Sie machten ihr nicht nur Angst, nein, sie veränderten sie. Sie nagten an ihrem Selbstbewusstsein, an ihrer Kraft. Ihren Vater hatte sie nie richtig kennengelernt, aber ihre Mutter hatte ihr beigebracht, stark und entschlossen zu sein. Und genau das war sie gewesen, sie hatte sich dem Carjacker widersetzt, hatte ihn überwältigt. Aber die Ereignisse jenes Abends, die Erinnerungen, die Flashbacks, hatten ihr Selbstbewusstsein erschüttert. Sie wollte vermeiden, dass der Vorfalll sich negativ auf sie auswirken würde, und sie hatte Drew davon zu überzeugen versucht, dass es ihr entscheidend dabei helfen könnte, das Ganze zu vergessen, wenn sie sich öffentlich dazu äußerte.

»Er hat mich gegen das Auto gedrückt und meinen rechten Oberschenkel betatscht. Ich konnte hören, wie seine Atmung schneller wurde. In dem Moment wusste ich, dass ihm das Auto allein nicht genügen würde. Als er mir die Hand über den Mund gelegt hat, damit ich nicht schreie, habe ich ihn gebissen. Er ist ausgeflippt und hat mich zu erwürgen versucht. Aber ich schlug ihm meine Fingernägel in seine bereits verletzte Hand, und er ließ von mir ab. Ich bin zum Auto gerannt, eingestiegen und habe die Türen verriegelt.«

Revell wartete darauf, dass sie weitersprach, aber sie sagte nichts mehr. Er machte eine ausholende Armbewegung. »Dann haben Sie den Motor gestartet und sind auf den Mann zugerast. Sie wollten ihn bestrafen, haben ihn umgefahren, weil Sie Rache wollten.«

Gem runzelte die Stirn. Was erzählt er da, dachte sie. *Das ergibt keinen Sinn. Wie kommt er darauf? Die Polizei denkt doch auch nicht, dass ich ihn absichtlich angefahren habe.* Sie fragte sich, was sie darauf entgegnen sollte, als abermals das Telefon klingelte.

Diesmal kam ihr die Unterbrechung gelegen. Sie stand auf. »Verzeihung, ich gehe besser mal dran«, sagte sie. Sie nahm den Hörer ab. »Ja, bitte?«, sagte sie. Sie erhielt keine Antwort, spürte aber eine Präsenz am anderen Ende der Leitung. »Hallo, können Sie mich hören?«

Die Stille wurde von einem leisen Atemgeräusch durchbrochen.

»Hallo?« Immer noch keine Antwort. »Was wollen Sie? Rufen Sie mich nicht mehr an.« Sie legte auf und marschierte zum Sessel zurück.

Revell hatte das Diktiergerät ausgeschaltet. Als Gem wieder an ihrem Platz saß, drückte er rasch auf den Aufnahmeknopf. »Soll ich die letzte Frage noch mal wiederholen?«

Gem antwortete nicht sofort. Sie war in Gedanken noch bei dem Anruf. Sie hätte schwören können, dass am anderen Ende der Leitung jemand gewesen war. Sie schaute auf das blinkende rote Lämpchen am Diktiergerät, dann sah sie Revell an.

»Zu sagen, dass ich ihn angefahren habe, weil ich Rache üben wollte, ist ein bisschen weit hergeholt. Es war keine Absicht. Ich wollte ihn nicht verletzen. Das ist nicht meine Art. Er stellte sich mir in den Weg und ich wollte nicht anhalten. Mein einziger Gedanke war, so schnell wie möglich vom Parkplatz zu verschwinden. Er versuchte, es zu verhindern, indem er vor den Wagen sprang. Ich gab Gas, aber ich wollte ihn nicht anfahren. Aber erwarten Sie bitte nicht, dass er mir leidtut. Allzu schwer verletzt konnte er nicht gewesen sein, denn er ist ja aufgestanden und abgehauen, nicht wahr?«

Der Reporter musterte sie. Sie sah ihm an, dass er ihr entweder nicht glaubte oder nicht glauben wollte.

»Aber eine gewisse Schadenfreude oder ein Gefühl der Befriedigung haben Sie schon empfunden, als er plötzlich am Boden lag, oder?«

Das stimmte natürlich. Sie hatte das Auto nicht als Waffe einsetzen wollen, aber der Moment, als sie ihn angefahren und den dumpfen Knall gehört hatte, war tatsächlich überaus befriedigend gewesen. Aber Gem war medienerfahren genug, um zu wissen, dass es vermutlich nicht klug wäre, dies vor Revell zuzugeben.

»Ich glaube, wir sind alles durchgegangen, oder?«, sagte sie. »Es war ein schlimmes Erlebnis für mich und ich bin ziemlich müde.«

Revell hatte jede Menge Material gesammelt, genug, um die Konkurrenzblätter alt aussehen zu lassen. Trotzdem erkannte sie an seiner gepeinigten Miene, dass er noch nicht gehen wollte.

»Eine letzte Frage noch, falls es Ihnen recht ist, okay?« Als Gem nicht sofort antwortete, redete er einfach weiter. »Welchen Rat würden Sie Frauen geben, die in eine ähnliche Situation geraten? Sollen sie vor dem Angreifer kuschen oder sollen sie Ihrem Bespiel folgen und sich wehren?«

Gem schloss die Augen und ließ das Kinn auf die Brust sinken. Die Frage ließ sich unmöglich beantworten, sie war sogar gefährlich. Sie wollte Frauen, die in eine ähnliche Situation gerieten, unbedingt helfen, aber sie wusste nicht wie, und das machte sie wütend. Am liebsten hätte sie eine Antwort herausgebrüllt und das Diktiergerät genommen und es Revell an den Kopf geschleudert. Sie nahm sich einen Augenblick Zeit, um sich zu sammeln und genau zu überlegen, ehe sie den Blick des Reporters traf.

»Nun, zunächst einmal ist dies ein Thema, das nicht nur Frauen betrifft. Im Gegenteil. Auch Männer geraten in solche Situationen und müssen entscheiden, wie sie sich verhalten. Zweitens kann ich keine Verhaltensmaßregeln für derartige Fälle erteilen. Selbst die Ratschläge sogenannter Experten widersprechen sich. Jeder Überfall ist anders, jeder Angreifer ist anders. Nur das jeweilige Opfer kann einschätzen, in wie großer Gefahr es sich befindet und wie es sich verhalten soll. Das Einzige, was man tun kann, ist, sich vorher genau zu überlegen, was man tun würde, falls etwas passiert. Man kann vielleicht auch einen Selbstverteidigungskurs belegen, damit man im Zweifelsfall bestimmte Optionen hat. Man muss vorbereitet sein.«

Revell blinzelte ein paarmal, nickte und nahm das Diktiergerät vom Tisch. »Großartig. Perfekt. Draußen wartet ein Fotograf, der gerne einige Bilder schießen würde.«

»Moment mal«, sagte Gem. »Schalten Sie den Rekorder wieder an.«

Sie hatte sich erfolgreich gegen den Angreifer gewehrt, und das war etwas Positives. Eigentlich sollte sie zusätzliche Kraft daraus ziehen, doch leider war das Gegenteil der Fall: Seither fühlte sie sich verletzlicher denn je. Sie lag noch immer im Kampf mit sich selbst, und falls sie es laut aussprach, würde es vielleicht wahr werden.

»Ich möchte noch eine Sache sagen. Ich möchte klarstellen, dass ich kein Opfer bin. Natürlich hat der Angreifer mich zum Opfer gemacht, aber ich weigere mich, eines zu sein.«

Nachdem Revell und der Fotograf gegangen waren, schenkte Gem sich ein Glas Weißwein ein und legte die Beine hoch. Es war früher Nachmittag, aber nicht zu früh für ein

Gläschen. Sie hatte es halb ausgetrunken, als das Telefon erneut klingelte. Sie eilte in den Flur und nahm den Hörer ab.

»Hallo? Ist da wer? Hallo?«

Gems Atem blieb ihr im Hals stecken. Stille. Aber keine Totenstille.

14

AUFGEBEN

DER DETECTIVE

Day saß am Schreibtisch und blätterte in Gem Goldings ausgedruckter Akte. Sein Team kam in dem Fall kaum voran. Nachdem sie das digital generierte Phantombild des Täters dem Fernsehen und den Zeitungen gegeben hatten, war eine Flut von Anrufen bei der Hotline eingegangen, doch alle Hinweise waren im Sand verlaufen.

Wenn sie nicht sehr bald einen Durchbruch erzielten, würde er die Ermittlungen wohl auf Sparflamme herunterschrauben müssen. Er griff zum Telefon und rief die Pressestelle an. Der Anruf wurde augenblicklich entgegengenommen. Day hatte mit Helen Moody bei einigen Mordfällen zu tun gehabt und schätzte sie für ihre sachliche Art.

»Genau Sie brauche ich jetzt«, sagte er. »Wir müssen uns über den Golding-Fall unterhalten.«

»Kleinen Moment. Ich hole mir die Datei auf den Bildschirm.«

Day hörte sie auf der Tastatur tippen und stellte sich Moody am Schreibtisch vor, den Telefonhörer eingeklemmt zwischen Schulter und Ohr, die Lippen geschürzt vor Konzentration.

»Im Moment ist nichts Neues geplant. Die letzte Presseveröffentlichung war die mit dem Phantombild. Haben Sie einen neuen Ansatz oder weitere Informationen, die wir rausbringen sollen?«

Day wünschte, ihr etwas Frisches anbieten zu können. »Leider nein. Aber ein paar neue Presseberichte wären trotzdem schön. Wir brauchen unbedingt Informationen aus der Bevölkerung oder am besten einen Zeugen. Bislang hat sich niemand gemeldet.«

Moody schwieg einen Moment lang. Day hörte förmlich das Rattern in ihren Hirnwindungen. »Das Problem ist, dass die Medien nicht sonderlich auf die Geschichte stehen. Yeah, der Täter ist im Rückwärtsgang auf die Frau zugerast, aber letztlich hat sie sich nur das Handgelenk gebrochen. Ich denke, für die Medien ist es nichts weiter als ein ganz gewöhnliches Carjacking. Vielleicht haben sie sogar recht. Wir brauchen einfach mehr Informationen, um den Fall zu lösen. Sie wissen doch, worauf die Medien stehen. Gibt es nichts Pikantes oder Reißerisches, das wir denen geben können?«

Was zum Teufel wollen diese Journalisten, überlegte Day. *Blutvergießen? Eine Vergewaltigung? Einen Mord?* Das waren genau die Dinge, die er und sein Team verhindern wollten, indem sie den Täter so schnell wie möglich hinter Gitter brachten.

»Alles deutet darauf hin, dass der Mann, den wir suchen, extrem gewalttätig und gefährlich ist und sich nicht plötzlich wie ein braver Pfadfinder aufführen wird. Es macht mich wütend, dass die Medien uns aus mangelndem Interesse nicht helfen wollen. Ich wette, sie sind Feuer und Flamme, sobald er jemanden umbringt. Dann werden sie uns nach Informationen anbetteln und alles drucken, was wir ihnen geben.« Day machte eine Pause, versuchte sich zu beruhigen. »Sorry, Helen. Ich weiß, es ist nicht Ihre Schuld, aber es ist so verdammt frustrierend.«

»Ich weiß. Schauen Sie, ich werde sehen, was ich erreichen kann. Ich werde einige Redaktionen anrufen und versuchen, neues Interesse an dem Fall zu schüren. Vielleicht gelingt es mir ja, den Medien einen neuerlichen Zeugenaufruf abzupressen.«

Con Norton schlug die Augen auf und knirschte mit den Zähnen. Er hasste es, aus dem Schlaf gerissen zu werden. Er schwenkte seine langen Beine vom Sofa, setzte sich auf und lauschte. Das Klopfen an der Tür war laut, doch gleichzeitig klang es etwas zögerlich, als würde die Person insgeheim hoffen, dass niemand zu Hause war.

Fluchend stand Norton auf und reckte sich. Er musste die Tür nicht aufmachen, um zu wissen, wer ihn um sein Schläfchen gebracht hatte. Es gab nur eine Person, die wusste, wo er wohnte, und ihm ab und zu einen Besuch abstattete. Das Klopfen begann von Neuem. Norton ging zur Tür und riss sie auf.

»Was zum Henker willst du?«

Kev Finch schaute aus großen, nervös blickenden Augen zu Norton auf. Ein kleiner Mann mit schmalen Schultern, ausladenden Hüften und dicken Oberschenkeln; er sah zehn Jahre älter aus als sein Mieter, obwohl sie beide Ende zwanzig waren.

»Äh, hi, Con. Tut mir leid, dass ich dich störe. Hoffentlich komme ich nicht ungelegen.«

»Doch, das tust du. Ist ein extrem schlechter Zeitpunkt.«

Finch blinzelte, momentan um Worte verlegen. »Sorry.«

»Du hast mich aufgeweckt. Mein Nachmittagsschlaf ist ein essenzieller Bestandteil meines Schönheitsprogramms. Ich nehme es sehr ernst. Es hat schon seinen Grund, warum ich so gut aussehe.«

»Sorry«, wiederholte Finch, sichtlich unsicher, ob er lachen sollte oder lieber nicht; etwas Falsches zu sagen war das Letzte, was er wollte.

Norton zwinkerte ihm zu und kicherte leise. »War nur ein Witz, Kumpel. Du bist hier jederzeit willkommen. Immerhin gehört dir ja die Bude.«

»Ich wollte dich nicht aufwecken, Con. Hätte ich gewusst, dass du dich aufs Ohr gehauen hast, hätte ich nicht angeklopft.«

»Mach dir keine Gedanken. Was kann ich für dich tun?«

»Es geht um die Miete.«

Norton bedachte seinen Vermieter mit einem breiten Lächeln. »Was ist damit?«

»Du hast sie nicht bezahlt.«

Norton war vor drei Monaten in das winzige Apartment über Finchs Kebab-Imbiss eingezogen. Es war eine private Übereinkunft gewesen, die zustande gekommen war, als Norton mitbekommen hatte, wie Finch gegenüber Freunden darüber lamentierte, wie schwierig es sei, einen neuen Mieter zu finden. Natürlich beinhaltete die Übereinkunft weder das Mitwirken eines Maklers noch einen schriftlichen Mietvertrag. Es bedeutete, dass Norton nichts unterschreiben und keine Papiere vorlegen musste und Finch Maklergebühr und Steuern sparte. Die Miete war niedrig, doch Norton drückte sich um die Zahlungen, selbst wenn er das Geld besaß.

Gleich am Anfang hatte er begriffen, dass Finch von zwei Dingen getrieben war: Gier und Angst. Seine Gier gab ihm den Mut, anzuklopfen und nach dem Geld zu fragen, das ihm zustand. Seine Angst ließ ihn schwitzen wie einen Mann, der annahm, dass sein Mieter nicht zögern würde, ihm die Fresse zu polieren. Norton gefiel es, Finch in dieser Annahme gelegentlich zu bestärken.

»Du weißt doch, dass ich meinen Job verloren habe.«

»Ja, hast du mir erzählt. Ich brauche die Miete trotzdem.«

Norton betrachtete den kleinen Mann. Irgendwie erinnerte er ihn an eine Kakerlake. Er unterdrückte den Drang, ihn einfach umzunieten und zu zertrampeln. Noch nicht, sagte er sich. *Erst wenn ich eine andere Bleibe gefunden habe.*

»Ich bin gerade knapp bei Kasse. Ich brauche ein bisschen mehr Zeit. Vertrau mir, Ende der Woche bekommst du die Miete.«

Nach dem Autodiebstahl besaß er gerade jede Menge Bargeld, und ihm war noch mehr versprochen worden. Nur dass er diesem jämmerlichen Winzling nichts davon abgeben wollte.

Finch wischte sich den Schweiß von der Oberlippe und trocknete seine Finger an der Vorderseite seines Hawaiihemds ab.

»Ich brauche dringend mein Geld, Kumpel. Ich muss Rechnungen bezahlen und neues Kebabfleisch kaufen.«

Norton nickte und lächelte teilnahmsvoll, als hätte er echtes Verständnis für Finchs Situation; aber wenn seine Nettigkeit ihn nicht weiterbrachte, wurde ihm schnell langweilig. Er legte eine Hand auf Finchs mickrige Schulter und tätschelte sie sanft. Die unerwartete freundliche Geste brachte ihm ein verlegenes Lächeln seines Vermieters ein.

Er grinste zurück und grub seinen Daumen in den Nervenknoten zwischen dem Hals und der Schulter des kleinen Mannes. Finch quiekte wie ein Schwein und versuchte sich aus dem Griff herauszuwinden. Nach einigen Sekunden ließ Norton ihn los.

»Du machst mich gerade echt sauer, und mich sauer zu machen, ist wie Rauchen: extrem gesundheitsschädlich. Ich kann dir gerade kein Geld geben. Verstehst du kein Englisch? Ich komme zu dir, sobald ich die Miete zusammen habe.«

Finch wandte sich um und verließ das Apartment. Er rieb seine schmerzende Schulter, während er mit gesenktem Kopf die hölzere Treppe hinabstieg.

15

KÄMPFEN

DER DETECTIVE

Day stand am Fenster und beobachtete, wie die Regentropfen in die Pfütze platschten, die sich auf der Parkplatzzufahrt ausbreitete. Was für ein Abstieg. Sein altes Büro bei New Scotland Yard hatte einen Blick auf die Themse gehabt.

Nicht zum ersten Mal fragte er sich, ob es ein Fehler gewesen war, die demütigende Degradierung hinzunehmen und sich an diesen Job zu klammern. Vielleicht wäre es besser gewesen, den Polizeidienst zu quittieren und etwas Neues anzufangen.

Tief im Innern kannte er die Wahrheit. Seine Besessenheit, Mörder zur Strecke zu bringen, war einer der Gründe dafür gewesen, warum seine Ehe in die Brüche gegangen war. Und die Art, wie das Ende vonstattengegangen war, hatte dazu geführt, dass man ihn kurzerhand aus dem Mordermittlungsteam geschmissen hatte.

Er hatte seine Familie verloren. Was für ein Fehler. Er musste bei der Polizei bleiben. Irgendwo musste er schließlich hingehören, selbst wenn es bedeutete, zähneknirschend zu akzeptieren, dass er nun wieder Raubüberfälle und Wohnungseinbrüche aufklären musste. Day ballte die Fäuste. Sein Leben war ihm entglitten und in einer Art und Weise zerschellt, wie er es nie für möglich gehalten hätte, aber er war nicht bereit aufzugeben. Nicht, solange noch die Chance bestand, die Scherben einzusammeln und wieder zusammenzufügen.

Seine Gedanken wurden unterbrochen, als die Tür aufflog und Shields mit einer Ausgabe der *Daily News* hereinmarschierte. Mit einer schwungvollen Bewegung knallte sie die Zeitung auf seinen Schreibtisch.

»Diesmal hauen sie so richtig auf den Putz«, sagte sie. »Seiten eins, vier und fünf.«

Day trat heran. Die Schlagzeile auf der Titelseite lautete *Parkplatzamazone schlägt zurück*. Darunter prangte eine große Portraitaufnahme von Gem Golding, daneben stand eine Zwischenüberschrift: *Frau wehrt Perversen ab und mäht ihn um mit Auto, das er stehlen wollte.*

Day sah Shields an. »Perverser?«

Sie nickte. »Ganz genau. Sie erzählt, wie der Täter sie betatscht hat, und damit gibt sie als Opfer eines sexuellen Übergriffs quasi ihr Recht auf Anonymität auf.«

Day betrachtete noch einmal die Titelseite. »*Parkplatzamazone*. Für meinen Geschmack viel zu reißerisch. Warum halten die sich nicht einfach an die Fakten?«

Shields verschränkte die Arme und zuckte mit den Schultern. »Was haben Sie denn erwartet? Es handelt sich hier schließlich um die *Daily News*.«

Day schlug die Doppelseite vier und fünf auf. Diesmal lautete die Schlagzeile *Soll man kämpfen oder kapitulieren, um zu überleben?* Der Artikel war mit einem weiteren Foto einer ernst schauenden Gem Golding illustriert, dazu gab es die körnige CCTV-Aufnahme vom Hinterkopf des Täters.

Neben dem Interview mit Golding gab es einen Artikel von Matt Revell, der sich mit den verwirrenden und widersprüchlichen Verhaltensmaßregeln im Falle eines gewalttätigen Übergriffs beschäftigte, sowie einen Beitrag mit Tipps eines Selbstverteidigungsexperten. Daneben prangte das Schaubild eines gesichtslosen Mannes, das den Lesern mit roten Punkten die Schwachstellen eines Angreifers aufzeigte, namentlich Augen, Hals und Weichteile.

Day setzte sich, zog die Zeitung heran und überflog den

Text. Die Pressestelle der Polizei hatte eine Erklärung herausgegeben, in der der Öffentlichkeit geraten wurde, dass das Opfer eines Gewaltverbrechens als allererstes versuchen sollte, die Flucht zu ergreifen. Sollte dies nicht möglich sein, solle man alle Wertgegenstände herausgeben, die der Angreifer fordert. Day fiel auf, dass dem Leser keine Verhaltensmaßregel erteilt wurde für den Fall, dass der Angreifer weder an Wertgegenständen noch an Bargeld interessiert war, sondern nur am Opfer selbst.

Die Erklärung war auf zwei kurze Absätze zusammengekürzt worden und stand ganz unten auf Seite fünf. Day wusste, dass neunundneunzig Prozent der *Daily News*-Leser die Aufmerksamkeitsspanne eines Goldfischs besaßen und zu lesen aufhören würden, lange bevor sie das letzte Drittel des Artikels erreichten.

Kopfschüttelnd schob er die Zeitung zur Seite. »Sie wissen, was jetzt geschehen wird, oder?«

Shields ahnte, worauf ihr Boss hinauswollte, aber sie sagte nichts. Er würde es ihr ohnehin erklären, ganz gleich, ob sie es hören wollte oder nicht.

»Jetzt wird es richtig schmutzig werden, und wir werden am Ende den Dreck zusammenkehren müssen. Wir werden eine Flut von Fällen bekommen, bei denen Opfer übel zusammengeschlagen, mit Messern attackiert oder sogar erschossen werden, weil sie diesen Mist gelesen haben und meinen, sich bei einem Raubüberfall heldenhaft zur Wehr setzen zu müssen.«

Shields blieb weiterhin stumm. Day begriff, dass sie abwarten wollte, bis er sich beruhigt hatte, ehe sie etwas sagte. Nach ihrer ersten Begegnung war er sich nicht sicher gewesen, was er von ihr halten sollte, aber allmählich wurde er mit ihr warm.

Gem aß den letzten Happen ihres Bananenmüslis und schaute verstohlen zu Drew hinüber. Während des Frühstücks hatten sie beide auf ihren Tablets das Interview auf der Website der *Daily News* gelesen. Sie hatte den Artikel förmlich verschlungen und war als Erste fertig geworden. Drew nahm sich für die Lektüre mehr Zeit. Als auch er schließlich fertig war, sagte er nichts. Er schaltete sein Tablet aus und richtete sein Augenmerk auf die vor ihm stehende Müslischale.

Gem wusste, dass sein Schweigen kein gutes Zeichen war. Drew war ein Mensch, der es liebte, über alles und jeden seine Meinung kundzutun. Normalerweise gefiel ihr dieser Wesenszug an einem Menschen nicht, aber dass Drew nie mit seiner Meinung hinterm Berg hielt und immer sagte, was er dachte, zählte zu den Dingen, die sie am Anfang ihrer Bekanntschaft so zu ihm hingezogen hatte.

Sie ließ den Löffel klappernd in die leere Schale fallen. »Na los, raus mit der Sprache. Wie findest du den Artikel?«

Drew schob sein halb gegessenes Müsli zur Seite. »Ehrlich gesagt, enthält er für meinen Geschmack zu viele überflüssige Details.«

Gem wartete darauf, dass er weitersprach, doch er verstummte und schaute demonstrativ auf die Uhr. Sie wusste, dass ihm die Passage mit dem Begrabschen missfiel.

»Ich habe die Wahrheit gesagt, mehr nicht. Ich möchte, dass die Leute genau wissen, was geschehen ist.«

»Warum ist dir das so wichtig?«

Gem zögerte. Sie musste ihre Worte mit Bedacht wählen. Sie wollte, dass Drew ihre Beweggründe verstand, ganz gleich, ob sie ihm gefielen oder nicht.

»Es ist doch eine gute Sache, wenn Leute, Frauen und Männer gleichermaßen darüber nachdenken, wie sie sich im Fall einer Bedrohung verhalten sollen. Ich war beinahe starr vor Angst und möchte mir gar nicht ausmalen, was geschehen wäre, wenn ich wirklich nichts getan hätte; aber letztlich hatte ich Glück und alles ist gut ausgegangen. Warum sollte ich schweigen? Ich habe es mir nicht ausgesucht, überfallen zu werden. Der Kerl hat mich ausgewählt, und ich möchte, dass die Leute erfahren, wie die Sache abgelaufen ist.«

»Nun, jetzt wissen sie es. Daran besteht nun kein Zweifel mehr.« Drew stand auf, nahm seinen Orangensaft und trank das Glas in einem Zug leer. »Ich muss mich fertig machen. Hab gleich als Erstes ein Meeting.«

Gem blieb am Tisch sitzen, während er in den Flur verschwand und die Stufen hinaufstieg. Nach ein, zwei Minuten Herumgestapfe hörte sie, wie er die Treppe wieder hinunterpolterte. Er kehrte in die Küche zurück, den schwarzen Lederrucksack über die Schulter gehängt.

»Soll ich dich zum Sport bringen?«

Gem schüttelte den Kopf. »Du bist sauer, weil ich verraten habe, dass er mich angetatscht hat, stimmt's?«

Drew nahm den Rucksack herunter und stellte ihn auf den Boden. »Ich verstehe einfach nicht, warum du es unbedingt erwähnen musstest. Du bist die Frau, die einen brutalen Angreifer abgewehrt hat. Du hast dich gewehrt und bist entkommen. Das ist eine tolle Geschichte. Gutes, positives Zeug. Ich finde einfach, dass gewisse Dinge privat bleiben sollten.«

Gem traten Tränen in die Augen. »Warum sollte ich mich für etwas schämen, das er getan hat? Ich muss mich für nichts schämen. Ich habe nichts verbrochen.«

Drew ging zum Tisch, zog Gem sanft hoch und nahm sie in die Arme. »Tut mir leid. Ich wollte dich nicht verstimmen. Was geschehen ist, war schrecklich. Ein Schock. Ehrlich gesagt, bin ich immer noch völlig durcheinander. Ich habe ein schlechtes Gewissen, weil ich nicht dabei war, um dich zu beschützen. Ich kann nicht mehr klar denken.«

Gem vergrub ihr Gesicht an seiner Brust. »Ist schon okay«, sagte sie. »Mir ist ja nichts passiert.«

Er drückte sie fester an sich und zum ersten Mal seit dem Überfall fühlte sie sich in Sicherheit.

»Ich versuche heute Abend so früh wie möglich nach Hause zu kommen«, sagte Drew. »Wenn du möchtest, reden wir dann weiter.«

Sie nickte und küsste ihn zärtlich auf die Lippen. Als er sich umwandte und seinen Rucksack aufklaubte, klingelte das Telefon im Flur.

»Kannst du drangehen?«, fragte Gem, während sich ihr Magen zusammenzog.

Stirnrunzelnd sah Drew auf die Uhr und ging in den Flur.

Gem blieb am Küchentisch sitzen und lauschte.

»Hallo? Hallo?«

Gem hielt die Luft an.

»Hallo? Nein, danke. Wir brauchen keine Solaranlage, wirklich nicht.«

Drew legte auf, eilte in die Küche zurück und küsste sie flüchtig auf die Wange. »Ich muss los«, sagte er, ging zur Tür und zog sie hinter sich zu.

Gem ließ die angehaltene Luft ausströmen.

Zu Fuß brauchte sie kaum zehn Minuten zum Fitnessstudio. Vor drei Monaten hatte sie sich dort angemeldet, als Teil der Januar-Welle von Leuten, die wegen ihrer Feiertagsschlemmerei ein schlechtes Gewissen hatten.

Es war schon eigenartig, dass Drew und sie so unterschiedlich waren, überlegte sie. Sport zu treiben hatte ihr immer schon Spaß gemacht, besonders Joggen, er aber hatte immer eine Ausrede, um sie nicht dabei begleiten zu müssen. Entweder war er zu beschäftigt oder zu müde, oder er wies sie auf Medienberichte hin, denen zufolge es gesundheitsschädlich war, beim Joggen die Autoabgase einzuatmen.

Es hatte sie immer gewundert, dass er trotzdem so schlank

war, andererseits aß er vernünftig und trank deutlich weniger Wein als sie. Gem war eine Party-Maus und stolz darauf. Hart arbeiten und hart feiern war einer ihrer Lieblingssprüche. Drew bevorzugte Drinks in einer stillen Bar und romantische Abendessen. Eines der Dinge, über die sie regelmäßig stritten, war Drews Putzfimmel. Er verzweifelte wegen ihrer Angewohnheit, überall ihre Weingläser, Teetassen und schmutzigen Teller herumstehen zu lassen. Wenn er sich darüber beschwerte, lachte sie nur und riet ihm, lockerer zu werden und sich einfach ein bisschen zu entspannen.

Letztlich hatten sie einen informellen Waffenstillstand geschlossen. Sie versuchte, nicht mehr so viel Zeug herumliegen zu lassen, und wenn es ihr trotzdem passierte, räumte er den Gegenstand ohne zu meckern weg. Sie waren wirklich völlig unterschiedliche Charaktere, aber ihre Beziehung funktionierte, zumindest meistens.

Als sie den Empfangsbereich des Sportstudios betrat, sah sie eine Ausgabe der *Daily News* auf dem Tresen liegen. Sie zeigte kurz ihren Mitgliedsausweis vor und stürmte durch die Schwingtüren, bevor die schlanke Blondine am Empfang sie in ein Gespräch verwickeln konnte.

Nach einigen Minuten kam sie mit einer Mineralwasserflasche in der Hand aus der Umkleide. Sie ging durch den Hauptbereich des Studios, neugierige Blicke auf sich ziehend, und hielt auf die Ecke mit den Gewichten zu. Im Oberkörper hatte sie wenig Kraft, doch das würde sich ändern.

Sie setzte sich auf eine Aufwärmmatte und trank einen Schluck Wasser. Was ihr widerfahren war, musste auch für Drew traumatisch gewesen sein. Es würde noch eine Weile dauern, bis er es verarbeitet hatte. Zumindest war er gewillt, darüber zu reden. Das war wichtig. Vielleicht wäre heute Abend ein guter Zeitpunkt, um ihm von den anonymen Anrufen zu erzählen. Sobald er es erfahren hatte, könnten sie gemeinsam zur Polizei gehen.

Im Laufe der letzten Woche hatte sie täglich mindestens drei, manchmal sogar vier oder fünf dieser Anrufe erhalten. Es ging immer los, nachdem Drew sich auf den Weg zur Arbeit machte, und wenn er abends zurückkehrte, hörten die Anrufe wieder auf. Sie hatte versucht, nicht dranzugehen, oder hatte das Telefon gleich ganz ausgehängt, aber nicht zu wissen, ob der Mann anrief, war beinahe genauso beunruhigend wie seinen Atemzügen zu lauschen.

Der Anrufer war ein *Er*. Es war keine bloße Annahme, sondern Gem wusste es einfach. Jedes Mal, wenn sie den Hörer am Ohr hatte und seinen leisen Atemzügen lauschte, spürte sie, wie er seinen Körper an ihren presste, wie seine Finger sich um ihren Hals schlossen.

Sie zitterte bei der Erinnerung, spürte, wie Angst und Wut sie durchströmten. Sie hatte sich gegen ihn gewehrt, hatte ihm eine blutende Wunde zugefügt und war unversehrt entkommen. Inzwischen aber wusste sie mit beängstigender Gewissheit, dass es nicht vorbei war.

16

AUFGEBEN

GEM DAS OPFER

Gem betrachtete sich im Spiegel. Sie liebte ihre neue Frisur, auch wenn Drew sich nicht sonderlich begeistert gezeigt hatte, als er gestern Abend nach Hause gekommen war. Der schräg geschnittene Bob sei ziemlich stylisch, hatte Drew eingeräumt, aber die neue Haarfarbe hatte ihm nicht besonders gefallen; seiner Meinung nach passte der Kupferfarbton nicht zu ihrem Teint. Armer Kerl. Er würde damit leben müssen.

Sobald er aufgehört hatte, wegen ihrer neuen Frisur zu schmollen, hatte sie ihm eröffnet, dass sie am nächsten Tag wieder zur Arbeit gehen würde. Sie hatte einen Streit erwartet, aber er hatte nicht versucht, es ihr auszureden. Stattdessen hatte er sich enttäuscht gezeigt und entgegnet, dass er sich an ihre ständige Anwesenheit im Haus gewöhnt habe und es vermissen würde. Gem gestattete sich ein leichtes Lächeln. Seit ihrer Entlassung aus dem Krankenhaus hatten sie die Gelegenheit, viel Zeit miteinander verbringen zu können, bis zur Neige ausgekostet. Sie hatten sich viel unterhalten, über die Vergangenheit und die Zukunft, und waren meistens früh zu Bett gegangen.

Gem nahm ihr Handy vom Nachttisch und sah nach, wie spät es war. Sie musste sich sputen, wenn sie am ersten Arbeitstag nach ihrer Auszeit nicht zu spät kommen wollte.

Sie erreichte die unterste Treppenstufe, als ihr Handy klingelte. Es war ihre Chefin. »Hi, Melanie, ich bin unterwegs.«

»Ähm … Gem, wie geht's dem Arm? Besser, hoffe ich. Bist du, äh … schon aus dem Haus?«

Gem fragte sich, warum ihre Chefin so herumdruckste; normalerweise kam sie immer sofort zur Sache. »Ich will gerade losgehen. Wenn der Verkehr mitspielt, bin ich um neun da.«

»Nun, ähm, es hat eine Planänderung gegeben. Wir fänden es besser, wenn du dir noch eine Weile freinimmst. Wir möchten nicht, dass du überstürzt zur Arbeit zurückkehrst, wo es doch gar nicht nötig ist.«

Gem hielt sich mit einer Hand am Treppengeländer fest und ließ sich auf eine Stufe herabsinken. »Warum? Was soll das heißen, ihr fändet es besser? Was ist passiert? Ich will mir nicht länger freinehmen. Ich freue mich auf die Arbeit.«

»Nichts ist passiert. Ich spreche jetzt nicht als deine Chefin, Gem, sondern als deine Freundin. Ich möchte einfach nicht, dass du dich zu früh wieder in die Arbeit stürzt. Du hattest ein schlimmes Erlebnis. Warte noch ein paar Wochen, wenigstens bis der Gips ab ist.«

Gem runzelte die Stirn. Das klang so gar nicht nach der Melanie, die sie kannte, die Frau, die regelmäßig bekundete, dass Urlaub etwas für Weicheier sei und sich nur Loser Gedanken über die Work-Life-Balance machten.

»Was ist mit der Eröffnung der Weinbar, an der ich gearbeitet habe? Nächste Woche ist es so weit und der Kunde erwartet meine Anwesenheit.«

»Mach dir darüber keine Gedanken. Wir haben vorübergehend jemanden eingestellt.«

Als Gem aufstand, wurde ihr schwindlig, und sie setzte sich wieder. »Ihr habt jemanden eingestellt, der meine Kunden übernimmt? Wen denn?«

Ihre Chefin lachte, schrill und unnatürlich. »Du kennst sie nicht. Die Freundin einer Freundin. Jede Menge Erfahrung in der Branche. Aber sie übernimmt nicht deine Kunden, das ist Unsinn. Sie hilft nur bis zu deiner Rückkehr bei uns aus.«

Gem schloss die Augen, während Panik in ihrer Brust flatterte. Sie wollte nicht nur zur Arbeit zurückkehren, sie musste es. Den ganzen Tag zu Hause herumzusitzen tat ihr nicht gut.

An jenem Abend in der Dunkelheit hatte sie sich dem Carjacker willentlich unterworfen. Vielleicht hatte diese Entscheidung ihr das Leben gerettet; sie würde es nie erfahren. Aber dieser Moment der Bedrohung, Angst und Unterwerfung würde keinen Schatten auf ihr restliches Leben werfen, das würde sie nicht zulassen. Auf diese Weise würde sie sich zur Wehr setzen.

»Ich möchte heute wirklich wieder zu arbeiten anfangen«, sagte sie. »Ich bin hundert Prozent bereit dafür. Genau genommen habe ich schon ein Taxi bestellt. Ich kann doch einfach für zwei Stunden ins Büro kommen, es gemächlich angehen lassen und der neuen Frau beim Weinbar-Projekt helfen. Ehrlich gesagt, ich muss endlich wieder etwas tun.«

Melanie sagte nichts.

Gem durchbrach die Stille, indem sie fortfuhr. »Ich verspreche dir, es ruhig angehen zu lassen. Aber ich spüre ganz deutlich, dass es aus psychologischer Sicht das Beste für mich ist, schnellstmöglich wieder zu arbeiten.«

Gem lauschte der Stille in der Leitung und spürte, dass ihre Chefin ins Wanken geriet. »Ich bin in fünfundvierzig Minuten da«, sagte sie und beendete das Gespräch.

Sie stand auf, hielt sich am Geländer fest; eine ungewohnte Übelkeit ließ ihren Magen rumoren. Nichts würde sie davon abhalten, wieder zur Arbeit zu gehen. Was auf dem Parkplatz geschehen war, ließ sich nicht mehr ändern, aber sie konnte beschließen, loszulassen und ihr Leben wieder in die Hand zu nehmen.

Norton stand im Türeingang eines Herrenbekleidungsgeschäfts am nördlichen Ende der Chancery Lane, die Schulter ans Schaufenster gelehnt. Er wartete und beobachtete seit fast einer Stunde und würde nötigenfalls den ganzen Abend hier verbringen.

Als Kind war ihm immer schnell langweilig geworden, und diese Langweile hatte ihm oft Ärger eingebracht. Über die Jahre hatte er gelernt, geduldiger zu sein, sich auf die selbstgestellte Aufgabe zu konzentrieren. Eine Observierung durchzuführen betrachtete er nicht mehr als Mühsal. Sie war Teil der Vorbereitung und der entscheidende Faktor, wenn er Erfolg haben wollte.

Es stand außer Frage, dass Bentley einen messerscharfen Verstand besaß, und diese Tatsache hatte er andere Leute immer schnell wissen lassen. Aber manchmal war er zu clever für sein eigenes Wohl. Norton gestattete sich ein schmallippiges Lächeln. Seine Arroganz wird ihn zu Fall bringen, dachte er.

Gem Golding ahnte nicht, wie ihr geliebter Freund wirklich war, wie hinterhältig und kontrollsüchtig er sein konnte. Bentley verstand es meisterhaft, seine Lügen, seine Arglist und Illoyalität zu verbergen.

Sie verdiente einen Besseren. Sie musste gerettet werden; sie wusste es nur nicht. Noch nicht. Doch Norton würde es ihr schon verklickern. Vor langer Zeit hatte er gelernt, dass sich jeder Mensch überzeugen ließ, wenn man mit der nötigen Entschlossenheit ans Werk ging und bereit war, die notwendigen Maßnahmen zu ergreifen.

Er schloss den Reißverschluss seiner Jacke und steckte die Hände in die Taschen. Es wurde schnell dunkel und zunehmend kühler. Er überlegte, ob er es riskieren sollte, sich einen Kaffee zu holen, als auf der anderen Straßenseite eine vertraute Gestalt aus dem Bürogebäude trat.

Er schob sich zurück in den Türeingang, während Bentley in nördliche Richtung zur U-Bahn ging. Norton wartete einige Sekunden, dann nahm er aus sicherer Entfernung die Verfolgung auf, unsichtbar in den Menschenmassen, die in die Chancery Lane Station hinabströmten. In der rappelvollen U-Bahn konnte er leicht sein Gesicht verbergen, und Norton freute sich auf die Aufgabe, Bentley zu dem Haus zu folgen, in dem er mit Gem wohnte.

Der bloße Gedanke brachte sein Blut in Wallung, prickelndes Adrenalin rauschte durch seine Venen. Er liebte die Aufregung der Jagd. Fast so sehr wie den Tötungsakt selbst.

17

KÄMPFEN

DER REPORTER

Das nervöse Kribbeln in seinem Bauch überraschte Matt Revell. Während seiner fünf Jahre als Zeitungsreporter hatte er sich ein dickes Fell und ein unerschütterliches Nervenkostüm zugelegt, aber er war auch noch nie zu einer Privataudienz bei der Chefredakteurin einbestellt worden.

Tania Duffield stand nicht auf und hob nicht einmal den Blick, als er den Raum betrat. Sie – eine spindeldürre Frau mit streng zurückgebundenen Haaren – schaute weiter aus dem Fenster, das eine spektakuläre Aussicht über Canary Wharf und die Themse bis hinüber nach Greenwich bot.

Revell konnte sich nicht entsinnen, wann er sie das letzte Mal nicht am Schreibtisch hatte sitzen sehen. Ihm schien, dass sie unentwegt vor ihrem Computer hockte und auf die Tastatur einhackte oder am Telefon einen Reporter anblaffte, üblicherweise, weil er die ultimative Sünde begangen hatte, eine Story nicht hinbekommen zu haben.

»Worum geht's denn?«, fragte Revell, fest entschlossen, sich seine Nervosität nicht anmerken zu lassen.

Duffield legte die Hände ineinander und wandte sich zu ihm um. »Wollen Sie den ganzen Tag dort herumstehen?«

Revell zog einen Stuhl heran und setzte sich. Er wusste nicht, was er verbrochen hatte, aber er war bereit, alles abzustreiten. Einen Fehler nie zugeben und sich nie entschuldigen. Das hatte er längst gelernt. Ihm kam kurz der Gedanke, dass man ihn feuern würde, dass man ihn anweisen würde, seinen Schreibtisch zu räumen und augenblicklich das Gebäude zu verlassen, aber er wusste, dass diese Aufgabe normalerweise vom Ressortleiter erledigt wurde.

»Was soll das Ganze? Was genau werfen Sie mir vor?« Revell musterte die Chefredakteurin eindringlich.

In den grünen Augen der Frau schimmerte eine Mischung aus Verachtung und Belustigung. Duffield hob eine Hand. »Beruhigen Sie sich. Warum regen Sie sich so auf?«

Revell zuckte mit den Schultern. Sie sah eigentlich ganz harmlos aus, aber jeder Mitarbeiter der *Daily News* hütete sich vor Duffields berüchtigter spitzer Zunge, ihrem scharfen Verstand und ihrer skrupellosen Art. Als junge Reporterin hatte sie sich den Ruf erworben, für eine gute Story über Leichen zu gehen, und heutzutage erwartete sie von ihren Leuten die gleiche bedingungslose Hingabe.

»Ich bin ganz ruhig, keine Sorge«, sagte Revell. »Ich bin nur neugierig, warum ich hier sitze und warum wir uns für diese Unterhaltung aus dem Redaktionsraum geschlichen haben.«

Duffield hob eine Hand an die Stirn und strich sich über das Haar, bis sie den Ansatz ihres Pferdeschwanzes erreichte. Revell fragte sich, ob sie ihr Haar so straff zurückband, weil ihr jemand erzählt hatte, es sei eine Art unblutiger Gesichtsstraffung.

»Ich habe Sie herbestellt, um Sie zur Golding-Story zu beglückwünschen. Der Text liest sich wunderbar. Ehrlich gesagt weiß ich nicht, ob wir jemals eine bessere Geschichte gebracht haben. Wir erhalten eine großartige Leserresonanz, besonders online.«

Revell zog die Augenbrauen hoch. Hiermit hatte er nun gar nicht gerechnet. Er war zufrieden gewesen mit dem Interview, und einige seiner Kollegen hatten ihm im Vorübergehen dazu gratuliert, aber Duffield lobte einen nie. Im Gegenteil, solange man nicht zu ihr gerufen und einer amateurhaften Schreibe bezichtigt wurde, konnte man sich auf die Schulter klopfen und davon ausgehen, dass man vernünftige Arbeit leistete.

»Ach so, das freut mich«, sagte er und rutschte auf seinem Stuhl herum. »Danke für die warmen Worte.«

Duffield lächelte. Dies überraschte Revell noch mehr als das überschwängliche Lob. Noch nie hatte er so viel von ihren Zähnen gesehen. Sie waren klein, schneeweiß und spitz.

»Es behagt Ihnen nicht sonderlich, ein Kompliment zu hören, nicht wahr?«

»Ich glaube, ich bin darin etwas außer Übung.«

Duffield wandte sich auf ihrem Stuhl ein Stück zur Seite und schaute aus dem Fenster. Revell tat das gleiche. Der Frühlingshimmel hatte die Farbe einer ausgewaschenen Jeans. Unten schlängelte sich die glitzernde Themse durch die Stadtlandschaft. Während sie die Aussicht bewunderten, versuchte Revell immer noch, sich darüber klar zu werden, warum dieses Gespräch im stillen Kämmerlein stattfand. Sollten die anderen vielleicht nicht mitbekommen, dass Duffield durchaus imstande war, einen zu loben? Schließlich musste sie ihren Ruf wahren.

Das Schweigen zog sich in die Länge, und Revell ging davon aus, dass die Unterhaltung beendet war. Er schob seinen Stuhl zurück und erhob sich. Ohne sich ihm zuzuwenden, deutete Duffield mit einem manikürten Fingernagel auf ihn. »Bleiben Sie sitzen«, sagte sie.

Revell kam sich fast wie ein Hündchen vor; er überlegte, ob er bellen und hechelnd die Zunge heraushängen lassen sollte, entschied sich aber dagegen. Stattdessen setzte er sich wieder und wartete.

Duffield wandte sich ihm zu. »Sicherlich wissen Sie, dass ich Sie nicht herbestellt habe, nur um Ihnen zu sagen, was für ein toller Hecht Sie sind.«

Revell gab sich überrascht, machte große Augen. »Lassen Sie mich raten. Ich kriege eine Gehaltserhöhung? Nein? Vielleicht eine Beförderung? Oder beides?«

Duffield zuckte mit keiner Wimper. »Ich möchte, dass Sie an der Golding-Story dranbleiben. Unsere Leser kriegen nicht genug davon. Von der Druckausgabe haben wir zusätzliche dreißigtausend Exemplare verkauft, und die Klicks auf unserer Website brechen alle Rekorde.«

Revell hatte natürlich auch schon an einen Folgeartikel gedacht, war aber zu dem Schluss gelangt, dass er die Story bis auf den letzten Tropfen ausgequetscht hatte. »Ich wünschte, es ließe sich noch etwas dazu schreiben, aber die Geschichte ist durch. Die polizeilichen Ermittlungen verlaufen im Sand. Bis sie den Täter identifiziert haben, gibt es für uns nichts Neues zu berichten.«

Duffield lächelte erneut.

Mist, dachte Revell. *Das ist das zweite Mal in zwei Jahren, dass ich sie lächeln sehe, und beide Male waren in den letzten zehn Minuten.*

»Was, wenn wir die Sache selbst in die Hand nehmen? Stellen Sie sich vor, die *Daily News* ist schneller als die Polizei. *Wir* fassen den Täter und offenbaren seine Identität. Das wäre der Knüller des Jahres. Dafür würde man die *Daily News* mit Preisen überhäufen.«

Revell beugte sich vor, stützte die Ellbogen auf den Tisch und schnüffelte die Luft, suchte nach einem Alkoholhauch in ihrem Atem. Die Chefredakteurin saß jeden Tag nach Drucklegung der neuesten Ausgabe an ihrem Stammplatz in der Bar um die Ecke und trank ein großes Glas Weißwein, wie Revell wusste, aber dass sie so früh am Tag trank, wäre ihm neu.

»Klingt großartig«, entgegnete er. »Aber ich sagte ja bereits, mir geht es genauso wie der Polizei. Der Dreh mit der *Parkplatzamazone* hat super funktioniert, aber die Story steckt in einer Sackgasse.«

Duffield schüttelte den Kopf, und Revell sah ihr an, dass sie sich zusammenriss, um nicht ein drittes Mal zu lächeln. »Ganz und gar nicht«, sagte sie. »Dies ist eine vertrauliche Information, über die Sie mit niemandem außer mir sprechen dürfen. Wir erhielten einen Anruf von jemandem, der behauptet, den Namen und die Adresse des Mannes zu kennen, der Gem Golding überfallen hat.«

Revell klappte die Kinnlade herunter. »Soll das ein Scherz sein? Glauben Sie, der Anrufer sagt die Wahrheit?«

»Ich denke schon, ich habe persönlich mit ihm geredet. Er behauptet, den Mann gut zu kennen und auf dem Phantombild erkannt zu haben.«

»Wer ist der Anrufer? Lebt er in London? Warum geht er mit der Information nicht zur Polizei?«

Duffield hob eine Hand. »Beruhigen Sie sich. Hören Sie mir einfach zu.«

Revell atmete tief durch und nickte. Sein Herz raste. Wenn das hier stimmte, dann wollte er die Story haben. Um jeden Preis.

»Den Namen des Anrufers kennen wir noch nicht, aber wir haben seine Handynummer. Er verlangt Geld für die Information. Ich sagte zu, dass wir ihn bezahlen würden, aber nicht die zehntausend Pfund, die er von uns will. Für ihn ist das Geld eine Art Gefahrenzulage, wie er meint, weil der Täter ein ›echt übler Dreckskerl‹ sei, der ihm ohne zu zögern die Zunge abschneiden würde, falls er herausfände, wer ihn verkauft hat.«

Revell nickte, seine Gedanken überschlugen sich. Wenn er es richtig anstellte, würde er sich mit der Story einen Namen machen. Er wäre dann in der Position, eine Beförderung und eine Gehaltserhöhung zu verlangen, und falls ihm das Angebot der *Daily News* nicht gut genug war, hätte er freie Auswahl bei den Konkurrenzblättern, vielleicht fände sich sogar ein Weg zum Fernsehen, in eine News-Show.

»Da Sie bei der ersten Story so gute Arbeit geleistet haben, will ich Sie natürlich auch für den Folgeartikel, aber wie gesagt, niemand darf davon erfahren. Das schließt selbstredend auch unsere Kollegen mit ein. Das letzte, was ich will, ist, dass die Sache durchsickert.«

»Wo stehen wir juristisch? Sollten wir nicht die Polizei über den Anruf informieren? Ihnen die Handynummer geben? Damit können sie ihn ausfindig machen.«

Duffield schüttelte den Kopf. »Kommen Sie, Revell, werden Sie mir jetzt nicht weich. Sonst suche ich mir jemand anderen für den Job. Wenn wir die Fakten beieinanderhaben, einschließlich der Identität des Täters, präsentieren wir alles der Polizei. Und gleich darauf geht unsere neue Ausgabe in Druck, in der wir schildern, wie wir den Mann gefunden haben, der die Parkplatzamazone angegriffen hat, und wie wir ihn der Polizei auf dem Silbertablett präsentiert haben.«

Revell knöpfte seinen Hemdkragen auf und lockerte seine Krawatte. »Was geschieht als Nächstes?«

»Sie werden mit dem Anrufer ein Treffen vereinbaren und das tun, was Sie am besten können. Ihn umgarnen und zum Reden bringen. Sind Sie dabei?«

»Natürlich bin ich dabei.«

18

AUFGEBEN

DER FREUND

Drew Bentley überquerte mit zügigen Schritten den Spital Square. Zu seiner Linken verhalf ihm eine Lücke in der Skyline zu einer Teilansicht des knollenförmigen Gherkin Tower. Solange es nicht regnete, begann sein morgendlicher Weg zur Arbeit stets mit dem fünfzehnminütigen Fußmarsch zur Liverpool Street Station.

Er überquerte die Straße, schob sich zwischen den Autos hindurch und ging in die Primrose Street. Weit vor ihm schimmerten die auffälligen Stahlbalken des Broadgate Tower im schwachen Sonnenlicht.

Die Energie der Londoner Straßen versetzte ihm immer einen Schub, machte ihn fit für einen weiteren Tag voller Meetings, in denen er wütenden Führungskräften dabei half, höchstmögliche Abfindungen von ihren früheren Arbeitgebern einzustreichen.

Drews Gedanken kehrten zum Frühstück zurück. Er hatte sich auf die Zunge gebissen und seine wahre Meinung über Gems neue Frisur für sich behalten. Was sollte dieser »Neue-Frisur-neue-Frau«-Scheiß? Na ja, irgendwie würde er sie schon wieder zur Besinnung bringen, ganz bestimmt.

Vor ihrer Rückkehr zur Arbeit war sie aufgeregt gewesen und mehr als ein bisschen nervös. Er hatte sie ermuntert und aufzubauen versucht, und sie hatte seine Worte dankbar aufgenommen. Er hatte es für klüger gehalten, ihr nicht von seiner Hoffnung zu erzählen, dass sie nach dem Überfall auf seine Meinung einschwenken, ihren Job schmeißen und anfangen würde, über ein Baby nachzudenken.

Drew hatten ihre unsozialen Arbeitszeiten nie gefallen. Genau genommen hielt er es nicht einmal für *Arbeit*, was sie da tat, diese endlose Folge von Events, bei denen irgendwelche neuen Produkte lanciert wurden.

Er stellte sich auf die Rolltreppe und fuhr in die Liverpool Street Station hinab. Auf dem Bahnhof wimmelte es von Pendlern, deren Stimmengewirr klang wie das Brummen eines wütenden Bienenschwarms. Er hielt direkt auf die U-Bahn zu. Am Eingang zum Bahnsteig standen drei Polizisten, zwei Männer und eine Frau; alle drei trugen Stichschutzwesten.

Während Drew auf sie zuging, fing er den Blick eines Mannes auf, der lässig an einem Fahrkartenautomaten lehnte und ihn unverwandt anstarrte, seine Augen schmale Schlitze unter einem Basecap. Unter dem dunklen Bart verbarg sich etwas Vertrautes, etwas Beunruhigendes. Drew ging weiter, spürte den Blick des Mannes im Rücken. Er eilte zum elektronischen Drehkreuz, zog seine Oyster Card über das Lesefenster und ging hindurch, wobei er sich verstohlen über die Schulter blickte.

Wie jeden Morgen wimmelte es auf dem Bahnsteig der Central Line von Pendlern, die ungeduldig auf die Einfahrt des nächsten Zuges in westliche Richtung warteten. Im dichten Gedränge trottete Drew auf sie zu.

Im nächsten Moment raste die U-Bahn aus dem Tunnel und kam mit kreischenden Bremsen zum Stehen. Die Waggons waren bereits knallvoll, doch als die Türen sich öffneten, schoben sich die Pendler, die an der Bahnsteigkante standen, ungerührt hinein.

Der Zug fuhr los, und Drew gelang es, sich auf dem Bahnsteig nach vorne zu drängeln. Von hinten schoben und drückten die Leute ihn weiter vor, über die gelbe Sicherheitszone hinaus, gefährlich nahe an die Bahnsteigkante.

Ein fernes Donnern ließ ihn in den Tunnel blicken, doch von Scheinwerferlichtern war in der Schwärze nichts zu erkennen. Die Menschenmassen hinter ihm wallten nach vorne und er musste sich mit weit gespreizten Beinen dagegenstemmen.

Er wandte den Kopf, versuchte zu erkennen, was das Gedränge verursachte. Der bärtige Mann mit dem Basecap, den er draußen gesehen hatte, schob sich rüde durch die Menge in seine Richtung. Zwei Reihen hinter Drew blieb der Mann stehen und verzog den Mund zu einer Art Lächeln. Drew schaute ihm in die Augen und seine Knie wurden butterweich.

Ein Zug schoss aus dem Tunnel und Drew versuchte, von der Bahnsteigkante zurückzutreten, doch die dicht gepackten Reihen hinter ihm machten ihm jede Bewegung unmöglich.

Er sah, wie die Scheinwerferlichter an der Fahrerkabine auf ihn zurasten. Schweiß rann ihm über das Gesicht und sein Herz hämmerte im Rhythmus der herandonnernden Bahn. Als er den Mund aufriss, um nach Hilfe zu rufen, schoben sich die direkt hinter ihm stehenden Leute ruckartig vor, und dann spürte er plötzlich eine Faust im Rücken. Sie drückte ihn leicht nach vorne, eine kleine Stoßbewegung nur, doch es genügte, um ihn aus dem Gleichgewicht zu bringen.

Das Kreischen der abbremsenden Stahlräder auf stählernen Gleisen übertönte seinen Aufschrei, als er mit rudernden Armen nach vorne kippte.

DER DETECTIVE

Day hatte aufgehört, zu Hause zu frühstücken. Am Küchentisch zu sitzen und auf leere Stühle zu starren, war ein großartiger Appetitzügler, wie er gemerkt hatte. Es war nicht nur der Umstand, dass Tom und Amy nicht da waren, um über seine Witze zu lachen oder sich liebevoll über seine Versuche zu amüsieren, perfekte pochierte Eier zuzubereiten. Allein zu sein, war nie ein Problem für ihn gewesen, sich in den eigenen vier Wänden einsam zu fühlen, war hingegen etwas völlig anderes. Es war ein seltsames beunruhigendes Gefühl, eines, das ihm ganz und gar nicht gefiel. Es kam ihm gefährlich vor.

Der Fettgeruch schlug Day entgegen, sobald er die Polizeikantine betrat. Der Ort war erfüllt vom Geklapper billiger Bestecke und der lautstarken Unterhaltung mehrerer uniformierter Officer, die an zwei Tischen in der Mitte des Raumes saßen.

Er widerstand der Option eines Würstchenfrühstücks und bestellte pochierten Fisch und Baked Beans auf Toast, dazu einen Kaffee, um das Ganze hinunterzuspülen. Er trug sein Tablett zu einem freien Tisch neben dem einzigen Fenster, das es in der Kantine gab. Er setzte sich und futterte los.

Der Golding-Fall steckte in der Sackgasse. Die Zeitungen langweilte die Geschichte bereits und sie schienen an einer Mithilfe nicht mehr interessiert zu sein. Offenbar war ein Überfall, bei dem eine Frau bedroht und verletzt und ihr Auto gestohlen worden war, nicht »sexy« genug, um mehr als einige Kurzartikel zu rechtfertigen.

Day nahm einen Schluck vom Kaffee und verzog das Gesicht. Er roch gut, schmeckte aber wie Eselpisse. Einen Tag noch, dann würde er seine Leute vom Golding-Fall abziehen müssen. Sie hatten stapelweise Überfälle, Messerstechereien und sexuelle Übergriffe abzuarbeiten.

Er hob die Tasse an die Lippen, ehe ihm einfiel, wie schlecht der Kaffee schmeckte, und er ihn wieder abstellte. Er überlegte, ob er einen anständigen Coffeeshop aufsuchen sollte, als er Shields erblickte. Sie marschierte auf ihn zu wie eine Frau, die auf einer Mission war.

Zum ersten Mal bemerkte er, wie athletisch ihre Bewegungen waren, wie rhythmisch und balanciert ihre Schritte. Als sie Days Tisch erreichte, rannte sie beinahe schon.

Er hob eine Hand. »Hey, Cat«, sagte er mit einem halben Lächeln. »Darf ein Mann nicht in Ruhe zu Ende frühstücken?«

Shiels legte die Hände auf die Lehne des Stuhls, der gegenüber von Day stand; er hörte, dass sie außer Atem war. »Ich dachte, Sie sollten es so schnell wie möglich erfahren«, sagte sie.

Neugierig geworden, schob Day seinen Teller zur Seite. »Was erfahren?«

»Es geht um Drew Bentley.«

»Gem Goldings Freund?«, fragte Day erstaunt. »Der Anwalt?«

Shields nickte.

»Na dann, raus mit der Sprache. Was ist passiert?«

»Er ist tot. Hat sich heute Morgen offenbar vor die U-Bahn geworfen.«

Day schob seinen Stuhl zurück, stand auf und ging zum Ausgang. Shields folgte ihm. Vor der Kantine wandten sie sich nach links und gingen in Richtung von Days Büro. »Es gilt als Selbstmord, sagen Sie?«

Shields verlängerte ihre Schritte, um mit ihrem Vorgesetzten mitzuhalten. »Sieht jedenfalls ganz danach aus. Augenzeugenberichten zufolge hat er sich dem U-Bahnfahrer zugewandt und ihm in die Augen geschaut, ehe er auf die Schienen gesprungen ist.«

Vor seinem Büro blieb Day stehen und wandte sich zu Shields um. »Wurde Gem Golding informiert?«

»Unsere Leute sind gerade bei ihr«, sagte Shields.

Normalerweise versetzte ein Selbstmord Day nicht in Aufregung. Das übliche Prozedere nach einem solchen Fall bestand für den beauftragten Detective darin, die Fakten in Erfahrung zu bringen und an den Gerichtsmediziner weiterzuleiten. Im vorliegenden Fall würde es nicht so laufen, niemals. Es musste einen Zusammenhang geben zwischen dem

Überfall auf Golding und Bentleys Tod. Day glaubte nicht an Zufälle.

»Ich möchte von allen Augenzeugen einschließlich des Fahrers eine detaillierte Aussage zu dem Vorfall, verstanden?«

Shields nickte. »Ich setzte sofort jemanden darauf an.«

Days Gedanken rasten. »Und ich will die CCTV-Aufnahmen vom Bahnsteig und die vom Weg, den Bentley dorthin durch den Bahnhof genommen hat. Und zwar umgehend.«

»Ich kümmere mich drum«, sagte Shields und ging zum Teamraum weiter. Sie war einige Schritte gegangen, als Day sich noch einmal zu Wort meldete.

»Wir werden auch mit Gem Golding reden müssen«, sagte er. »Ich weiß, dass wir behutsam sein müssen und dass sie etwas Zeit brauchen wird, aber ich möchte damit nicht länger als einen Tag warten, höchstens zwei.«

19

KÄMPFEN

DER SPIELMEISTER

Con Norton saß an seinem Lieblingstisch in seinem Liebligscafé und trank Tee. In Cath's Café in Stratford gab es das reichhaltigste, beste und billigste Frühstück in ganz East London, den ganzen Tag frisch zubereitet, doch er war nicht hier, um sich den Bauch vollzuschlagen.

Er schaute auf die Ausgabe der *Daily News*, die vor ihm ausgebreitet auf dem Tisch lag. Er hatte den Artikel unzählige Male gelesen, er konnte ihn auswendig aufsagen. *Parkplatzamazone. Furchtlose Kriegerin. Feigling. Perverser.* Die Wörter sprangen ihn an, jedes ein Schlag ins Gesicht.

Wütende Flammen loderten in seiner Brust. Er hieß die ihnen innewohnende Kraft willkommen wie einen alten Freund und lächelte. Er hob eine Hand und rieb durch seinen Bart. Er musste gestutzt werden. Statt eine Barriere zu sein, hinter der er sich verstecken konnte, begann sein Bart, Aufmerksamkeit zu erregen.

Er las das Interview mit Gem Golding erneut. Diesmal ganz langsam, er achtete auf jedes Wort, auf jede Nuance. Richtig, er hasste es, was die Frau sagte und wie der Reporter ihn mit seinen Formulierungen demütigte, aber gleichzeitig erweckte das Medieninteresse etwas tief in seinem Innern zum Leben.

Sie schrieben über *ihn* in der Zeitung, redeten im Fernsehen über *ihn*. Die Welt nahm endlich Notiz von ihm. Es fühlte sich gut an. Er hatte immer gewusst, dass seine Zeit kommen würde. Er hatte die Welt aufhorchen lassen und beabsichtigte nicht, jetzt damit aufzuhören. Jemand musste der Frau klarmachen, dass es besser um sie bestellt wäre, wenn sie die Klappe hielte, dachte er. Sie hatte einfach Glück gehabt, das war alles. Falls sie klug war, würde sie Gott, dem Teufel und dem Universum dafür danken, dass sie überlebt hatte, würde Demut zeigen und ihre Anschuldigungen für sich behalten.

Natürlich hatte dieser Reporter sie dazu gebracht, es mit der Wahrheit nicht zu genau zu nehmen, aber sie hätte das Interview auch rundheraus ablehnen können. Sie war eine Schwindlerin, eine Lügnerin, eine Blenderin. Ihre Lügen gingen ihm nicht aus dem Kopf. Was sie über ihn erzählt hatte, würde er nie vergessen. Als was für eine schamlose Lügnerin sich diese Frau doch entpuppte.

Norton richtete sein Augenmerk auf die Artikel auf den Zeitungsseiten vier und fünf. Er musste zugeben, dass die Schlagzeile des Hauptartikels gar nicht mal schlecht klang. *Soll man kämpfen oder kapitulieren, um zu überleben?*

Neben dem Hauptartikel prangte eine Portraitaufnahme des Reporters. Er hatte ein jugendliches, arrogant dreinblickendes Gesicht. Die Art von Gesicht, in das man seine Faust hineinrammen musste, sobald man es sah, fand Norton. Dieser Matt Revell hält sich für clever, dachte er, *aber das Wesentliche begreift er nicht. Man wird als Opfer geboren, nicht zu einem gemacht. Opfern ist es vorherbestimmt, Beute für Raubtiere zu werden.*

Nortons Blick wanderte zur Schlagzeile zurück, sprang zwischen den Wörtern *kämpfen* und *kapitulieren* hin und her. *Kämpfen … kapitulieren … kämpfen … kapitulieren … kämpfen … kapitulieren.*

Seine Oberlippe begann zu zucken, dann verzog sie sich zu einem Grinsen und schließlich zu einem Lächeln. Wenn sie doch nur wüssten, dachte er. *Wissen sie es? Natürlich nicht. Woher sollten sie es denn wissen?* Die Wahrheit war simpel. Er war derjenige, der die Richtung vorgab – und die Medien folgten ihm blindlings. Es lässt sich nicht leugnen, dachte er. *Ich halte das Ruder fest in der Hand.*

Die Berichterstattung der Zeitung würde wahrscheinlich genau das erreichen, was damit bezweckt wurde: eine Debatte auslösen und Hunderte, wenn nicht Tausende von Lesern auf die Website locken, wo man die Leute bitten würde, an einer völlig sinnfreien Abstimmung darüber teilzunehmen, wie Opfer sich im Fall einer gewalttätigen Bedrohung verhalten sollten.

Norton las die *Kämpfen-oder-kapitulieren*-Schlagzeile erneut. Die Kraft der Wörter zauberte ihm ein Lächeln auf die Lippen. Manchmal waren Genie und Wahnsinn eben ein und dasselbe.

Er liebte es, Spiele zu spielen. Besonders solche, die zu gewinnen ihm vorherbestimmt war.

20

AUFGEBEN

DER DETECTIVE

Der Fightin Dogs Pub war kein Laden, in dem Polizisten verkehrten. Deshalb mochte Day ihn. Hier konnte er in relativer Ruhe sein Feierabendbier trinken. Denn die meisten Detectives kannten, wenn sie außer Dienst waren, kein Halten, wenn es um ihren Bierkonsum ging. In einer Polizistenkneipe pflegten die Dinge schnell aus dem Ruder zu laufen.

Am Tresen kaufte er sich einen Pint und setzte sich damit in eine der drei freien Nischen mit hohen Rückenlehnen. Der Pub hatte eine gepflegte Atmosphäre, aufgeputzt mit eleganten Kronleuchtern, Bücherregalen und einer Wandtäfelung aus, wie es schien, antikem viktorianischem Mahagoni. Day zählte fünf andere Gäste, allesamt allein trinkende Männer. Es war früh, und er wusste, dass der Laden im weiteren Verlauf des Abends brummen würde.

Shields hatte seinen Vorschlag angenommen, sich hier zu treffen, allerdings mit der Warnung, dass sie vorher noch einigen Papierkram zu erledigen hätte. Day nahm einen Schluck vom Bier und begann, über den Bentley-Fall nachzudenken. Der Mann war ein erfolgreicher Rechtsanwalt gewesen, hatte dickes Geld verdient und mit seiner Freundin in einem schicken Haus zusammengewohnt. Warum in aller Welt sprang so ein Mann vor die U-Bahn? Es passte einfach nicht zusammen.

Er war kerngesund gewesen, keinerlei psychische Probleme waren dokumentiert. Vielleicht war es nur eine Frage der Zeit, bis sie auf einen möglichen Grund stoßen würden, warum jemand wie Bentley sich selbst abmurkste. Geheime Spielschulden? Eine unglückliche Affäre? Day hielt es für unwahrscheinlich, aber möglich.

Offiziell wurde Bentleys Tod als Selbstmord oder Unfall eingestuft, und für den Augenblick war Day zufrieden damit. Das Letzte, was er wollte, war, den Fall seinem alten Team übergeben zu müssen. Er war für die Ermittlungen mehr als qualifiziert.

Man hatte Bentleys zerfleischte Überreste von den Gleisen gekratzt, nachdem seine Freundin zwei Wochen zuvor von einem fiesen Carjacker überfallen worden war. Days Bauchgefühl sagte ihm, dass es einen Zusammenhang geben musste. Er glaubte nicht an Glück oder Pech. Nein, seiner Meinung nach lagen die Dinge viel simpler. Er glaubte an gute und schlechte Menschen.

Wenn er raten müsste, würde er Gem Golding wahrscheinlich als guten Menschen bezeichnen. Er kannte sie nicht ausreichend genug, um sicher zu sein, aber er hatte keinen Anlass zur gegenteiligen Annahme. Schlechte Menschen waren seine Spezialität. Bentley war weniger leicht zu durchschauen gewesen. Mit dem charakterlichen Urteil über den Mann würde Day warten, bis die Ermittlungen zum U-Bahn-Sprung abgeschlossen waren.

Der morgigen Befragung von Gem Golding sah er mit Unbehagen entgegen. Über die Jahre hatte er an Dutzende Türen von Leuten geklopft, die durch ein Gewaltverbrechen einen geliebten Menschen verloren hatten. Wenn man den Job lange genug durchhielt, gewöhnte man sich an den Umgang mit Trauernden.

Jeder ging auf seine eigene Art mit den negativen Emotionen um, die Morde und andere Gewaltverbrechen umgaben. Day hatte keine Ahnung, wie andere Detectives es hielten, und wollte es auch gar nicht wissen. Er nahm an, dass einige im Laufe der Zeit immun wurden gegen das Leid und die Tragödien, und dass sich um ihre Herzen ein Schutzpanzer bildete, der diese negativen Dinge abprallen ließ.

Für ihn war es anders. Es war alles noch da, in seinem Kopf, verborgen in einem mentalen Aktenschrank. Solange er die Schubladen verschlossen und verriegelt ließ, war alles in Ordnung.

Day trank einen Schluck Bier. Es schmeckte gut, und er nahm gleich noch einen größeren Schluck. Er stellte das Glas ab und schob es zur Seite. Lass es gemächlich angehen, sagte er sich. Dies sollte ein Feierabend-Drink und eine Kennenlern-Unterhaltung mit einer neuen Kollegin werden, kein Saufgelage mit einem alten Kumpel.

Er musste einen klaren Kopf behalten. Sein Team war einem Durchbruch im Golding-Fall keinen Schritt näher gekommen. Der Täter hatte ein wertvolles Fahrzeug stehen gelassen und abgefackelt. Das passte nicht zusammen. Falls es bei dem Überfall nur darum gegangen sein sollte, eine beliebige Frau zu terrorisieren, dann war der Kerl ein impulsiver, durchgedrehter Psycho, der unter allen Umständen weggesperrt gehörte. Doch Day hatte das Gefühl, dass der Fall um einiges komplizierter war. In der CCTV-Aufnahme hatte der Mann eher kühl und berechnend gewirkt als impulsiv. Das war beunruhigend.

Solche Leute wechselten in der Regel nicht aus einem bis dahin gesetzestreuen Leben in eine kriminelle Existenz. Sie wurden nicht plötzlich böse. Sie waren durch und durch verdorben, bis ins Mark. Falls sie die Identität des Mannes aufklärten, würde ihn eine Überprüfung in den polizeilichen Datenbanken vermutlich als vorbestraft ausweisen.

Day wusste aus Erfahrung, dass die Alternative schlimmer war. Falls der Mann, den sie suchten, bisher nie erwischt worden war, würde es auf einen intelligenten, gründlichen Planer hinweisen. In dem Fall wäre es ungleich schwieriger, ihn zu finden, und zu seinem Bekanntenkreis zu zählen, wäre extrem gefährlich.

Sein Handy gab ein lautes Vogelzwitschern von sich, das ihm missbilligende Blicke der Männer am Tresen eintrug. Day sah, wer der Anrufer war, und sein Herz sank. Er hatte sich auf ein bisschen weibliche Gesellschaft gefreut, bevor er sich der Aufgabe würde stellen müssen, nach Hause zu gehen. Er mochte Shields. Sie redete Klartext und lächelte mittlerweile sogar ab und zu über einen seiner Scherze. Genau genommen war sie die Einzige in der Abteilung, die begriff, dass es Scherze waren.

»Sagen Sie nicht, dass Sie mich versetzen und lieber Unterlagen wälzen«, meldete er sich.

»Es geht um etwas anderes. Etwas ist passiert. Sie müssen sofort herkommen.«

Day sprang auf und eilte zur Tür, das Handy am Ohr. Der Tonfall seiner Kollegin ließ seine Alarmglocken schrillen. »Was ist los? Was ist passiert?«

»Es geht um den Bentley-Fall. Um die CCTV-Aufnahmen in der Liverpool Street Station.«

Day trat auf die Straße hinaus. Er ahnte bereits, was als Nächstes kommen würde, wollte aber keine voreiligen Schlüsse ziehen.

»Jetzt spucken Sie es schon aus«, sagte er und trat einen Schritt zur Seite, um einer mit schweren Einkaufstüten beladenen Frau auszuweichen. »Was sieht man auf den Aufnahmen?«

Shields antwortete nicht sofort, worauf Day aufs Display schaute, um zu prüfen, ob die Verbindung unterbrochen war. »Nun, das lässt sich nicht so genau sagen«, entgegnete sie schließlich. »Aber man sieht, dass irgendetwas im Gange ist, etwas Sonderbares.«

Day kehrte ins Revier zurück und sah Shields an ihrem Schreibtisch sitzen, den Blick auf den Computerbildschirm gerichtet.

Als er zu ihr herantrat, stand sie auf und bedeutete ihm ungeduldig, sich auf ihren Stuhl zu setzen. »Die Aufnahmen stammen vom London Underground CCTV-Center. Ich habe darin einige wirklich interessante Details entdeckt.«

Day schaute zu seiner Kollegin auf. »Na dann los. Zeigen Sie es mir.«

Shields beugte sich über den Schreibtisch und klickte etwas in der unteren Menüzeile an. Im nächsten Moment blickte Day auf eine Menschenmenge, eng aneinandergepresst wie Ölsardinen in der Dose. Aus dem Kamerawinkel war eindeutig zu erkennen, dass die vorderste Reihe der Leute jenseits der gelben Sicherheitslinie stand, direkt an der Bahnsteigkante.

Shields klickte erneut und zeigte mit dem Finger auf den Bildschirm.

»Da ist Bentley. Sehen Sie ihn?«

»Mit meinen Augen ist alles in Ordnung«, sagte Day. »Wenn Sie ihn sehen, sehe ich ihn auch. Also, worauf soll ich achten?«

»Schauen Sie einfach hin.«

Die Aufnahme lief weiter. Die Menschenmenge auf dem Bahnsteig wogte nach vorne, und auf den meisten Gesichtern der Wartenden an der Bahnsteigkante – einschließlich Bentley's – flammte Panik auf. Sie schienen einen Moment lang festen Stand zu haben, ehe die Menge wieder in Bewegung geriet.

Für Day sah es so aus, als liefen die Leute in der vordersten Reihe Gefahr, auf die Gleise zu stürzen. Er schaute zu Shields auf. »Sieht ziemlich gefährlich aus. Haben wir es mit einem Unfall zu tun?«

»Sehen Sie hin, Boss. Es kommt noch mehr.«

Day schaute wieder auf den Bildschirm und sah, wie Bentley den Kopf umwandte und über die Leute hinwegschaute. Er riss die Augen auf und sein Körper verkrampfte. Er schien zu versuchen, von der Bahnsteigkante zurückzutreten, aber mit all den Leuten im Rücken konnte er sich nicht bewegen.

Day sah den U-Bahnzug aus dem Tunnel herausschießen. Im letzten Moment wandte Bentley sich von den hinter ihm stehenden Leuten ab und blickte offenbar direkt in die Fahrerkabine, dann stürzte er vorwärts.

Day sah Shields an und schaute wieder auf den Bildschirm. Er war sich nicht sicher, was er gesehen hatte, aber seine Kollegin lag richtig mit ihrer Meinung. Etwas war höchst sonderbar.

»Noch mal von vorne, bitte«, sagte er. An der Stelle, wo Bentley sich umwandte, bat er Shields, auf die Pausentaste zu drücken. Er beugte sich vor, um Bentleys Gesichtsausdruck zu studieren.

»Er sieht aus, als hätte er riesige Angst. Schade, dass wir nicht sehen, was er sieht.«

Shields berührte Day leicht an der Schulter, und er konnte ihre Aufregung spüren. »Warten Sie. Es kommt noch mehr«, sagte sie.

Die Szene auf dem Bildschirm wurde durch Bildmaterial einer Kamera ersetzt, die aus einem anderen Winkel auf den Banhnsteig gerichtet war. Aus dieser Perspektive sah man keine Gesichter, nur Hunderte von Hinterköpfen. Day machte Bentley in dem Moment aus, als der den Kopf umwandte und zurückblickte. Eine Gestalt, die ein dunkles Baseballcap trug, drängelte sich rüde durch die Menschenmenge in Bentleys Richtung. Day begriff, dass dies der Grund für den Tumult war. Die Gestalt blieb zwei Reihen hinter Bentley stehen. Nach einigen Sekunden schob der Mann mit dem Cap sich unvermittelt nach vorne und Bentley stürzte in den Tod.

»Was halten Sie davon, Boss?«, fragte Shields.

Day runzelte die Stirn. »Man sieht keinen Arm, der nach Bentley greift. Es gibt keinen eindeutigen Kontakt zwischen den beiden. Aber für mich sieht es aus, als wäre Bentley gestoßen worden. Seine Körperhaltung und die rudernden Arme während des Sturzes deuten ebenfalls darauf hin. Für mich scheint Bentley den Mann zu erkennen, der sich zu ihm vordrängelt. Mehr noch, er scheint Angst vor ihm zu haben. Aber vielleicht hat er wegen des Gedränges hinter ihm auch nur Schiss, von der Bahnsteigkante zu fallen.«

Shields schüttelte den Kopf. »Ich glaube nicht, dass jemand, der vorhat, vor die U-Bahn zu springen, sich darum sorgt, dass er von der Bahnsteigkante fallen könnte, wenn der Zug herandonnert.«

Day hielt inne und dachte üder das Gesehene nach. Für ihn sah Bentleys Tod verdächtig aus. Es war kein Selbstmord gewesen.

»Es gibt noch eine andere Aufnahme, die ich Ihnen zeigen möchte«, sagte Shields.

Aus ihrem aufgeregten Tonfall schloss Day, dass er etwas Hochinteressantes zu sehen bekommen würde. Er schaute wieder auf den Bildschirm und sah eine Seitenansicht einer Rolltreppe, auf der Fahrgäste zum Ausgang der U-Bahnstation hinauffuhren.

Shields deutete auf einen hochgewachsenen Mann mit einem schwarzen Baseballcap. Er hatte einen dunklen Bart und trug eine braune Lederjacke. »Wir sind ziemlich sicher, dass das unser Mann ist«, sagte sie. »Der Mann, vor dem Bentley anscheinend Angst hatte und der hinter ihm stand, als Bentley auf die Gleise stürzte.«

Day beugte sich zum Bildschirm vor und starrte auf das Profil des Mannes. Könnte das der Kerl sein, der Gem Golding überfallen hat?, fragte er sich. Die Aufnahmen vom Parkplatz waren unscharf, und der Bart verbarg die Kinnpartie, aber irgendwie kam ihm die Körperhaltung des Mannes vertraut vor.

Shields berührte Day erneut an der Schulter. »Die Aufnahme wurde zwei Minuten nach Bentleys angeblichem Todessprung gemacht. Die Rolltreppe führt zur Straße hinauf. Er hatte es offenbar eilig wegzukommen, obwohl er dicht hinter Bentley gestanden hatte, als der auf die Gleise stürzte. Warum ist der Mann nicht dortgeblieben und hat den Offiziellen berichtet, was er gesehen hat?«

Day erhob sich vom Stuhl und verließ den Raum. »Danke, Cat. Ausgezeichnete Arbeit«, sagte er über die Schulter.

Shields folgte ihm in sein Büro. Sie nahm Platz, während Day ans Fenster trat und auf den dunklen Parkplatz hinabschaute.

Shields wartete einige Augenblicke, ehe sie sagte: »Vielleicht sollten wir den Fall Ihrer alten Abteilung übergeben, Boss.«

Day antwortete nicht. Er holte tief Luft, stützte die Hände aufs Fensterbrett und ließ das Kinn zur Brust sinken.

»Es sieht immer mehr danach aus, dass Bentleys Tod weder Selbstmord noch Unfall war«, sagte Shields. »Von Rechts wegen müssten wir den Fall Ihren früheren Kollegen übergeben.«

Day hob den Kopf und wandte ihr das Gesicht zu. Er wusste, dass sie recht hatte. Ebenso wusste er, dass das Richtige zu tun nicht immer am besten war.

»Ich würde mir den Bentley-Fall gerne etwas näher ansehen. Falls er mit dem Überfall auf Gem Golding zusammenhängt – wovon ich fast überzeugt bin –, dann steht es uns zu, die Ermittlungen weiterzuführen, oder etwa nicht?«

Shields legte den Kopf schräg und hob eine Augenbraue. »Ich denke, das ist reichlich übertrieben, Boss. Ich weiß, dass Sie alles dafür tun, um Ihre alte Stelle zurückzukriegen, aber gegen die Regeln zu verstoßen ist nicht der richtige Weg.«

Day bedachte Shields mit einem Halblächeln. Er kannte sie noch nicht lange, doch er wusste, dass sie sich nicht hinter seinem Rücken über ihn auslassen würde. Bei einigen Menschen spürte man das einfach. Was sie sagte, war vernünftig. Doch Mörder zu schnappen und zu sehen, wie die Hinterbliebenen der Opfer Trost in dem Umstand fanden, dass der Täter abgeurteilt worden war, war eine Sucht, eine Sucht, die Day seine Ehe gekostet hatte.

»Bitte, stehen Sie in der Sache hinter mir. Warten wir ab, was wir in den nächsten Tagen herausfinden, dann dürfen Sie Elliot zu mir sagen statt Boss.«

Shields verzog keine Miene, doch rund um ihre Augen bemerkte Day den Anflug eines Lächelns. »Nun, es ist wohl so, wie Sie sagen. Wegen der möglichen Verbindung zum Golding-Fall könnten wir unsere Ermittlungen nötigenfalls rechtfertigen.«

Day nickte. Er hatte sie richtig eingeschätzt. Sie war nicht nur außerordentlich klug, sondern scheute überdies nicht davor zurück, ein Risiko einzugehen.

Shields stand auf und ging. Als sie die Tür erreichte, zögerte sie. »Eine Sache stört mich an den Aufnahmen, die wir gerade gesehen haben.«

»Dann sprechen Sie. Erzählen Sie es mir.«

»Falls der Mann mit dem Basecap Bentley getötet hat, falls er ihn absichtlich über die Bahnsteigkante gestoßen hat, dann muss er doch gewusst haben, dass die Überwachungskameras ihn filmen würden. Es schien ihn nicht zu kümmern, abgesehen davon, dass er ein Basecap trug. Falls es keine spontane Tat war, warum Bentley nicht lieber an einem Ort umbringen, wo es keine Kameras gibt? Das Verhalten des Täters erscheint irrational. Dumm.«

Day hatte auch darüber nachgedacht, war aber zu einem anderen Schluss gelangt. Dieser Mann war nicht dumm. Im Gegenteil. Einige Leute töteten, weil sie nicht die Intelligenz besaßen, ihr Problem auf andere Weise zu lösen. Sie schlugen blindwütig zu, unfähig, die Konsequenzen zu bedenken. Andere Leute töteten, weil sie es konnten und es genossen. Diese Leute waren jedoch rar gesät.

»Ehrlich gesagt, glaube ich, dem Mann war es völlig egal, dass er gefilmt wurde«, sagte er. »Wahrscheinlich hält er sich für zu gerissen, um jemals von Leuten wie uns gefasst zu werden. Sie haben selbst gesehen, dass man in der dicht gepackten Menschenmenge auf dem Bahnsteig unmöglich einen direkten Kontakt zwischen Täter und Opfer erkennen kann. Es bedurfte nur eines leichten Anstupsens, um Bentley über die Bahnsteigkante zu befördern. Ich glaube, der Täter hat diese Tötungsmethode gewählt, gerade weil er will, dass man ihn in den CCTV-Aufnahmen sieht. Es ist Berechnung. Er macht sich lustig über uns. Er hält sich für unantastbar.«

21

KÄMPFEN

DER SPIELMEISTER

Norton rieb sich das Kinn, die Haut war trocken und rau. Er hatte kaum geschlafen. Das Golding-Interview war ihm nicht aus dem Kopf gegangen. Versuchte sie, ihn zu provozieren? Er hatte sogar überlegt, ob die Polizei sie eigens darum gebeten hatte, ob Golding ermuntert worden war, ihn mit ihren Äußerungen wütend zu machen, ihn anzustacheln, damit er einen Fehler beging. Irgendwann gegen vier war er endlich eingeschlafen, nachdem er einen Plan ausgeheckt hatte, wie er sie büßen lassen würde für das, was sie ihm angetan hatte.

Mit den anonymen Anrufen war schluss. Sie fingen an, ihn zu langweilen. Er spielte ein größeres, ein viel größeres Spiel. Kämpfen oder aufgeben. Leben oder sterben. Diese Frau ahnte nicht, was auf sie zukam. Indem sie gegenüber der Zeitung ihre Lügen ausgespien hatte, hatte sie ihn verhöhnt, ihn herausgefordert. Das hätte sie besser bleiben lassen. Nun war ihr Schickal besiegelt, und es lag an ihm zu bestimmen, wie groß ihr Schmerz werden würde.

Er ging durch den Viktoria Park in westliche Richtung und trat zur Seite, als zwei Radfahrer an ihm vorbeiflitzten. Die Wiesen ringsum füllten sich bereits mit Scharen von Londonern, die die Frühlingssonne genießen wollten. Norton mochte den Park im Winter lieber. Seiner Meinung nach waren die Bäume ohne Blätter am schönsten, wenn sie aussahen wie riesenhafte, seltsam verdrehte schwarze Skelette unter einem bleiernen Himmel.

Er zog sein Handy heraus und sah nach, wie spät es war. Er würde das Wegwerfgerät mit der Prepaid-Karte noch eine, höchstens zwei Wochen verwenden, ehe er es wegschmeißen und ein neues kaufen würde. Man konnte nicht vorsichtig genug sein. Er fasste sich rechts oben an den Oberschenkel und prüfte, ob das Geldbündel noch sicher in seiner Hosentasche steckte. Er besaß genügend Bargeld, um locker über die nächsten Monate zu kommen, solange er es nicht für die Miete an seinen nichtsnutzigen Vermieter verplemperte. Er war sauer, dass er von der vereinbarten Summe für den BMW nur die Hälfte erhalten hatte. Wenn man sich so durchs Leben schlug wie er, durfte man nicht zulassen, dass derlei Abzocke zur Regel wurde.

Sobald man Schwäche zeigte, war man erledigt. Diese Lektion hatte er früh im Leben gelernt. Seine Eltern waren Schwächlinge gewesen. Sie waren dem Alkohol und anderen Drogen verfallen, weil sie mit ihrer Existenz in der miefigen Sozialbau-Bruchbude nicht zurechtgekommen waren.

Er sei unkontrollierbar, hatten sie dem Sozialarbeiter erzählt, so gewalttätig gegenüber seiner jüngeren Schwester, dass sie Angst hätten, was er als Nächstes tun würde. Er kannte die Wahrheit. Ihn loszuwerden, hatte bedeutet, dass sie ein hungriges Maul weniger stopfen mussten. Drei Tage nach seinem sechsten Geburtstag hatten sie ihn offiziell aufgegeben, und obwohl er wild um sich geschlagen hatte, war er froh gewesen, als er sich später in dem fremden Bett in den Schlaf geweint hatte. Er hasste sie, hasste ihre Schwäche und ihren widerwärtigen Mangel an Selbstbeherrschung.

22

AUFGEBEN

GEM DAS OPFER

Gem Golding saß mit angezogenen Beinen auf dem weißen Ledersessel, gehüllt in den kuscheligen blauen Morgenmantel, den Drew ihr zum Geburtstag geschenkt hatte. Sie umfasste mit beiden Händen den halb vollen Teebecher; aus dem rechten Ärmel lugte der Gips heraus. Der Tee war längst kalt geworden.

Sie hörte, wie ihre Mutter im Flur leise mit den Polizisten sprach, ihnen erklärte, dass sie aus Wales angereist sei, nachdem sie die schlimme Nachricht erhalten habe.

Day betrat das Wohnzimmer als Erster, gefolgt von Shields und Gems Mutter. Die Polizisten nickten teilnahmsvoll und setzten sich nebeneinander aufs Sofa.

Seit sie angerufen und ihr Erscheinen angekündigt hatten, machte Gem sich wirre Hoffnungen. Vielleicht kamen sie ja her, um ihr mitzuteilen, dass es eine Verwechslung gewesen sei, dass Drew gar nicht tot sei, dass sie sich bei der Identität des Toten vertan hätten. Doch die Blicke der beiden verrieten ihr, was sie bereits wusste. Es hatte keine Verwechslung gegeben.

Day räusperte sich und brach das unbehagliche Schweigen. »Ihr Verlust tut uns sehr, sehr leid. Wir verstehen, dass dies eine schwierige Zeit für sie ist.«

Gems Mutter, eine großgewachsene, stilvoll gekleidete Frau, ging durch das Zimmer in die Küche, wo sie mit lauter Stimme erklärte, dass sie Tee aufsetzen würde. Gute Idee, sagte sich Gem. *Das wird alle Probleme lösen. Warum bin ich nicht selbst darauf gekommen?*

»Wir wissen es zu schätzen, dass Sie uns heute empfangen«, sagte Day. »Wir versuchen, uns kurzzufassen.«

Gem hob das Kinn und öffnete den Mund, um etwas zu sagen, doch stattdessen nickte sie nur.

Shields legte die Hände auf die Knie und beugte sich vor. »Ich weiß, es ist schwer für Sie, aber wäre es in Ordnung, wenn wir Ihnen einige Fragen über Drew stellen?«

Gems rotgeränderte Augen sprangen zwischen den Polizisten hin und her, als suchten sie nach einer Antwort. Glaubten sie wirklich, dass Drew absichtlich vor den Zug gesprungen war? Das war verrückt. Er hatte nicht den geringsten Grund gehabt, seinem Leben ein Ende zu setzen.

»Drew hat sich nicht umgebracht. Das ist Ihnen hoffentlich klar.«

Day und Shields wechselten einen Blick. »Genau das versuchen wir herauszufinden«, sagte Shields. »Der U-Bahnfahrer und andere Augenzeugen berichten, er wäre von der Bahnsteigkante gesprungen, aber inmitten eines solchen Gedränges lässt sich schwer herausfinden, was wirklich geschehen ist.«

Gem schüttelte den Kopf. »Warum hätte er sich das Leben nehmen sollen? Mir ist egal, was Ihre Augenzeugen sagen. Sie irren sich. Er hätte das nie getan. Das weiß ich mit absoluter Sicherheit.«

In dem Moment trug ihre Mutter ein Tablett herein, auf dem dampfende Teetassen und ein Teller mit Schokokeksen standen. Sie stellte das Tablett auf den Wohnzimmertisch. »Bedienen Sie sich.«

Die Polizisten nickten beide. »Das ist aber nett«, sagte Shields.

Jan Golding trat zu ihrer Tochter heran, beugte sich herab und zog ihr sanft den leeren Becher aus der Hand, ehe sie damit in die Küche zurückkehrte.

»Falls Sie mehr Zeit brauchen, kommen wir ein anderes Mal wieder«, sagte Day.

Gem entgegnete nichts. Sie starrte auf die Stelle zwischen ihren Händen, wo eben noch der Teebecher gewesen war.

»Hatte Drew Sorgen?«, fragte Day. »Fällt Ihnen irgendetwas ein? Vielleicht etwas scheinbar Unbedeutendes?«

Gem nahm sich einen Moment Zeit, ehe sie langsam nickte. »Er machte sich Sorgen um mich. Darüber, wie sich der Überfall langfristig auf mich auswirken würde. Aber das ist kein Grund, sich das Leben zu nehmen, oder? Im Gegenteil, gerade deshalb wollte er ja bei mir sein und sich um mich kümmern.«

Day warf Shields einen Seitenblick zu und sie verstand den Hinweis. »Hatte Drew finanzielle oder berufliche Schwierigkeiten?«

Gem schüttelte den Kopf. »Er war ehrgeizig und alles lief bestens. Er musste viele Hürden überwinden, um Anwalt werden zu können, und seine Karriere kam gerade richtig in Fahrt und er verdiente den Erfolg.«

»Und wie lief es in Ihrer Beziehung? War alles in Ordnung zwischen Ihnen? Manchmal bekommen Paare Probleme, wenn einer der beiden Opfer eines Verbrechens wurde.«

Gem schluchzte und zog ein zerknülltes Kleenex aus der Tasche ihres Morgenmantels, vergrub das Gesicht darin. Sie wartete auf die Tränen, doch es kamen keine. Sie fragte sich, ob ihr Geist sich mit emotionaler Taubheit vor der Realität zu schützen versuchte.

»Drew hat sich nicht umgebracht. Daran werde ich nie glauben, ganz gleich, was Sie mir erzählen. Wir sind … Wir waren sehr unterschiedlich. Er war still und nachdenklich, aber wir waren glücklich. Er hat viel von einer gemeinsamen Zukunft gesprochen, über seinen Kinderwunsch und dass ich aufhören soll zu arbeiten.«

Day nahm seine Teetasse und trank einen Schluck. »Was ist mit Ihnen? Wollten Sie auch eine Familie gründen?«

Gem wandte sich zu Shields. Die Frau würde sie vielleicht verstehen. »Wir waren ein gutes Team. Bei jedem Paar gibt es Dinge, an denen es arbeiten muss, ganz klar. Aber er war glücklich. Wir beide waren es.«

Shields nickte. »Wir sind bald fertig«, sagte sie. »Aber wären Sie in der Lage, sich ein Foto anzusehen, das von einer Überwachungskamera in dem U-Bahnhof stammt, wo Drew starb?«

Gem sank auf dem Sessel in sich zusammen. »Nein, ich glaube nicht, dass ich das Foto sehen möchte. Bitte zwingen Sie mich nicht dazu.«

Shields stand auf, ging zum Sessel hinüber und kniete sich vor Gem hin. »Es ist kein Foto von Drew, wie er vom Bahnsteig stürzt oder etwas in der Art. Ich verspreche es Ihnen. Es ist die Seitenansicht eines Mannes auf einer Rolltreppe.«

»Was für ein Mann? Wer ist er?«

»Das wissen wir nicht. Aber wir möchten, dass Sie ihn sich ansehen und uns sagen, ob Ihnen irgendetwas an ihm vertraut erscheint. Meinen Sie, das könnten Sie für uns tun?« Shields zog das ausgedruckte Foto aus der Jackentasche und reichte es ihr.

Gem nahm es in beide Hände und sah es sich lange an. Starrte reglos darauf, die Augen weit geöffnet, ihr Gesicht eine Maske aus Alabaster.

Der Bart verbarg das Kinn des Mannes, und so konzentrierte sie ihren Blick auf den hohen Wangenknochen, die gerade Nase, seine Schulterhaltung. Das Erkennen traf sie wie ein Schlag in den Bauch. Als Erstes begannen ihre Hände zu zittern, dann ihr ganzer Körper. »Das ist er«, hauchte sie. »Er war es, nicht wahr? Er hat Drew umgebracht, oder?«

23

KÄMPFEN

GEM DIE KRIEGERIN

Gem stellte ihr Sportzeug im Flur ab und schloss die Haustür doppelt ab. Ihre Schultern und Arme schmerzten. Dienstag war ein Oberkörpertag. Morgen würde sie sich auf die Beine konzentrieren.

In der Küche brühte sie einen Kaffee auf, setzte sich und fuhr ihren Laptop hoch. Die meisten neuen Mails im Eingang stammten von Kunden, die wissen wollten, wie es ihr ging, und die ihr zu dem Zeitungsartikel über ihre Heldentat im Angesicht des Verbrechens gratulierten.

Sie öffnete die oberste Nachricht. Sie stammte von der Besitzerin der neuen Weinbar, von der Gems Firma mit der Gestaltung und Werbung für die Eröffnungsfeier beauftragt worden war. Gem hatte wochenlang an dem Event gearbeitet. Sie stützte den Kopf in die Hände und las den Text. *Hi Gem, ich kann kaum glauben, was man über dich hört. Unfassbare Geschichte. Du bist unglaublich. Ich wusste ja, dass du eine Powerfrau bist, aber das hier: Wow! Was für ein tolles Vorbild du für uns bist. Wir Frauen müssen uns diese Scheiße nicht mehr bieten lassen. Ich freue mich riesig, dich am Eröffnungsabend zu sehen. Liebe Grüße, Mia.*

Gem schloss die Mail und wollte schon die nächste öffnen, merkte aber, dass sie keine Lust mehr hatte. Sie schaltete den Computer aus, nahm ihren Kaffee und trank einen Schluck. Diese Reaktionen auf den Überfall waren einer der Gründe, warum sie sich noch nicht bereit dafür fühlte, wieder zur Arbeit zurückzukehren. Niemand wusste, was sie gerade durchmachte, selbst Drew ahnte es nicht. Ihr wurde übel bei der Vorstellung, dass jeder ihr anerkennend auf die Schulter klopfen würde und sie die Ereignisse jenes Abends wieder und wieder würde erzählen müssen, als wäre es eine Party-Anekdote.

Sie hatte der Zeitung das Interview gegeben, weil sie geglaubt hatte, dass es ihr bei der Verarbeitung der Ereignisse helfen und andere Frauen dazu bringen würde, sich zu überlegen, wie sie sich in einer ähnlichen Situation verhalten sollen. Sie hatte etwas Positives bewirken wollen.

Inzwischen aber fragte sie sich, ob Drew nicht recht gehabt hatte mit seinem Wunsch, dass sie nicht an die Öffentlichkeit gehen möge. Die Leute behandelten sie wie eine Art Superheldin, wie die Anführerin einer Kampagne gegen männliche Gewalt gegenüber Frauen. Sie empfand sich nicht als Heldin. Ganz und gar nicht.

Außer zum Sport ging sie nur ungern aus dem Haus, und wenn im Flur das Telefon klingelte, zuckte sie ängstlich zusammen. Als sie Drew von den anonymen Anrufen erzählt hatte, hatte er nur gelacht. Die meisten Callcenter würden automatische Anrufsysteme verwenden, hatte er ihr erklärt, und oftmals würde dabei die Technik haken, sodass man am anderen Ende der Leitung niemanden höre. Es sei ein wohlbekanntes technisches Problem, hatte er ihr versichert.

Mit seiner Erklärung hatte er sie beruhigen wollen, und sie wollte nicht den Eindruck erwecken, dass sie allmählich durchdrehte. Deshalb hatte sie gelächelt, eine Miene erleichterter Dankbarkeit aufgesetzt und sich an ihn geschmiegt, doch sie kannte die Wahrheit.

Sie stand auf, schenkte sich Kaffee nach und trank noch einen Schluck. Drew war seit dem Überfall einfach fabelhaft. Seine Geduld mit ihr überraschte sie. In ihrer Beziehung hatten sich erste Anzeichen von Rissen gezeigt. Nun aber waren sie einander näher denn je.

Seufzend nahm sie ihren Kaffee. Als der Tassenrand ihre Lippen berührte, klingelte ihr Handy. Das Geräusch ließ sie zusammenschrecken und sie verschüttete einen Tropfen der heißen braunen Flüssigkeit auf ihre Sportweste. Mit der Fingerspitze wischte sie über den Fleck und schüttelte den Kopf. Warum in aller Welt war sie so schreckhaft? Sie nahm das Handy vom Küchentisch und schaute aufs Display. Es war ihre Chefin.

»Hallo, Melanie«, meldete sie sich und versuchte, fröhlich zu klingen.

»Hallo, wie geht's dir, Kleine?«

Gem hielt inne und atmete leise durch. Sie wusste, was als Nächstes kommen würde, und fühlte sich nicht bereit, damit umzugehen.

»Mir geht's gut«, sagte sie. »Danke der Nachfrage.« Sie ging davon aus, dass Melanie den Widerwillen in ihrer Stimme nicht bemerken würde. Ihre Chefin hörte normalerweise nur das, was sie hören wollte.

»Okay, das ist großartig. Ich frage mich nämlich, wann du wieder zur Arbeit zu kommen gedenkst. Hoffentlich bald. Unsere Kunden fragen nach dir. Die Berichterstattung in den Medien war fantastisch. Wir finden dich alle supertoll, Gem. So tapfer. Was du getan hast, ist unglaublich. Ich hätte das, glaube ich, nicht getan. Dazu hätte mir der Mut gefehlt.«

Es war keine Tapferkeit, wollte Gem rausbrüllen. Es war pure Verzweiflung gewesen, eine instinktive Reaktion. Hätte sie entschieden, sich nicht zu wehren, wäre das etwa falsch gewesen, feige? Natürlich nicht. Was war nur los mit den Leuten? Warum kapierten sie es nicht? Sie hatte Todesangst gehabt. Sie hatte ihre Entscheidung im Bruchteil einer Sekunde getroffen und es hatte funktioniert. Genauso gut hätte es andersherum ausgehen können. Man konnte sich nicht vorstellen, wie sich so etwas anfühlte, wenn man es nicht am eigenen Leib erlebt hatte.

»Melanie, ich glaube, ich brauche noch etwas Zeit«, sagte sie. »Wäre es okay, wenn ich noch eine Woche zu Hause bleibe, um mich neu zu sortieren? Ich möchte mich voll auf die Arbeit konzentrieren können, wenn ich zurückkomme. Das verstehst du sicher, nicht wahr? Nach allem, was geschehen ist, ist alles noch ein bisschen durcheinander in meinem Kopf. Ich brauche noch ein paar Tage, in Ordnung?«

Das scharfe Einatmen am anderen Ende der Leitung verriet Gem, was ihre Chefin von der Bitte hielt. Ihre nächsten Worte kamen langsam und bedächtig. »Falls du wirklich meinst, mehr Zeit zu brauchen, dann nimm sie dir, Kleine. Aber du weißt, dass wir ganz versessen darauf sind, dich wiederzusehen.«

Gem stellte sich vor, wie ihre Chefin den Kopf schüttelte und ihre perfekten weißen Zähne zusammenbiss. Sie war sicher, dass ihre Kollegen und Kunden ihre Rückkehr so herbeisehnten, weil sie scharf auf einen Erlebnisbericht aus erster Hand waren. Sie bekam kaum Luft, wenn sie an die neugierigen Gesichter und die Sensationslust der Leute dachte.

Sie fragte sich, ob ihre Kollegen einschließlich Melanie ihre Rückkehr zur Arbeit auch dann so sehnsüchtig erwarten würden, wenn sie sich nicht gegen den Angreifer gewehrt hätte. Wie hätten sie dann über sie geurteilt? Die Leute neigten zu der Annahme, dass die Welt fair war und dass jeder bekam, was er verdiente. Manchmal war es leichter, dem Opfer die Schuld zu geben.

»Vielen Dank«, sagte Gem. »Schön, dass du mich verstehst. Wenn ich zurück bin, mache ich es auf jeden Fall wieder gut. Ich lade dich zum Mittagessen ein, versprochen. Toll, dass ich so eine verständnisvolle Chefin habe. Nochmals vielen Dank.«

Sie beendete das Gespräch, ehe Melanie etwas erwidern konnte, und warf das Handy auf den Tisch, setzte sich hin und wischte ihre schweißnassen Handflächen an ihren Sportleggings ab.

Was zum Teufel war los mit ihr? Die furchtlose Kriegerin versteckte sich im Haus, traute sich nicht, ans Telefon zu gehen und war zu angeschlagen, um wieder zu arbeiten? Leute, die sich von Ängsten und Selbstzweifeln beeinträchtigen ließen, hatte sie immer verachtet. Und nun war sie selbst eine solche Person. Sie musste sich dagegen wehren, musste gegen den Strom anschwimmen, denn sonst würde sie untergehen.

Sie holte tief Luft, stemmte sich auf die Beine und schaute auf die Uhr. Bis zu Drews Rückkehr würde es noch eine Weile dauern, und sie hatte keine Lust, den ganzen Nachmittag zu Hause herumzuhängen. Schluss damit. Sie fischte ihren Lieblingshoodie vom Treppengeländer, öffnete die Haustür und trat nach draußen.

Der Himmel über Shoreditch war wolkenlos, aber die steife Brise trug Erinnerungen an den Winter heran. Gem zog den Hoodie an und überquerte die Straße. Sie und Drew gingen jeden Sonntag zum Brunch in ein nahegelegenes Café, und bei der Aussicht auf Rührei und Räucherlachs auf Toast lief ihr das Wasser im Mund zusammen. Wegen eines Bauchgrummelns hatte sie heute Morgen nicht gefrühstückt, was natürlich keine gute Idee war, wenn man zum Sport ging.

Mit einem leichten Lächeln auf den Lippen, das Kinn gehoben, schritt sie auf das nördliche Ende der Straße zu. Warum brauchte sie so lange, um das Trauma abzuschütteln, sich zusammenzureißen und sich auf ihr Leben zu konzentrieren, fragte sie sich. Sie hatte einen gefährlichen Überfall unbeschadet überlebt, sie hatte einen spannenden Job und sie hatte Drew. Das Leben meinte es gut mit ihr.

Auf den Straßen in dieser Gegend ging es zur Mittagszeit stets hektisch zu, und plötzlich stand ihr eine Gruppe von Studenten im Weg, die vor einem Sandwichladen abhingen und lautstark über das beste Heilmittel gegen einen Kater debattierten. Als sie vom Gehsteig trat, um die Gruppe zu umkurven, bemerkte sie etwas im Augenwinkel, das sie abrupt stehen bleiben ließ.

Sie wandte den Kopf und sah genauer hin. Ein großgewachsener Mann stand reglos vor einem Schmuckladen und sah sich die Auslage an, die Hände in den Jackentaschen, etwa dreißig Meter von ihr entfernt.

Er trug eine enge Jeans, eine kurze dunkle Jacke und ein schwarzes Baseballcap. Obwohl sie ihn nur von hinten sah, kam ihr seine Schulterhaltung und die Art, wie er den Kopf nach vorn neigte, schrecklich bekannt vor. Der Anblick verschnürte ihr die Kehle. Der Mann wandte sich langsam um, bis er direkt zu ihr herüberschaute. Die Kappe war tief ins Gesicht gezogen, sodass es im Schatten lag, aber Gem glaubte, ein schiefes Lächeln zu erkennen.

Mit pochendem Herzen trat sie zurück auf den Gehsteig, schob sich zwischen den Leuten hindurch und lief los.

DER DETECTIVE

Day drückte den Klingelknopf, unsicher, wie warm der Empfang seiner Detective Sergeant sein würde.

Die rechteckige Sicherheitskamera an der Tür flimmerte, und Day wusste, dass Shields auf ihrer Handy-App nachsah, wer der unerwartete Besucher war. Er strich seine Anzugjacke glatt und lächelte in die Kamera.

Im nächsten Moment ging die Tür auf. Shields trug einen weiten blauen Sweater und eine ausgebeulte alte Jeans. Sie sah ihn entgeistert an.

»Was tun Sie hier, Boss?«

Day hob beide Hände, spreizte die Finger. »Das ist kein Privatbesuch. Ich erwarte nicht, mit Speis und Trank bewirtet zu werden. Ich bin unterwegs zu Gem Golding. Ich dachte, vielleicht wollen Sie mitkommen.«

Shields trat einen Schritt zurück und bat ihn hinein. »Sie wissen, dass heute mein freier Tag ist, oder?«

Day nahm das Apartment in Augenschein, bemerkte die kahlen Wände und die spärliche Einrichtung. »Ich weiß. Aber ich dachte, falls Ihnen genauso langweilig ist wie mir an meinen freien Tagen, würden Sie mich vielleicht begleiten. Ich könnte Ihre Hilfe gebrauchen.« Er begriff den letzten Satz als Kompliment und hoffte, dass Shields es auch tat. Sie wusste schließlich, dass er jeden anderen diensthabenden Detective hätte fragen können.

Sie legte den Kopf schräg und lächelte. »Worum geht es denn eigentlich? Was ist passiert?«

»Golding hat angerufen und behauptet, der Mann, der sie angegriffen hat, würde ihr nachstellen. Sie stalken. Sie anonym zu Hause anrufen und ihr folgen, wenn sie auf der Straße unterwegs ist.«

»Scheiße«, sagte Shields. »Und sie ist sicher, dass es derselbe Mann ist?«

Day nickte. »Sie sagt, sie habe keinen Zweifel. Sie fühle sich schrecklich, sie traue sich nicht mehr ans Telefon oder aus dem Haus.«

Day war klar, dass dies nicht im Entferntesten nach der Frau klang, die ihrem Angreifer in die Hand gebissen und ihn mit ihrem Auto angefahren hatte, aber er war lange genug im Geschäft, um zu wissen, dass jedes Opfer sich anders verhielt, wenn es seinem Angreifer später noch einmal wiederbegegnete.

»Sie haben mich noch nicht rausgeschmissen. Darf ich annehmen, dass Sie mich begleiten?«, fragte Day.

»Ich zieh mich rasch um. Geben Sie mir fünf Minuten.«

Day setzte sich auf das kleine Ledersofa und ließ den Blick abermals durch das Apartment schweifen. Ein Makler würde es als kompakt beschreiben. Ein Schlafzimmer, das Wohnzimmer mit offener Küche. Es war, wie Day wusste, typisch für all die neuen gesichtslosen Apartmentblocks, die in den letzten Jahren im East End hochgezogen worden waren.

Als Shields aus dem Schlafzimmer zurückkehrte, hatte sie die Jeans gegen eine dunkelgraue geschneiderte Stoffhose getauscht.

Day erhob sich. »Nett hier«, sagte er. »Wie es aussieht, wohnen Sie noch nicht lange hier.«

Shields lächelte. »Erst seit vierzehn Monaten.«

Day lächelte zurück. »Viel angeschafft haben Sie in der Zeit nicht.«

Shields zuckte mit den Schultern. »Ich mag kein Gerümpel. Es behindert mich beim Denken.«

Mit einer Kopfbewegung deutete Day zu dem kleinen Fernsehgerät, das auf dem Küchentresen stand. »Der ist ja nicht mal angeschlossen.«

Shields ging zur Tür und öffnete sie. »Das Einzige, was ich mehr hasse als Gerümpel, ist ein tagsüber laufender Fernseher.«

Während er fuhr, brachte Day seine Kollegin auf den neuesten Stand, schilderte ihr in allen Einzelheiten Goldings panischen Anruf. Shields hörte ihm aufmerksam zu, aber sagte nichts. Er kannte sie bereits gut genug, um zu wissen, dass sie sich erst dann äußern würde, wenn sie etwas Substanzielles vorzubringen hatte. Er wünschte, seine anderen Kollegen wären genauso.

Die Medien hatten Golding dafür gefeiert, den Angreifer besiegt zu haben, und man würde nie wissen, was geschehen wäre, wenn sie sich entschieden hätte, passiv zu bleiben. Es ist keine Frage von schwarz oder weiß, dachte Day. Man konnte nicht sagen, dass es richtig war, sich zu wehren, und falsch, sich zu ergeben. Die *Daily News* hatte recht damit, dass die Verhaltensmaßregeln für solche Situationen widersprüchlich seien. Falls man wegrennen kann, dann sollte man es tun. Wenn der Angreifer etwas von einem haben will, sollte man es ihm sofort aushändigen. Danach aber wurde die Gemengelage komplex.

Day hatte mit unzähligen Opfern von Gewaltverbrechen gesprochen, und viele von ihnen hatten die Gelegenheit gehabt zu fliehen, hatten es aber nicht getan. Sie waren vor Angst erstarrt, eine ganz natürliche Reaktion. Es geschah von selbst, entzog sich jeder bewussten Kontrolle. Deshalb durfte man es einem Verbrechensopfer niemals vorwerfen, wenn es vor Angst erstarrt war.

Von Mile End nach Shoreditch waren es kaum drei Meilen, aber es herrschte dichter Verkehr. Day warf Shields einen Seitenblick zu; sie sah gedankenverloren aus dem Beifahrerfenster, während East Londons geschäftige Straßen vorbeizogen.

»Was denken Sie, Cat?«, fragte er. »War es richtig von Golding, sich zu wehren?«

Shields antwortete wie aus der Pistole geschossen. »Nun, sie ist heil aus der Sache rausgekommen, nicht wahr? Zumindest körperlich. Ich würde mich vermutlich genauso verhalten, denke ich.«

Day nickte. »Klar. Aber Sie sind ein Sonderfall. Sie sind Polizistin, wurden in Selbstverteidigung ausgebildet. Bei normalen Leuten ist die Sache kniffliger.«

Er stoppte an einer roten Ampel, und Shields wartete, bis sie weiterfuhren, ehe sie antwortete. »Ich stimme Ihnen zu, Boss. Wenn man Opfer eines Gewaltverbrechens wird, sollte das einzige Ziel darin bestehen zu überleben. Wenn man dazu stillhalten muss, dann sollte man eben stillhalten. Das Problem ist, dass ein Opfer die Situation und die Gemütslage des Angreifers blitzschnell einschätzen muss, um eine fundierte Entscheidung zu treffen. Wie soll man so etwas von jemandem erwarten, der keinerlei Übung in derlei Dingen hat?«

Zehn Minuten später fuhr Day vor dem Haus vor. Als sie ausstiegen und zur Tür gingen, erwartete Golding sie bereits, ihr Gesicht blass und angestrengt. Sie machte die Tür schnell zu, schloss zweimal ab und bedeutete ihnen, ihr in das große Wohnzimmer zu folgen.

»Danke, dass Sie so schnell gekommen sind«, sagte sie und trat ans Fenster, um zwischen den Vorhängen nach draußen zu schauen. »Irgendwo dort draußen ist er, ganz sicher. Er wartet auf seine Chance. Ich weiß es.«

Day und Shields wechselten einen Blick. Dies war eine weit weniger gefasste Frau als die, mit der sie nach dem versuchten Carjacking gesprochen hatten. Sie trug Leggings und Sneaker, und ihr graues Sport-Top war voller Schweißflecken. Ihre Schulter- und Armmuskeln waren ausgeprägter, als Day sie in Erinnerung hatte.

»Würden Sie uns bitte genau schildern, was geschehen ist?«, bat er sie.

Gem schaute zu Shields, dann zurück zu Day, ihre Miene ausdruckslos. »Er war da, auf der Straße, hat mich beobachtet. Er muss mir gefolgt sein, als ich das Haus verließ. Als er merkte, dass ich ihn gesehen hatte, war es ihm völlig gleich. Er starrte mich über die Straße hinweg an und warf mir dieses unheimliche Lächeln zu.«

Day machte einen Schritt in Richtung Fenster. »Mir ist klar, dass Sie noch ein wenig durcheinander sind, aber können Sie bitte von vorn anfangen und uns sagen, wo genau Sie ihn gesehen haben?«

Gem schlang sich die Arme um den Leib und zog die Schultern hoch. »Morgens war ich im Fitnessstudio, und als ich danach wieder zu Hause war, beschloss ich, etwas essen zu gehen. Ich ging die Kingsland Road entlang. Etwa auf halber Strecke musste ich vom Gehsteig heruntertreten, weil mir eine Gruppe junger Leute im Weg stand. Dabei bemerkte ich ihn auf der anderen Straßenseite. Er stand einfach nur da, ganz gelassen.«

Im Wohnzimmer war es unangenehm warm und duftete nach Kaffee. Day nahm an, dass die Zentralheizung noch auf

Winterbetrieb eingestellt war. Er zog das Jackett aus, legte es über die Rückenlehne des Sofas und lockerte seinen Krawattenknoten.

»Hat er irgendetwas zu Ihnen gesagt, Sie bedroht, noch irgendetwas anderes getan als Sie anzulächeln?«

Gem schaute hilfesuchend zu Shields hinüber.

»Lassen Sie sich Zeit«, sagte die Polizistin. »Setzen Sie sich doch und versuchen Sie sich zu entspannen. Sie stehen ja noch immer unter Schock.«

Gem antwortete nicht. Sie ging ruhelos durch das Zimmer, vorbei an den beiden Detectives, dann zurück zum Fenster. »Er trug ein tief ins Gesicht gezogenes Basecap, aber ich wusste sofort, wer er ist. Wie er dastand, als ob ihm die Straße gehören würde. Ich bin mir sicher, dass es der Mann war, der mich überfallen hat. Ich wünschte, ich könnte etwas anderes sagen, aber das kann ich leider nicht.«

Day bezweifelte nicht, dass sie glaubte, was sie sagte. Sobald sie ins Revier zurückgekehrt waren, würde er Detective Constable Bill Stock auftragen, die Aufnahmen der CCTV-Kameras zu prüfen, die es in der Gegend gab.

»Was ist dann passiert?«, fragte er. »Ist er auf Sie zugekommen, hat er versucht, Sie anzusprechen?«

Gem schüttelte den Kopf und schnaubte. »Was glauben Sie wohl, was ich getan habe? Ich bin weggerannt, und zwar so schnell, dass ich dachte, mir würde das Herz aus der Brust springen. Ich bin hierher zurückgekehrt und habe die Polizei angerufen.«

Day ging durch das Zimmer und deutete auf den Sessel gegenüber vom Sofa. »Meine Kollegin hat recht. Sie sollten sich wirklich hinsetzen und versuchen, zur Ruhe zu kommen.«

Gem tat wie geheißen und stützte den Kopf in die Hände. »Zur Ruhe kommen werde ich, wenn der Mann gefasst ist. Bis dahin werden meine Nerven blank liegen, glaube ich.«

»Sie berichten auch, Sie hätten bedrohliche Anrufe erhalten«, sagte Shields.

Gem schaute auf. Ihre Augen waren trocken, aber rotgerändert. »Jeden einzelnen Tag. Manchmal zwei oder drei Mal. Er ruft nur an, wenn Drew im Büro ist, sonst nie. Deshalb weiß ich, dass er das Haus beobachtet. Woher sollte er sonst wissen, wann Drew nicht da ist?«

»Was sagt der Anrufer? Bedroht er Sie?«

»Er sagt gar nichts«, antwortete Gem. »Deshalb ist es ja so unheimlich. Manchmal höre ich ihn atmen. Er spricht nie, kein einziges Wort. Aber ich schwöre, er ist es. Warum glauben Sie mir nicht? Drew glaubt mir auch nicht.«

Day trat zu ihr und setzte sich in den anderen Sessel. »Niemand sagt, dass wir Ihnen nicht glauben«, entgegnete er. »Wir müssen Ihnen diese Fragen stellen.«

Er schaute zu Shields hinüber, während sie darauf warteten, dass Gem sich beruhigte. Sie rieb sich die Augen und atmete ein paarmal tief durch. Niemand sagte etwas.

»Also haben Sie Ihrem Freund von den Anrufen erzählt?«, fragte Day schließlich.

Gem schniefte und nickte langsam. »Zuerst wollte ich nicht. Ich wusste, er würde denken, dass ich abdrifte. Und ich hoffte, dass die Anrufe aufhören würden. Als ich es ihm dann doch erzählte, meinte er, ich würde mir unnötige Sorgen machen. Es seien wahrscheinliche fehlerhafte automatische Anrufe von Callcentern.«

»Die Anrufe kamen immer auf Ihren Festnetzanschluss? Nie aufs Handy?«

»Genau. Können Sie die Anrufe zurückverfolgen? Das muss doch möglich sein.«

Day nickte. Auf verquere Weise ergab es sogar einen Sinn, dass der Carjacker Gem nachstellte. Dass sie sich nicht ergeben, sondern ihn abgewehrt hatte, war eine schwere Demütigung für ihn gewesen. Falls der Mann wirklich so gefährlich war, wie Day annahm, dann hatte das Interview in der *Daily News* ihn sicherlich zusätzlich angestachelt.

Gem stieß einen Seufzer aus. »Sie glauben mir doch, nicht wahr? Sie halten mich nicht für verrückt, weil ich weiß, was ich gesehen habe.«

»Auf keinen Fall halten wir Sie für verrückt«, sagte Day. »Und ja, wir haben Zugang zu den Telefondaten, kein Problem. Ob wir die Anrufe zurückverfolgen können, hängt davon ab, von wo aus er anruft und was für ein Telefon er benutzt. Wir werden auch die Aufnahmen der CCTV-Kameras in der Kingsland Road und den umliegenden Straßen prüfen. Ich versichere Ihnen, wir nehmen die Sache sehr ernst.«

Gems Schultern bebten, und Day glaubte, sie würde jeden Moment in Tränen ausbrechen. Stattdessen rang sie sich ein dankbares Lächeln ab.

»Haben Sie Ihrem Freund erzählt, was heute geschehen ist?«, fragte Shields.

Gem schüttelte den Kopf. »Er ist bei der Arbeit. Er ist sehr beschäftigt, hat ständig Meetings mit Mandanten. Drew mag es nicht, wenn ich ihn im Büro anrufe.«

»Wann erwarten Sie ihn zurück? Vielleicht sollten Sie ihn doch anrufen und ihm erzählen, was geschehen ist. Ich bin sicher, dann kommt er früher nach Hause.«

Gem dachte über den Vorschlag nach. »Vielleicht tue ich das wirklich. Er ist selten vor acht zurück, eher um neun. Normalerweise ist das okay für uns, denn bei mir wird es manchmal sogar noch später, wenn ich arbeite.«

Shields wechselte einen Blick mit Day. Er nickte ihr knapp zu. »Wie läuft es zwischen Ihnen beiden seit dem Überfall?«, fragte Shields. »Manchmal fällt es dem Partner schwer, mit den Geschehnissen zurechtzukommen, besonders wenn Gewalt im Spiel war.«

Gem schüttelte den Kopf. Mit Ausnahme seiner Kritik, weil sie mit der Presse geredet hatte, war Drew ihr eine felsenfeste Stütze. Es hatte sie überrascht, denn ihm gefielen ihre späten Arbeitszeiten nicht, und sie hatte erwartet, dass er den Überfall als Argument dafür benutzen würde, dass sie ihren Job kündigen sollte. »Das ist das einzig Positive an der Sache«, sagte sie. »Drew ist wahnsinnig verständnisvoll und fürsorglich. Ich würde sagen, wir sind uns so nahe wie schon lange nicht mehr. Die Sache hat uns wieder näher zusammengebracht.«

Day wollte ihr eine Frage stellen, doch er hielt den Mund. Shields wusste, was sie tat. Sie hatte Golding zum Reden gebracht und er wollte ihre gute Arbeit nicht unterbrechen.

»Heißt das, Sie hatten vor dem Überfall Beziehungsprobleme?«

Gem zog die Stirn kraus. Day dachte schon, sie würde dichtmachen, aber Shields wusste genau, wie sie die Frau anstupsen musste.

»In jeder Beziehung gibt es schwierige Phasen«, sagte sie. »Ich spreche aus Erfahrung, glauben Sie mir. Wenn man so eine Phase überstanden hat, ist die Beziehung fast immer stärker als vorher.«

Gem nickte und versuchte sich tapfer an einem Lächeln. »Eine Zeit lang haben wir uns ständig gestritten, weil Drew wollte, dass ich meine Arbeit aufgebe. Weil er, wie er sagt, mehr Zeit mit mir verbringen möchte, nur deshalb. Wir würden mein Gehalt nicht brauchen. Ich konnte ihm nicht begreiflich machen, dass es nicht um Geld geht, sondern dass mein Beruf mir wichtig ist. Wir haben wochenlang jeden Tag gestritten, besonders an den Abenden, an denen ich später als er nach Hause gekommen bin. Es ging so weit, dass ich keinen Ausweg mehr sah. Ich habe einen Koffer gepackt und bin zu einer Freundin gezogen.«

»Sie haben ihn verlassen?«

»Für ein paar Wochen, ja. Drew war am Boden zerstört. Er rief mich jeden Tag an, schickte mir Nachrichten und entschuldigte sich, versprach, nicht mehr an meinem Job herumzunörgeln. Letztlich ging es uns beiden so schlecht, dass ich fand, wir sollten es noch mal miteinander versuchen.«

»Und, hat es geklappt?«

»Anfangs nicht. Drew hielt zwar sein Versprechen und hörte auf, über meinen Job und meine Arbeitszeiten zu schimpfen. Aber ich merkte ihm an, dass er nicht glücklich war. Er war nicht übel gelaunt oder so, sondern in sich gekehrt. Seit dem Abend des Überfalls hat sich alles geändert. Ich dachte, er würde darauf bestehen, dass ich abends nicht mehr so lange arbeite, aber das Gegenteil ist passiert. Seitdem ist er fürsorglich und aufmerksam und ermutigt mich, wieder zu arbeiten. Ich bin diejenige, die sich noch länger freinehmen möchte. Ich muss mich erst wieder sortieren. Natürlich werde ich zur Arbeit zurückkehren. Aber erst, wenn die Dinge wieder normal sind. Wenn ich mich sicher fühle.«

24

AUFGEBEN

DER SPIELMEISTER

Norton legte die Hände hinter den Kopf, streckte sich, gähnte und starrte an die Zimmerdecke. Unter ihm ächzten die Sprungfedern der Matratze wie die Knochen eines alten Mannes.

An zwei von vier Zimmerwänden sah man noch die großzügig bemessenen Schimmelflächen, die sich in den feuchten Wintermonaten gebildet hatten. Norton hatte sich daran gewöhnt. Jedenfalls war der modrige Geruch besser als der Kalbsfleischgestank, der zwischen den Dielenbrettern aus Finchs Imbiss aufstieg.

Nicht mehr lange, sagte er sich. Dann würde er aus diesem Rattenloch verschwinden und im Luxus schwelgen. Er hatte immer gewusst, dass diese Zeit kommen würde, wenn er das ihm rechtmäßig zustehende Leben bekäme. Bentleys Tod hatte ihn diesem Ziel einen entscheidenden Schritt nähergebracht.

Viele Leute konnten nur schwer akzeptieren, dass das Schicksal ihnen schlimme Dinge vorherbestimmte, und Norton griff dem Schicksal nur zu gern hilfreich unter die Arme. Bentley war einen entsetzlichen Tod gestorben, zermalmt unter den stählernen Rädern eines U-Bahnzugs. Es hatte sein müssen. Denn nur so stand ihm, Norton, ein Leben mit Gem in Aussicht.

Bentley hatte sich für etwas Besseres gehalten, für cool. Norton grinste. Mittlerweile war Bentley supercool, im Kühlraum des Leichenschauhauses. Hinter seiner aalglatten

Fassade war er ein übles Arschloch gewesen, ein Blender, ohne den die Welt zweifellos ein besserer Ort war. Er hatte sich zum Mann des Gesetzes aufgebauscht, hatte aber keinerlei Respekt vor selbigem gehabt.

Gem verdient etwas Besseres, und jetzt kriegt sie es, dachte er. Sie wusste es nur noch nicht. Zur rechten Zeit würde Norton ihr alles erklären, und ihr würde nichts anderes übrig bleiben, als es zu verstehen und ihm zu vergeben.

Bentley hatte sie nicht geliebt. Es war offenkundig gewesen. Er hatte sie ummodeln wollen, sie zu etwas machen wollen, das sie nicht war. Hätte sie sich ihm dauerhaft widersetzt, hätte er sie weggeworfen, so wie das andere Mädchen. Damals. Das Mädchen im Wald.

Sobald Gem ihre Trauerphase beendet und über alles gründlich nachgedacht hatte, würde er ihr erklären, warum seine Tat notwendig gewesen war.

Seit ihrem Ungehorsam bei dem Überfall hatte sie ihren Wert bewiesen. Sie hatte sich perfekt verhalten, hielt sich bedeckt. Es war keine Liebe, was immer das sein mochte. Die simple Wahrheit war, dass er sie *wollte*. Sie hatte sein Spiel gespielt und gewonnen. Nicht nur das Recht gewonnen, leben zu dürfen, sondern auch das Recht, ein ganz anderes Leben führen zu dürfen. Ein besonderes Leben. Sie wusste es noch nicht, aber sie gehörte ihm bereits. Sie würde es begreifen. Sie musste es begreifen.

Er schloss die Augen und legte die Arme an die Seiten. Wenn er auf Gem aufpassen wollte, musste er ausgeruht sein. Um Bentley hatte er sich gekümmert, doch es gab noch genügend andere Schmeißfliegen, die Gem umschwirrten und alles kaputt machen könnten, falls sich ihnen die Gelegenheit dazu böte. Aber ich lasse nicht zu, dass es so weit kommt, sagte sich Norton.

Um einen Mann wie Bentley sollte Gem keine Tränen vergießen. Ihm war klar, dass sie gegenwärtig schwer unter

Schock stand, verwirrt, verängstigt, tieftraurig. Es machte sie hochgradig anfällig. Bestimmt flüsterten ihr die verschiedensten Leute alle möglichen Dinge ein.

Er würde es sich zur Aufgabe machen, zu seiner Mission, sie vor den schlechten Einflüssen, die sie umgaben, zu beschützen, vor den Leuten, die alles taten, um Gem und ihn auseinander zu halten. Norton würde ihr Schutzengel sein, über Gem obwachen, wachsam, allmächtig, unerbittlich. Die Vorstellung ließ ihn vor Wohlbehagen erschauern.

Er öffnete die Augen und setzte sich auf. An Schlaf war nicht mehr zu denken, er war viel zu aufgeregt. Er hatte eine Aufgabe, die es zu erfüllen galt. Und das würde er tun, ganz gleich, was kommen mochte. Gem konnte sich darauf verlassen, dass er sie beschützen würde, sie leiten und vor Schaden bewahren würde, solange sie sich an die Regeln hielt. An seine Regeln.

Er würde alles, was in seiner Macht stand, tun, um zu gewährleisten, dass nichts und niemand ihrem Glück im Weg stand. Ihrer Zukunft. Ihrer beider Zukunft.

DER DETECTIVE

Day rief Shields und Stock in sein Büro. Er wollte es unter der Decke halten, dass Bentleys Tod vermutlich kein Selbstmord oder Unfall gewesen war. Falls dies durchsickerte, müsste er es seinem Detective Chief Inspector melden, und dann würde man den Fall seinem alten Team überantworten.

Shields trat ein. Day stand hinter seinem Schreibtisch, mit dem Rücken zum Fenster, das auf den Parkplatz des Reviers herausblickte. »Wir müssen Gas geben im Bentley-Fall«, sagte er. »Für mich ist klar, dass er sich erschrocken hat, als er den Mann mit dem Basecap in der Menschenmenge auf sich zukommen sah, so kommt es in den CCTV-Aufnahmen rüber. Das lässt darauf schließen, dass er den Mann kannte, dass er wusste, welche Gefahr von ihm ausging. Er hatte eindeutig panische Angst vor ihm.«

Shields nickte. »Seh ich genauso. Zudem ist Golding überzeugt, dass der Mann auf dem Foto, das wir ihr gezeigt haben, derselbe Mann ist, der sie überfallen hat. Also scheint Bentley den Carjacker gekannt zu haben, oder zumindest hat er gewusst, wie der Mann aussieht.«

Day zuckte mit den Schultern und überlegte kurz. »In den CCTV-Bildern sieht man, dass er das Gesicht des Mannes erkannte und offenbar um seine Gefährlichkeit wusste. Die Frage ist, ob er es schon vor dem Überfall herausgefunden hatte oder erst danach.«

Shields sagte nichts. Day hatte auch keine Antwort erwartet. Die Frage allein genügte für den Moment. Es bedeutete, dass sie der Ergreifung von Bentleys Mörder einen wichtigen Schritt näher gekommen waren. Sobald sie die Antwort auf die Frage kannten, hätten sie ihn im Visier.

»Wir müssen Bentleys Arbeitsplatz besuchen«, sagte Day. »Mit seinen Kollegen sprechen, uns eine Mandantenliste der letzten Monate besorgen. Und auch mit Golding müssen wir uns noch mal unterhalten, aber das hat noch einen Tag oder so Zeit. Verständlicherweise geht es der Frau momentan nicht gut. Cat, Sie begleiten mich. Informieren Sie bitte Bentleys Kanzlei, dass wir unterwegs zu ihnen sind. Bill, Sie bleiben hier und gehen noch mal die CCTV-Aufnahmen von der Liverpool Street durch, nur für den Fall, dass uns etwas entgangen ist. Und vergessen Sie nicht, falls jemand hellhörig wird, sagen Sie, wir versuchen noch immer herauszufinden, ob es ein Selbstmord oder ein Unfall gewesen ist. Sobald dies feststeht, übergeben wir den Fall an die Gerichtsmedizin.«

Nachdem Shields und Stock das Büro verlassen hatten, setzte Day sich an den Schreibtisch, nahm einen tiefen Atemzug und ließ die Luft langsam und vernehmlich aus der Lunge ausströmen. Er wollte diesen Mann unbedingt schnappen. Es war ihm ein inneres Bedürfnis. Die Opfer eines Gewaltverbrechens und deren Familien taten ihm immer unendlich leid. Seiner künftigen Ex-Frau zufolge zeigte er bei der Arbeit mehr Mitgefühl, als ihm guttat. Dass er sich emotional zu sehr auf seine Fälle einließ, war einer der vielen Punkte auf ihrer Warum-ich-dich-verlasse-Liste gewesen.

Die Büroräume der Kanzlei Stone & Maddox befanden sich über einem eleganten Café im ersten Stock eines viktorianischen Gebäudes in der Chancery Lane. Hinter dem Empfangstresen saß ein akkurat frisierter junger Mann, den Blick auf einen Computerbildschirm gerichtet.

Als Day und Shields vortraten, blickte er auf und warf den beiden ein so breites Lächeln zu, dass ihm die Kiefergelenke schmerzen mussten.

Day zeigte ihm seine Dienstmarke. »Detective Inspector Elliot Day«, stellte er sich vor. »Ich ermittele in einem möglichen Gewaltverbrechen und möchte mit Mr. Stone oder mit Mr. Maddox sprechen.«

Das Lächeln erlosch. »Geht es um den Tod von Drew Bentley?« Das glänzende Namensschild am Jackenaufschlag des Rezeptionisten wies ihn als Miles aus.

»Ich glaube, Sie missverstehen mich, Miles«, sagte Day. »Wir sind hier, um mit Ihrem Chef zu sprechen, wer immer er oder sie sein mag. Ihm oder ihr werden wir einige Fragen stellen. Wir sind nicht hier, um Ihre Fragen zu beantworten.«

Miles wandte sich der Computertastatur zu, die Lippen gespitzt wie ein eingeschnapptes Kind. »Leider gibt es keinen Mr. Stone mehr«, sagte er. »Er ist vor einem Jahr an einem Schlaganfall gestorben. Geben Sie mir einen Augenblick Zeit, ich sehe mir Mr. Maddox' Terminkalender an.«

Die Detectives warteten geduldig, während Miles auf der Tastatur herumfuhrwerkte. »Ach, das tut mir aber leid«, sagte er schließlich und hob den Blick. »Ich fürchte, Mr. Maddox ist den ganzen Nachmittag beschäftigt. Möchten Sie einen Termin für Ende der Woche vereinbaren?«

Day wandte sich seiner Kollegin zu. Ihre Mundwinkel zuckten, ansonsten blieb ihre Miene ausdruckslos. »Ich verliere langsam die Geduld«, sagte Day.

Als Zeichen seiner Hilflosigkeit breitete Miles die Hände aus. »Mr. Maddox mag es nicht, gestört zu werden, vor allem nicht, wenn ein Mandant bei ihm ist. Es ist eine unumstößliche Regel. Außerdem weicht er nie von seinem Terminkalender ab, hält sich strikt an seine Planungen. Ich fürchte, ich kann nichts für Sie tun.«

Day trat dicht an den Tresen heran und schaute dem Rezeptionisten in die Augen. »Miles, ich möchte, dass Sie umgehend etwas für mich tun. Gehen Sie zu Mr. Maddox und informieren Sie ihn, dass die Polizei mit ihm reden möchte. Falls Sie es nicht tun, werde ich nicht sehr erbaut sein.«

Miles schüttelte den Kopf. »Tut mir leid, Sir. Ich habe Ihnen bereits erklärt, dass es unmöglich ist.«

Day verlangsamte seine Atmung und entgegnete mit ruhiger Stimme: »Bitte informieren Sie Mr. Maddox, dass die Polizei in einer dringenden Angelegenheit mit ihm reden möchte. Bestimmt wird er sich verständnisvoll zeigen.«

Der Rezeptionist öffnete den Mund, aber dann überlegte er es sich anders und schloss ihn wieder. Ohne ein weiteres Wort wandte er sich um und zog seine Karte über den Sicherheitsmechanismus an der Tür hinter dem Tresen. Ein leiser Summton erklang, und er schob die Tür auf und schlüpfte hindurch.

Shields grinste Day an. »Das hat Sie aber einige Mühe gekostet, Boss. Hoffentlich verlieren Sie nicht Ihr Händchen.«

Day entgegnete nichts. Kopfschüttelnd ließ er seinen Blick durch den Empfangsbereich schweifen. Das Gebäude hatte eine beeindruckende viktorianische Fassade, im Inneren aber hatte man alle diesbezüglichen Merkmale herausgerissen.

Mit einem leisen Klickton ging die Tür hinterm Tresen wieder auf und ein rotgesichtiger Miles winkte sie herein. Sie folgten ihm durch einen hell erleuchteten Korridor mit weißen Wänden. Day zählte drei Türen, an denen sie vorbeigingen, alle mit Namensschildern aus glänzendem Messing. Auf dem dritten Schild stand *Drew Bentley*.

Am Ende des Korridors stand eine Tür offen, und Day nahm an, dass sich dahinter das Büro des Chefs befand. Miles trat zur Seite, ließ die Detectives hineingehen und schloss hinter ihnen die Tür.

Der riesige Schreibtisch sah aus, als wäre er aus einem einzigen Eichenblock herausgeschnitten worden. Darauf standen ein grünes Telefon und ein Messingschild, auf dem in schwarzen Emaillebuchstaben der Name *Edward Maddox* prangte; daneben lag ein dicker Juristenwälzer. Warum sind diese Rechtsanwälte so sehr von ihren eigenen Namen fasziniert?, fragte sich Day.

Hinter dem Schreibtisch saß auf einem thronartigen Drehsessel ein Mann in seinen Fünfzigern, der einen silbergrauen Anzug, ein blütenweißes Oberhemd und eine silberne Krawatte trug. Sein Haar war kurz geschnitten und unnatürlich schwarz.

»Bitte, nehmen Sie Platz«, sagte Edward Maddox ganz entspannt, offenbar in keinster Weise verärgert wegen des unerwarteten Erscheinens zweier Polizisten. »Was kann ich für Sie tun?«

Day setzte sich auf einen der beiden Stühle, die, wie er annahm, Miles auf Geheiß seines Chefs hingestellt hatte. Shields tat es ihm nach und nahm ebenfalls Platz.

»Ich bin Detective Inspector Elliot Day, und das ist meine Kollegin Detective Sergeant Shields. Wir würden Ihnen gern einige Fragen über Drew Bentley stellen.«

Maddox' Miene blieb weiterhin teilnahmslos. Day hatte den Eindruck, dass der Mann selbst dann so schauen würde, wenn man ihm mit einem Elektroschocker einen Stromstoß in die Weichteile versetzte.

»Das ist eine unfassbar traurige Geschichte«, sagte Maddox. »Drew war ein exzellenter Anwalt. Einer unserer Besten. Ich hatte große Pläne mit ihm.«

»Seit wann hat er hier gearbeitet?«, fragte Shields.

Maddox hielt inne, blinzelte einige Male schnell hintereinander, offenbar überrascht, dass ein untergeordneter weiblicher Detective es wagte, eine Frage an ihn zu richten. Day lehnte sich zurück und beschloss abzuwarten, ob Shields den Mann noch stärker würde aus der Fassung bringen können.

»Drew fing vor vier Jahren bei uns an. Er war ehrgeizig und hat unfassbar schnell verinnerlicht, worum es bei uns geht. In den letzten zwei Jahren brachte er der Kanzlei höhere Einkünfte als jeder andere. Wir werden ihn wirklich vermissen.«

Day bemerkte den Seitenblick seines Sergeants, und er wusste, dass sie beide das gleiche dachten. *Ihn oder das Geld?*

Der Jurist schaute demonstrativ auf das edle goldene Chronometer, das sein Handgelenk zierte. Bevor er die Gelegenheit hatte anzumerken, dass sie seine wertvolle Zeit vergeudeten, schob Shields die nächste Frage hinterher.

»Fällt Ihnen irgendein Grund ein, warum Mr. Bentley sich das Leben nahm? Irgendetwas, das er Ihnen oder einem Kollegen gesagt hat? Hat er ein ungewöhnliches Ereignis erwähnt, das ihm widerfahren ist?«

Maddox blickte zu Day und zog die ergrauenden Augenbrauen hoch. »Bei Stone & Maddox bringen wir unser Privatleben nicht mit zur Arbeit. Ich weiß, dass Drew mit seiner Freundin zusammenlebte und dass sie heiraten und eine Familie gründen wollten. Mehr ist mir nicht bekannt. Wie gesagt, wir reden in der Kanzlei nicht über private Angelegenheiten. Genau genommen, sehen wir es nicht gern. Es ist unproduktiv, eine Ablenkung. Wir möchten, dass unsere Angestellten sich auf ihre Mandanten konzentrieren und deren …«

»Und doch erzählte Bentley Ihnen, dass er heiraten wollte«, warf Day ein. Es ärgerte ihn, wenn man ihm einen Vortrag hielt.

Maddox beugte sich vor, stützte die Ellbogen auf die Tischplatte und legte die Fingerspitzen aneinander. »Das hat er getan, richtig, und ich habe es mit Freude zur Kenntnis genommen. Er hat mir in allen Einzelheiten von seinen Plänen erzählt, nachdem ich ihn in mein Büro bestellt und ihn rundheraus gefragt hatte.«

Day hatte keine Ahnung, wo dies hinführen würde, aber etwas sagte ihm, dass es wichtig war, es herauszufinden. »Warum haben Sie ihn zu sich gerufen? Wo Sie Ihre Angestellten doch dazu anhalten, Privates außen vor zu lassen.«

Seufzend lehnte Maddox sich zurück und verschränkte die Arme vor der Brust. »Wie lange soll das hier noch dauern? Ich beweise meine Bereitschaft zu kooperieren, aber ich habe gleich einen Termin, den ich nicht absagen möchte. Ich weiß natürlich, dass ich von Rechts wegen nicht verpflichtet bin, mit Ihnen zu reden, aber ich möchte Ihre Arbeit nicht behindern.«

Day sagte nichts. Er wollte es Shields überlassen zu antworten, denn es würde Maddox mehr ärgern, wenn es von ihr kam. Sie verstand das Schweigen ihres Chefs und war zur Stelle.

»Wir sind natürlich sehr dankbar für Ihre Zusammenarbeit«, sagte sie. »Und wie Sie richtigerweise feststellen, sind Sie nicht verpflichtet, mit uns zu reden. Selbstverständlich können wir uns einen Durchsuchungsbefehl besorgen und mit weiteren Fragen und der Befugnis zurückkehren, Ihre Büroräume und Ihr hausinternes Computernetzwerk durchsuchen zu dürfen.«

Maddox behielt seine teilnahmslose Miene bei. »Ich sagte ja bereits, dass Drew unheimlich gute Arbeit geleistet hatte, sodass ich erwog, ihn zum Teilhaber zu machen. Er war selbstredend hocherfreut über meinen Vorschlag, doch ich wies ihn darauf hin, dass er als Teilhaber auch viele gesellschaftliche Ereignisse außerhalb des Büros würde besuchen müssen, bei denen es darum geht, zu netzwerken und unseren wichtigsten Mandanten und Investoren auf gesellschaftlicher Ebene zu begegnen. Man könnte es als altmodisch von mir beschreiben, doch wenn man ein geregeltes Privatleben hat, kann man auf diesem Parkett leichter reüssieren, finde ich.«

»Damit meinen Sie, dass der Mann bei den erwähnten gesellschaftlichen Ereignissen am besten eine Ehefrau an seiner Seite hat, verstehe ich das richtig?«

»Sehr wohl«, erklärte Maddox. »Im Moment haben wir keinen weiblichen Teilhaber, aber falls es dazu käme, würden wir von ihr das Gleiche erwarten. Wir mögen eine altmodische Kanzlei sein, doch niemand kann Stone & Maddox des Sexismus bezichtigen.«

Zumindest nicht, ohne zu riskieren, verklagt zu werden, dachte Day. »Finden Sie es nicht sonderbar, dass jemand, bei dem es beruflich hervorragend läuft und der überdies heiraten möchte, sich vor die U-Bahn wirft? Für mich scheint Bentley jeden Grund gehabt zu haben, sein Leben leben zu wollen.«

Maddox zuckte mit den Schultern. Die Geste wirkte unnatürlich, gezwungen. »Wer weiß schon, was in den Köpfen der Leute vorgeht?«, sagte er. »Es gibt Menschen, die schwere psychische Probleme haben, ohne dass das direkte Umfeld etwas davon mitbekommt. Ich weiß nur, dass Drew alles dafür tat, um Teilhaber der Firma zu werden. Er versicherte mir, bald zu heiraten, und widmete sich verstärkt unserer kostenlosen Rechtsberatung. Das erwarten wir von unseren Teilhabern. Es demonstriert, dass die Firma ein soziales Gewissen hat.«

»Sie beschäftigen sich ausschließlich mit arbeitsrechtlichen Fällen, nicht wahr?«, sagte Day.

Maddox nickte. »Korrekt. Die meisten unserer Mandanten sind Personen in gehobenen Positionen, Banker, etc., die entlassen wurden oder kurz davorstehen, entlassen zu werden. Wir handeln die Abfindung aus. Die Androhung, juristische Schritte einzuleiten, treibt die Summe in die Höhe. Den weniger glücklichen Mitgliedern der Gesellschaft bieten wir unsere kostenlose Rechtsberatung an. Leuten, die glauben, ungerechtfertigterweise gekündigt worden zu sein, denen aber die Mittel fehlen, etwas dagegen zu tun.«

»Und Bentley hat bei dieser kostenlosen Rechtsberatung mitgewirkt?«

»Natürlich. Es ist eine Bedingung, um Teilhaber werden zu können.«

Eine Bedingung, dachte Day. *Also nichts, was man tut, weil man ein gutes Herz hat.* »Okay, Mr. Maddox«, sagte er. »Wir benötigen eine Liste von Bentleys Mandanten der letzten beiden Monate, einschließlich der Leute, die er kostenlos beraten hat.«

Der Anwalt presste seine Lippen zu einer schmalen Linie. »Ich fürchte, das ist unmöglich. Es sind vertrauliche Informationen. Warum ist das überhaupt nötig? Wollen Sie andeuten, dass Drew keinen Selbstmord begangen hat?«

Day blickte zu Shields hinüber, lud sie abermals dazu ein, das Wort zu übernehmen. »Natürlich ist es Ihr Recht, unsere Bitte abzulehnen«, sagte sie. »Aber falls Sie das tun, kommen wir mit besagtem Durchsuchungsbefehl zurück. Und ich kann Ihnen nicht garantieren, dass die Presse davon keinen Wind bekommt. Es ist ja bekannt, dass die Medien gewisse Quellen bei der Polizei haben.«

Maddox nahm sich einen Moment Zeit, um nachzudenken. Der Blick seiner grauen Augen sprang von Day zu Shields und wieder zurück. Day ging davon aus, dass die juristische Abteilung im Hirn des Chef-Anwalts gerade alle Optionen durchspielte und abwog, welchen Schaden der Ruf der Firma nähme, falls es einen Zeitungsartikel über eine Razzia in der Kanzlei gäbe.

Day erhob sich, um zu gehen, und Shields tat es ihm nach. In dem Moment streckte Maddox den Arm aus, drückte einen Knopf am Telefon und hob den Hörer ans Ohr. »Ich brauche Sie in meinem Büro, Miles«, sagte er. »Ich möchte, dass Sie für die Detectives eine Liste zusammenstellen.«

25

KÄMPFEN

GEM DIE KRIEGERIN

Gem trank den Tee aus, zog im Sessel die Beine an und schlang die Arme um die Knie. Drew war sofort ins Taxi gesprungen und war nach Hause gekommen, als sie im Büro angerufen und ihm von der Begegnung mit dem Carjacker erzählt hatte, dem *Stalker*.

Als er das Haus betreten hatte, war sie in Tränen ausgebrochen. Er hatte sie schon oft weinen sehen, für gewöhnlich vor Wut und Frustration, wenn sie wegen ihres Jobs gestritten hatten. Er hatte noch nie erlebt, dass sie vor Angst geweint hatte.

Gem hörte seine Schritte auf der Treppe. Sie blickte auf, und als er ins Zimmer kam, versuchte sie, ein Lächeln aufzusetzen.

»Möchtest du noch einen Tee?«, fragte er.

Sie schüttelte den Kopf. »Danke. Ich glaube, nach meinem Tag hätte ich jetzt lieber einen großen Wodka.«

Drew ging zum Sofa, strich über die Sitzfläche und musterte prüfend seine Fingerspitzen, ehe er sich hinsetzte. »Ich weiß nicht, ob das eine gute Idee ist, Darling. Ich wollte bisher nichts sagen, aber du trinkst in letzter Zeit deutlich mehr als früher. Was du brauchst, ist ein erholsamer, alkoholfreier Nachtschlaf.«

Gem spürte den Stachel der Verlegenheit und errötete. Es stimmte, sie hatte Trost im Alkohol gesucht, aber wer wollte ihr das verübeln? Am meisten tat ihr Drews Annahme weh, dass es außer Kontrolle geriet.

Sie hob ihm den leeren Becher entgegen und wackelte damit herum. »Du hast recht, Schatz, noch ein Tee wäre perfekt.«

Drew neigte den Kopf zur Seite und lächelte gutmütig. »Wenn du wirklich einen Wodka willst, dann bringe ich dir einen, kein Problem. Ich denke nur daran, was dir guttut, das ist alles. Also, wenn du einen Wodka haben möchtest …«

Jetzt wird er herablassend, dachte sie, aber sie wollte nicht streiten. Dafür fehlte ihr die Kraft. »Nein, im Ernst, vergiss es. Den Tee vergiss auch.«

Drew beugte sich vor und strich ihr zärtlich über den Handrücken. »Du weißt, dass die Polizei den Mann bald verhaften wird, nicht wahr? Es war ein großer Fehler von ihm, dich auf der Straße zu verfolgen. Wäre er untergetaucht, hätten sie ihn wahrscheinlich nie geschnappt. Aber so …«

Gem war sich da nicht so sicher. London war eine Stadt, in der man leicht untertauchen konnte, wenn man das wollte, besonders wenn man es gewohnt war, anderen in der Dunkelheit aufzulauern. Davon abgesehen hatte der Mann etwas an sich gehabt, das sie nicht erklären konnte, doch aus irgendeinem Grund wusste sie, dass er kein gewöhnlicher Autodieb war.

»Meinst du wirklich, dass er bald geschnappt wird?«

Drew nickte. »Das tue ich. Danach könntest du vielleicht entscheiden, ob du wieder arbeiten möchtest oder nicht. Es ist deine Entscheidung, aber es würde mich natürlich freuen, wenn du einen weniger fordernden Job hättest oder gar nicht mehr arbeiten würdest. Ich zwinge dich zu gar nichts, das weißt du. Ich vertraue darauf, dass du die richtige Entscheidung treffen wirst. Du hast viel durchgemacht. Wie du dich bei dem Überfall verhalten hast, war großartig, aber jetzt stellt dir der Mann nach. Ich möchte, dass du kein Risiko eingehst.«

Gem hatte ihn schon unzählige Male darüber lamentieren gehört, wie riskant es sei, bis in den späten Abend zu arbeiten und allein nach Hause zu fahren, und fast jedes Mal hatten sie sich am Ende angebrüllt. Irgendwann war sie aus dem Zimmer marschiert und hatte gedroht, ihre Sachen zu packen und ihn ein zweites Mal zu verlassen, während er nur mit verschränkten Armen dagestanden und den Kopf geschüttelt hatte.

Diesmal würde es keinen Streit geben. Statt zu glauben, dass er sie von ihren beruflichen Zielen abzubringen versuchte, und statt sich dem furchteinflößenden Gedanken hinzugeben, dass sie sich selbst verlieren würde, falls sie nachgäbe, fragte Gem sich zum ersten Mal, ob er vielleicht recht hatte.

»Es ist einfach so peinlich, so viel Angst zu haben«, sagte sie. »In der Zeitung bin ich die furchtlose Kriegerin, die *Parkplatzamazone*, aber als ich ihn heute wiedersah, bin ich erstarrt vor Angst. Ich weiß nicht, warum er mir das antut.«

DER REPORTER

Arglist hatte nie zu Matt Revells Stärken gehört. Undercover-Journalismus, Fallenstellen und verdeckte Ermittlungen waren nicht sein Ding. Er hielt sich lieber an das, worin er gut war. Persönliche Begegnungen, Gespräche, Konfrontationen. Sein Erfolg in diesen Situationen hatte nichts mit Aggression zu tun. Im Gegenteil. Schon am Anfang seiner Berufslaufbahn hatte er herausgefunden, dass er die Fähigkeit besaß, gegenüber seinen Gesprächspartnern weder vorwurfsvoll, wertend noch verurteilend zu erscheinen.

Revell saß an einem Tisch gegenüber vom Tresen, süffelte ein Bier und tat so, als würde er auf seinem Handy lesen. Der Nervenkitzel, den es mit sich brachte, wenn man einer großen Story hinterherjagte, durchflutete seinen Körper wie ein chemisches Aufputschmittel. Falls es ihm gelänge, den Mann ausfindig zu machen, der Gem Golding überfallen hatte, bevor die Polizei den Kerl schnappte, wäre es der größte Erfolg seiner Karriere. Die bloße Vorstellung, seinen Namen über einer derart sensationellen Story zu lesen, versetzte ihm einen Adrenalinschub.

Er hatte sich an eines der beiden großen Fenster des Pubs gesetzt, weil er von hier aus einen guten Blick auf die Straße hatte und jeden sah, der hereinkam, ohne dafür den Kopf wenden zu müssen. Der mittägliche Ansturm war vorbei und der Pub leerte sich rasch.

Revell schaute auf die Zeitanzeige seines Handys. Er hatte keine Ahnung, wie der Mann, auf den er wartete, aussah, aber er würde ein Monatsgehalt setzen, dass es keiner der Gäste war, die aufgereiht am Tresen standen. Alle hatten einen Drink vor sich stehen und zeigten keinerlei Interesse an dem, was um sie herum vorging.

Um exakt fünf Minuten nach drei ging die Tür auf und ein Mann kam herein, die Schultern hochgezogen, die Hände tief in den Hosentaschen. Statt zum Tresen zu gehen, blieb er in der Mitte des Raumes stehen und sah sich um, schaute stirnrunzelnd auf die Uhr.

Revell blickte demonstrativ aus dem Fenster, dann schaute er wieder auf sein Handy. Er wusste instinktiv, dass dies die Person war, die sich bei ihrem Telefongespräch als Finch ausgegeben hatte.

Der Mann verzog das Gesicht und ging langsam auf den Tresen zu. Der Barkeeper, ein Surfertyp mit Wuschelkopf, griff lächelnd nach einem leeren Bierglas. Finch schüttelte den Kopf. Nach einem letzten Blick durch die Runde ging der Mann, der geglaubt hatte, auf ein paar Biere eingeladen zu werden und einem Reporter eine Story verkaufen zu können, wieder zur Tür hinaus.

Revell stand auf und folgte ihm. Dies war der schwierige Part. Er hatte keine Ahnung, wo Finch hingehen würde, doch er musste sich an ihn heften, möglichst ohne gesehen zu werden. Finch war derjenige gewesen, der den Pub in Stratford vorgeschlagen hatte, und Revell hoffte, dass der Laden zu seinen Stammkneipen zählte. Auf dem Gehsteig erblickte er seine Zielperson, die sich in nördliche Richtung über den Broadway bewegte.

Finch kam überraschend schnell voran. Die Straße war voller Shopper, und Revell musste sich zwischen den Leuten hindurchdrängeln, damit er Finch nicht aus den Augen verlor. Schnell war er ihm gefährlich nahe gekommen und ließ sich wieder zurückfallen. Er hatte Duffield gegenüber klargestellt, dass er eine simple Verhandlungsführung für das Beste halte, aber seine Chefin war hart geblieben. Wenn sie den Preis für die Geschichte niedrig halten wollten, dürfe die Zielperson nicht alle Trümpfe in der Hand halten, hatte sie argumentiert.

Mit einem Mal fand Revell sich eingeklemmt zwischen zwei Frauen wieder, die wallende bunte Gewänder und Kopftücher trugen und jeweils einen Kinderwagen vor sich herschoben. Es dauerte einige Augenblicke, bis er sich an ihnen vorbeigezwängt hatte, aber es genügte, um Finch aus dem Blick zu verlieren. Er war verschwunden.

Revell fluchte leise, ging aber weiter. Dass Finch sich in Luft aufgelöst hatte, konnte nur bedeuten, dass er in einen der Läden gegangen war. Er drückte das Gesicht ans Fenster eines Coffeeshops. Der Laden war voll, aber keine Spur von Finch. Er ging weiter, schaute in ein Schuhgeschäft hinein, gefolgt von einem Wettbüro. Dann landete er seinen Treffer.

Auf dem Ladenschild stand in gelb leuchtenden Buchstaben Donna's Kebabs. Ein achtzehn-, neunzehnjähriges Mädchen stand hinter der Theke. Sie trug eine dunkelblaue Jacke und schaute missmutig in die Welt. Hinter ihr kreiste ein dicker, fettglänzender Kalbfleischkegel langsam auf einem Drehspieß. Finch saß am hinteren Ende der Theke auf einem Holzstuhl und gab etwas in sein Handy ein.

Revell ging hinein und lächelte das Mädchen an. Sie gähnte

lautstark. Ohne den Blick vom Handy zu nehmen, zischte Finch: »Herrgott noch mal, Sharon, mach dem Mann seinen Kebab. Er hat Hunger. Dein Dienst am Kunden ist praktisch nicht vorhanden. Ich überlege ernsthaft, dich wegen Inkompetenz zu feuern.«

Das Mädchen öffnete den Mund, um zu widersprechen, aber Revell hob schnell die Hand und sagte: »Schon gut. Keine Sorge. Ich bin nicht hier, um etwas zu essen. Ich bin von der *Daily News*. Ich bin hier, um mit deinem Boss zu reden.«

Finch schaute auf, zog die Augen zusammen. »Wir wollten uns doch im Pub treffen. Was ist los?«

»Tut mir leid. Mir ist etwas dazwischengekommen. Es ließ sich nicht vermeiden.«

Der kleine Mann glitt vom Stuhl und steckte das Handy in die Jackentasche. Seine Stirn reichte gerade mal bis an Revells Kinn. Er legte den Kopf in den Nacken, um zu dem Reporter aufzuschauen. »Woher wussten Sie, wo Sie mich finden?« Er wartete die Antwort nicht ab, sondern kam von selbst darauf. »Sie sind mir gefolgt, stimmt's? Hinterhältiger Wichser.«

Revell lachte über die Beleidigung. Der Umstand, dass er nun von dem Kebab-Imbiss wusste, verschaffte der *Daily News* eine viel stärkere Verhandlungsposition. Finch war klug genug, um von selbst darauf zu kommen, dass er nun kaum noch einen Rückzieher machen und damit drohen konnte, zu einem Konkurrenzblatt zu gehen.

In diesem Fall würde seine Chefin, wie Revell wusste, zweifellos beschließen, dass es im Interesse der öffentlichen Sicherheit das Beste sei, den Behörden zu melden, dass sie jemanden kannten, der Informationen über die Identität und den Aufenthaltsort eines polizeilich gesuchten Mannes besaß.

»Nun, jetzt bin ich ja hier, und wir wollen uns immer noch unterhalten, nicht wahr? Die Zeitung ist hocherfreut über Ihr Angebot und ich habe jede Menge Fragen. Und jede Menge Bargeld.«

Finch schaute zu Sharon hinüber, die plötzlich die Ohren spitzte. »In Ordnung«, sagte er. »Aber wir reden nicht hier. Wir gehen zurück in den Pub. Ich brauche dringend ein Bier.«

Revell und Finch saßen einander gegenüber an dem Fenstertisch, an dem Revell zuvor gesessen hatte. Neben dem Bier hatte der Imbiss-Besitzer einen Cheeseburger und die doppelt frittierten Pommes verlangt, die auf der Speisekarte als Spezialität des Hauses angepriesen wurden. Er hob den Burger an den Mund und nahm einen riesigen Bissen, den er schnell zerkaute und mit einem Schluck Bier hinunterspülte.

»Sehr lecker«, sagte er. »Aber was ich Ihnen verkaufen will, wird Sie einiges mehr kosten.«

Zwischen Finchs Zähnen hingen Fleischreste, die in Bewegung gerieten, wenn er sprach. Der Reporter nahm sein eigenes Bier und trank einen Schluck. »Wir sind bereit, Ihnen einen fairen Preis für die Information zu zahlen, aber wenn Sie glauben, Sie würden zehntausend oder so von mir kriegen, dann leben Sie in einer Fantasiewelt.«

Finch hob das Bier an die Lippen und trank das Glas in einem Zug leer. »Bestellen Sie mir noch eins. Ich kann mich schlecht konzentrieren, wenn ich durstig bin.«

Revell starrte den Mann an und hätte ihm am liebsten gesagt, dass er sich verpissen solle. Stattdessen lächelte er. »Natürlich«, sagte er. »Überlegen Sie gut, was für Sie eine realistische Summe wäre. Und Ihnen muss klar sein, dass Sie keinen Penny von mir kriegen, bis Sie mich überzeugt haben, dass Sie keinen Mist erzählen, dass Sie wirklich wissen, wer dieser Carjacker ist und wo wir ihn finden können.«

Revell bezahlte das Bier und steckte das Portemonnaie wieder in die Jackentasche. Hinten am Tisch konnte er sehen, wie Finch die Reste des Burgers verputzte. Er nahm das frisch gezapfte Bier und trug es an ihren Platz.

Finch grunzte zufrieden, trank einen großen Schluck und wischte sich mit dem Handrücken über den Mund. »Hat ganz schön gedauert, Mann«, sagte er. »Ich dachte schon, ich wäre der erste Mensch, der in einem Pub verdurstet.«

Revell tat gar nicht erst so, als ob er den Spruch lustig fände. Er zog einen Zeitungsartikel aus der Tasche, faltete ihn sorgfältig auf und strich ihn auf dem Tisch glatt. Die CCTV-Aufnahme von dem Mann, der Gem Golding überfallen hatte, war körnig und dunkel. Als Nächstes zog Revell das Phantombild heraus, das auf Goldings Täterbeschreibung basierte.

»Sie sagen, Sie kennen diesen Mann? Seinen Namen und seinen Wohnort?«

Finch blickte auf die Fotos und verzog den Mund zu einem höhnischen Grinsen. »Ich weiß genau, wer der Dreckskerl ist. Er schuldet mir Geld, deshalb müssen Sie mich erst bezahlen, bevor ich Ihnen die Einzelheiten nenne. Ist so eine Art Kompensation, verstehen Sie? Um Ihnen zu zeigen, dass ich nicht gierig bin, gehe ich auf fünftausend runter.«

Revell schüttelte langsam den Kopf. »In welchem Teil Londons wohnt er denn?«

»In der Nähe. Nicht weit von hier. Mehr sag ich nicht, bis ich Ihre Scheinchen in der Hand halte.«

Finch war so vertrauenswürdig wie eine Schlange im Schlafsack, aber Revell spürte, dass er die Wahrheit sagte. Der Gedanke ließ sein Herz schneller schlagen. »Die höchste Summe, die ich Ihnen geben darf, sind eintausend Pfund.«

Finch schnaubte und wischte mit einer Handbewegung das Phantombild des Gesuchten vom Tisch. »Das reicht nicht mal annähernd, auf keinen Fall«, sagte er. »Wollen Sie mich verarschen? Sie halten mich wohl für einen Idioten. Der Mann, den Sie suchen, ist ein richtig fieser Typ, ein Tier. Nein, schlimmer als das, er ist ein Psycho. Allein, dass ich hier mit Ihnen sitze, bringt mich schon in Gefahr.«

Revell bückte sich, hob das Phantombild auf und legte es wieder neben den Zeitungsartikel. Ihm war klar, dass Finch alles dafür tat, um den Preis hochzutreiben.

»Ich erhöhe auf vierzehnhundert Pfund, aber das ist mein Limit«, sagte er. »Siebenhundert kriegen Sie sofort, den Rest, nachdem wir Ihre Geschichte haben und der sogenannte Psycho sich in Polizeigewahrsam befindet. Machen Sie, was Sie wollen, aber ich warne Sie: Falls Sie einen Rückzieher machen, werde ich zur Polizei gehen müssen und denen sagen, was ich weiß. So zu handeln wäre das Richtige. Es wäre im allgemeinen öffentlichen Interesse.«

Finch rümpfte die Nase, als ob er etwas Übles gerochen hätte. In seinen blutunterlaufenen Augen lag eine Mischung aus Verzweiflung und Berechnung.

»Die Hälfte kriege ich sofort, sagen Sie? Es müsste in bar sein, kein Scheck, keine Überweisung, bar auf die Kralle. Sonst denke ich nicht mal drüber nach, so weit runterzugehen.«

Revell behielt seine gleichgültige Miene bei, wusste aber, dass er Finch an der Angel hatte. Er hob die Hand an die Brust und klopfte auf die Innentasche, in der sein Portemonnaie steckte. »Den Wunsch kann ich Ihnen gern erfüllen, kein Problem. Aber Sie müssen mich irgendwie überzeugen, dass ich das Geld nicht zum Fenster rauswerfe und Sie kein Betrüger sind.«

Finch nahm ein Überbleibsel des Hamburgerbrötchens, betrachtete es einige Sekunden lang, drehte es zwischen den schmierigen Fingern und ließ die Krümel auf seinen Teller herabrieseln. »Ich kenne den Mann, die Sie suchen«, sagte er. »Ich würde das Arschloch überall erkennen. Er wohnt in dem Apartment über meinem Imbiss und schuldet mir eine Monatsmiete. Er hat sich bei mir zu viele Freiheiten rausgenommen, hat zu oft meine Großzügigkeit ausgenutzt.«

Revell wollte aufspringen, in die Luft schlagen und jubelnd durch den Pub rennen. Stattdessen nickte er bedächtig und zückte sein Portemonnaie.

26

AUFGEBEN

GEM DAS OPFER

Gem saß an ihrem Büroschreibtisch und sah die während ihrer Abwesenheit eingegangenen E-Mails durch, als unvermittelt ihre Chefin hereinschneite. Ehe sie etwas sagen konnte, trat Melanie zu ihr heran, beugte sich herab und umarmte sie.

»Weißt du, ich finde, du schlägst dich großartig«, sagte Melanie. »Ich weiß nicht, wie man so tapfer sein kann.«

»Solange ich mich beschäftige, geht es ganz gut«, sagte Gem. »Es läuft irgendwie.«

Nach Drews Tod hatte Gem sich einige Tage freigenommen, ehe sie sich darauf besonnen hatte, zur Arbeit zurückzukehren. Die Beerdigung würde erst erfolgen, nachdem die Polizei den Leichnam freigegeben hatte, und sie fürchtete die Aussicht auf die vielen langen Tage allein zu Hause, umgeben von all den Erinnerungen an das, was sie verloren hatte.

Melanie stellte ihre teure Handtasche auf den Tisch und stemmte die Hände in die Hüften. »Ich habe den ganzen Tag Meetings, aber wie gesagt, falls du jemanden zum Reden brauchst, ruf mich bitte jederzeit auf dem Handy an. Dann schaffe ich in meinem Kalender irgendwie Platz für dich. Trauer zu ignorieren tut nicht gut. Wenn du möchtest, gehen wir bald mal wieder zusammen aus. Haben wir lange nicht mehr gemacht.«

Gem lächelte gezwungen. Melanies Lösung für fast alle Probleme bestand darin, auszugehen und Unmengen an Wein zu konsumieren. »Ich überlege es mir. Im Augenblick ist es für mich am besten, hart zu arbeiten und mich aus allem anderen herauszuhalten. Das gibt mir Fokus und Struktur, und genau das brauche ich gerade.«

Melanie nahm ihre Tasche. »Schön und gut, aber übertreib es bitte nicht«, sagte sie. »Dazu besteht kein Grund. Und übrigens, alle finden deine neue Frisur toll. Du weißt doch, wie man sagt: neuer Look, neues Selbst.«

Nachdem ihre Chefin die Bürotür hinter sich geschlossen hatte, widmete Gem sich wieder ihren E-Mails. Gott sei Dank gibt es Melanie, dachte sie. Unter ihren Kollegen war sie die Einzige, die mit ihr über Drews Tod sprach. Gem nahm an, den anderen war das Thema zu unangenehm.

Seit ihrer Rückkehr erschien sie jeden Tag als Erste im Büro und ging als Letzte, oft erst wenn die Reinigungskräfte erschienen. Ihre Mutter hatte ihr von Kindesbeinen an ein starkes Arbeitsethos eingeimpft. Wenn sie nach der Schule ihre Hausaufgaben gemacht hatte, hatte ihre Mutter sie aufgefordert, noch ein bisschen weiterzulernen. Gem erinnerte sich nur zu gut daran, wie sie als Dreizehnjährige immer geschmollt hatte, wenn ihre Mutter sie ermahnte, das Telefon aus der Hand zu legen und noch ein Kapitel im Geschichtsschulbuch zu lesen. »Im Moment magst du weit unten auf der sozialen Leiter stehen, Gem«, hatte ihre Mutter gesagt und mahnend mit dem erhobenen Zeigefinger gewackelt, »aber du bist viel, viel mehr wert. Das bedeutet, du musst härter arbeiten als alle anderen, um dort hinzugelangen, wo du hinmöchtest. So einfach ist das.«

Jan Golding hatte recht behalten. Sie hatte ihre Tochter allein großgezogen und ziemlich gute Arbeit geleistet. Nachdem Gem und Drew zusammengezogen waren, hatte ihre Mutter die Dreizimmerwohnung in West-London verkauft und war in ein Dorf in Nordwales gezogen, in die Nähe des Ortes ihrer Kindheit. Gem fand es schön, dass ihre Mutter ihren neuen Bekannten voller Stolz erzählte, dass ihre

Tochter Karriere in der glamourösen Public-Relations-Branche machte.

Gem schloss den E-Mail-Account und lehnte sich zurück. Drew war tot. Er würde nie mehr zurückkehren. Das Leben hatte so viel versprochen, ehe sie vom Bösen berührt worden waren.

Die Polizei hatte ihr mitgeteilt, dass es bis zur Freigabe des Leichnams noch eine Weile dauern würde. Sie wusste nicht, wie sie darauf reagieren sollte, aber dass sie erleichtert war, überraschte sie dann doch. Sie war noch nicht so weit, über die Beisetzung nachzudenken. Wenn es so weit war, würde sie sich um alles kümmern müssen, denn Drew hatte keine Familie gehabt.

Über seine Kindheit im Heim hatte er mit ihr nie groß gesprochen; wenn sie ihn danach gefragt hatte, hatte er immer nur entgegnet, dass sie als Einzelkind einer alleinerziehenden Mutter aufgewachsen war. *Du hattest wenigstens ein Elternteil, warst Teil einer Familie. Du kannst dich glücklich schätzen.*

Gem sah auf die Uhr. In einer halben Stunde hatte sie einen Termin mit einem potenziellen Kunden. Sich in die Arbeit zu stürzen war die richtige Entscheidung gewesen. *Drew würde wollen, dass ich stark bin und weitermache.* Während des Überfalls war sie ängstlich, verwirrt und passiv gewesen, aber was zählte, war, wie es jetzt weiterging, wie sie mit Drews Tod umging. Sie würde nicht daran zerbrechen. Denn dann hätte der Killer gewonnen. Drew hatte oft und gern über die Rechtsordnung geredet. Dass ihr alle Menschen unterlägen. Meistens hatte sie ihn veralbert, wenn er so hochtrabend dahergeredet hatte. Das Recht ist nichts Lustiges, hatte er entgegnet. *Es ist heilig. Das Recht muss aufrecht gehalten werden, und wer es bricht, muss bestraft werden.*

Day lehnte sich auf seinem Stuhl zurück und gähnte. Am Vorabend hatte er bis in die Puppen gearbeitet, hatte Shields geholfen, die Liste mit Bentleys letzten Mandanten zu überprüfen. Es war elementare Polizeiarbeit, die ein Detective Inspector normalerweise an Neulinge delegierte, aber er hatte sich gern die Hände schmutzig gemacht.

Gemeinsam war es ihnen gelungen, jeden der sechs zahlenden Mandanten zu erreichen, die Bentley in den beiden Wochen vor seinem Tod empfangen hatte, alles Banker mit fettem Gehalt und noch fetteren Boni. Zwei von ihnen waren zu Bentleys Todeszeitpunkt außer Landes gewesen, und die anderen konnten Alibis vorweisen, die sich, so glaubte er, bestätigen würden.

Dass die Männer reich waren, bedeutete natürlich nicht, dass sie nicht imstande waren, ein Verbrechen zu begehen. Wie Day wusste, war das Gegenteil der Fall. Die meisten von ihnen würden wahrscheinlich ihre Großmutter ins Bordell verkaufen, falls es ein lukratives Geschäft wäre. Man musste schon eine durch und durch skrupellose Geisteshaltung besitzen, um derart viel Geld zu verdienen, so viel stand fest.

Shields hatte versprochen, sich gleich am Morgen um die vier Mandanten auf der Liste zu kümmern, die sich bei Bentley kostenlosen juristischen Rat geholt hatten. Der Mann, den sie jagten, war gerissen. Day bezweifelte, dass er auf dem Anwaltsformular seinen wahren Namen und die richtige Adresse angegeben hatte – andererseits war er arrogant genug gewesen, seine Verbrechen vor laufender Kamera zu begehen, und Arroganz konnte einen schnell zu Fall bringen.

Die Bürotür schwang auf und Shields trug ein Papptablett mit zwei großen Kaffeebechern herein. Einen davon stellte sie auf Days Schreibtisch, dann warf sie das Tablett in den Müll und nahm einen Schluck von ihrem Becher.

Day betrachtete sie argwöhnisch. Sie hatte ihm noch nie Kaffee gebracht. »Was bezwecken Sie damit?«

»Ich dachte, nach dem gestrigen Abend könnten Sie einen Koffeinschub vertragen.«

Day nickte, nahm den Becher, atmete das Aroma ein und nippte an der heißen Flüssigkeit. Der Kaffee war genau so, wie er es mochte: schwarz und stark.

»Außerdem«, sagte Shields, »hätten Sie keine Zeit gehabt, sich einen eigenen zu holen, denn wir müssen sofort losfahren.«

Day bemerkte die Aufregung in ihrer Stimme, stellte den Kaffee ab und stand auf. »Einer der Nulltarif-Mandanten?«

Shields nickte. »Bei dreien stimmen die Angaben, und alles scheint in Ordnung zu sein. Der vierte ist ein gewisser Connor Norton. Der Name könnte falsch sein – seine Adresse ist es jedenfalls –, aber ich habe in der Lagerhalle angerufen, die er als Arbeitsplatz angegeben hatte. Sie bestätigten, dass dort für kurze Zeit ein Connor Norton gearbeitet hat und die Beschreibung passt.«

Fünfunddreißig Minuten später erreichten die Detectives ein heruntergekommenes Industriegebiet in East London und fuhren an einer frei stehenden einstöckigen Lagerhalle aus rotem Backstein vor.

Sie gingen zu einer Tür neben der Ladebucht, auf der hilfreicher Weise *Empfang* stand. Ehe sie anklopften konnten, wurde die Tür von einer rundlichen Frau geöffnet, die ein voluminöses Blumenkleid trug.

»Nein, nein, nein«, schimpfte sie und deutete mit ihrem wulstigen Zeigefinger vorwurfsvoll auf das Zivilfahrzeug der Polizisten. »Sie können hier nicht parken. Auf keinen Fall. Stellen Sie ihn um, und zwar sofort!«

Day zeigte ihr seine Dienstmarke. »Wir ermitteln in einem Verbrechen und müssen mit dem Chef über einen früheren Mitarbeiter sprechen.«

Die Frau, die den ganzen Türrahmen ausfüllte, ließ sich nicht beirren und stemmte die Hände in die üppigen Hüften. »Sie reden mit dem Chef, und der Chef sagt, Sie sollen die Rostkarre aus dem Ladebereich fahren.«

Day trat einen halben Schritt zurück und musterte die Frau. Es war ein kühler Frühlingstag, aber ihr Gesicht war gerötet, die Stirn schweißüberzogen. Das farbenfrohe Kleid floss zu ihren nackten Schienbeinen herab, und an den Füßen trug sie schwarze Arbeitsstiefel. Er schaute achselzuckend zu seinem Sergeant. Seufzend zog Shields den Autoschlüssel aus der Tasche und trottete zum Auto zurück.

Die Frau grinste und bedeutete Day, ihr ins Büro zu folgen. Sie setzte sich an einen kleinen Schreibtisch, auf dem drei leere Diät-Coladosen und ein überquellender Aschenbecher standen und stapelweise Papierkram herumlag. Der Raum roch nach Schweiß und Zigarettenrauch.

Die Frau deutete auf die Tür. »Machen Sie die zu, ja? Und dann verraten Sie mir, worum es hier eigentlich geht.«

»Warum lassen wir die Tür nicht offen?«, sagte Day. »Ist ziemlich stickig hier drin. Fangen wir doch an, indem Sie mir als erstes bitte Ihren Namen verraten. Wenn Sie sagen, dass Sie der Chef sind, meinen Sie das im Sinne von Geschäftsführer oder Eigentümer?«

Die Frau schaute funkelnd zu ihm auf und wischte sich mit dem Handrücken über die Stirn. »Mein Name ist Kath Brook, und ich meine, was ich sage. Ich bin der Boss. Hab den Laden vor einigen Jahren geerbt, und es läuft prima, danke der Nachfrage. Besser als damals, wo mein Dad noch das Sagen hatte. Können wir jetzt zur Sache kommen? Ich hab viel zu tun.«

»Wir haben einige Fragen über einen früheren Mitarbeiter, einen Connor Norton.«

Brooks Blick sprang zu Shields, die inzwischen in der Tür stand, dann zurück zu Day. Sie verdrehte die Augen und rümpfte die Nase, als hätte sie etwas Schlechtes gerochen.

»Ach ja, der. War nur ein paar Tage hier, höchstens zwei Wochen.«

Shields trat vor und legte ihr das Phantombild und das CCTV-Foto auf den Tisch. »Ist er das?«

Brooks beugte sich vor und betrachtete die Fotos. »Ich glaub schon«, sagte sie. »Er sah gar nicht mal schlecht aus, aber hier im Lager arbeiten jeden Tag andere Männer, und ich bin fürchterlich schlecht darin, Namen und Gesichter zusammenzubringen.«

Day wartete, ließ das Schweigen den Raum erfüllen, ehe er die Fotos vom Tisch nahm und Shields gab. »Wir brauchen eine Mitarbeiterliste, die mindestens einen Monat zurückreicht.«

Brook riss eine Schublade auf und griff nach einer bereits geöffneten Zigarettenschachtel. Sie zog eine heraus, schob sie sich zwischen die Lippen, zündete sie aber nicht an. Nach einigen Sekunden nahm sie die Zigarette wieder aus dem Mund und hielt sie zwischen ihren fleischigen Fingern.

»Ich habe keine Liste, mit der ich Ihnen weiterhelfen könnte«, sagte sie. »Ich schmeiße den Laden mit Gelegenheitsarbeitern. Kaufe Lagerbestände von Geschäften auf, die pleitegegangen sind. Schuhe, Lampen, Stühle, alles Mögliche. Wenn es was zu tun gibt, hole ich mir meine Leute. Wenn nicht, dann nicht. Die meisten sind Polen und Rumänen. Flexibles Arbeitsmodell, aber völlig legal.«

Day war sich da nicht so sicher, aber das war nicht das Thema. »Ehrlich gesagt, interessiert es uns nicht, wie Sie mit Ihren Gelegenheitsarbeitern verfahren und inwieweit das Ganze legal ist. Wir benötigen Hilfe bei unseren Ermittlungen. Wir wissen, dass Connor Norton hier gearbeitet hat, weil er sich juristisch beraten ließ und Sie offenbar wegen seines ungerechtfertigten Rauswurfes verklagen wollte. Er gab an, man hätte ihn fälschlicherweise bezichtigt, eine Schlägerei angefangen zu haben, worauf ihm fristlos gekündigt worden sei.«

Brook schnaubte und warf so heftig den Kopf in den Nacken, dass sie beinahe vom Stuhl kippte. »Das ist nicht wahr, ne?«, sagte sie. »Der hat doch gerade mal zwei Wochen hier gearbeitet! Am Anfang schien er noch ganz in Ordnung. Klug, effizient und ruhig, hielt sich aus allem raus. Dann brannten ihm eines Tages die Sicherungen durch. Er ließ sich nicht gern sagen, was er tun soll. Das war sein Problem.«

Brook schob die Zigarette wieder in die Packung, öffnete die Schublade, warf die Packung hinein und knallte die Schublade zu. »Ich versuch aufzuhören. Ist aber sauschwer.«

»Was genau ist denn passiert?«, fragte Shields.

Brook seufzte und wischte sich erneut über die Stirn. »Es ging um Karol, einen unserer polnischen Stammarbeiter. Zuverlässiger Mann. Wir zahlen ihm ein bisschen mehr als den anderen, weil er eine Art Vorarbeiter ist. Hilft den Neuen bei der Einarbeitung. Eines Tages bekamen wir eine Lieferung von hölzernen Essstühlen, und er bat Norton, sie im hinteren Bereich des Lagers aufzustapeln. Als er nach einer Stunde nachsah, wie es voranging, hatte Norton nur fünf, sechs Stühle rüber getragen, was Karol nicht erfreute. Großer Fehler. Norton schlug ihn nieder und begann, ihn zu würgen. Nach einem Augenzeugenbericht war er wohl sonderbar ruhig, während seine Hände Karols Hals umschlossen. Er ließ ihn erst los, als der Pole fast schon das Bewusstsein verloren hatte. Zuerst wollte Karol ihn anzeigen, aber dann erfuhr ich, dass Norton noch mal mit ihm gesprochen hatte und die Angelegenheit erledigt war. Keine Ahnung, was er ihm erzählt hat, aber es muss ziemlich überzeugend gewesen sein.«

Day und Shields wechselten einen Blick. »Wir müssen so schnell wie möglich mit diesem Karol reden«, sagte Day.

Brook schüttelte den Kopf. »Das wird nicht gehen. Er ist weg. Hat einen Tag nach dem Angriff gekündigt. Ist nach Polen zurück. Eine himmelschreiende Schande. Karol war einer unserer besten Arbeiter.«

Es war lästig, doch Day wusste, dass die polnischen Behörden kooperieren und den Mann für ihn ausfindig machen würden, falls er dessen Aussage benötigte. »Wir brauchen alles an Unterlagen, was Sie über Connor Norton haben«, sagte er. »Adresse, Bankverbindung, nationale Versicherungsnummer und so weiter.«

Brook zuckte mit den Schultern. »Damit kann ich nicht dienen. Gibt nichts Schriftliches über ihn. Dafür war er viel zu kurz hier. Ich hab ihn in bar bezahlt, verstehen Sie? Wäre er länger geblieben, hätten wir natürlich die nötigen Papiere ausgefüllt, alles ganz korrekt gemacht. Aber wie gesagt, diese Arbeiter kommen und gehen.«

»Sie meinen, Sie haben keine Adresse von ihm?«

»Na ja, zumindest keine genaue.«

»Was soll das heißen?«

»Nun, einige seiner Kollegen hatten da so eine Idee, wo er wohnen könnte, glaube ich. Sie wussten, dass er nicht weit von hier eine Bude in Stratford hatte. Sie machten sich darüber lustig, aber offenkundig nicht in seiner Gegenwart.«

»Worüber haben sie sich lustig gemacht?«

»Dass er über einem Imbiss wohnte. Und dass er auf der Arbeit nach Bratfett und Kebabfleisch roch. So viele Kebab-Imbisse gibt's in der Gegend doch nicht, oder?«

27

KÄMPFEN

DER SPIELMEISTER

Norton betrachtete die Ein-Pfund-Münze, die auf seiner Hand lag, und schloss die Finger darum, bis sie eine Faust bildeten. In seinem Bauch kribbelte es vor Aufregung.

In der Einfachheit liegt die Kraft dieses Spiels, sinnierte er. *Es gibt nur zwei Möglichkeiten: Kopf oder Zahl. Die Münze entscheidet. Der Herr des Spiels vollstreckt.*

Norton schnippte die Münze hoch in die Luft. Mit angehaltenem Atem beobachtete er, wie sie aufstieg und wieder herabfiel, ein sich drehender silberner Lichtreflex, der auf dem abgenutzten Teppich landete, einmal aufsprang und schließlich liegen blieb.

Er bückte sich und betrachtete das Ergebnis. Zahl, dachte er. *Das Leben ist ein Spiel voller Lügen, und der Tod die einzige Wahrheit. Packen wir es an.*

DER REPORTER

Revell bezahlte die beiden Kaffee und trug das Tablett an den Ecktisch, wo Duffield saß und auf ihrem Handy die neuesten Schlagzeilen überflog. Er schob seiner Chefredakteurin eine Tasse hinüber. Sie legte das Handy weg und bekundete nickend ihren Dank.

»Den Kaffee setzen Sie wohl auf Ihre nächste Spesenrechnung, nicht wahr?«, sagte sie.

»Natürlich. Wofür gibt es denn Spesen? Ich überlege sogar, ob ich mir nach unserem Gespräch noch einen Schoko-Muffin genehmigen soll.«

Duffield zog die Augenbrauen hoch. »Na, dann schießen Sie mal los. Ich muss mich beeilen, die Redaktionskonferenz steht an.«

Revell hätte kein Problem damit gehabt, sich mit Duffield in dem Raum zu treffen, wo sie das letzte Mal zusammengesessen hatten, aber sie hatte auf einen Treffpunkt außerhalb der Redaktionsräume bestanden. Sie befürchtete, dass es einen Maulwurf geben könnte, der die Story einem Konkurrenzblatt stecken würde.

Als Revell angedeutet hatte, dass sie paranoid sei, hatte sie ihn angefunkelt und erklärt: »Man darf nicht darauf hoffen, dass Journalisten den Mund halten, glauben Sie mir.«

Duffield nahm einen Plastiklöffel und rührte damit langsam in ihrem Kaffee. »Ich finde, Sie sollten morgen in aller Frühe hin zu ihm«, sagte sie. »Machen Sie es wie die Polizei, überraschen Sie den bösen Mr. Norton, ehe er richtig aufgewacht ist. Nehmen Sie einen Fotografen mit, klopfen Sie an, Auftrag erledigt. Bevor Sie ins Haus gehen, gebe ich der Polizei einen anonymen Tipp, und die haben ihm schneller Handschellen angelegt, als Sie ›gebrochene Nase‹ sagen können.«

Revell nippte am Kaffee und schüttelte den Kopf. Bei ihr klang es wie ein Kinderspiel, ohne jedes Risiko, aber derartige Dinge waren immer heikel. Es gab so vieles, was schiefgehen konnte.

»Ich weiß nicht, ob ich diese Herangehensweise für die Richtige halte«, sagte er. »Jemandem wie Norton auf der Türschwelle zu begegnen, halte ich für keine gute Idee. Ich würde ihn eher auf der Straße ansprechen, sobald er das Haus verlässt. Umringt von Augenzeugen verpasst er mir vielleicht nicht sofort eine.«

Duffield zog den Löffel aus der heißen Flüssigkeit und klopfte damit gegen die Tasse. Ein Zucken in ihrer Kiefermuskulatur verriet, dass sie ihre Entscheidung längst getroffen hatte. »Ihn an seiner Wohnungstür zu überraschen wäre schon schöner«, sagte sie. »Dann können wir der Welt verkünden, dass die *Daily News* das Monster aufgespürt und die planlose Polizei zu seinem Unterschlupf geführt hat. Es soll nicht so aussehen, als wäre er uns zufällig über den Weg gelaufen. Ich erwarte nicht, dass Sie ein Interview mit ihm führen, in dem er über seine traumatische Kindheit herumjammert, die ihn in dieses Scheusal verwandelt hat. Überraschen Sie ihn einfach, indem Sie ihn auf den Überfall auf Gem Golding ansprechen, während der Fotograf fleißig knipst. Falls er sagt, dass Sie sich verziehen sollen, dann tun Sie das.«

Sie weiß genau, dass es nicht reibungslos über die Bühne gehen wird, dachte Revell. *Das tut es nie.* Eine andere Zeitungsschlagzeile kam ihm in den Sinn. *Daily News findet Verbrecher, und der tapfere Reporter wird zu Brei geschlagen, ehe die Polizei eintrifft.* Fotos des zuvor gut aussehenden Mannes im Krankenhaus, halb bewusstlos im Ganzkörperverband, würden die Geschichte zweifellos aufs Schönste garnieren. Es war eine Win-Win-Situation für Duffield.

»Dieser Norton ist eindeutig gefährlich. Ich befürchte, mir Schlimmeres einzufangen als nur eine gebrochene Nase, wenn ich bei ihm anklopfe.«

Duffield fischte ihr Handy vom Tisch und schaute aufs Display. »Ich muss sofort in die Redaktion«, sagte sie und stand auf. »Mein Rat an Sie: Überlegen Sie nicht zu viel. Es wird schon schiefgehen. Ich habe vollstes Vertrauen darin, dass Sie alles tun werden, um die Story an Land zu ziehen. Bisher haben Sie überraschend gute Arbeit geleistet.«

Revell suchte in ihrem Gesicht nach einem Hinweis auf Humor. Er fand keinen. »Sollte das eine Erbauungsrede sein? Falls ja, dann rate ich Ihnen, mal ein Motivationsseminar zu besuchen. Könnte nicht schaden.«

Duffield schob ihren Stuhl zur Seite und trat einen Schritt vom Tisch zurück. »Vergessen Sie nicht, diese Geschichte kann ein gewaltiger Karriereschub für Sie sein«, sagte sie. »Mit so einer Story gewinnt man Preise, merken Sie sich meine Worte. Aber zu Ihrer Beruhigung stelle ich Ihnen den größten, stärksten und hässlichsten Fotografen zur Seite, den wir haben. Der wird schon auf Sie aufpassen. Und jetzt genießen Sie Ihren Muffin.«

Revell sah ihr nach, während sie mit durchgedrücktem Rücken davonmarschierte, den Blick fest auf ihr Handy-Display gerichtet. Er war alles andere als glücklich, wusste aber, dass ihm keine andere Wahl blieb. Dies war seine Story, die potenziell größte seiner bisherigen Laufbahn, und auf keinen Fall würde er sie jemand anderem geben. Selbst wenn es bedeutete, Schläge zu kassieren.

DER DETECTIVE

Day hielt das Telefon ans Ohr, das Herz schlug ihm bis zum Hals. Er konnte sich nicht erinnern, dass ein bevorstehendes Gespräch mit seiner Frau ihm je den Puls derart hochgejagt hätte. Dass er mit ihr sprechen musste, bereitete ihm keine Sorgen, sondern das, was er ihr zu sagen hatte.

Beim sechsten Klingeln ging sie dran. Ein Wort. »Elliot.«

»Hallo, Amy. Sorry, dass ich so spät anrufe. Wie geht's dir?« Day war klar, dass er lahm und verdächtig freundlich klang.

Diesmal sagte sie drei Wörter. »Mir geht's gut.«

Day wusste, dass es unsinnig wäre, ihre Zeit mit Small Talk zu verplempern. Er kniff die Augen zu und kam zur Sache. »Ich rufe wegen morgen an. Ich kann Tom nicht abholen, ich muss leider absagen, aber übernächsten Samstag nehme ich ihn wie immer.«

Er wappnete sich für eine Schimpftirade. Sie blieb aus. Kein einziges Wort. Das Schweigen traf ihn härter, als es jedwede Worte vermocht hätten.

»Bitte richte Tom aus, dass es mir leidtut, so kurzfristig abzusagen, und dass ich es wiedergutmache. Ich verspreche es. Ich kann das Wochenende nicht freinehmen, wir haben zu viel zu tun. Ist ein großer Fall, und ich werde gebraucht. Sag Tom, dass es nicht anders geht und dass ich ihn vermisse.«

Mehr Schweigen. Day fragte sich, ob seine Frau das Telefon womöglich zur Seite gelegt hatte und angewidert weggegangen war. Holte sie vielleicht Tom ans Telefon?, fragte er sich. Seinem Sohn die Nachricht persönlich mitteilen zu müssen wäre demütigend. Aber vielleicht verdiente er es ja nicht anders.

Er versuchte es noch einmal. »Bist du noch da? Kannst du es Tom ausrichten? Ich werde mich bei ihm entschuldigen und mir etwas Tolles für ihn einfallen lassen, wenn ich ihn nächstes Mal sehe.«

Amy stieß einen lauten, langgezogenen Seufzer aus. Jetzt kommt's, sagte sich Day. Doch er lag falsch. Seine Frau antwortete ruhig und sachlich, bedächtig beinahe.

»Ich richte es ihm aus«, sagte sie. »Er wird enttäuscht sein, aber er wird drüber hinwegkommen. Er kann den Tag mit mir und Rob verbringen. Es wird nett werden. Wir machen einen Ausflug mit ihm.«

Als er Robs Namen vernahm, presste Day die Zähne zusammen. Die bloße Vorstellung, wie die drei sich bei dem Ausflug amüsierten, brannte ihm beinahe ein Loch ins Hirn.

»Vergiss nicht, ihm auszurichten, dass es mir leidtut, ja?«

»Ich sage es ihm«, entgegnete Amy und legte auf, ohne sich zu verabschieden.

Day nahm sich ein Bier aus dem Kühlschrank, ging zum Fenster hinüber und nahm einen großen Schluck aus der Flasche. Er blickte in den Abend hinaus. Die Straßenlampen waren eingeschaltet, verströmten ihr dunstiges natriumgelbes Licht. Neuerdings hasste Day diese Tageszeit. Er sollte zeitig zu Bett gehen, um morgen auf Zack zu sein, aber sich jetzt schon aufs Ohr zu hauen wäre sinnlos.

Kurz vor Feierabend hatte er Shields gebeten, noch mal Gem Golding aufzusuchen. Er wollte die arme Frau wissen lassen, dass sie den Fall ernst nahmen. Er sah auf die Uhr und erwog, Shields anzurufen und ihr zu sagen, dass er dazustoßen würde. Stattdessen trank er das Bier aus und überlegte, ob er sich noch eins holen sollte.

Er drückte das Gesicht an die Fensterscheibe und blickte hinaus auf die Stadt. Es war eine wolkenlose Nacht, aber das elektrische Glühen East Londons überstrahlte den Blick auf die Sterne. Irgendwo dort draußen lungerte der Mann, der Gem Golding überfallen hatte, auf den Straßen herum. Sie hatten einige brauchbare CCTV-Bilder von ihm und dazu das Phantombild, doch die wenigen Hinweise, die sie aus der Bevölkerung erhalten hatten, waren im Nichts versandet.

Über die Jahre hatte Day mit vielen gewaltbereiten Leuten zu tun gehabt, aber etwas an dem Mann machte ihm Angst. Aus seiner Sicht wäre es nach dem fehlgeschlagenen Überfall am vernünftigsten gewesen, unauffällig zu bleiben, sich nichts Neues zuschulden kommen zu lassen, bis die Polizei aufgab, und sich erst dann das nächste Opfer zu suchen, an dem er seine Wut auslassen konnte. Für Day stand fest, dass der Mann, den sie jagten, das genaue Gegenteil tat.

DER SPIELMEISTER

Ans Bushäuschen gelehnt, zog Norton sich die Kapuze in die Stirn und beobachtete, wie das Auto vor dem Haus zum Stehen kam. Eine große athletische Frau stieg aus und ging zur Haustür. Sie wurde geöffnet, noch ehe die Frau sie erreichte.

Norton erkannte die Silhouette im Türrahmen und erinnerte sich an den Schmerz, als sie ihm die Zähne ins Fleisch geschlagen hatte. Er lächelte.

Er steckte eine Hand in die Hosentasche und tastete nach der Münze, streichelte sie. Er beobachtete das Haus seit einigen Stunden und war überzeugt, dass ihn niemand gesehen hatte. Als Bentley aus seinem schicken Büro in der City zurückgekehrt war, hatte Norton ihn auf dem Bürgersteig leicht angerempelt, doch Bentley war zu zerstreut gewesen, um es zu bemerken.

Warum machte die Polizei so spät am Abend noch einen Hausbesuch, fragte sich Norton. Hatte die von der *Daily News* gepriesene Amazone, die sich so tapfer gegen einen üblen Verbrecher zur Wehr gesetzt hatte und so zum Vorbild aller Frauen geworden war, etwa Angst bekommen? Vielleicht dämmerte ihr ja, dass ihr Gerede, ihre Selbstvermarktung, ihre widerlichen Anschuldigungen, dass all das ein riesiger Fehler gewesen war. Der Gedanke zauberte ihm ein erneutes Lächeln aufs Gesicht.

GEM DIE KRIEGERIN

Gem Golding führte Shields durch den Flur ins Wohnzimmer, wo Drew mit dem Rücken zum Fenster stand und mit der rechten Hand ein Whiskeyglas sanft hin und her schwenkte. Er begrüßte die Polizistin mit einem höflichen Nicken und roch an der bernsteinfarbenen Flüssigkeit.

»Ich gehe davon aus, Sie wollen uns mitteilen, dass Sie den Täter gefasst haben«, sagte er herablassend und knöpfte mit der freien Hand seinen Hemdkragen auf und lockerte den Krawattenknoten. »Wird auch langsam Zeit.«

Gem sah Shields an, zuckte entschuldigend mit den Schultern und setzte sich aufs Sofa. Allmählich fand sie Drews Einstellung gegenüber der Polizei enervierend. Sie verstand seine Ungeduld, aber die Detectives herunterzuputzen, die ihr Bestes taten, war wenig hilfreich.

»Leider noch nicht«, sagte Shields. »Aber Detective Inspector Day hat mich gebeten, Ihnen beiden zu versichern, dass wir mit Hochdruck an der Ergreifung des Täters arbeiten.«

Drew nahm einen kleinen Schluck von seinem Drink und rollte ihn im Mund herum, ehe er ihn hinunterschluckte. Ein höhnisches Lächeln zupfte an seinen Mundwinkeln.

»Bei allem Respekt, Detective, wäre es nicht vernünftiger, an der Aufklärung des Falles zu arbeiten, als holterdiepolter bei uns reinzuschneien, nur um uns zu erzählen, wie schwer Sie schuften?«

Gem hob den Blick, ihre Augen funkelten. »Bitte, hör auf damit, Drew. Was ist los mit dir? Ich bin sicher, dass Detective Shields und ihre Kollegen ihr Bestes geben, und ich für meinen Teil finde es gut, dass sie herkommt, um uns auf dem Laufenden zu halten.«

Shields setzte sich zu Gem aufs Sofa und lächelte ihr dankbar zu. »Dies ist natürlich eine schwierige Zeit für Sie beide«, sagte sie. »Das kann ich gut nachvollziehen, glauben Sie mir. Ein weiterer Grund für meinen Besuch ist, dass ich sehen wollte, wie es Ihnen beiden geht. Ich weiß, Sie haben sich erfolgreich gegen den Angreifer gewehrt, aber das heißt nicht, dass es kein traumatisches Erlebnis für Sie gewesen ist. Manchmal setzt ein Schock erst mit Verzögerung ein. Es gibt viele ausgezeichnete Hilfsangebote für Verbrechensopfer, und ich kann Sie mit den richtigen Leuten in Kontakt bringen, falls Sie das wünschen. Wenn Sie möchten, kann ich es auch so arrangieren, dass Sie und Drew gemeinsam mit einem Psychologen reden. Derartige Situationen können sehr belastend für eine Beziehung sein, besonders wenn die Beziehung schon vorher problematisch gewesen ist.«

Gem schaute quer durch das Zimmer zu Drew, als ob sie einen Einwand von ihm erwarten würde. Er traf kurz ihren Blick, ehe er sich abwandte und an seinem Whiskey nippte. Sie wusste, dass er die Anspielung registriert hatte und dass sie ihm würde erklären müssen, warum sie gegenüber der Polizei so offen gewesen war und von ihren Beziehungsproblemen erzählt hatte.

»Es ist gut zu wissen, dass es Hilfsangebote gibt«, sagte sie. »Ich werde darüber nachdenken. Drew ist mir eine großartige Stütze, aber vielleicht wäre es nicht schlecht, mich mal mit einem Experten zu unterhalten.«

Drew stellte seinen Drink auf den Wohnzimmertisch, ging hinter das Sofa und begann, sanft Gems Schultern zu massieren. »Am schlimmsten ist, dass du nie richtig durchschläfst«, sagte er. »Ständig müde zu sein macht alles noch schwieriger für dich. Vielleicht solltest du einfach zum Arzt gehen und dir Schlaftabletten verschreiben lassen.«

Gem gefiel der Gedanke nicht, zum Einschlafen Tabletten zu schlucken, aber Drew klang so überzeugt von sich, dass sie nicht wusste, was sie entgegnen sollte. Unsicherheit und Zweifel waren Gem fremd. Sie hatte eine harte Kindheit gehabt, aber weil sie ohne Vater aufgewachsen war, hatte ihre Mutter stets betont, dass sie stark und entschlossen sein musste, um zu bekommen, was sie wollte – und ihre Mutter hatte recht gehabt. Gem hatte in Bars gearbeitet, um ihr Studium zu finanzieren, und danach hatte sie ihren Traumjob ergattert. Vielleicht sollte sie sich einfach zusammenreißen.

»Danke für Ihr Angebot«, sagte sie zu Shields. »Ich verspreche, ich denke darüber nach, aber eigentlich bin ich ja kein richtiges Opfer, oder?«

Shields nickte langsam und stand auf. »Ich wünsche Ihnen einen schönen Abend. Wie gesagt, es gibt Hilfe. Sie können mich gern darauf ansprechen. Körperlich haben Sie den Überfall gut überstanden, aber womöglich haben Sie ein psychologisches Trauma erlitten.«

»Danke für den Hinweis«, sagte Bentley. »Persönlich glaube ich, dass Gem prima allein zurechtkommt. Es war ein schlimmes Erlebnis, aber sie ist eine willensstarke, entschlossene Frau. Sie wird nicht zulassen, dass irgendwelche Ängste ihr zusetzen. Ich helfe ihr dabei.« Er hob das Glas an den Mund und kippte den Whiskey hinunter. »Ich würde Ihnen ja einen Drink anbieten, aber ich nehme an, Sie sind noch im Dienst. Gem bringt Sie zur Tür. Ich habe versprochen, das Abendessen zu kochen, und wenn ich jetzt nicht damit anfange, essen wir erst um Mitternacht.«

Sobald er in der Küche verschwunden war, erhob sich Gem und führte Shields zur Haustür. »Bitte, ignorieren Sie Drew einfach«, sagte sie. »Manchmal erscheint er einem ziemlich kratzbürstig, aber er ist einfach nur überfürsorglich. Diese Sache hat ihn schwerer getroffen, als er zugibt. Ich glaube, er hat Schuldgefühle, weil er nicht da war, um mir zu helfen. Es ist unlogisch, ich weiß, aber vermutlich ist es so ein Männerding.«

Shields lächelte und trat in die kühle Abendluft hinaus.

DER SPIELMEISTER

Norton löste sich vom Bushäuschen, sobald die Polizistin aus dem Haus kam. Es war dunkel geworden, die Straßenlampen warfen ihre Schatten auf den Bürgersteig. Er ging über die Straße, schlängelte sich zwischen den heranbrausenden Autos hindurch und marschierte mit schnellen Schritten auf den Wagen der Polizistin zu.

Das Timing muss stimmen, dachte er und zog sich die Kapuze noch tiefer ins Gesicht. Er legte die Hand auf seine Hosentasche und spürte durch den Jeansstoff die Umrisse des Messers.

Die Polizistin öffnete den Wagenschlag und schaute kurz in seine Richtung. Nun, knapp dreißig Meter entfernt von ihr, senkte er den Kopf, ging aber unbeirrt weiter. Er würde nur diese eine Chance haben, einen Sekundenbruchteil um zu handeln. Falls er es falsch timte, würde er weitergehen. Er würde eine andere Gelegenheit bekommen, aber er hasste es, seine Pläne modifizieren zu müssen.

Die Polizistin zog den Kopf ein, um in den Wagen zu steigen, dann warf sie ihm einen weiteren Blick zu. Sie zögerte einen Moment, aber wandte sich ab, abgelenkt vom Klang lauter Stimmen, die aus der anderen Richtung auf sie zukamen.

Norton verlängerte seine Schritte, um sicherzustellen, dass er das Auto zum selben Zeitpunkt erreichte wie das junge Pärchen, das lautstark darüber stritt, ob sie nach Hause oder in einen anderen Pub gehen sollten, um dort weiterzutrinken. Dann traten sie vor dem Auto vom Bürgersteig und überquerten torkelnd die Fahrbahn.

Während die Polizistin sich hinters Steuer setzte, blickte sie kopfschüttelnd in Richtung des Pärchens, und im selben Moment riss Norton die Beifahrertür auf und sprang auf den Sitz.

Augenblicklich versuchte die Polizistin ihren linken Ellbogen in Nortons Gesicht zu schwingen. Sie ist schnell, dachte er. *Aber nicht schnell genug.* Sie spürte den kalten harten Druck an der Innenseite ihres linken Oberschenkels und erstarrte. Sie wandte den Kopf, um die neben ihr sitzende Gestalt anzusehen, aber riss den Kopf sofort wieder herum, als Norton den Druck an ihrem Bein verstärkte.

»So ist's richtig, du hast es kapiert«, sagte er. »Du lässt den Blick hübsch nach vorne gerichtet. Wenn du nicht verbluten willst, tust du genau, was ich dir sage. Ich denke, du bist klug genug, um zu wissen, dass die Klinge dieses extrem scharfen Messers auf eine Arterie drückt. Auf die Femoralarterie, um genau zu sein. Es ist erstaunlich, was man im Fernsehen aus

Krimis und Arztserien lernen kann. Du bist ziemlich schlank, es liegt also nicht viel Fleisch zwischen der Schneide und dem Blutgefäß.«

Die Polizistin antwortete nicht. Norton sah ihr an, dass sie sich Mühe gab, Ruhe zu bewahren und gleichmäßig zu atmen. Weshalb strengt sie sich so an, fragte er sich. Er wusste doch, dass ihr süßes kleines Herz gerade versuchte, aus ihrer Brust herauszuspringen.

»Ich bin Polizistin«, sagte sie. »Sie begehen einen großen Fehler. Das Beste, was Sie tun können, ist, mir Ihre Waffe auszuhändigen.«

Die Furcht in ihrer Stimme ließ Norton lächeln. Einen Detective derart zu überrumpeln war noch befriedigender als erwartet. Er würde es allen beweisen – Gem Golding, der Polizei, den Zeitungen –, dass das Fiasko von neulich ein einmaliger Ausrutscher gewesen war. Er war achtlos gewesen, zu weich. Nun war wieder alles so, wie es sein sollte.

Er rutschte auf seinem Sitz herum, zog sich den Gurt über die Brust und schaute zur Polizistin hinüber. Ihre Atmung ging stoßweise, ihre Augen sprangen umher, als ob ihr Hirn verzweifelt nach einer Fluchtmöglichkeit suchen würde.

»Wenn du überleben willst, dann folgst du ohne Widerrede meinen Anweisungen«, sagte Norton. »Falls ich die Arterie aufschlitze – und das tue ich, wenn es sein muss –, dann dauert es maximal zwei Minuten, bis du verblutet bist. Kein Krankenwagen der Welt wird dich rechtzeitig erreichen. Verstanden?«

Sie sagte nichts, griff nur nach dem Gurt, zog ihn sich über den Körper und klickte ihn ein.

Norton kicherte leise. »Für einen Cop bist du ziemlich klug. Und jetzt lass den Motor an und fahr los. Zum Ende der Straße und dann nach rechts.«

Die Polizistin tat wie geheißen; das Blut wich ihr aus den Fingern, während sie förmlich das Lenkrad zerquetschte, um ihre zitternden Hände zu beruhigen. Sie trat aufs Gaspedal und der Wagen schoss voran. Das Messer durchschnitt ihren Hosenstoff. Sie bremste scharf.

»Denk nicht mal dran, einen Unfall zu bauen«, knurrte Norton. »Es wäre extrem gefährlich für dich. Das Messer ist superscharf.«

Am Ende der Straße bog die Frau wie angewiesen nach rechts ab in eine enge, unbeleuchtete Gasse. Norton hatte sie sich vorhin angesehen und den perfekten Spielplatz gefunden. Das Scheinwerferlicht schnitt durch die Dunkelheit und bald erreichten sie eine kleine Industriebrache. Der Ort war menschenleer, die meisten Gebäude waren halb zerfallene Holzbauten.

Norton deutete auf den Eingang von etwas, das eine Reifenhandlung zu sein schien, das einzige Gebäude, an dem ein Sicherheitslicht brannte. »Park dort drüben vor dem Tor.«

Während die Polizistin seiner Anweisung folgte, öffnete er das Handschuhfach und lachte auf. »Das ist perfekt«, sagte er. »Ich weiß, dass ihr Detectives keinen Dienstgürtel tragt, deshalb hab ich gehofft, so was hier im Auto zu finden.« Er wackelte mit den Handschellen und hielt sie der Polizistin hin.

»Keine Sorge«, sagte er. »Es gibt auch einen Schlüssel.«

Sie zögerte, blickte auf das Messer am Schenkel herab. »Es ist wirklich nicht nötig, mir Handschellen anzulegen«, sagte sie. »Ich tue alles, was Sie wollen, aber ich will keine Handschellen tragen. Ich mache es nicht. Das ist mein letztes Wort.«

Norton wusste, was sie dachte. Handschellen zu tragen bedeutete, sich auszuliefern, die totale Selbstaufgabe. Sie wäre völlig hilflos, angewiesen auf seine Gnade. Er musste ihr klarmachen, dass ihr keine andere Wahl blieb.

»Nun, Detective, dann verrate mir mal deinen Namen.«

Sie öffnete den Mund, hielt inne, nickte. »Cat Shields. Detective Sergeant Cat Shields.«

Die Klinge schnitt in ihre Haut und sie schrie auf. Warmes

Blut floss an ihrem Schenkel herab und sammelte sich auf der Sitzfläche zwischen ihren Beinen.

»Jetzt führe dir bitte noch mal deine Situation vor Augen«, sagte Norton. »Nimm dir ruhig Zeit dafür, wir haben es nicht eilig. Und dann stellst du dir folgende Frage, Detective Sergeant Cat Shields: Willst du mich wirklich dazu bringen, deine Arterie zu durchtrennen?«

Sie griff nach den Handschellen, legte sie sich an und verschloss sie.

Norton stieg aus dem Wagen und eilte herum zur Fahrertür, öffnete sie und winkte Shields heraus. Er drückte ihr das Jagdmesser an die Rippen.

»Keine Tricks, sonst wirst du deine rechte Niere los. Erinnere dich an meine Worte. Wenn du tust, was ich dir sage, passiert dir nichts. Ich garantiere es dir.«

Er schob ihr die Klinge in den Nacken, packte mit der anderen Hand ihre Schulter und führte sie auf das Eisentor zu, hinter dem sich die Reifenhandlung befand. Das Sicherheitslicht hing an einem Pfosten neben dem Tor, darunter war eine Überwachungskamera angebracht. Während sie darauf zugingen, zog Norton den Kopf ein und benutzte Shields als Schutzschild, um sein Gesicht zu verbergen.

Drei Meter vor dem Tor wirbelte er sie zu sich herum und drehte sich seinerseits um, sodass sie beide mit dem Rücken zum Licht und zur Kamera standen. Norton wartete einige Sekunden, dann ließ er die Schulter des Detectives los und trat einen Schritt zurück.

»So, du kannst dich wieder umdrehen«, sagte er. »Dreh dich um und streck die Arme aus. Keine faulen Tricks. Ich will kein Wort von dir hören, außer ich stelle dir eine Frage.«

Sie folgte seiner Anweisung, und er genoss die Verwirrung auf ihrem Gesicht, als er die Handschellen aufschloss, sie ihr abnahm und in die Tasche steckte. Er hatte nur herausfinden wollen, ob er sie dazu bringen konnte, sie anzulegen, ob er eine ausgebildete Polizistin dazu bringen konnte, sich ihm auszuliefern, falls davon ihr Leben abhing. Nun, es hatte wunderbar funktioniert, aber die wahre Prüfung stand noch an.

Shields rieb ihre Handgelenke und hob eine Hand, um ihre Augen vor dem gleißenden Licht abzuschirmen. Norton stand kaum eine Armlänge von ihr entfernt. Er hob das Messer und hielt ihr die Klingenspitze an die Vertiefung unterhalb der Kehle.

»Das machst du ausgezeichnet. Weiter so, dann wird womöglich alles gut für dich. Wer weiß?«

Shields linkes Bein zitterte, und Norton sah, wie sie die Kiefermuskeln anspannte. Sie kämpft darum, sich zu beherrschen, dachte er, *sie versucht, sich auf ihre Ausbildung zu besinnen und einen günstigen Moment abzuwarten.*

»Was immer Sie vorhaben, es ist nicht zu spät, damit aufzuhören«, sagte sie. »Bitte, hören Sie mir zu. Wenn Sie aufgeben, wird das Gericht es berücksichtigen und ein milderes Urteil erlassen.«

Obwohl sie alles andere als ruhig wirkte, klang ihre Stimme gefasst, und Norton war beinahe beeindruckt von ihr. Er schob das Messer dichter an ihre Kehle, bis die Klingenspitze sich in die Haut bohrte und ein einzelner Bluttropfen herausquoll.

»Du hast dich so gut geschlagen. Jetzt hast du alles verdorben. Ich hab gesagt, du sollst kein Wort sagen.«

Ihr Bein zitterte erneut, und diesmal konnte sie nicht mehr damit aufhören. Auf Nortons Gesicht breitete sich ein Lächeln aus. »Weißt du was, Detective? Ich bin heute mal großzügig. Ich glaube, ich gebe dir noch eine Chance.«

Er zog das Messer zurück und ließ den Arm an der Seite herunterhängen. Mit der linken Hand zog er die Handschellen aus der Tasche und klapperte damit vor ihrem Gesicht herum. Shields starrte wie hypnotisiert darauf. In dem Moment ließ er das Messer zu Boden fallen, dann bückte er sich, um es wieder aufzuheben.

Das Ganze dauerte weniger als eine Sekunde, in der Norton sich halb von ihr abwandte. In diesem Moment der Wahrheit spürte er ihren Blick auf sich, stellte sich ihren pochenden Herzschlag vor, hörte förmlich ihre rasenden Gedanken, in denen sie sich fragte, was sie tun sollte, ob sie es wagen sollte, sich zur Wehr zu setzen, und was wohl geschehen würde, wenn ihr Versuch, sich zu wehren, fehlschlüge.

Dann hatte er sich wieder aufgerichtet und wandte sich ihr zu. Sie sah verwirrt, verängstigt und enttäuscht aus. Er trat zu ihr heran, legte ihr eine Handschelle um das rechte Handgelenk, zog Shields zum Tor und schloss die andere Schelle um einen der vertikalen Gitterstäbe.

Norton beobachtete, wie die Polizistin den Kopf hängen ließ und verzweifelt zu Boden sank. Sie hatte eine Gelegenheit zur Gegenwehr ungenutzt verstreichen lassen, und nun war sie ihm wehrlos ausgeliefert.

Er wandte sich um und verschwand mit langsamen Schritten in der Dunkelheit.

28

AUFGEBEN

GEM DAS OPFER

Gem trat vorsichtig durch die Drehtür und schritt zum Empfangstresen. Eine stark geschminkte Blondine, die ein rotes Jackett und einen dazu passenden knielangen Rock trug, stand hinter dem Tresen und führte eine angeregte Unterhaltung am Telefon. Als sie Gem warten sah, wandte sie sich ab und sprach mit gesenkter Stimme weiter.

Hinter der Frau hingen ein Dutzend schwarz umrahmte Originaltitelseiten an der Wand. Darüber prangte in riesigen verchromten Lettern der Slogan *Daily News – Schneller als der Rest*.

Nach ein paar Minuten beendete die Blondine ihr Telefonat, wandte sich Gem zu und ließ eine Reihe frisch geweißter Zähne aufblitzen. »Was kann ich für Sie tun?«

Gem trat zu ihr heran und legte beide Handflächen auf den Tresen. Die Ärmel ihres Jacketts rutschten hoch und brachten den Gipsverband an ihrem rechten Handgelenk zum Vorschein, dessen ehemals makelloses Weiß sich in der Zwischenzeit in ein schmutziges Grau verwandelt hatte.

»Ich möchte mit einem Ihrer Reporter sprechen, wenn es möglich ist«, sagte sie. »Ich glaube, ich habe eine Geschichte, die für Ihre Zeitung von einigem Interesse sein könnte.«

Die Empfangsdame musterte Gem von oben bis unten und verzog dabei den Mund mit einer Mischung aus Geringschätzung und Unglauben. »Würde es Ihnen etwas ausmachen, mir zu sagen, worum es in dieser Geschichte geht?«

Gem runzelte die Stirn. »Sie sind hier Empfangsdame, korrekt?«

»Genau.«

»Dann ist die Antwort ja. Es würde mir etwas ausmachen. Es würde mir sogar sehr viel ausmachen. Ich bin hier, um mit einem Reporter zu reden.«

Die Empfangsdame starrte Gem an und schnappte sich den Telefonhörer. Ihr Lächeln hatte mittlerweile etwas Schlangenhaftes. »Setzen Sie sich doch bitte. Ich rufe die Nachrichtenredaktion an, aber ich kann Ihnen nicht versprechen, dass irgendwer verfügbar ist. Unsere Reporter stehen permanent unter hohem Termindruck, wahrscheinlich werden Sie eine ganze Weile warten müssen. Ich kann Ihren Namen und Ihre Telefonnummer notieren, wenn Ihnen das lieber wäre.«

»Ich warte lieber hier.«

Gem ging hinüber zu der Sitzecke und machte es sich auf einem Kunstledersofa bequem. Sie sah, wie die Blondine zu ihr herüberschaute, während sie in den Hörer sprach, und sie vermutete, dass die Frau sich nicht die allergrößte Mühe gab, irgendeinen Journalisten zu ermuntern, ihr seine Aufwartung zu machen.

Nach zehn Minuten, die mit diversen abschätzigen Blicken seitens der Empfangsdame gewürzt waren, gelangte Gem zu der Einsicht, dass sie hier nur ihre Zeit vergeudete. Sie wollte sich gerade daranmachen zu gehen, als die Fahrstuhltür sich mit einem Ping öffnete und ein Mann in einem hellblauen Leinenanzug heraustrat. Er kam auf das Sofa zu und streckte ihr lächelnd seine Hand entgegen. »Hallo. Mein Name ist Matt Revell, Reporter bei der *Daily News*. Wie ich höre, haben Sie eine Geschichte, die für uns eventuell interessant sein könnte«, sagte er.

Gem stand auf und schüttelte dem Mann die Hand. Sein Händedruck war warm und fest. Seine hellbauen Augen zuckten herunter zu dem Gipsverband an ihrem Handgelenk, doch er verlor kein Wort darüber.

»Ich hoffe, dass Sie das, was ich zu sagen habe, für berichtenswert halten. Ich habe lange und intensiv darüber nachgedacht, ob ich mich in dieser Angelegenheit an die Öffentlichkeit wenden soll, und bin schließlich zu der Überzeugung gelangt, dass es das Richtige ist.«

Revell nickte. »Am besten setzen wir uns erst mal. Dann erzählen Sie mir, wie Sie heißen und warum Sie hergekommen sind.«

Gem setzte sich neben ihn auf das Sofa. Sie atmete tief durch und seufzte vor Erleichterung darüber, dass der Mann einen aufrichtigen und unkomplizierten Eindruck machte. Im Zusammenhang mit ihrer Arbeit hatte sie sich oft mit Journalisten herumschlagen müssen, die sich selbst für unglaublich wichtig hielten.

»Mein Name ist Gem Golding. Ich war vor Kurzem Opfer eines Carjacking. Ich wurde überfallen und mit meinem eigenen Wagen angefahren.«

Revell unterbrach sie, bevor sie weiterreden konnte. »Natürlich. Ich erinnere mich daran«, sagte er. »Deswegen kam mir Ihr Name so bekannt vor. Der Kerl hat Ihnen den Arm gebrochen.« Er machte eine kurze Pause, strich sich die Haare aus dem Gesicht und fuhr fort: »Und dann die Geschichte mit Ihrem Freund. Eine Tragödie. Ich kann mir gar nicht vorstellen, wie Sie sich fühlen müssen.«

Gem merkte, dass Revell einige Erfahrung im Umgang mit Menschen hatte, die einen Schicksalsschlag erlitten hatten. Sie deutete den Blick in seinen Augen als Ausdruck ehrlichen Mitgefühls. Damit konnte sie umgehen. Was sie absolut nicht vertrug, war Mitleid. Das saugte jegliche Energie aus ihr heraus.

Sie richtete sich auf und saß aufrecht da. »Ich will, dass der Mann gefasst wird, der mich attackiert hat, und ich bin bereit, mit Ihnen darüber zu reden, was genau passiert ist. Ohne irgendwelche Einschränkungen – das alles in der Hoffnung, dass sich vielleicht irgendjemand meldet, der eventuell wichtige Hinweise liefern kann.«

Revell rutschte auf dem Sofa herum. Die Situation war ihm anscheinend nicht ganz geheuer. »Das Problem ist, dass wir über das Carjacking bereits berichtet haben. Wie Sie vielleicht wissen, sind solche Überfälle in dieser Stadt keine Seltenheit. Und ich glaube nicht, dass meine Redaktion den Fall noch mal aufrollen möchte. Sobald jemand verhaftet oder angeklagt wird – dann ja. In diesem Fall würden wir natürlich darüber berichten – speziell nach der Urteilsverkündung wäre ein Interview mit Ihnen durchaus denkbar, um dem Ganzen etwas mehr Farbe zu verleihen.«

Gem machte sich nicht die Mühe, ihre Enttäuschung zu verbergen. Sie ließ ihr Kinn auf die Brust sinken und schüttelte langsam den Kopf. Sie brauchte dringend irgendein Erfolgserlebnis, um über die klaffende Leere in ihrem Herzen hinwegzukommen.

»Ihre Situation ist schon tragisch genug. Glauben Sie mir, das Letzte, was ich möchte, ist, das alles noch schlimmer zu machen«, sagte Revell. »Aber vielleicht gibt es ja eine Möglichkeit, der Geschichte einen neuen Schub zu verleihen. Wenn Sie bereit wären, mit mir über den Tod Ihres Freundes zu reden, dann …«

Gem hob den Kopf. Ihr schmerzerfüllter Blick brachte den Reporter kurzfristig aus der Fassung.

»Es tut mir schrecklich leid«, sagte er. »Ich habe nur nach einer Möglichkeit gesucht, wie wir eventuell vorgehen könnten. Bitte vergessen Sie, was ich gerade gesagt habe.«

Gem kniff kurz die Augen zusammen und schaute Revell direkt ins Gesicht. »Schon in Ordnung«, sagte sie. »Das ist nicht das Problem. Das Problem ist, dass ich nicht nur nicht überzeugt davon bin, dass Drew vor den Zug gesprungen ist, sondern im Gegenteil so gut wie sicher bin, dass er es nicht freiwillig getan hat. Er wurde gestoßen – und zwar von demselben Mann, der mich überfallen und meinen Wagen gestohlen hat.«

Revell zog die Augenbrauen so hoch, dass sie hinter seinen Stirnfransen verschwanden. »Sie wollen sagen, dass Ihr Freund ermordet wurde?«

»Davon bin ich fest überzeugt.«

»Aber was ist mit der Polizei? Was glauben die? Soweit ich mich erinnern kann, stand in der letzten Presseerklärung, dass es keinen Hinweis auf Fremdverschulden gab.«

Gem zögerte einen Moment. Sie fragte sich, warum Detective Inspector Day das Foto des Carjackers, das von der Überwachungskamera an der Rolltreppe gemacht worden war, nicht an die Presse weitergegeben hatte. Es war doch offensichtlich, dass sowohl er als auch seine Kollegin Shields ernsthafte Zweifel daran hatten, dass es sich bei Drews Tod um Selbstmord handelte. Das Letzte, was sie wollte, war, die polizeilichen Ermittlungen zu torpedieren, doch mittlerweile hatte sie sich schon zu weit aus dem Fenster gelehnt, um noch einen Rückzieher zu machen.

»Falls Sie Drews Tod tatsächlich für einen Selbstmord halten, machen Sie einen großen Fehler. Er hatte nicht den geringsten Grund, sich umzubringen. Es lief doch alles nach Wunsch für ihn – mit seiner Karriere ging es steil bergauf, und er sprach häufig über unsere gemeinsame Zukunft, dass ich meinen Job aufgeben und ein Kind bekommen soll. Und so jemand soll sich ernsthafte Gedanken über Selbstmord machen?«

Revell zuckte mit den Achseln. »Ich bin kein Psychiater, aber ich glaube nicht, dass es unbedingt immer einen Grund geben muss, damit jemand in Depressionen verfällt. Und es gibt nicht wenige Leute, die ihre wahren Gefühle ziemlich gut verbergen können.«

»Ich würde nicht hier sitzen, wenn ich auch nur im Entferntesten daran glauben würde, dass Drew Selbstmord begangen hat. Wenn Sie kein Interesse an dem haben, was ich zu sagen habe, dann sollte ich mich vielleicht besser an eine andere Zeitung wenden.«

Revell hob seine Hände. »Ich habe nicht gesagt, dass ich kein Interesse habe – oder? Ich versuche nur, mir einen Überblick über das Ganze zu verschaffen.«

Gem merkte, dass sie ihn an einer empfindlichen Stelle getroffen hatte, und beschloss, den Druck zu erhöhen. »Das verstehe ich, aber vielleicht wäre mir besser gedient mit einem Reporter, der weniger um die Ohren hat als Sie.« Sie erhob sich von dem Sofa und Revell stand ebenfalls auf.

»Hören Sie zu«, sagte er. »Geben Sie mir ein paar Minuten, und ich zische mal kurz in die Redaktion, um bei der Pressestelle der Metropolitan Police anzurufen und herauszufinden, wie die offizielle Darstellung des Todes Ihres Freundes lautet. Danach können wir uns in meinem Lieblingscafé gleich hier um die Ecke unterhalten, und Sie erzählen mir in aller Ruhe und in allen Einzelheiten, warum Sie glauben, dass er von demselben Mann ermordet wurde, der auch Sie überfallen hat.«

Gem nickte kurz und ließ sich wieder auf dem Sofa nieder. Sie atmete tief durch, während sie dem Reporter hinterherschaute, der eilig in Richtung Aufzug schritt. Drew wäre von der Art und Weise, wie sie mit der Angelegenheit umging, garantiert schwer beeindruckt gewesen.

DER DETECTIVE

Day trank den Kaffee aus und schleuderte den leeren Pappbecher in den Papierkorb neben seinem Schreibtisch. Es war sein zweiter Koffeinschub seit seiner Ankunft im Revier um

6:00 Uhr heute Morgen – und es würde bei Weitem nicht der letzte bleiben. Der Gedanke daran, dass sie ganz knapp davor waren, Connor Norton in einen Verhörraum zu schaffen, hatte ihn fast die ganze Nacht wachgehalten.

Ihn wegen des Überfalls dranzukriegen, würde kein Problem werden. Genügend Beweise zu sammeln, um ihn wegen des Mordes an Drew Bentley anklagen zu können, war eine andere Sache. Die Überwachungskamera lieferte den Beweis, dass er kurz nach dem Tod des Anwalts auf der Rolltreppe der Liverpool Street Station gestanden hatte, doch die Bilder der Kameras auf dem Bahnsteig ließen keine eindeutigen Schlüsse zu.

Sie brauchten Beweise, um die beiden Fälle miteinander zu verknüpfen. Eine ganz offensichtliche Verbindung bestand darin, dass Bentley Connor kostenlos juristisch beraten hatte, bevor dieser die Freundin des Anwalts attackiert hatte. Doch um vor Gericht zu bestehen, brauchten sie harte Fakten.

Day stand auf, nahm seine Jacke von der Stuhllehne und zog sie über, bevor er aus seinem Büro in den von Hektik erfüllten Teamraum trat. Er nickte Shields zu, die an einer großen weißen Tafel stand, auf der eine Liste von Adressen samt Postleitzahlen verzeichnet war. Auf Stühlen und Schreibtischen saßen acht Detective Constables. Knapp die Hälfte von ihnen war aus anderen Revieren in East London für den kommenden Einsatz abkommandiert worden.

»Also gut«, sagte Shields und hob eine Hand. »Alle mal herhören.« Es folgte ein kurzes Geraune, und dann wandten sich alle Köpfe der Vorgesetzten zu. »Wie wir herausgefunden haben, gibt es insgesamt neunzehn Kebab-Imbisse in Stratford, doch nur bei sieben davon gibt es ein Apartment, das genau darüber liegt. Sie alle wissen, wohin Sie gehen müssen. Jedes Team besteht darüber hinaus aus drei uniformierten Polizisten. Es ist noch ziemlich früh, sodass wir den Verdächtigen mit einigem Glück im Bett antreffen werden. Ich weiß, dass ich das nicht extra zu erwähnen brauche, aber ich tue es trotzdem: Egal, welches Team den Treffer landet und den Mann verhaftet, es muss das Apartment versiegeln und warten, bis die Spurensicherung eintrifft. Es gilt auf jeden Fall zu vermeiden, dass Beweise und Spuren verloren gehen und der ganze Fall vermasselt wird.«

Ein stämmiger Detective mittleren Alters, der mit verschränkten Armen an der hinteren Wand des Raumes stand, stieß ein lautes Grunzen aus. Dan Bridger war vom Revier Mile End abgestellt worden – und ganz offensichtlich nicht davon begeistert gewesen, sich derartig früh aus dem Bett wälzen zu müssen. Shields hatte vor ihrer Beförderung zum Detective Sergeant mit ihm zusammengearbeitet und hielt ihn für einen smarten Burschen.

»Sie haben eine Frage an mich, Dan?«

Er grunzte erneut. »Ja. Habe ich. Wir veranstalten also diesen ganzen Aufstand, um einen Autodieb zu schnappen – verstehe ich das richtig? Oder gibt es da etwas, das Sie uns verschweigen?«

Shields wollte etwas sagen, doch Day sprang ihr bei, bevor sie loslegen konnte. »Seit wann ist bewaffneter Raub ein geringfügiges Verbrechen? Vergessen Sie nicht, dass er das Opfer unter Einsatz roher Gewalt attackiert, es gewürgt und angefahren hat, bevor er mit dem Wagen der Frau davongefahren ist.«

Bridger ließ seine Arme sinken und zog sich den Bund seiner Hose über den imposanten Bauch. Er war zwar nicht überzeugt, aber auch klug genug, sich weitere Einwände zu verkneifen.

Day durchquerte den Raum und stand schließlich neben Shields vor der weißen Tafel. »Sie haben jetzt sämtliche Informationen, schreiten wir also zur Tat. Vergessen Sie nicht, was ich gesagt habe. Die Zielperson ist aller Wahrscheinlichkeit nach extrem gefährlich. Gehen Sie also keine Risiken ein. Legen Sie ihm Handschellen an, verlesen Sie ihm seine Rechte und schaffen Sie ihn so schnell wie möglich hierher zur Vernehmung.«

29

KÄMPFEN

DER DETECTIVE

Day rutschte auf seinem Stuhl nach vorne, als er Shields Lider zucken sah und sie gleich darauf die Augen aufschlug. Er schaute lächelnd zu ihr herunter.

»Sie sind im Krankenhaus«, sagte er. »Es ist alles in Ordnung mit Ihnen.«

»Wie lange sitzen Sie schon hier?«, fragte sie.

»Nicht lange. Sie kommen gerade frisch aus dem OP. Wie es scheint, ist die Wunde an Ihrem Oberschenkel nicht sonderlich groß, aber ziemlich tief. Und das macht sie so gefährlich. Man hat Ihnen eine Vollnarkose verpasst, um die Wunde ordentlich zuzunähen.«

Day erhob sich, nahm ein Glas Wasser vom Nachttisch und hielt es ihr hin. Als sie keine Anstalten machte, es zu nehmen, stellte er es wieder zurück.

»Glücklicherweise ist der Besitzer der Reifenhandlung ein Frühaufsteher. Er hat Sie mit Handschellen an das Tor gefesselt gefunden und die Polizei gerufen. Zu diesem Zeitpunkt waren Sie schon halb ohnmächtig. Vermutlich eine Kombination aus Blutverlust infolge der Wunde in Ihrem Oberschenkel und einem Schock.«

Shields wandte ihren Kopf ab und starrte an die Decke. »Es tut mir so leid, Boss«, sagte sie.

Day trat näher an das Bett heran und legte seine Fingerspitzen auf das frisch gestärkte Laken. »Sie brauchen sich nicht zu entschuldigen, Cat. Es gibt nichts, das Ihnen leidtun müsste.

Wir müssen Sie noch zu den Einzelheiten befragen, was genau passiert ist, aber das hat noch Zeit. Vielleicht in ein, zwei Tagen.«

Shields blinzelte ein paarmal. Einen Augenblick lang dachte Day, sie wäre den Tränen nahe, aber ihre Augen blieben trocken.

»Ich hätte ihn überwältigen können«, sagte sie. »Oder zumindest hätte ich es versuchen sollen. Die Gelegenheit war da. Ich kann mir selber nicht erklären, was passiert ist. Ich kann es nicht fassen, dass ich mir die Chance habe entgehen lassen, als ich sie hatte.«

Day machte einen Schritt zurück und setzte sich wieder. »Sie sollten sich darüber jetzt nicht den Kopf zerbrechen«, sagte er. »Sie haben ihn klar und deutlich gesehen und hätten vermutlich keinerlei Probleme, ihn zu identifizieren, oder?«

Shields verzog das Gesicht und rollte mit dem Kopf hin und her, als wollte sie krampfhaft die Erinnerung wieder herauskramen. »Ich habe sein Gesicht gesehen. Ziemlich deutlich sogar. Aber das Erschreckende daran war, dass er gar nicht bösartig ausgesehen hat. Ich denke, die meisten Leute würden ihn als gut aussehend bezeichnen. Ein gut aussehendes Monster.« Sie verzog das Gesicht noch mehr und stützte sich auf ihre Ellbogen.

Day sprang von seinem Stuhl auf. »Was ist los?«, sagte er. »Haben Sie Schmerzen?«

»Die Kamera«, sagte Shields keuchend. »Da war eine Überwachungskamera neben der Lampe am Tor. Wenn sie funktioniert hat, muss alles da drauf sein.«

Day hob besänftigend eine Hand. »Keine Sorge. Wir wissen Bescheid über die Kamera. Sie hat funktioniert und wir haben die Aufzeichnung. Wir werden uns das Ganze in ein paar Tagen gemeinsam anschauen – sobald Sie hier raus sind. Und jetzt legen Sie sich wieder hin und erholen sich, ja?«

Er hatte die Aufzeichnung schon mehrfach angeschaut und war alles andere als begeistert von der Aussicht, sie mit Shields noch einmal zu betrachten. Es waren verstörende Bilder.

»Sie haben sie schon gesehen, stimmt's?«, fragte Shields.

Day ließ diese Frage lieber unbeantwortet, doch ihm war klar, dass das Gefühl der Niederlage und Demütigung sie länger verfolgen würde als die Wunde in ihrem Bein.

»Wir werden es gemeinsam analysieren, sobald Sie sich besser fühlen. Im Augenblick liegt mir am meisten daran, dass Sie sich erholen und so schnell wie möglich hier rauskommen. Sie sind mein bester Ermittler, und ich will Sie zurück im Einsatz.«

Shields richtete ihren Blick wieder an die Zimmerdecke. »Ihr bester Ermittler? Das soll wohl ein Witz sein. Warum habe ich mich nicht gewehrt, als ich die Chance dazu hatte, Boss? Ich bin Polizistin, Beamtin der Metropolitan Police. Und zwar eine ziemlich gute – dachte ich jedenfalls. Ich war immer so sicher, dass ich in so einer Situation die Nerven behalten und stark sein würde. Aber ich habe nichts unternommen. Als er das Messer fallen gelassen hat, war ich wie gelähmt. Verglichen mit Gem Golding, habe ich … nun ja … gar nichts getan. Sie hat sich gegen den Kerl zur Wehr gesetzt und gewonnen, während ich trotz jahrelanger Erfahrung als Polizistin reagiert habe wie ein verängstigtes Kind.«

»Sie gehen zu hart mit sich selbst ins Gericht«, sagte Day. »Er hatte ein Messer. Der Mann ist ein gefährlicher Gewaltverbrecher, und er war knapp davor, Ihnen den Oberschenkel aufzuschlitzen. Sie sind am Leben, und das bedeutet, dass Ihre Entscheidung, sich nicht zur Wehr zu setzen, die Richtige war. Vielleicht war es eine instinktive Reaktion, die Ihnen das Leben gerettet hat.«

Shields schüttelte den Kopf. »Es war keine bewusste Entscheidung. Das versuche ich gerade zu sagen. Ich war wie gelähmt. Schockstarre. Wissen Sie, wenn ich ganz ehrlich bin, habe ich insgeheim immer eine Spur von Verachtung empfunden für Opfer von Gewaltverbrechen, die zitternd die Hände heben und sich ihrem Angreifer völlig ausliefern. Diese Arroganz kann ich mir jetzt abschminken. Aber gründlich.«

Day ging zum Fußende des Bettes, um etwas Zeit zu gewinnen, bevor er etwas entgegnete. »Niemand macht Ihnen einen Vorwurf, Cat. Und ich schon gar nicht. Der Typ hat diese Geschichte ganz offensichtlich bis ins kleinste Detail geplant. Wir haben die Aufzeichnungen der Überwachungskamera, und sie sind von guter Qualität. Und wenn wir ihn schnappen, wird der Kerl für eine lange Zeit hinter Gitter wandern.«

Shields seufzte. »Er wusste genau, wohin er mich bringen würde«, sagte sie. »Er hat die Stelle bewusst ausgesucht. Er wusste, dass die Kamera da war, und hat dennoch keinen Versuch gemacht, sie lahmzulegen. Er ist nicht dumm – ganz im Gegenteil. Dafür kann ich mich verbürgen. Er wusste genau, was er tat. Er hat die ganze Angelegenheit minutiös durchgeplant. Rückblickend diente die Sache mit den Handschellen – dass er mich gezwungen hat, sie anzulegen und dann wieder abzunehmen – nur dazu, klarzustellen, dass er es ist, der die Kontrolle hat. Ein Machtspielchen, um mich einzuschüchtern und zu demoralisieren. Was ich nicht verstehe, ist, warum in aller Welt er mich an einen Ort gebracht hat, von dem er wusste, dass dort eine funktionierende Überwachungskamera hängt?«

Day sagte nichts, obwohl er die Antwort kannte. Shields würde auch noch darauf kommen, sobald sich erst einmal der Nebel in ihrem Kopf verzogen hatte. Der Verdächtige hatte sie zu genau diesem Ort gebracht, eben *weil* er wusste, dass die Kamera dort war. Er wollte, dass alles aufgezeichnet würde. Er hatte mit Shields gespielt wie eine Katze mit einer Maus. Die Polizei lächerlich gemacht. Und er wollte, dass jedermann es sehen konnte.

30

AUFGEBEN

DER SPIELMEISTER

Norton brauchte eine Stunde und zwanzig Minuten für seinen Fußweg von Shoreditch in östlicher Richtung durch Bethnal Green und den Queen Elizabeth Olympic Park. Der Tag zuvor hatte mit einem Schock begonnen, der ihn so sehr erschütterte, dass er beinahe den Glauben an seine Mission verloren hatte. Beinahe.

Er war Gem zum Redaktionsgebäude der *Daily News* gefolgt und hatte gesehen, wie sie in Begleitung eines jungen Mannes in einem Leinenanzug wieder herausgekommen war. Man brauchte kein Genie zu sein, um zu merken, dass es sich dabei um einen Reporter handelte. Norton hatte die Stunde, während der die beiden in einem Café gesessen hatten, damit zugebracht, sich einen Reim darauf zu machen, was da vor sich ging.

Zunächst konnte er nicht glauben, dass seine Gem ihn derart hintergehen würde, doch dann kam er zu der Einsicht, dass die Presse nur aus einem Grund herumschnüffeln würde – um ein Interview über den Überfall und den Tod ihres verschissenen, verlogenen Freundes aus ihr herauszuholen.

Er musste sich eingestehen, dass er beinahe die Fassung verloren hatte. Die Verbindung, die – wenn auch unausgesprochen – zwischen ihm und Gem bestand, war etwas ganz Besonderes. Er wusste es, und sie wusste es ebenfalls. Deswegen fiel es ihm so unendlich schwer, einen Grund dafür zu finden, warum sie drauf und dran war, alles wegzuschmeißen.

Es hatte eine Stunde gedauert, bevor er auf die Lösung gekommen war. Fünf Minuten bevor Gem und der Reporter aus dem Café herausgekommen und in verschiedene Richtungen davongegangen waren. Wieder einer dieser Momente der Erleuchtung. Die Antwort war so einfach, dass er laut lachen musste.

Sie hatten sie umgedreht. Der Reporter und die Polizei hatten mit vereinten Kräften auf sie eingewirkt, sich an die Öffentlichkeit zu wenden. Er war sich ganz sicher. Sie hatte sich zwar lange dem Druck widersetzt, sich öffentlich zu äußern, schlecht über ihn zu reden, doch am Ende hatten die Einflüsterer, die Wahrheitsverdreher sich durchgesetzt.

Und jetzt machte sie mit bei diesem falschen Spiel, doch Norton wusste, dass sie die anderen an der Nase herumführte und ihn nie hintergehen würde. Und das Beste war, sie wusste, dass er dahinterkommen würde.

Zufrieden damit, dass er dieses Rätsel gelöst hatte, folgte er ihr nach Hause und wachte über sie bis zum Morgen. Es war eine lange, kalte Nacht, aber er war kein bisschen müde. Im Gegenteil, er fühlte sich voller Energie.

Norton schritt hastig an der Stratford Station vorbei zur High Street, bog dort links ab und ging weiter in nördlicher Richtung zum Broadway. Die Sonne war noch nicht lange aufgegangen, aber im Zentrum von Stratford herrschte schon dichter Autoverkehr und auf den Gehwegen drängten sich die Pendler.

Er war noch hundert Meter von der schmalen Gasse entfernt, die zur Rückseite des Kebab-Imbisses mit der Treppe zu seinem Apartment führte, als ein Wagen am Straßenrand hielt.

Er blieb stehen, duckte sich in den Eingang eines Schreibwarenladens und beobachtete das Geschehen. Ein Mann und eine Frau in Zivil stiegen aus dem Auto, gefolgt von zwei Polizisten in Uniform. Einer der Constables trug etwas, das aussah wie eine Ramme.

Alle vier Polizisten rannten in die Gasse hinein. Norton trat hinaus auf den Gehsteig und ging wieder in die Richtung, aus der er gekommen war. Er hatte gerade mal ein paar Schritte getan, als er das Geräusch von splitterndem Holz hörte.

Das war knapp, sagte er sich und fragte sich, wie sie wohl herausgefunden hatten, wo er wohnte. Er lächelte kurz bei dem Gedanken daran, wie belämmert die Bullen jetzt wohl in der leeren Wohnung herumstanden. Er würde irgendwo anders unterkriechen müssen, aber das war kein großes Problem. Glücklicherweise trug er sein Geld immer bei sich, und davon hatte er noch jede Menge.

Je näher er dem U-Bahnhof kam, desto langsamer kam er voran, denn der Gehweg wimmelte von Pendlern, die sich vor dem Eingang drängten. Überall um ihn herum tobte das Londoner Großstadtleben. Motoren heulten auf, Türen knallten, und von der anderen Straßenseite tönten Stimmen herüber, die irgendwelche Beleidigungen brüllten. In der Ferne war das Heulen einer Sirene zu hören.

Genau das war es, was Norton an dieser Stadt so liebte: ihre unermessliche Größe. Er blieb abrupt stehen, was die Fußgänger hinter ihm fluchen ließ und zum Ausweichen zwang. Er genoss das Chaos, den Glauben daran, dass alle außer ihm ein sinnloses Dasein führten und sich wie Hamster im Laufrad abstrampelten. Das ist das beste Gefühl auf der Welt, dachte er. *Absolute Kontrolle.*

Er atmete tief durch und ging weiter. Für Norton war Kontrolle der Schlüssel zu allem. Als kleines Kind hatte er unter der Kontrolle einer Mutter gestanden, die ihn nicht wollte. Im Kinderheim hatten ihn Regeln und Vorschriften kontrolliert. Er selbst hatte nicht das Geringste zu sagen gehabt. Eine eigene Meinung zu haben war verboten gewesen. Er war entmenschlicht worden, war versorgt worden, ohne dass sich jemand wirklich um ihn gekümmert hatte.

Dann hatte es den Ausflug in den Wald gegeben. Es war der Tag gewesen, an dem sich alles geändert hatte. Der Tag, an dem er herausgefunden hatte, wie aufregend es war, über einen anderen Menschen Macht und Kontrolle auszuüben. Dabei hatte er natürlich schon vorher gewusst – bevor er mit dem Töten angefangen hatte –, dass Töten seine eigentliche Bestimmung war. Mord war die ultimative Form der Kontrolle.

DER DETECTIVE

Day schaute den kleinen Mann an, der ihm gegenübersaß, und schüttelte frustriert den Kopf. Kev Finch hatte das Angebot, sich einen Pflichtverteidiger beiordnen zu lassen, abgelehnt, doch er hatte offensichtlich eine Menge Kriminalfilme im Fernsehen geschaut.

»Seit wann wohnte Connor Norton in Ihrem Apartment?«

Finch verschränkte die Arme vor der Brust und lehnte sich auf seinem Stuhl zurück. »Kein Kommentar.«

»Wussten Sie, dass er sich abgesetzt hat?«

»Kein Kommentar.«

»Hat er Ihnen gesagt, wo er hingehen würde?«

Finchs verschlagener Blick wanderte nach rechts und er schaute Day direkt ins Gesicht. »Kein Kommentar.«

Sie waren den gesamten Fragenkatalog schon zweimal durchgegangen, und jedes Mal, wenn Finch sein *Kein Kommentar* von Neuem abspulte, fiel es Day schwerer, das Bedürfnis zu unterdrücken, dem Burschen einfach eine reinzuhauen. Er kam zu dem Entschluss, dass das Maß nun voll war. Finch hatte für seinen Geschmack viel zu viel Spaß bei der Sache.

Day ballte die Faust und schlug damit auf den Tisch. »Norton wird im Zusammenhang mit schweren Verbrechen gesucht, darunter Körperverletzung und möglicherweise sogar Mord, und Sie, Mr. Finch, laufen Gefahr, wegen Behinderung der Polizeiarbeit und Beihilfe zur Flucht angeklagt zu werden.«

Finch richtete sich auf, doch seine zur Schau gestellte Renitenz wirkte nicht sehr überzeugend. »Kein Kommentar«, sagte er. Zum ersten Mal seit Beginn der Vernehmung war das selbstgefällige Grinsen aus seinem Gesicht verschwunden.

Day empfand eine leise Genugtuung. »Wir verschwenden hier nur unsere Zeit. Ich weiß, Sie halten sich für ganz besonders schlau, doch in Wirklichkeit reiten Sie sich nur tiefer in die Bredouille. Allmählich frage ich mich, warum Sie so versessen darauf sind, einen flüchtigen Verbrecher wie Norton zu decken. Vielleich hängen Sie ja mit drin und waren an seinen Taten beteiligt? Und jetzt hat er sich aus dem Staub gemacht und lässt seinen Kumpel die Suppe auslöffeln.«

Finch betrachtete eingehend die weiß getünchten Wände des Verhörraums und richtete dann seinen Blick an die Decke. »Er ist nicht mein Kumpel. Nie gewesen. Ich würde nicht mal auf ihn spucken, wenn er in Flammen steht. Er ist ein fieser Dreckskerl, der mir außerdem noch Geld schuldet.«

Day verkniff sich ein Lächeln über diesen Durchbruch und nickte stattdessen. »Norton hat also Miete für das Apartment gezahlt?«

Finchs schmale Lippen zogen sich erneut zusammen. »Kein Kommentar«, sagte er.

Das Apartment oberhalb des Kebab-Imbisses hatte sich als nahezu unbewohnbar herausgestellt. Es hatte keine Heizung, die Wände waren feucht und mit schwarzem Schimmel bedeckt. Darüber hinaus hatten die Leute von der Spurensicherung Anzeichen von Schädlingsbefall entdeckt. Abgesehen von ein paar Kleidungsstücken und einigen unleserlichen Notizen, die auf diverse Zettel gekritzelt waren, hatten sie keinerlei persönliche Gegenstände gefunden.

Ein privates Arrangement zwischen Finch und Norton wäre für beide Seiten von Vorteil gewesen. Norton wäre nirgendwo in den Unterlagen aufgetaucht, und Finch hätte sich die Miete einfach in die Tasche stecken können, ohne die Wohnung auf Vordermann bringen oder die Einnahmen beim Finanzamt angeben zu müssen.

Day legte beide Hände auf den Tisch und verschränkte die Finger.

»Ich möchte, dass Sie genau darüber nachdenken, was ich Ihnen jetzt sage. Mir ist es scheißegal, ob Sie das Finanzamt um ein paar hundert Kröten beschissen haben. Das Einzige, was mich interessiert, ist, gewalttätige Schwerverbrecher wie Norton zu fassen. Und wenn ich den Eindruck habe, dass Sie meine Arbeit behindern, bin ich darüber alles andere als glücklich. Verstehen Sie das? Und deshalb kann es passieren, dass sich meine entspannte Haltung Ihre Steuerhinterziehung betreffend ziemlich schnell verflüchtigt. Alles, was ich tun muss, ist, kurz beim Finanzamt Ihrer Majestät anrufen, und schon rücken die Ihnen auf den Pelz und ziehen Ihnen das Fell über die Ohren – so schnell können Sie gar nicht Döner Kebab sagen.«

Finchs Widerstand war gebrochen. Sein schmächtiger Körper sackte zusammen und er saß mit hängenden Schultern da. »Norton ist vor etwa drei Monaten in das Apartment eingezogen«, sagte er. »Jemand hatte ihm erzählt, dass ich eine Wohnung zu vermieten habe, aber er wollte, dass das Ganze inoffiziell bleibt und es nichts Schriftliches darüber gibt. Er wollte unterhalb des Radars bleiben – Sie verstehen? So hat er sich mir gegenüber ausgedrückt. Niemand sollte wissen, wo er war oder was er machte. Ich hätte nichts dagegen gehabt, einen ganz normalen Mietvertrag mit ihm abzuschließen, ehrlich. Aber er hat darauf bestanden, dass es nichts Schriftliches gab. Und der Kerl kann einem echt Angst einjagen.«

»Er jagt Ihnen immer noch Angst ein, stimmt's?«

Finch nickte. »Ich hab nie miterlebt, dass er jemandem wirklich was angetan hat. Er kann gut reden und richtig charmant rüberkommen, wenn er will, und dann von einem Moment zum nächsten den Schalter umlegen, versteh'n Sie? Wie dieser Typ in Jekyll und Hyde oder wie er heißt. Dann schaut er einen an, als wäre man ein Hamburger und er hätte gerade einen Mordshunger. Er hat was an sich, das mir eine Höllenangst macht. Ich würde niemandem raten, sich mit ihm anzulegen.«

Day wusste genau, was er meinte. Norton hatte versucht, Gem Golding zu erwürgen, und aller Wahrscheinlichkeit nach auch ihren Freund ermordet. »Woher hat Norton sein Geld? Für Essen, Miete und so. Von irgendwas muss er ja leben. Wenn er unterhalb des Radars bleiben will, kann er keine Sozialhilfe beantragen.«

Finch zuckte mit den Achseln. »In einer Stadt wie dieser gibt es tausende Möglichkeiten, an Bares ranzukommen, wenn man keine Probleme damit hat, Gesetze zu brechen, oder bereit ist, Leuten Angst zu machen.«

»Also das genaue Gegenteil von Ihnen«, sagte Day. »Sie sind schließlich ein aufrechter, anständiger, pünktlich seine Steuern zahlender Musterbürger. Ein leuchtendes Vorbild für uns alle.«

Finch gab sich große Mühe, eingeschnappt zu wirken, doch die Art, wie er sein Gesicht verzog, ließ ihn eher wirken, als litte er unter akuten Blähungen.

»Haben Sie nie in den Nachrichten was mitbekommen von dem Carjacking und dem Überfall auf diese PR-Frau?«, fragte Day. »Die Frau wurde überfallen und dann mit ihrem eigenen Wagen angefahren. Merkwürdig, dass Sie Norton nicht auf den Fotos der Überwachungskameras oder dem Phantombild erkannt haben.«

Finch schüttelte beharrlich den Kopf. »Nein, hab ich nie gesehen«, sagte er. »Ich schau mir keine Nachrichten an.

Nichts als Katastrophenmeldungen. Ist mir zu deprimierend. Dass Norton so was gemacht haben soll, überrascht mich allerdings nicht. Hätte ich es gewusst, hätte ich ihn natürlich bei euch verpfiffen, keine Frage.«

Day glaubte ihm kein Wort. Er hielt es für wahrscheinlicher, dass Finch keine Lust gehabt hatte, einen Mieter zu verlieren, der sich nicht daran störte, in einem rattenverseuchten Dreckloch zu wohnen. Oder dass er vermeiden wollte, dass Norton von der Polizei gefasst wurde, bevor er seine Mietschulden beglichen hatte.

»Haben Sie irgendeine Ahnung, wohin Norton abgetaucht sein könnte? Hat er jemals erwähnt, wo er sich früher herumgetrieben hat? Vorlieben für bestimmte Gegenden hier in der Stadt? Irgendwelche Verwandten oder Freunde, und wenn ja, wo?«

Finch lachte. Es war eine Mischung aus Schnattern und Zischen. »Sie sind ihm nie begegnet, richtig? Der Mann hat keine Freunde, und wenn er je eine Familie hatte, schätze ich, dass die ihn schon vor Jahren rausgeschmissen hat. Vermutlich schon kurz nach seiner Geburt.«

Day streckte die Hand nach dem Aufnahmegerät aus und schaltete es ab. »Ich habe den Eindruck, Sie nehmen das alles nicht so richtig ernst. Und ich hatte gehofft, dass Sie sich als hilfreicher erweisen würden«, sagte er. »Vielleicht sollte ich meine Pflicht tun und doch beim Finanzamt anrufen und die zuständigen Stellen über Ihr kleines Arrangement informieren. Gut möglich, dass die dann auch Ihren Imbiss ein bisschen genauer unter die Lupe nehmen.«

Finch wurde bleich. »Schon gut. Immer mit der Ruhe«, sagte er. »Ich weiß, dass Norton, bevor er bei mir aufgetaucht ist, in einer Pension in Stepney gewohnt hat. Ich behaupte nicht, dass er wieder dorthin zurückgegangen ist, aber wenn er ganz auf die Schnelle was braucht, wäre das wohl die einfachste Lösung, oder?«

Es gab in London Tausende von Pensionen in den verschiedensten Preisklassen. Day war sich ziemlich sicher, dass Norton sich nicht aus der Stadt absetzen würde. Die Straßen von London waren sein Jagdrevier.

»Wie sagten Sie, hieß der Laden in Stepney?«, fragte er.

»Den habe ich gar nicht erwähnt, aber ich glaube, es war so was wie Roman Villa oder Roman Villa Rooms. Klingt ziemlich luxuriös, oder? Ist aber vermutlich nichts weiter als ein leicht aufgemotztes altmodisches Reihenhaus.«

Day lehnte sich auf seinem Stuhl zurück. Er wollte schon eine Kaffeepause einlegen, als Finch die Hand hob und kicherte. »Genau, da fällt's mir wieder ein. Die Besitzerin war wohl in Norton verknallt oder so. Im Pub um die Ecke ging das Gerücht um, dass die beiden was miteinander hatten. Was sich natürlich keiner laut auszusprechen getraut hat, wenn er in der Nähe war, aber ich denke mir, er hat sie wohl gevögelt, damit er keine Miete zahlen musste.«

Day ließ seine Hand unter den Tisch sinken und kniff sich in den Oberschenkel. Vor ein paar Tagen noch hatten sie keinerlei Informationen über Norton. Nicht einmal seinen Namen. Und jetzt hatten sie sogar eine Ex-Freundin.

31

KÄMPFEN

DER SPIELMEISTER

Norton saß auf der Bettkante und rieb die Münze zwischen seinen Fingern. Die Nummer mit der Polizistin letzte Nacht hatte richtig Spaß gemacht. Es hätte gar nicht besser laufen können. Die Münze hatte »Aufgeben« entschieden, und die Polizistin hatte gehorcht. Es war ihr vielleicht noch nicht klar, aber indem sie ihrem Instinkt gefolgt und keinen Widerstand geleistet hatte, war sie mit dem Leben davongekommen. So lief das Spiel nun mal.

So gesehen hatte sie gewonnen. Aber Norton wusste, dass es nur ein scheinbarer Sieg war. Sie hatte sich seinem Willen unterworfen. Er hatte eine solche Kontrolle über sie ausgeübt, dass sie ihre Polizeiausbildung über Bord geworfen und ihre Pflichten als Polizistin ignoriert hatte. Einen kostbaren Moment lang hatte sie ihm gehört. Und sie würde bis in alle Ewigkeit mit diesem Bewusstsein weiterleben müssen.

Es gab nur einen wahren Sieger: den Mann, der bei diesem Spiel die Fäden in der Hand hielt. Er hatte triumphiert. Norton ließ sich auf das Bett sinken, verschränkte die Hände hinter seinem Kopf und schwelgte in seiner Erinnerung. Die Spielregeln besagten, dass er sie verschonen musste. Die simple Tatsache, sie am Leben zu lassen, hatte ihm einen ultimativen Kick bereitet. Dieses Gefühl der Macht war fast so erregend, wie ein Leben auszulöschen. Aber nur fast. Er konnte es kaum erwarten, eine neue Runde zu spielen. Die Münze entschied über Kampf oder Kapitulation. Und die Entscheidung des Opfers besiegelte sein Schicksal.

Norton rollte sich vom Bett, ging hinüber zum Wohnbereich und dann zum Küchentresen, der vollgestellt war mit Geschirr. Er nahm eine Packung Brot, zog zwei Scheiben heraus, die er auf Schimmel untersuchte, bevor er sie in den Toaster steckte. Er hatte seit mehr als zwölf Stunden nichts gegessen, und sein Magen knurrte. Unter einem Stapel benutzter Teller und leerer Konservendosen fand er eine halb volle Dose Thunfisch. Er wartete, bis der Toast fertig war, klatschte den Thunfisch zwischen die Brotscheiben und biss ein großes Stück ab.

Er hatte immer noch den Mund voll, als er es an der Tür klopfen hörte. Finch war früh dran. Die habgierige kleine Ratte stand vermutlich auf der Matte, um wieder mal wegen der Miete rumzujammern. Sollte er doch. Norton würde ihm eine Lektion erteilen.

Immer noch kauend öffnete er die Tür und sah sich zu seiner Überraschung einem schlanken jungen Mann in einem zerknitterten Leinenanzug gegenüber und einem älteren Typen mit fettigen Haaren, der größer war als der andere und eine teure Kamera in der Hand hielt. Der Jüngere der beiden versuchte, ein Lächeln zustande zu bringen, und Norton fiel wieder ein, woher er diese selbstgefällige Visage kannte.

»Mein Name ist Matt Revell, ich bin Reporter der *Daily News*. Ich bin hier, um Ihnen ein paar Fragen zu stellen über –«

Bevor er auch nur ein weiteres Wort sagen konnte, machte Norton einen großen Schritt vorwärts und zwang die Männer zurückzuweichen. Der Fotograf hob die Kamera in die Höhe. Das war sein erster Fehler. Norton griff danach, wand sie ihm aus den Händen und drosch sie ihm mit voller Kraft auf das Nasenbein.

Der Fotograf torkelte rückwärts, sank dann auf die Knie und schlug die Hände vor sein bluttriefendes Gesicht. Blut sickerte in seinen Bart. Er schaute zu Norton hoch und brüllte: »Ich zeig dich an wegen Körperverletzung, du Arschloch!«

Das war sein zweiter Fehler. Nortons rechter Fuß traf den Mann mit solcher Wucht genau in die Mitte des Brustkorbs, dass es ihn von den Knien hob und er krachend auf dem Boden landete. Er wand sich rücklings und stieß entsetzliche Gurgellaute aus, während das Blut aus seiner Nase ihm über den Hals troff. Norton wandte sich Revell zu, der mit weit aufgerissenen Augen mit dem Rücken zur Wand stand. Seine Gesicht war kreidebleich.

»Die *Daily News* ... ich meine, wir ... glauben, dass Sie der Tatverdächtige sind«, stotterte der Reporter und hielt dabei ein digitales Diktiergerät in der Rechten. »Wir ... glauben, dass Sie die Person sind, die gesucht wird im Zusammenhang mit ... dem Überfall ... und versuchtem Totschlag... im Fall Gem ... Die Polizei ist auf dem Weg hierher. Wollen Sie dazu irgendetwas sagen?«

Nortons dunkle Augen zogen sich zu schmalen Schlitzen zusammen. Er starrte den Reporter an. Es vergingen ein paar Sekunden, dann streckte er die Hand aus, riss Revell das Diktiergerät aus der Hand, drehte sich um und ging zurück in das Apartment.

Ruhig bleiben, sagte er sich. Er ließ die Kamera und das Aufnahmegerät auf die mit Essensresten übersäte Couch fallen. Er ging hinüber zu seinem Bett und lächelte. Was zur Hölle hatte er sich dabei gedacht? Normalerweise verlor er nie die Beherrschung – selbst, wenn er innerlich kochte vor Wut. Nach außen hatte er immer alles unter Kontrolle und wusste immer genau, was zu tun war und wann es zu tun war.

Er hatte ohnehin vorgehabt, Finchs Rattenloch hinter sich zu lassen. Er trat zu seinem ungemachten Bett und nahm seine Jacke. Dann hob er die Matratze an und tastete mit der einen Hand darunter herum, bis seine Finger den Griff des Jagdmessers zu fassen bekamen. Er ließ es in seine Tasche gleiten und fischte dann eine Handvoll Münzen von dem Beistelltisch neben dem Bett.

Er musste sich beeilen. Die beiden hatten nicht gelogen, als sie gesagt hatten, dass die Polizei im Anmarsch war. Das war ihm klar. Der Reporter hätte nicht den Mumm, einfach so an seine Tür zu klopfen, ohne zu wissen, dass Verstärkung auf dem Weg war.

Norton dachte an den Stapel Klamotten, den er unterm Bett verstaut hatte, und beschloss, ihn zurückzulassen. Er würde sich demnächst völlig neu einkleiden. Er schritt zum Sofa, nahm eines der Kissen, zog den Reißverschluss auf und zog es aus dem Bezug, in den er die Kamera und das Diktiergerät steckte. Dann machte er sich auf den Weg nach draußen.

Auf dem Flur sah er Revell, der über seinen halb ohnmächtigen Kollegen gebeugt war und mit jämmerlich geringem Erfolg versuchte, dessen Blutung zu stoppen. Norton zog einen Moment lang in Erwägung, sein Messer zu ziehen und den Reporter dazu zu bringen, den Namen der Person zu nennen, die ihn verpfiffen hatte, doch das Heulen einer Polizeisirene brachte ihn davon ab. Stattdessen stemmte er seinen Schuh in Revells Rücken und trat energisch zu, sodass Revell mit voller Wucht frontal auf seinen blutenden Kollegen fiel.

Norton sprintete die Treppe hinunter, glitt zur Tür hinaus und rannte durch die schmale Gasse. Als er den Broadway erreichte, verlangsamte er schlagartig das Tempo und reihte sich ganz beiläufig in den Strom der Pendler ein, die auf dem Weg zur U-Bahn waren.

Um ihn herum drehten sich Dutzende Köpfe, als sich ein Polizeiwagen mit Blaulicht und Sirene seinen Weg durch den Berufsverkehr bahnte. Norton blickte stur geradeaus und ging unbeirrt weiter, spulte im Kopf noch einmal die Ereignisse des Morgens ab.

Als er den Eingang zur U-Bahn erreichte, hatte er die Antwort. Soweit Norton bekannt war, gab es nur einen

Menschen, der wusste, wo er wohnte. Und es gab nur einen Menschen, der so sehr ein Sklave seiner Habgier war, dass er dieses Wissen an eine Zeitung verkaufen und riskieren würde, dass das nicht ohne Konsequenzen bleiben würde.

DER REPORTER

Ein Constable in Uniform reichte Revell einen Becher Kaffee. Er nahm ihn dankend an und trank einen Schluck. Der Kaffee war lauwarm, aber Revell brauchte dringend Koffein. Er hatte seine Zeugenaussage zum Angriff auf den Fotografen der *Daily News* gemacht und eigentlich damit gerechnet, dass er nun nach Hause gehen konnte.

Stattdessen hatte ihn ein etwa gleichaltriger Constable mit blonden Haaren darüber informiert, dass es noch einige Fragen an ihn gab und dass die Vernehmung von einem dienstälteren Beamten geführt werde. Bei dem Wort *Vernehmung* klingelten bei Revell die Alarmglocken. Es klang beinahe wie *Verhör*. Sehr unangenehm.

Die Tür ging auf und ein Detective betrat den Raum. Er setzte sich hin und sagte nichts. Revell spürte, dass er regelrecht gemustert wurde. Es machte ihn nervös.

Der Detective sah aus wie Mitte dreißig. Er war größer als alle anderen im Raum. Und dabei schlank. Sein dunkelbraunes Haar wies keine einzige graue Strähne auf, doch ließen die dunklen Ringe unter seinen Augen darauf schließen, dass er nicht allzu viel Schlaf bekommen hatte, und wenn doch, dass dieser Schlaf nicht sehr erholsam gewesen war.

Revell hob den Becher und nahm einen weiteren Schluck Kaffee. Diese Bewegung erweckte den Neuankömmling zum Leben.

»Ich bin Detective Inspector Elliot Day«, sagte er. »Diese Vernehmung wird aufgezeichnet und kann als Beweismittel verwendet werden, sollte Ihr Fall vor einem Gericht verhandelt werden.«

Revell verschluckte sich an seinem Kaffee. Er hustete und prustete, bis ihm Tränen in die Augen traten. »Halt. Stopp«, sagte er, immer noch nach Luft ringend. »Was geht hier vor? Falls mein Fall vor einem Gericht verhandelt wird? Wovon, zur Hölle, reden Sie?«

Day legte seine Hände flach auf den Tisch und trommelte mit den Fingern. »Ich rede davon, dass das Band von dieser Vernehmung als Beweismittel verwendet werden kann, falls wir uns entscheiden, Sie anzuklagen.«

Revell schaute den Detective an in der vagen Hoffnung auf ein Anzeichen, dass man ihn nur verarschte, doch er erhielt nur einen steinernen Blick als Antwort. »Sie machen Witze. Oder? Das Einzige, dessen ich mich schuldig gemacht habe, ist, dabei gewesen zu sein, wie ein Kollege brutal zusammengeschlagen wurde und mir darüber hinaus mein Diktiergerät geklaut wurde. Ich bin ein Opfer. Kein Täter.«

Day lächelte und trommelte wieder mit den Fingern auf dem Tisch. »Und was ist mit der Unterschlagung von polizeilich relevanten Informationen?«, sagte er. »Wie lange war Ihnen die Adresse des möglichen Täters im Fall Gem Golding bereits bekannt – der Mann, den Sie selbst als Connor Norton identifiziert haben? Er ist äußerst gefährlich, und wenn Sie uns früher informiert hätten, säße er aller Wahrscheinlichkeit nach jetzt hier hinter Gittern.«

Revell hob die Hände ans Gesicht und massierte sich die Nasenwurzel. Er musste an den Fotografen der *Daily News* denken, der jetzt im Krankenhaus lag. Day hatte recht. Da draußen lief ein gewalttätiger Mann frei herum, und das nur, weil er die Kriminalreportage des Jahres hatte schreiben wollen. Es gab für ihn immer noch eine Reportage zu schreiben, sobald er hier raus war. Eine ganz heiße Story. Nur leider nicht die, die ihm vorgeschwebt hatte.

»Es tut mir aufrichtig leid, dass Norton entkommen ist«, sagte er. »Aber Unterschlagung von polizeirelevanten Informationen können Sie mir nicht anhängen. Ich habe meinen Job gemacht. Nichts weiter. Und die Zeitung hat hier angerufen und Sie über Nortons vermutlichen Aufenthaltsort informiert, bevor ich dort aufgetaucht bin.«

Day stützte seine Ellbogen auf die Tischplatte und beugte sich vor. »Das erzählen Sie mal Gem Golding«, sagte er. »Was glauben Sie, wie sie sich jetzt fühlt – angesichts all dessen?« Day lehnte sich zurück und nickte dem uniformierten Beamten zu. »Schalten wir den Recorder ein und legen mit der Vernehmung los, ja?«

Revell atmete tief durch und überlegte, ob er einen Anwalt verlangen sollte. Die *Daily News* würde ohne zu zögern einen beauftragen. Doch er schob den Gedanken beiseite, weil das seinen Aufenthalt auf dem Revier nur noch weiter verlängern würde. Das Letzte, was er wollte, war, die Nacht auf dem Revier zu verbringen, weil so kurzfristig kein Spitzenanwalt zur Verfügung stand.

Er wollte so schnell wie möglich hier raus und sich an seine Story setzen. Er plante schon ein Folge-Interview mit Gem Golding.

32

AUFGEBEN

DER DETECTIVE

Shields drückte auf den Klingelknopf und wartete. Sie warf Day einen Blick zu und drückte erneut – dieses Mal länger. »Ich glaube, die Klingel funktioniert nicht«, sagte sie. »Ich höre es nirgendwo läuten.«

Day trat einen Schritt vor und klopfte dreimal an die Tür, deren Lack schon am Abblättern war.

An der viktorianischen Backsteinfassade war oberhalb der Tür ein handgemaltes Schild mit den Worten *Roman Villa* angeschraubt. Die Schrauben waren rostig, und Day fragte sich, ob das Innere der Pension wohl besser in Schuss war als die Fassade.

Die Tür ging einen Spalt weit auf, und ein dunkelgrünes Augenpaar, das unter tiefroten Stirnfransen hervorlugte, kam zum Vorschein. »Kein Zimmer frei«, sagte die Frau. »Beide sind langfristig vermietet.«

Sie drückte die Tür zu, doch Day schob schnell seinen Fuß über die Schwelle. Er zeigte ihr seine Dienstmarke, merkte jedoch an ihrem besorgten Blick, dass ihr ohnehin schon klar war, dass sie es mit der Polizei zu tun hatte.

»Wir möchten gerne reinkommen, wenn es Ihnen nichts ausmacht«, sagte er. »Wir möchten uns mit Ihnen über jemanden unterhalten, von dem wir annehmen, dass er vor etwa drei oder vier Monaten hier gewohnt hat.«

Die Frau machte die Tür weiter auf. »Und worum genau geht es?«, sagte sie. »Ich will nämlich keine Zeit verplempern, verstehen Sie. Ich hab Zimmer, die sauber gemacht werden müssen. Mein Haus ist bekannt für seine Sauberkeit.«

Sie war knapp drei Zentimeter kleiner als Shields, dabei schlank und schick angezogen mit schwarzen Hosen und einem enganliegenden kastanienbraunen Pullover.

Day hatte keine Lust, noch länger zu warten, bis er hineingebeten wurde, also schob er sich an ihr vorbei und schritt energisch den schmalen Flur entlang. Die Frau eilte ihm hinterher, ihre hohen Absätze klackten geräuschvoll über die Bodenfliesen. Shields zog die Tür hinter sich zu und folgte den beiden.

Day blieb am Ende des Flurs stehen. Vor ihm lagen drei Türen – eine geradeaus vor ihm und jeweils eine zu seiner Rechten und seiner Linken. Die Frau schloss zu ihm auf, schob sich an ihm vorbei und führte die beiden Detectives in das hintere Zimmer. Es war erstaunlich groß und sehr geschmackvoll eingerichtet. Day sah, dass die Doppeltüren an der Rückwand des Zimmers zu einer modern eingerichteten Küche führten.

»Schön haben Sie's hier«, sagte er lächelnd.

Sie verzog das Gesicht zu einer Grimasse, die allerdings von ihren Haarsträhnen weitgehend verdeckt wurde.

»Als Besitzerin der Pension Roman Villa ist jemand namens Alice Shelton eingetragen. Ich nehme an, das sind Sie?«

»Da liegen Sie richtig. Das ist meine Pension. Nennen Sie mich Ms. Shelton. Und dann sagen Sie mir, was Sie von mir wollen. Ich habe eine Liste von sämtlichen Gästen irgendwo auf meinem Laptop, aber bei der Unmenge von Leuten, die hier in den letzten Jahren gewohnt haben, kann ich mich nicht an jeden Einzelnen erinnern.«

»An den hier schon«, sagte Shields. »Glauben Sie mir.«

Shelton warf der Polizistin einen kurzen Blick zu, wandte sich dann aber wieder Day zu. »Von wem ist die Rede?«

»Vielleicht sollten wir uns erst mal setzen«, erwiderte er, »kann sein, dass die Sache eine Weile dauert.«

Offensichtlich schwer genervt, stieß Shelton einen tiefen Seufzer aus. »Sie können sich gerne setzen, wenn Sie wollen. Ich hab' nicht so viel Zeit.«

Day zuckte mit den Achseln und rührte sich nicht von der Stelle. »Der Gast, über den ich mit Ihnen reden möchte, heißt Connor Norton.« In dem Augenblick, als er den Namen aussprach, studierte er aufmerksam Sheltons Gesicht. Sie schien keine Miene zu verziehen, doch Day meinte, ein kurzes Zucken in ihrer Kiefermuskulatur zu bemerken.

Shelton hob den Kopf und drehte ihn dann zur Seite, als würde sie angestrengt nachdenken. Day und Shields wechselten einen Blick. Beiden war klar, dass die Frau ihnen etwas vorspielte.

»Sie sagen, dass Sie keine Zeit haben, daher sollten wir besser keine Zeit mit dummen Spielchen verschwenden«, sagte Day. »Wir haben Informationen, die besagen, dass Norton über einen Zeitraum von mehreren Wochen hier gewohnt hat und dass er nicht einfach ein zahlender Gast wie alle anderen war.«

Shelton verzog keine Miene. »Was Sie als ›Informationen‹ bezeichnen, ist in Wirklichkeit nichts weiter als Klatsch, oder? Also, was erzählt man sich denn so?«

»Das ist nicht so wichtig. Wir wissen, dass Norton hier gewohnt hat, und wir wissen, dass Sie eine Beziehung mit ihm hatten.«

Shelton schloss die Augen. Sie stand ein paar Sekunden lang reglos da, und als sie die Augen wieder aufschlug, waren sie erfüllt von einem Ausdruck der Erniedrigung. Shelton schluchzte leise. »Ich möchte nicht über ihn reden. Ich kann einfach nicht.« Shields zog eine Packung Papiertücher aus ihrer Tasche und hielt sie ihr hin. Shelton griff zu und tupfte sich die Tränen ab.

»Es tut mir leid, dass Sie das so mitnimmt, aber wir müssen Ihnen ein paar Fragen stellen über die Zeit, als Norton hier gewohnt hat«, sagte Day. »Er wird gesucht im Zusammenhang mit einem brutalen Überfall auf eine Frau.«

Falls sie von dieser Mitteilung überrascht war, ließ Shelton es sich nicht anmerken. »Was genau wollen Sie wissen?«

»Hatten Sie beide ein enges Verhältnis?«

Shelton hatte die Beherrschung wiedererlangt, ihre Tränen waren versiegt, aber sie hielt noch immer das feuchte Taschentuch in beiden Händen und knetete es zwischen ihren Fingern. »Das dachte ich, aber in Wirklichkeit hat er nur mit mir gespielt. Er wollte ein warmes Bett und hatte keine Lust, dafür zu bezahlen. Das hat er jedenfalls zu mir gesagt, als er sich aus dem Staub gemacht hat. Wortwörtlich. Warum sagt man jemandem so etwas? Das tut man doch nur, wenn man demjenigen wirklich wehtun will ...« Sie wankte ein wenig hin und her, blinzelte ein paarmal hektisch und ließ den Kopf hängen.

Day wollte ihr keine Gelegenheit bieten, wieder in Tränen auszubrechen. »Hatten Sie eine sexuelle Beziehung?«

Shelton machte sich nicht die Mühe zu antworten, sondern knetete stattdessen die Papiertücher so heftig, dass sie zerbröselten und kleine Fetzen auf dem Teppich landeten. Shields warf ihrem Chef einen scharfen Blick zu, der Day verunsicherte.

»Können Sie sich daran erinnern, wie lange Norton hier gewohnt hat?«, fragte er.

»Drei Monate, glaube ich. Richtig. Drei Monate.«

»Und wie lange genau hatten Sie beide ein Verhältnis?«

Shelton hielt sich die Papiertücher vors Gesicht und schnäuzte sich. »Wir waren etwa zwei Monate zusammen. Er ist in mein Zimmer gezogen, damit wir Platz für einen weiteren zahlenden Gast hatten. Unter finanziellen Aspekten erschien mir das auch sinnvoll. Con war anfangs wirklich nett und liebevoll. Er half mir sogar bei den anfallenden Arbeiten – hat gelegentlich gekocht und sauber gemacht. Ich wollte von ihm keine Miete kassieren, nachdem wir ... Sie wissen schon. Ich fand das nicht richtig. Er hat dagegen protestiert, aber schließlich konnte ich ihn doch überzeugen.« Sie ging wankend zu einem der drei Sessel im Zimmer und setzte sich.

Day schaute zu Shields hinüber und neigte den Kopf zur

Seite. Sie verstand den Wink und fragte: »Gab es einen speziellen Grund, warum er Sie hat sitzen lassen? Hatten Sie Streit?«

Shelton schüttelte den Kopf. »Er ist eines Tages aufgewacht und hat einfach so erklärt, dass er sich tödlich langweilt und ich ihm auf den Sack gehe. Das waren seine Worte. Er hat mir ins Gesicht gelacht und gesagt, ich wäre eine langweilige Kuh. Das war's. Danach hat er kein Wort mehr gesprochen, sondern er ist einfach abgerauscht. Er hat nicht mal bis zum Frühstück gewartet.«

Shields ging einen Schritt auf Shelton zu. »Und Sie haben das einfach so geschluckt? Ohne sauer zu werden oder eine Erklärung zu verlangen? Von mir hätte er jedenfalls Einiges zu hören bekommen.«

Shelton saß nur auf ihrem Sessel und starrte ins Leere. Day setzte sich auf einen Sessel, der in der Nähe stand, stützte die Ellbogen auf seine Knie und beugte sich vor.

»Während der Wochen, in denen Sie und Norton ein Verhältnis hatten, hat er Sie da jemals physisch attackiert oder bedroht?«, fragte er. »Männer wie er setzen häufig physische Gewalt ein, oder sie drohen damit, um andere Menschen einzuschüchtern – vor allem Frauen.«

Shelton schaute zu Shields herüber und dann zu Day. »Ich habe kein einziges Mal erlebt, dass er aus der Haut gefahren wäre. Geduld ist allerdings nicht seine große Stärke, und mir ist aufgefallen, dass er auf manche Männer – die meisten Männer, um genau zu sein – einschüchternd wirkt. Aber ich habe nie erlebt, dass er mal ausgerastet wäre.«

Das hat nichts zu sagen, dachte Day. Einige der brutalsten Leute, die er hinter Gitter gebracht hatte, waren nach außen hin ruhig und völlig emotionslos.

Mit einem Mal sprang Shelton auf und fuchtelte mit den Händen in der Luft herum. »Ich habe keine Zeit für diesen Unsinn«, sagte sie. »Ich muss die Zimmer meiner Gäste fertig machen, und ich bin schon spät dran.«

Energisch schritt sie durch den Flur in Richtung Ausgang und rechnete wohl damit, dass die Polizisten ihr folgen und sich verabschieden würden. Als ihr klar wurde, dass diese sich nicht von der Stelle rührten, machte sie kehrt und blieb mit in die Hüften gestemmten Fäusten im Türrahmen stehen.

»Wir müssen Ihnen noch ein bisschen auf die Nerven gehen«, sagte Day. »Wir untersuchen hier ein schweres Gewaltverbrechen, und je eher Sie unsere Fragen beantwortet haben, desto eher lassen wir Sie in Ruhe.«

Shelton ließ ihre Hände sinken, doch ihre Fäuste blieben geballt.

»Bitte denken Sie genau nach«, sagte Day. »In der Zeit, als Sie mit Norton zusammen waren – also nachdem er bei Ihnen eingezogen war –, hat er da jemals von seiner Vergangenheit erzählt, Familie und so weiter?«

Shelton hob die Hand an ihre Stirn. »Ich habe Ihnen doch schon gesagt, dass ich nicht mehr an ihn denken will. Ich will das Ganze einfach hinter mir lassen. Ich will diesen Mistkerl nur noch vergessen.«

Shields ging einen Schritt auf sie zu und lächelte Shelton an. »Dann helfen Sie uns, ihn zu fassen und hinter Gitter zu bringen. Lassen Sie sich Zeit. Das ist sehr wichtig. Es muss doch Momente gegeben haben, Momente der Vertraulichkeit, in denen Sie über Ihr Leben gesprochen haben.«

Day bemerkte, dass Shelton hin und her gerissen war zwischen ihrem Verlangen, Norton aus ihrem Leben zu streichen, und dem Wunsch, ihn und Shields endlich loszuwerden. Ihr Blick wanderte durch den Raum, als hoffte sie, dort irgendwo eine Antwort zu finden.

»Er hat nie viel geredet«, sagte sie so leise, dass Day aufstand und sich neben Shields stellte, um die Frau besser hören zu können. »Er hat einmal ein Kinderheim im Süden Londons erwähnt. Oder vielleicht war es auch in Surrey. Er hat da wohl

Jahre zugebracht und jede Sekunde gehasst. Den Namen hat er, soweit ich mich erinnere, aber nie erwähnt.«

Day warf Shields einen Blick zu. Sie reagierte mit einem Stirnrunzeln. Es war zwar nicht viel, aber immerhin ein neuer Ansatz. »Und das ist alles?«, fragte er. »Keine weiteren Hinweise, die uns unter Umständen weiterhelfen könnten?«

»Das ist alles«, sagte Shelton kurz angebunden. »Ich habe Ihnen gesagt, ich habe zu tun. Ich habe Ihnen geholfen, so gut ich konnte, aber wenn Sie weiterhin meine Zeit verschwenden wollen, müssen Sie mich wohl oder übel verhaften.« Sie machte auf dem Absatz kehrt, marschierte den Flur hinunter und zog die Haustür auf.

Dieses Mal folgten Day und Shields ihr.

Shields ging direkt zum Wagen, doch Day blieb auf der Türschwelle stehen. »Vielen Dank für Ihre Kooperationsbereitschaft. Eine letzte Frage habe ich allerdings noch. Sie sagten, sämtliche Zimmer seien derzeit belegt, richtig?«

Shelton machte Anstalten, die Tür zu schließen. Day rührte sich nicht von der Stelle.

»Das ist richtig. Beide Zimmer im Obergeschoss«, sagte sie. »Beides Dauergäste, die pünktlich ihre Miete zahlen. Und ich will ihnen keinen Grund geben auszuziehen.«

Day nickte, lächelte ihr zu und machte sich daran zu gehen. Er drehte sich noch einmal herum, um sich bei ihr zu bedanken, doch sie knallte ihm die Tür vor der Nase zu.

33

KÄMPFEN

GEM DIE KRIEGERIN

Gem stand im Schlafzimmer und betrachtete sich im Ganzkörperspiegel. Die Person, die sie sah, kam ihr völlig fremd vor. Sie hätte nie gedacht, dass sie einmal so jemand werden würde. Was war aus der ehrgeizigen jungen Frau geworden, die voller Selbstvertrauen steckte?

Drew hatte am Morgen schon wieder darüber gemeckert, dass sie das Frühstück ausgelassen hatte. Ihr war schon seit einigen Tagen flau im Magen, doch normalerweise kehrte der Appetit gegen Mittag zurück. Nervosität schlug ihr nun mal auf den Magen. Wann immer eine Präsentation anstand, konnte sie vorher nichts essen. Deswegen legte sie diese nach Möglichkeit auf den Vormittag, um sich dann in der Mittagspause ordentlich den Bauch vollzuschlagen.

In letzter Zeit jedoch wurde sie von einer merkwürdigen Lethargie geplagt, die so weit ging, dass sie ihre letzten beiden Besuche im Fitnessstudio verkürzt und früher als geplant Schluss gemacht hatte. Sie ging aus dem Schlafzimmer nach unten, fest entschlossen, ihr Versprechen Drew gegenüber einzulösen und wenigstens für einen kurzen Spaziergang das Haus zu verlassen.

Sie setzte sich auf den kleinen Hocker im Flur und zog ihre lila Turnschuhe an. Schon das Zubinden der Schnürsenkel bereitete ihr Mühe. Ihre Arme waren schwer wie Blei, ihre Finger fühlten sich so steif und ungelenk an, dass sie drei Anläufe brauchte für eine Aufgabe, die ein Siebenjähriger mit verbundenen Augen erledigt hätte.

Sie stand auf, drückte die Knie durch und berührte ihre Zehenspitzen mit den Fingern. Allein der Gedanke, vor die Tür zu treten, löste Panik in ihr aus. Sie ließ sich wieder auf dem Hocker nieder und schlug die Hände vor das Gesicht. Warum ließ sie sich so gehen, verdammt noch mal? Sie war immer stolz darauf gewesen, vor keiner Herausforderung zu kneifen. Es war noch nicht lange her, da hatte sie sich gegen einen Mann gewehrt, der offensichtlich darauf stand, Frauen in Angst und Schrecken zu versetzen, und jetzt bekam sie weiche Knie bei dem bloßen Gedanken, dass dieser Typ irgendwo dort draußen herumlief.

Während des Überfalls hatte sie Stärke bewiesen – physisch und mental. Doch jetzt hatte sie das Gefühl, als ob ihr Leben zerbröselte, und sie hatte keine Ahnung, warum. Er gewann die Oberhand. Sie spürte, wie sie sich ganz allmählich von einer Kämpferin zu einem Opfer verwandelte. Sie schloss die Augen und versuchte, den Gedanken zu verscheuchen. Wie konnte es nur so weit kommen?, fragte sie sich.

Am liebsten hätte sie losgeheult. Vielleicht würde sie sich danach ja besser fühlen. Aber sosehr sie sich auch mühte, es kamen keine Tränen. Sie nahm das als ein gutes Zeichen. Du lässt dich nicht unterkriegen, sagte sie sich.

Sie stand auf und ging zur Tür. Eine Runde gemächliches Joggen durch London Fields – und das auch noch bei strahlendem Sonnenschein im Frühling – würde sie wieder auf Vordermann bringen. Und ihre Stimmung heben. Sie hatte es Drew versprochen, und sie wollte ihm beweisen, dass sie die Kurve gekriegt hatte.

Sie streckte die Hand aus und ergriff die Türklinke. Ihr Gehirn gab der Hand den Befehl, sie herunterzudrücken, doch ihr Arm verweigerte den Gehorsam. Gem sank auf die Knie und lehnte die Stirn gegen die Tür.

Day saß in einem zivilen Polizeifahrzeug, das vor dem Eingang des Newham General Hospital parkte. In den fünf Minuten, die er bereits wartete, war er schon zweimal von verschiedenen Parkplatzwächtern aufgefordert worden wegzufahren, da er ansonsten abgeschleppt werden würde. Er hatte sie jedes Mal abwimmeln können, indem er ihnen seine Dienstmarke zeigte.

Als seine Kollegin schließlich am Ausgang auftauchte, fühlte er sich für die Wartezeit entschädigt. Der Anblick, wie sie von einem Krankenpfleger in einem Rollstuhl hinausgeschoben wurde, ließ ihn lächeln. Er konnte sich nicht erinnern, in den letzten Monaten etwas gesehen zu haben, das auch nur annähernd so komisch ausgesehen hatte wie Shields' wütender Gesichtsausdruck.

Er stieg aus, rannte um den Wagen herum und öffnete die hintere Wagentür auf der Beifahrerseite. Shields machte eine wegwerfende Handbewegung.

»Nach vorne. Ich will auf den Vordersitz.«

»Hinten ist aber mehr Platz für die Beine, da ist es viel bequemer.«

Shields starrte ihn nur an, bis er schließlich aufhörte zu grinsen. Er warf die hintere Tür zu und half ihr auf den Beifahrersitz, während der Krankenpfleger den Rollstuhl eilig wieder zurück ins Krankenhaus schob.

Day glitt hinter das Steuer. »Haben Sie Randale gemacht da drin? Der Kerl sah aus, als wäre er froh, Sie endlich loszuwerden.«

Shields rutschte auf ihrem Sitz hin und her, um eine bequeme Position zu finden, und zuckte dabei einmal kurz zusammen. Sie wandte den Kopf ab, damit Day nicht mitbekam, wie sehr es schmerzte. »Wir hatten unterschiedliche Auffassungen darüber, ob es wirklich notwendig ist, mich in einem

Rollstuhl nach draußen zu bugsieren. Ich kann sehr wohl auf meinen eigenen Beinen laufen, aber er hat behauptet, dass die Nähte wieder aufgehen könnten, falls ich mich weigere, mich im Rollstuhl zum Auto schieben zu lassen. Und in dem Fall müsste ich noch eine Nacht hierbleiben. Dabei hat mir die eine schon gereicht.«

Day hatte beschlossen, Shields aus dem Krankenhaus abzuholen, um bei der Gelegenheit herauszufinden, ob sie schon in der Lage war, sich die Aufnahmen der Überwachungskamera anzuschauen. Die Bilder von dem Überfall auf sie würden eine harte Prüfung für ihr seelisches Gleichgewicht darstellen.

»Ich nehme an, dass man Ihnen was gegen die Schmerzen mitgegeben hat«, sagte Day, während er den Motor anließ und losfuhr. »Falls nicht, können wir irgendwo bei einer Apotheke anhalten.«

»Das ist sehr aufmerksam, danke. Aber ich bin bestens versorgt.«

Auf der A12 ging es ausnahmsweise flott voran, und so dauerte die Fahrt zum Revier in Hackney gerade mal zwanzig Minuten. Abgesehen von einigen Klagen darüber, dass es im Krankenhaus nach Reinigungsmittel, Blut und Verwesung gerochen hätte, sprach Shields kaum ein Wort. Day vermutete, dass sie sich mental auf das vorbereitete, was nun folgen würde, und er machte ihr deshalb keinen Vorwurf.

Er parkte und lief um den Wagen herum, um ihr beim Aussteigen zu helfen, doch sie winkte ab. »Das kriege ich schon alleine hin«, sagte sie. »Ich bin schließlich nicht schwer verletzt.«

Day ging in gemächlichem Tempo zum Eingang des Reviers, um seiner humpelnden Kollegin die Möglichkeit zu geben, mit ihm Schritt zu halten. Sie nahmen den Aufzug und fuhren in die erste Etage. Normalerweise sah man sich CCTV-Aufnahmen auf einem der größeren Bildschirme im

Teamraum an, doch Day wollte es Shields ersparen, dass dabei ein größeres Publikum zugegen war.

Day setzte sich an seinen Schreibtisch, Shields nahm ihm gegenüber Platz. Nachdem er den Computerbildschirm so zurechtgerückt hatte, dass sie beide sehen konnten, öffnete er die CCTV-Datei.

»Sind Sie sicher, dass Sie schon so weit sind, sich das anzusehen?«, fragte er. »Wenn nicht, kann es auch noch ein, zwei Tage warten.«

»Zur Hölle damit. Bringen wir's hinter uns. Drücken Sie auf Start.«

Day tat wie geheißen. Sie rückten beide mit ihren Stühlen ein Stück näher an den Bildschirm heran und beugten sich vor. Day hatte das Video am Tag zuvor bereits mehrmals angeschaut und sich eine eigene Meinung über die Vorgänge gebildet, doch was ihn nun interessierte, war die Reaktion des Opfers auf die Geschehnisse während der besagten Nacht.

Sie sahen, wie der Wagen vor dem Tor der Reifenhandlung vorfuhr, Norton ausstieg und mit einem Jagdmesser in der Hand um den Wagen herumging zur Fahrertür. Als er diese öffnete, ging die Innenbeleuchtung an und erhellte Shields Gesicht, das zwar blass aussah, aber dennoch einen gefassten Eindruck machte.

Day hörte, wie Shields neben ihm tief durchatmete, und er bemühte sich, ihr Zuspruch zu leisten: »Sie sind ruhig und gefasst geblieben«, sagte er. »Sehr gut gemacht. Das muss einige Überwindung gekostet haben.«

»Es mag vielleicht ruhig und gefasst wirken, aber das genaue Gegenteil war der Fall. Ich hätte mir niemals Handschellen anlegen lassen dürfen.«

»Sie hatten keine andere Wahl.«

Sie verfielen wieder in Schweigen und betrachteten den weiteren Fortgang der Ereignisse. Kurz bevor sie an die Stelle kamen, wo Norton das Messer aus der Hand fiel und er Shields halb den Rücken zuwandte, hielt Day das Band an.

»Schauen Sie jetzt genau hin«, sagte er. »Es würde mich sehr interessieren, was Sie davon halten.«

»Was ich wovon halte?«

»Schauen Sie sich's an, und sagen Sie mir, was Sie sehen.«

Norton kramte die Handschellen aus seiner Tasche und hielt sie in die Höhe. Das Messer fiel aus seiner anderen Hand und landete klappernd auf den Boden. Er wandte sich ab und kniete sich hin, um es aufzuheben. Day spürte, wie Shields neben ihm erstarrte. Er wusste, dass sie erneut diesen Sekundenbruchteil durchlebte, in dem Norton ihr halb den Rücken zuwandte und sie entweder bewusst oder unbewusst die Entscheidung traf, keine Gegenwehr zu leisten.

Erneut stoppte er die Aufzeichnung und spulte ein Stück zurück. Es war ihm überaus unangenehm, Shields erneut damit zu konfrontieren, doch es musste sein. »Dieses Mal konzentrieren wir uns auf die Hand mit dem Messer, wir zoomen da einfach mal rein.«

Ein paar Sekunden später lehnte sich Shields auf ihrem Stuhl zurück. »Ach Scheiße«, sagte sie.

»Sie haben es also auch gesehen?«, sagte Day.

Shields nickte. »Das Messer rutscht ihm nicht einfach aus der Hand, richtig? Er hat es absichtlich fallen lassen.«

»Genau das habe ich auch gedacht«, erwiderte Day. »Und dann wendet er Ihnen auch noch den Rücken zu, während er unbewaffnet ist.«

Shields dachte einen Moment nach. »Der Kerl hat mir die Chance gegeben, ihn zu attackieren. Er hat mich auf die Probe gestellt und ich bin durchgefallen.«

»Ich sehe das anders«, sagte Day. »Ich glaube vielmehr, dass es ihm darum ging, festzustellen, ob Sie sich an die Regeln halten, die er sich in seinem geisteskranken Hirn zurechtgebastelt hat. Und dass Sie genau das Richtige getan haben, indem Sie keinen Widerstand geleistet haben, als sich Ihnen die Chance dazu bot. Dass er Sie genau deshalb am Leben gelassen hat.«

Shields stand auf und humpelte zu dem Fenster hinter Days Rücken. »Aber wenn ich wirklich alles drangesetzt hätte, ihn zu überwältigen, und es auch geschafft hätte, dann hätten wir ihn jetzt hinter Gittern, und dieser Albtraum wäre vorbei.«

Day drehte sich auf seinem Stuhl um und schaute ihr in die Augen. »Das mag sein, aber was wäre passiert, wenn Sie es versucht, aber nicht geschafft hätten, ihn zu überwältigen?«

Shields erwiderte seinen Blick, und er wusste, dass sie beide dasselbe dachten. »Wenn Sie Widerstand geleistet hätten und er die Oberhand behalten hätte, dann wären Sie jetzt tot. Da bin ich ziemlich sicher.«

Shields ging wieder zu ihrem Stuhl zurück und setzte sich hin. »Ich sollte also eigentlich froh sein, dass ich nur herumgestanden bin wie ein Idiot und rein gar nichts unternommen habe. Dummerweise ist das nicht der Fall.«

Day drückte wieder den Startknopf, und sie schauten den Rest der Aufzeichnung an, die damit endete, dass Norton die Hände in seine Jackentaschen steckte und langsam schlendernd in der Dunkelheit verschwand.

Shields atmete tief durch. Day war von vornherein der Auffassung gewesen, dass seine Kollegin über die mentale Stärke verfügte, sich den Bildern der Überwachungskamera zu stellen, und seine Einschätzung hatte sich als richtig erwiesen.

»Glauben Sie wirklich, dass es so einfach ist?«, fragte sie. »Ich meine seine bescheuerten Regeln: Ergib dich, und du wirst leben, wenn du Widerstand leistest, musst du sterben?«

Day schüttelte den Kopf. »Bei Psychopathen ist es selten einfach. In diesem speziellen Fall würde ich sagen, bei diesem Typen hat es nicht irgendwann klick gemacht und er hat die Seiten gewechselt. Aller Wahrscheinlichkeit war er schon seit seiner Geburt psychisch krank. Das Zusammentreffen mit

Gem Golding war nur das Ereignis, das das Böse in ihm zum Leben erweckt hat. Der Auslöser. Er hat sich selbst eine Reihe von Regeln zurechtgelegt, und jetzt wendet er sie an, um ein Leben auszulöschen oder es zu verschonen. Sobald er sich ein neues Opfer aussucht, werden wir mehr erfahren – und dass er wieder zuschlägt, halte ich für sehr wahrscheinlich. Sein Ego wird schon dafür sorgen, dass wir ihn bald wieder in Aktion erleben können. Außer, wir schnappen ihn vorher.«

34

AUFGEBEN

GEM DAS OPFER

Gem stand geduldig am Empfangstresen des Polizeireviers. Man hatte ihr erklärt, dass sich so schnell wie möglich ein Kriminalbeamter um sie kümmern würde. Nachdem sie zuvor fünfundzwanzig Minuten gewartet hatte, bis sie dem Beamten hinter dem Tresen ihr Anliegen vorbringen konnte, war sie nun überrascht, wie schnell die Tür zur Rechten des diensthabenden Polizisten aufging und ein jugendlich wirkender Mann in schwarzen Hosen und einer grauen Jacke mit schwarzen Flicken an den Ellbogen sie bat, ihm zu folgen. Er sah viel zu jung aus, um Detective zu sein, dachte sie. Ob sie bei der Abteilung Raub wohl auch Praktikanten einstellten?

»Bitte kommen Sie mit nach oben«, sagte der junge Detective. »Mein Chef ist gleich bei Ihnen.«

Gem nickte und folgte ihm die Treppe hinauf in den ersten Stock. Er führte sie in einen Raum, in dem ein zwar abgewetztes, aber bequem wirkendes Sofa sowie ein kleiner Tisch und zwei Plastikstühle standen.

Der Detective lächelte nervös. Die feinen Fältchen, die seine Mundwinkel umspielten, beruhigten Gem ein wenig. Vielleicht war der Junge ja doch alt genug, um richtige Verbrecher zu verhaften. »Wie geht es Ihrem Handgelenk?«, fragte er.

Gem zupfte an ihrem Jackenärmel. Der Gipsverband wurde immer grauer. »Ich denke, es heilt ganz gut. Schmerzen habe ich keine mehr, aber das Jucken unter dem Gips macht mich verrückt. Dummerweise muss er noch eine Woche dranbleiben.«

Der Detective nickte ihr verständnisvoll zu. »Soll ich Ihnen eine Tasse Tee bringen? Oder einen Kaffee? Ich würde Ihnen allerdings zum Tee raten, der Kaffee schmeckt wie Spülwasser. Wenn Sie Glück haben.«

»Ein Tee wäre prima. Vielen Dank. Mit zwei Würfeln Zucker.«

Als er gegangen war, setzte Gem sich auf das Sofa und stieß einen lauten Seufzer aus. Ihrem Magen ging es schon wieder besser, und sie hoffte, der süße Tee würde dazu beitragen, dass sie gegen Mittag auch feste Nahrung würde zu sich nehmen können. Als die Polizisten bei ihr aufgetaucht waren und ihr mitgeteilt hatten, dass Drew tot war, hätte sie sich beinahe vor ihnen erbrochen, und diese Übelkeit war seitdem nicht verflogen.

Sie holte tief Luft und atmete langsam durch die Nase aus. Mit der Übelkeit würde sie schon klarkommen. Im Moment hatte sie Wichtigeres zu tun.

Beispielsweise herauszufinden, wann Drews Leichnam freigegeben wurde, sodass sie seine Beerdigung in die Wege leiten konnte, oder sicherzustellen, dass die Polizei sämtliche Anstrengungen unternahm, seinen Mörder zu finden, und außerdem nicht in Panik zu verfallen angesichts der Tatsache, dass ihr Leben vor ihren Augen zerbröselte.

Der Kerl hatte sie überfallen, erniedrigt und ihren Freund ermordet. Und Gem gab sich nun alle Mühe, sich den Ereignissen zu stellen. Den Tatsachen ins Auge zu blicken, sich nicht unterkriegen zu lassen – das war die einzige Art und Weise, die Kontrolle über diese völlig aus den Fugen geratene Situation zu behalten.

Die Tür schwang auf. Gem hob den Blick und stellte zu ihrer Überraschung fest, dass es Detective Inspector Day war, der mit einer Tasse Tee in der Hand den Raum betrat. Er sah richtig schick aus in seinem dunklen Anzug mit Krawatte, und er wirkte größer, als sie ihn in Erinnerung hatte.

»Zwei Würfel Zucker«, sagte er und reichte ihr die Tasse. Er nahm sich einen der beiden Plastikstühle, die bei dem Tisch standen, und stellte ihn so hin, dass er ihr gegenübersaß. »Sagen Sie mir«, fing er an, »was können wir für Sie tun?«

Soweit Gem es beurteilen konnte, war Day ein respektierter Detective und ein anständiger Mensch. Doch sie war nicht mehr imstande, sich darum zu sorgen, ob sie jemanden beleidigte. Selbst wenn dieser Jemand ihr sympathisch war.

»Sie können den Mann verhaften, der mir Drew weggenommen und mein Leben zerstört hat. Das können Sie für mich tun. Finden Sie den Kerl, der ihn mit Absicht vor die U-Bahn gestoßen hat. Wenn Sie das täten, wäre ich Ihnen wirklich dankbar, Detective Inspector.«

Day reagierte mit einem verlegenen Lächeln. »Ich versichere Ihnen, dass wir uns die größte Mühe geben, genau das zu tun. Und wir haben in den letzten Tagen entscheidende Fortschritte gemacht – sowohl in Hinblick auf den Überfall als auch in Hinblick auf den Tod Ihres Freundes.«

Gem vermutete, dass der Detective im Lauf der Jahre einige Erfahrung im Umgang mit trauernden und verzweifelten Angehörigen gesammelt hatte. Er schien ihren Gefühlsausbruch jedenfalls nicht persönlich zu nehmen. Außerdem rechnete sie ihm hoch an, dass er nicht so tat, als würde er verstehen, wie sie sich fühlte. »Was meinen Sie mit ›Fortschritte‹?«

Day rückte seinen Stuhl ein paar Zentimeter näher heran. »Wir sind ziemlich sicher, dass wir die Identität des Mannes herausgefunden haben, der Sie überfallen hat. Ich kann seinen Namen derzeit leider nicht nennen, aber wir haben darüber hinaus Belege dafür, dass er einen Termin in Mr. Bentleys Kanzlei hatte. Er hat sich kostenlosen juristischen Rat bei ihm geholt, nachdem er seinen Job in einem Lagerhaus in South London verloren hatte.«

Gem richtete sich auf und rutschte zur Sofakante vor. Sie war sich nicht sicher, ob sie gerade richtig gehört hatte. »Sie meinen, er war einer von Drews Mandanten?«

Day nickte. »Allerdings kein zahlender Mandant, sondern jemand, der die kostenlose Rechtsberatung der Kanzlei in Anspruch nahm. Wir wissen nicht, wieso er glaubte, gegen den Rauswurf vorgehen zu können – er war zu keinem Zeitpunkt fest angestellt, und die Kündigung wurde ausgesprochen, nachdem er einen Kollegen tätlich angegriffen hatte.«

Gem spürte ein Prickeln auf der Haut. »Das ergibt doch keinen Sinn. Sind Sie sich ganz sicher?«

»Sind wir.«

»War dieser Termin vor oder nach dem Überfall auf mich?«

»Vorher. Zwei Wochen vorher, um genau zu sein. Wir haben eine Kopie von Mr. Bentleys Terminkalender. Hat er Ihnen gegenüber jemals erwähnt, dass er Ärger hatte mit einem der Mandanten, die er honorarfrei beriet? Oder dass einer von denen ihn bedroht hätte?«

Gem nahm einen Schluck Tee und verzog das Gesicht. Sie stand auf, stellte die fast volle Tasse auf den Tisch und setzte sich wieder. »Wir haben nie viel über die Arbeit gesprochen. Weder über seine noch über meine«, sagte sie. »Wir haben beide haufenweise Überstunden gemacht, da ist die Arbeit das Letzte, worüber man sich in der knappen Zeit, die einem bleibt, noch unterhalten möchte. Ich wusste, dass er kurz davor war, als Partner in die Kanzlei einzusteigen, und dass er deshalb verstärkt honorarfreie Mandate übernahm, weil dies von ihm erwartet wurde. Er wäre der jüngste Anwalt gewesen, den Stone and Maddox jemals als Partner in die Kanzlei aufgenommen hätten.«

»Hatten Sie beide Pläne zu heiraten?«

»Wir haben darüber gesprochen, aber das war schon alles. Drew hatte daran größeres Interesse als ich, und das führte zu

Spannungen zwischen uns. Ich persönlich war der Ansicht, dass das alles noch Zeit hatte.«

»Dann hat er Ihnen gegenüber nicht erwähnt, dass Stone and Maddox Wert darauf legen, dass ihre Partner in geordneten Familienverhältnissen leben, mit Ehefrauen, die bei gesellschaftlichen Anlässen repräsentative Funktionen übernehmen?«

Gem verzog das Gesicht. Drew hatte ihr nie von diesen Dingen erzählt, und sie fand es schwer vorstellbar, dass er eine solche Einstellung gutgeheißen hätte. »Bitte sagen Sie mir, dass das nur ein Witz ist«, sagte sie. »Wir leben schließlich im einundzwanzigsten Jahrhundert, oder?«

Day zuckte mit der Schulter. »Ich weiß, ich weiß. Aber wie es scheint, ist diese Erkenntnis zu einigen der alteingesessenen Anwaltskanzleien in der City entweder nicht durchgedrungen, oder es ist ihnen egal. Man sollte meinen, dass ein Anwalt, der smart genug ist, dass man ihm eine Partnerschaft anträgt, sich auf so etwas nicht einlassen würde – andererseits gehen damit einige sehr verlockende Vorteile einher. Detective Constable Stock hat sich die Zahlen einmal angesehen und herausgefunden, dass die Partner von Kanzleien in der Größenordnung wie Stone and Maddox manchmal über anderthalb Millionen Pfund pro Jahr verdienen.«

Gem versuchte, sich die wenigen Male in Erinnerung zu rufen, als Drew ihr gegenüber davon gesprochen hatte, dass er zum Partner bei Stone and Maddox aufsteigen würde. Sie war ziemlich sicher, dass er kein einziges Mal erwähnt hatte, was dieser Aufstieg finanziell bedeutete. Und schon gar nicht, dass man ihm Druck machte zu heiraten.

»Wollen Sie wirklich ernsthaft behaupten, dass man von Drew erwartete, dass er zuerst heiratete, bevor er zum Partner aufsteigen konnte?«

»Wir haben uns mit Edward Maddox, seinem Chef, unterhalten, und der hat zwar nicht explizit erklärt, dass eine

Ehefrau beziehungsweise ein Ehemann eine unabdingbare Voraussetzung für eine Teilhaberschaft an der Kanzlei sind, aber er hat durchblicken lassen, dass sie bei potenziellen Partnern ein geordnetes Familienleben erwarten und dass Drew ihm versichert hat, dass er demnächst heiraten würde.«

Gem schüttelte den Kopf. »Wir hatten keinerlei Pläne in dieser Richtung. Davon hätte ich ja wohl auch etwas wissen müssen, oder?«

Day zuckte mit den Achseln. »Ich will Sie nicht in Aufregung versetzen«, sagte er. »Ich versuche nur, einen Mörder zu fassen.«

Gem atmete tief und langsam durch. Sie wusste, dass nichts von alledem die Schuld des Detective war. Sie wollte einfach nicht glauben, dass Drew sich auf solch einen sexistischen Scheiß einlassen würde, doch ihr war nur allzu bewusst, dass sich die meisten ihrer Streitigkeiten um ihren Job und ihre Arbeitswut gedreht hatten.

»Nun gut, aber erklären Sie mir doch mal, was das alles mit Ihren Untersuchungen zu tun hat?«, sagte sie.

Day erhob sich und durchquerte mit schnellen Schritten den Raum. »Das weiß ich auch noch nicht«, sagte er, »aber es kann unmöglich ein Zufall sein, dass Ihr Freund jemandem eine Rechtsberatung gegeben hat, der dann später zuerst Sie überfällt und dann ihn umbringt.«

Gem schaute zu, wie der Detective Inspector eine weitere Runde durch den Raum drehte. »Sie sagen, Sie kennen den Namen des Verdächtigen. Warum verhaften Sie ihn dann nicht einfach?«

»Weil das nicht so einfach ist. Wenn man nicht aufgespürt werden will, ist eine Stadt wie London das ideale Terrain, um unterzutauchen. Vor allem, wenn man dauernd die Adresse wechselt, kein Smartphone verwendet und darauf achtet, immer alles bar zu bezahlen.«

Gem hatte überlegt, ob sie Day davon erzählen sollte, dass sie der *Daily News* angeboten hatte, ein Interview zu geben. Nun, fand sie, war der geeignete Moment gekommen, dieses Thema zur Sprache zu bringen.

»Wie wäre es, die Presse dafür einzuspannen, den Verdächtigen aufzuspüren? Die *Daily News* ist daran interessiert, eine Geschichte zu bringen, die darauf basiert, dass der Mann, der mich überfallen hat, des Mordes an meinen Freund verdächtigt wird.«

Day hörte mit dem Herumgerenne auf und setzte sich wieder auf den Plastikstuhl. »Offiziell war Mr. Bentleys Tod bisher entweder ein Selbstmord oder ein Unfall. Wir sind nicht in der Position, Informationen herauszugeben, denen zufolge wir vermuten, dass er mit Absicht auf die Gleise gestoßen wurde.«

Gem wartete auf eine Erklärung, doch es kam keine. Sie holte tief Luft und stellte die Frage, vor der ihr am meisten graute: »Wann wird Drews Leichnam freigegeben? Es sind in diesem Zusammenhang eine Menge Arrangements zu treffen.« Schmerz und Trauer stiegen in ihr auf, doch sie schluckte beides herunter.

Day hob eine Hand, um sie ihr tröstend auf den Arm zu legen, doch er zog sie im letzten Moment zurück. »Es tut uns sehr leid, aber bis wir den Leichnam freigeben können, wird es leider noch eine Weile dauern«, sagte er.

DER SPIELMEISTER

Norton wischte sich mit dem Handrücken etwas Tomatensoße von den Lippen. Alice hatte angeboten, ihm etwas zu kochen, doch er hatte sie losgeschickt, eine Pizza zu kaufen. Seine Begeisterung für ihre Kochkünste hielt sich in Grenzen. Ihre Talente lagen eher im Schlafzimmer als in der Küche.

Er zerknüllte den fettigen Pizzakarton und ließ ihn auf den Teppich neben das Bett fallen. Das treibt sie wieder in den Wahnsinn, dachte er. Geschieht ihr recht. Seit dem einen Mal, wo sie sich verplappert hatte, war sie bemüht, alles wiedergutzumachen. Dauernd entschuldigte sie sich und bat ihn um Verzeihung. Behauptete, dass sie unter Stress in Panik geraten war.

Dabei tat es ihr nicht wirklich leid. Er wusste das. Sie kannte ihn genau. Wusste, wozu er fähig war. Die Schlampe hatte Schiss, und zwar völlig zu Recht. Er hatte den starken Verdacht, dass es kein versehentlicher Ausrutscher gewesen war, als sie den Bullen erzählt hatte, er sei im Heim aufgewachsen.

Er fragte sich, ob es nicht vielleicht ein Fehler gewesen war, in sein altes Revier in Stepney zurückzukehren. Er musste irgendwo schlafen, und dieser Ort war eine schnelle und einfache Lösung für sein Problem, doch sobald er alles geregelt hatte, würde er sich dorthin verdrücken, wo er hingehörte. Zu Gem Golding. Im Augenblick musste er erst mal Alice an der kurzen Leine halten. Er hatte sich immer für einen guten Menschenkenner gehalten, und das ganz besonders in Bezug auf Frauen. Es gab ein gewisses Risiko, dass sie irgendwann doch noch genügend Mut aufbringen würde, ihn zu verpfeifen, aber er hatte vor, sich lange vorher aus dem Staub zu machen.

Er schwang die Füße aus dem Bett und setzte sich auf die Bettkante. Die Tür ging auf und Alice streckte ihren Kopf ins Zimmer. »Soll ich dir ein Bier holen, Con?«, fragte sie. »Ich hab welche im Kühlschrank.«

Norton winkte sie herein und deutete mit dem Kinn auf die Stelle neben ihm. Sie gehorchte, machte die Tür hinter sich zu und setzte sich. Er legte ihr den Arm um die Schultern, zog sie dicht an sich heran und grub seine Finger in ihren Oberarm, bis sie sich vor Schmerzen wand.

»Nicht jetzt«, sagte er. »Ich muss demnächst los, und es wird wahrscheinlich spät werden, bis ich zurückkomme. Sehr spät. Ich muss mich um ein paar wichtige Angelegenheiten kümmern, das wird dauern. Du brauchst nicht aufzubleiben.«

Er lockerte seinen Griff, und Alice rückte ein kleines Stück von ihm weg, blieb aber auf der Bettkante sitzen. Norton betrachtete ihren knielangen schwarzen Rock und schenkte ihr ein strahlendes Lächeln. »Schön, dass du endlich mal deine Beine auspackst. Du siehst so viel besser aus.«

Alice stand auf und strich sich die Vorderseite ihres Rocks mit beiden Händen glatt. »Du hattest recht, als du gemeint hast, ich soll nicht immer nur in Hosen herumlaufen.«

»Natürlich hatte ich recht. Ich weiß, was das Beste für dich ist. Das solltest du mittlerweile wissen.«

»Irgendwie passen Hosen nicht zu meiner Figur. Ich werde in Zukunft nur noch Röcke und Kleider tragen.«

Alices Blick fiel zu dem zerknüllten Pizzakarton auf dem Teppich. Sie beugte sich hinunter und hob ihn kommentarlos auf.

Norton grinste und schüttelte bedächtig den Kopf. Er hatte bereits früh in seinem Leben gelernt, welche Macht Angst auf Menschen ausüben konnte. Es war das erste Gefühl, an das er sich erinnern konnte, und es hatte nicht lange gedauert, bis er zwei fundamentale Regeln verstanden hatte: Erstens, Angst existierte nur in den Köpfen der Leute, und zweitens war sie ein überaus wirksames Instrument der Manipulation und Kontrolle.

Er ließ sich rückwärts auf das Bett sinken, streckte sich aus und verschränkte die Hände hinter dem Kopf. »Ich brauche einen Haustürschlüssel, damit ich kommen und gehen kann, ohne dich zu stören«, sagte er. »Du siehst, ich bin noch genauso rücksichtsvoll wie früher. Ich weiß noch, dass du das immer an mir gemocht hast. Gut möglich, dass ich irgendwo noch einen Schlüssel habe, aber vermutlich hast du in der Zwischenzeit die Schlösser ausgewechselt.«

Alice gab keine Antwort, sondern verdrückte sich in Richtung Tür.

Norton brauchte nur ein Wort zu sagen, damit sie stehen blieb. »Schlüssel«, sagte er leise.

Sie streckte die Hand aus und ergriff die Türklinke. Norton bemerkte, wie ihre Knöchel sich weiß färbten.

»Ich hab einen Ersatzschlüssel«, sagte sie. »Ich hänge ihn in der Küche an den Haken neben der Mikrowelle.«

Als sie gegangen war, stieß Norton ein kurzes Lachen aus und starrte an die Decke. Nach einer Weile schloss er die Augen und begann mit den Planungen für die anstehende Nacht. Sein Verlangen nach Rache war animalisch. Allein der Gedanke daran wärmte sein Blut.

Er hatte Finchs Absteige in Stratford schon lange sattgehabt und ohnehin vorgehabt, dort auszuziehen. Doch einfach so auf die Straße gesetzt zu werden, ging ihm gewaltig gegen den Strich. In Nortons Gedankenwelt war das Verrat, und Verrat war unverzeihlich. So gesehen, war er geradezu verpflichtet, Vergeltung zu üben. Jemand hatte der Polizei einen Tipp gegeben. Und dieser Jemand musste dafür bezahlen.

Norton lehnte mit dem Rücken an einer Hauswand. Er ließ eine Hand in seine Hosentasche gleiten und zog die Ein-Pfund-Münze hervor. Er warf sie in die Luft, fing sie auf und klatschte sie auf den Rücken der anderen Hand. Er hatte seinen Standort mit Bedacht ausgewählt, denn hier war es dunkel und die nächste Straßenlaterne stand in einiger Entfernung. Dennoch schimmerte die Münze im Halbdunkel, als er seine Hand wegzog. Zahl. Aufgeben. Norton lächelte. Mal sehen, wie es ausgeht, dachte er. *Er ist eine feige kleine Ratte, aber Ratten beißen manchmal, wenn man sie in die Enge treibt.*

Er steckte die Münze ein und glitt an der Mauer entlang auf die Tür zu, als Finch auf die Straße trat, sich noch einmal umdrehte und in seinen Taschen nach dem Schlüssel kramte. Norton schloss aus dem selbstzufriedenen Gesichtsausdruck des Schleimbeutels, dass es wieder einmal ein profitabler Abend gewesen war.

Er wartete, bis der Schlüssel in der Tür steckte, und ging dann zum Angriff über. Er glitt behände aus dem Schatten, schlang seinen Arm um Finchs Hals, rammte seinen Kopf gegen die Tür wie einen Rammbock und zerrte ihn in den Laden.

Er versetzte der Tür einen Tritt, damit sie zuflog, und verstärkte währenddessen den Druck auf Finchs Kehle. Es dauerte nur ein paar Sekunden, bis er spürte, wie Finchs Körper erschlaffte, und er ließ ihn zu Boden fallen.

Verzweifelt nach Luft ringend, rollte Finch sich auf den Rücken. Er hob eine Hand, betastete seine Stirn und starrte auf das Blut an seinen Fingern. Erst dann schaute er hoch und sah das Gesicht des Mannes, der ihn überfallen hatte. »Oh Gott, nein«, sagte er. »Bitte nicht.«

Finchs Flehen erfüllte Norton mit Abscheu. Er packte ihn bei den Armen, zerrte ihn in die kleine Abstellkammer neben der Theke, schaltete das Licht an und schloss die Tür.

Finch versuchte, sich aufzurichten und wenigstens hinzusetzen, doch Norton stelle seinen Fuß auf Finchs Brust und drückte ihn wieder hinunter. Aus der Wunde in der Mitte seiner Stirn troff Blut und lief in dünnen Rinnsalen an Finchs Gesicht herunter.

»Sieht übel aus«, sagte Norton. »Du solltest damit zum Arzt. Wir wollen ja nicht, dass dein gutes Aussehen den Bach runtergeht, oder?«

»Was willst du von mir?«, fragte Finch.

»Ich will, was mir zusteht. Eine Entschädigung.«

»Wofür?«

Norton ging in die Knie und schaute Finch in die Augen. »Dafür, dass ich gezwungenermaßen aus deinem Rattenloch im ersten Stock ausziehen musste. Ohne Vorankündigung. Ohne irgendwas. Hast du geglaubt, du könntest mich so einfach loswerden?«

»Ich habe keine Ahnung, wovon du redest«, sagte Finch stirnrunzelnd. »Ehrlich. Ich hab keine Ahnung.«

Norton neigte seinen Kopf zur Seite und schüttelte ihn langsam. »Der Polizei einen Tipp zu geben war ein großer Fehler. Ein Riesenfehler sogar. Ich kann gar nicht glauben, dass du den Mumm für so was aufbringen konntest.«

»Ich hab niemandem irgendwas über dich erzählt. Das ist die Wahrheit. Bitte. Warum sollte ich das tun? Das war nicht ich. Du musst mir glauben.«

Norton stand auf. »Ich muss gar nichts«, sagte er. »Das solltest du mittlerweile kapiert haben. Und ich sorge dafür, dass niemand, der versucht, mich reinzulegen, ungestraft davonkommt.«

»Ich hab nichts getan«, sagte Finch. »Ich schwöre es. Ich habe keine Ahnung, wie die Polizei rausgefunden hat, dass du oben wohnst. Von mir wissen sie es jedenfalls nicht. Ich würde dich niemals verpfeifen. Ehrlich.«

»Lüg mich nicht an«, zischte Norton. »Tu einfach nur, was ich dir sage. Mach mir keinen Ärger, und ich lasse dich vielleicht laufen. Auch wenn es mir gehörig gegen den Strich geht.« Er platzierte seinen Stiefelabsatz auf der Wunde an Finchs Stirn und drehte ihn herum, als würde er eine Zigarettenkippe austreten. Finch schrie auf, packte Nortons Fußgelenk mit beiden Händen und zerrte es zur Seite. Norton geriet so stark ins Wanken, dass er beinahe das Gleichgewicht verlor, doch dann presste er seinen Absatz nur umso fester auf Finchs Stirn, bis dieser schließlich seinen Griff lockerte.

Norton nahm seinen Fuß weg. »Du bist nichts weiter als ein elender Loser. Widerlich.«

Finch erwiderte nichts. Er ließ eine Hand in seine Manteltasche gleiten und zog den Geldbeutel mit den Tageseinnahmen heraus. »Du hast recht«, sagte er mit schmerzerstickter Stimme. »Hier. Es steht dir zu. Da drin sind über dreihundert Pfund. Nimm sie.«

Norton beugte sich hinunter, griff nach dem Geldbeutel und rutschte nach rechts aus. Augenblicklich schnappte Finch nach dem Köder. Er drehte sich nach links und holte aus, um Norton einen heftigen Tritt zwischen die Beine zu verpassen. Doch dazu kam es nicht. Bevor Finch auch nur einen Gedanken daran verschwenden konnte, was er als Nächstes tun sollte, rammte Norton ihm sein rechtes Knie mit voller Wucht in die Magengrube. Der kleine Mann krümmte sich vor Schmerzen. Laut stöhnend schnappte er verzweifelt nach Luft.

Norton sprang auf und überprüfte den Inhalt der Geldtasche. Das Bargeld konnte er gut gebrauchen, doch er empfand eine tiefe Verachtung für Finch angesichts dessen, dass dieser zu glauben schien, hier ginge es um Geld. Er legte die Geldtasche auf den obersten von drei Pappkartons, die an der Wand aufgestapelt waren. Dann zog er eine große Flasche aus seiner Jackentasche. Sie sah aus wie eine Mineralwasserflasche, doch als er den Deckel abschraubte, erfüllte der Geruch von Benzin den Raum.

»Was ist los?«, fragte Finch und versuchte krampfhaft, sich zu einer sitzenden Position aufzurichten. »Was zum Henker machst du da?«

Norton bemerkte die Panik auf Finchs Gesicht und lächelte. »Die Rechnung dafür, dass ich gezwungen war, mir eine neue Bleibe zu suchen, hast du bezahlt. Bleibt noch die Rechnung dafür, dass du mich verpfiffen hast. Du hast alle Chancen der Welt gehabt, aber du hast sie nicht genutzt. Du hast es vermasselt. Regeln sind Regeln. Du lässt mir keine Wahl.«

»Wovon redest du? Drehst du jetzt völlig durch? Ich hab dir doch gesagt, dass ich der Polizei kein Wort gesagt habe.«

Norton schwenkte die Flasche und verteilte das Benzin über den kleinen Raum – die Wände, die Pappkartons und ein paar Klappstühle. Finch versuchte, auf die Beine zu kommen, doch Norton trat ihm so heftig gegen den Brustkorb, dass er wieder rücklings auf dem Boden landete. Finch winselte wie ein Hund, als Norton ihm das letzte Drittel der Flüssigkeit über Gesicht, Schultern, Arme und Beine kippte.

Als er fertig war, ließ er die leere Flasche fallen, steckte das Geld ein und verließ die Abstellkammer. Er schaltete das Licht aus, drehte sich um und stand ein paar Sekunden lang schweigend in der Dunkelheit. Er sah, dass Finch völlig regungslos am Boden lag und ergeben darauf hoffte, dass alles nur ein böser Traum war.

Norton zog eine Streichholzschachtel aus seiner Tasche, riss eines davon an und warf es in den kleinen Raum. Dann eilte er durch den Imbiss nach draußen, wo er sogleich sein Tempo verlangsamte und in aller Seelenruhe weiterging, während in seinem Rücken die Hitze loderte und Finchs Schreie an seine Ohren drangen.

35

KÄMPFEN

DER FREUND

Drew Bentley lehnte sich zurück, streckte die Beine aus und strich mit der Hand über das weiche Leder der Armlehnen seines Bürostuhls. Er lockerte seinen Schlips und schaute sich in seinem Büro um. Er erinnerte sich daran, wie aufgeregt er an seinem ersten Tag bei Stone and Maddox gewesen war. Er hatte es geschafft. Anwalt in der großen Stadt. Mit einem großen Schreibtisch und einem entsprechend üppigen Gehalt.

Er lächelte bei der Erinnerung an diesen Tag. Durch eine Kombination aus harter Arbeit und Talent hatten sich die Dinge prächtig für ihn entwickelt, und nun war er kurz davor, in Sphären aufzusteigen, die er vorher für unerreichbar gehalten hatte. Wenn man bedachte, wo er herkam, hatte er allen Grund, stolz zu sein.

Mit dem Aufstieg zum Partner würden ein noch größeres, noch prächtigeres Büro und ein Gehalt, das manche Leute als obszön bezeichnen würden, einhergehen. Obszön fand er gut. Und als Sahnehäubchen gab es dann noch den jährlichen Bonus für die Partner der Kanzlei.

Alles lief ganz wunderbar rund – selbst die Sache mit Gem. Anfangs hatte er befürchtet, dass es nach dem Überfall und der hysterischen Berichterstattung über ihre heldenhafte Tapferkeit noch schwerer werden würde, sie von seiner Sichtweise zu überzeugen.

Doch dann war alles anders gekommen. Nach und nach wirkten sich die Ereignisse jener Nacht immer stärker auf ihre Gefühlslage aus, bis sie davon überzeugt war, dass jemand sie verfolgte, sobald sie das Haus verließ. Mit jedem Tag, der verstrich, zeigte sie weniger Interesse daran, wieder die Karriereleiter zu besteigen.

Sie wirkte nervös und zerbrechlich. Kein schöner Anblick. Er wollte zwar auf keinen Fall, dass sie das Feuer und die Spritzigkeit verlor, die er ja eigentlich attraktiv fand, aber er konnte ja zumindest versuchen, aus ihrer Paranoia Kapital zu schlagen, solange sie anhielt. Er nahm den Hörer ab und wählte Gems Handynummer. Es klingelte drei Mal, bis sie antwortete.

»Hallo, Drew. Bist du auf dem Weg nach Hause?«

Er hätte am liebsten gelächelt, wusste aber, dass sie es an seiner Stimme merken würde. »Es tut mir leid, Schatz, aber ich habe hier noch eine Weile zu tun. Du kommst doch klar, oder?« Es wurde still in der Leitung, doch er hörte, wie ihr Atem lauter und schneller wurde.

»Bist du noch dran, Gem? Schau mal, ich habe hier einen ganzen Stapel Akten, die ich alle noch durchgehen muss. Aber ich erledige nur die Hälfte davon, damit ich schneller wieder zu Hause bin. Wie ist das?«

»Wenn du wirklich bleiben musst, dann mach ruhig. Ist schon in Ordnung«, sagte Gem, doch sie klang alles andere als überzeugend. »Es ist nur, dass ich den ganzen Tag allein hier herumsitze und mich ein bisschen elend fühle. Ich brauche nicht mal daran zu denken, ins Bett zu gehen, bevor du nach Hause kommst.«

Bentley stieß einen übertrieben lauten Seufzer aus. »Du warst überhaupt nicht aus dem Haus? Du hast keinen Spaziergang gemacht, wie wir es besprochen hatten? Ich dachte, du hättest dich fest entschlossen rauszugehen, wieder Oberwasser zu gewinnen?« Gem schniefte zweimal, und er fragte sich, ob sie angefangen hatte zu weinen.

»Ich weiß, ich hab's versprochen«, sagte sie. »Es ist schwer zu erklären. Ich wollte es echt machen, aber irgendwie habe ich es nicht gepackt. Nicht ohne jemanden bei mir. Dauert aber nicht mehr lange, bis ich das schaffe. Vielleicht schon morgen, vielleicht auch erst übermorgen. Ich bin fest entschlossen, mein Leben wieder auf die Reihe zu bekommen. Ich brauche ein bisschen mehr Zeit, das ist alles. Ich habe mir überlegt, dass es vielleicht ganz gut wäre zu tun, was der Detective gesagt hat, und zu einem Therapeuten zu gehen.«

Bentley dachte einen Moment lang nach. »Vielleicht sollten wir uns ernsthaft darüber unterhalten«, sagte er. »Weißt du was? Ich schraube das Aktenpensum für heute Abend auf ein Drittel runter, dann kann ich gegen halb elf, spätestens elf zu Hause sein. Wenn ich dann morgen früher aufstehe und die Mittagspause ausfallen lasse, kann ich den Rest noch aufholen. Was meinst du? Wenn du es aber echt keine zwei Stunden länger allein zu Hause aushältst, dann lasse ich alles stehen und liegen und mache mich sofort auf den Heimweg. Keine Frage. Das Problem ist, dass sich die Arbeit dadurch stapelt und ich an einem der nächsten Abende noch länger wegbleiben muss.«

Gem sagte nichts. Bentley stellte sie sich vor, wie sie den Hörer in der einen Hand hielt, während sie mit den Fingern der anderen nervös an einer Haarlocke herumzwirbelte. Als sie dann etwas sagte, war es kurz und knapp. »Mach, was du willst«, sagte sie und legte auf.

36

AUFGEBEN

DER DETECTIVE

Day lächelte seinen Sohn an und reihte sich in den zähfließenden Verkehr ein. Der Junge lächelte nicht zurück und Day machte ihm deswegen keinen Vorwurf. Der Druck bei der Arbeit bedeutete, dass ihr gemeinsamer Ausflug kürzer ausfallen würde als geplant.

Day hatte versucht zu erklären, dass er eigentlich nicht einmal diesen Vormittag freinehmen sollte, doch weder seine künftige Ex-Frau noch Tom hatten sich davon beeindruckt gezeigt. Der Überfall auf Gem Golding und der Tod ihres Freundes nahmen ihn komplett in Anspruch. Die Ermittlungen zeitigten endlich erste Resultate, und das machte es zunehmend schwieriger zu vermeiden, dass der Fall Bentley ihm aus den Händen genommen und seiner alten Abteilung übertragen wurde.

Day warf Tom, der neben ihm auf dem Beifahrersitz saß, einen kurzen Blick zu. Der Junge hielt den Kopf gesenkt, seine dunklen Haare hingen ihm ins Gesicht. Man brauchte kein Detective zu sein, um zu merken, dass er miese Laune hatte.

»Ich dachte, wir gehen mal wieder für ein paar Stunden in den London Dungeon«, sagte Day. »Da waren wir schon lange nicht mehr, und ich weiß doch, dass du auf dieses Horrorzeug abfährst. Was meinst du?«

»Wenn du willst.«

Day überlegte gerade, ob es vielleicht noch möglich wäre, einen Abstecher zum London Eye oder eventuell sogar eine kurze Dampferfahrt auf der Themse dranzuhängen, als sein

Handy klingelte. Er ließ es klingeln und fuhr ein paar hundert Meter weiter zur Einfahrt einer Tankstelle, um dort kurz zu parken.

Shields wusste, dass er den Vormittag freigenommen hatte, doch er hatte ihr Anweisung gegeben, ihn anzurufen, falls etwas Dringliches passierte. Er schaute auf den Handybildschirm in der Hoffnung, dass es jemand gewesen war, den er guten Gewissens ignorieren konnte, doch das war nicht der Fall.

»Verdammt«, sagte er.

Sein Sohn hob den Kopf und schaute neugierig herüber.

»Tut mir leid, Tom. Aber ich muss schnell bei der Arbeit anrufen. Dauert nicht lange.«

Day stieg aus dem Wagen, machte die Tür zu und rief Shields an. Sie nahm augenblicklich ab.

»Ich weiß, dass es ungelegen kommt, aber das hier konnte nicht warten«, sagte sie. »Sie müssen sich das ansehen, Chef.«

»Was ansehen?«

»Wir haben einen neuen Toten.«

Day war sich darüber im Klaren, dass er selbst, wenn einer seiner Detectives es gewagt hätte, ein Kind mit zu einem Tatort zu bringen, diesem Kollegen ohne zu zögern die Streifen von der Uniform gerissen und ihn für mindestens eine Woche vom Dienst suspendiert hätte. Und so versuchte er sich einzureden, dass diese Situation irgendwie anders war. Er brachte es einfach nicht fertig, Tom wieder zurückzubringen und Amy zu erklären, dass der gemeinsame Ausflug geplatzt war.

Am Ende der Stratford High Street wurde die Einfahrt zum Broadway von zwei uniformierten Constables blockiert. Einer der beiden erkannte Day und winkte seinen Wagen durch. Neben dem Kebab-Imbiss stand ein Feuerwehrwagen. Day parkte daneben. Tom war wie ausgewechselt. Voller Interesse betrachtete er die rußverschmierten Backsteinwände und die zersprungene Glasfront. Natürlich war echter Horror viel interessanter als ein Ausflug zu einer Touristenattraktion.

»Du bleibst hier sitzen«, sagte Day. »Ich muss mir das mal ansehen, aber ich verspreche dir, ich bin zurück, so schnell es geht.«

Tom nickte, sagte aber kein Wort. Das Zerstörungswerk, das das Feuer angerichtet hatte, war viel interessanter, als irgendwas, das sein Vater zu sagen hatte. Day stieg aus dem Wagen und erblickte Shields, die sich mit einem hochgewachsenen, grauhaarigen Feuerwehrmann unterhielt, der einen grellgelben Helm unter den Arm geklemmt hielt. Sie bemerkte ihn und winkte ihren Vorgesetzten herbei.

»Das Feuer wurde in den frühen Morgenstunden gelöscht«, sagte sie. »Die Leiche wurde allerdings erst vor Kurzem entdeckt, als die Feuerwehrleute den Laden betreten haben, um aufzuräumen. Sie waren davon ausgegangen, dass der Laden leer war. Es gab keinen Grund zu der Annahme, dass sich irgendwer da drin aufhielt.«

Day wandte sich zu dem Feuerwehrmann. »Gibt es irgendwelche Anzeichen für Brandstiftung?«

»Offiziell ist unsere Untersuchung noch im Gange, aber nach dem, was ich gesehen habe, gibt es keinen Zweifel. Es gibt Hinweise, dass ein Brandbeschleuniger verwendet wurde – entweder Benzin oder eine ölige Flüssigkeit.«

»Kann man gefahrlos reingehen und einen Blick auf die Leiche werfen?«

»Das geht. Wir haben allerdings eine Menge Wasser verspritzt, seien Sie also vorsichtig und passen Sie auf, wo Sie hintreten.« Der Feuerwehrmann hob einen Arm und winkte einem jüngeren Kollegen zu, der mit zwei gelben Helmen für die Polizeibeamten herbeigelaufen kam.

Shields ging voraus, als sie das Gebäude betraten. Der Boden war schwarz, die Wände verkohlt und rußverschmiert, der Tresen teilweise geschmolzen von der Hitze. Shields hielt sich die Hand über Mund und Nase und ging vorsichtig zu dem Durchgang zu einem Raum, der aussah wie eine Abstellkammer. Sie gab Day ein Zeichen, ihr zu folgen. Er trat näher heran und musste würgen. Er hatte schon einmal den Geruch von verbranntem Menschenfleisch gerochen und noch Wochen danach unter Albträumen gelitten.

Er betrachtete das verkohlte Etwas auf dem Boden. Er brauchte einige Sekunden, bis er erkannte, dass es sich um eine menschliche Gestalt handelte. »Ich gehe davon aus, dass wir noch nicht mit Gewissheit wissen, um wen es sich handelt?«

Shields nahm widerstrebend ihre Hand vom Gesicht. »Der Pathologe und die Spurensicherung sind auf dem Weg, doch es wird wohl eine Weile dauern, bis sie die Leiche identifiziert haben. Aller Wahrscheinlichkeit nach wird es auf einen Gebissabgleich hinauslaufen, aber ich glaube nicht, dass wir vor einem großen Rätsel stehen.«

Day erwiderte nichts. Er zog eine Augenbraue in die Höhe und wartete auf Shields Erklärung.

»Wir haben ein paar uniformierte Beamte zur Adresse des Besitzers geschickt, um ihn über den Brand zu informieren, und seine Frau hat ihnen erklärt, ihr Mann sei letzte Nacht nicht nach Hause gekommen. Sie hatte keine Ahnung, wo er sein könnte. Sie sagte, sie mache sich Sorgen, weil er bisher noch nie eine ganze Nacht lang weggeblieben ist.«

Day musterte eingehend den schwarzen, verkrümmten Leichnam. »Dann ist das also aller Wahrscheinlichkeit nach Kevin Finch. Der Mann, der Stein und Bein geschworen hat, dass er keine Ahnung hatte, dass unser Verdächtiger in dem Apartment über seinem Laden wohnt. Er hat ganz offensichtlich jemanden schwer verärgert, und ich denke, wir beide haben eine ziemlich genaue Vorstellung davon, um wen es sich dabei handelt. Der Typ arbeitet sich hoch – vom bewaffneten Raubüberfall über Leute vor die U-Bahn stoßen zum Verbrennen eines Menschen bei lebendigem Leib.«

»Mit hundertprozentiger Sicherheit wissen wir das allerdings nicht«, sagte Shields. »Und es zu beweisen, wird schwierig werden. Die Leiche ist beinahe Asche, und was es an Beweismitteln gab, ist wahrscheinlich von der Hitze vernichtet worden. Vielleicht hat Finch das Feuer auch selbst gelegt. Oder irgendein elektrisches Gerät hatte einen Kurzschluss und ist in Flammen aufgegangen, und Finch hat es nicht geschafft, rechtzeitig aus dem Laden zu kommen.«

Day wusste, dass ihre Vorsicht berechtigt war – dass es galt, zunächst den Bericht des Gerichtsmediziners und der Brandermittler abzuwarten, bevor man voreilige Schlüsse zog. Er wusste aber auch, dass er recht hatte mit seiner Einschätzung, wer für Finchs Tod verantwortlich war. Das hier war Nortons Werk. Man musste diesen Kerl aufhalten. Und Day wollte derjenige sein, der ihn stoppte.

»Schauen Sie sich das mal genauer an, Cat«, sagte er und deutete auf den Leichnam. »Wir wissen, dass Norton in dem Apartment oberhalb dieses Ladens gewohnt hat – egal, was Finch behauptet hat. Die beiden Männer kannten einander. Allmählich bekommen wir eine Ahnung, wozu Norton in der Lage ist. Glauben Sie wirklich, dass dieses Feuer ein Zufall war?«

Shields betrachtete ein paar Sekunden lang Finchs verkohlte Überreste. Sie sagte kein Wort. Das war auch nicht notwendig. Schließlich machte sie schweigend kehrt und ging nach draußen.

Day folgte ihr hinaus auf den Gehweg vor dem Laden. Er holte tief Luft und atmete lautstark aus in dem Bemühen, den Geruch von verkohltem Fleisch in seiner Nase loszuwerden. »Wenn Sie wieder im Revier sind, möchte ich, dass Sie rausfinden, wie weit Stock mit seinen Nachforschungen über die Kinderheime gekommen ist. Ich bin in ungefähr einer Stunde auch da.«

Shields nickte, aber er merkte, dass ihr Blick und ihre Aufmerksamkeit auf etwas hinter ihm gerichtet waren.

»Sagen Sie mir, Chef«, sagte sie. »Sehe ich richtig, dass da ein Kind auf dem Beifahrersitz Ihres Wagens sitzt?«

Day nahm den Helm ab und reichte ihn Shields. »Das ist Tom. Ich sehe Sie dann auf dem Revier. Ich mache so schnell ich kann.«

37

KÄMPFEN

DER SPIELMEISTER

Ein Handtuch um die Hüften geschlungen, trat Norton aus dem Badezimmer und setzte sich auf das Doppelbett. Er war immer noch sauer darüber, dass er Finchs Absteige hatte räumen müssen, nachdem dieser nervende Reporter bei ihm aufgetaucht war. Das Zimmer in diesem Billighotel war noch kleiner als das Apartment über dem Imbiss, aber wenigstens war es sauber. So gesehen erfüllte es seinen Zweck, bis er etwas Billigeres fand, wo er auf Dauer unterkriechen konnte.

Er griff nach der Kamera, die er dem Zeitungsfotografen abgenommen hatte und die jetzt auf dem Nachttisch lag. Norton war mit der Technik zwar nicht vertraut, doch es reichte, um festzustellen, dass man damit nicht nur Standfotos schießen, sondern auch Videoclips drehen konnte.

Er legte die Kamera zurück auf den Nachttisch, schaltete sie ein und drückte den Aufnahmeknopf. Dann nahm er seine Jacke vom Bett, kramte in der Tasche herum und zog die Ein-Pfund-Münze hervor. Er ging in die Knie, hielt seine Hände vor die Kameralinse und warf die Münze in die Luft. Kopf. Also war Kampf das Motto der nächsten Runde. Die Münze hatte entschieden. Und der Spielmeister würde die Entscheidung vollstrecken.

Zwanzig Minuten später war er angezogen und schritt die Mile End Road hinunter zur U-Bahn. Alle hundert Meter kam er an einer Neonreklame für Brathähnchen vorbei, und überall in den Imbissen drängten sich hungrige und betrunkene Kunden.

Es war eine sternenklare Frühlingsnacht und in südlicher Richtung ragte das hell erleuchtete Hochhausgebirge von Canary Wharf in den Himmel.

Er fuhr mit der Central Line nach St. Paul's. Als der Zug bei der Einfahrt in den Bahnhof sein Tempo verlangsamte, schaute Norton sich um und betrachtete die elenden Gesichter der anderen Fahrgäste in dem ratternden U-Bahnwaggon. Die Verachtung, die er dabei empfand, ließ ihn lächeln und gleichzeitig den Kopf schütteln. Wie würden diese Leute reagieren, wenn sie wüssten, wer er war, was er getan hatte und was er als Nächstes tun würde? Ihre Ahnungslosigkeit angesichts der Tatsache, dass er Herr über Leben und Tod war, erregte ihn bis ins Mark.

Auf der Rolltreppe zum Ausgang betastete er seine Taschen. In der Gewissheit, dass er alles dabeihatte, was er brauchte, schritt er durch das Drehkreuz und dann hinaus auf die Straße. Er ging die Paternoster Row nach Westen und steuerte auf die von Scheinwerfern angestrahlte Kirchenkuppel zu.

GEM DIE KÄMPFERIN

Gem stand am Schlafzimmerfenster und linste durch einen Spalt in den Vorhängen. Zwei Frauen standen in ein Gespräch vertieft an der Bushaltestelle am Ende der Straße. Eine der beiden hatte einen muskulösen Hund mit gescheckten Fell dabei, der heftig an seiner Leine zerrte. Ansonsten herrschte kaum Betrieb auf der Straße, aber deshalb fühlte Gem sich trotzdem nicht sicherer.

In den vergangenen Stunden hatte sie mehrfach sowohl an der vorderen als auch an der hinteren Haustür kontrolliert, ob tatsächlich sämtliche Schlösser verriegelt waren – auch diejenigen, die Drew extra ihretwegen hatte einbauen lassen. Ein

Radfahrer ohne Licht verlangsamte seine Fahrt, als er auf dem Gehweg am Haus vorbeifuhr. Gem behielt ihn im Auge, bis er wieder außer Sicht war.

Erfüllt von einer Mischung aus Furcht und Zorn, die in ihrem Brustkorb brannte wie Feuer, wandte sie sich vom Fenster ab und ging ins Badezimmer. Sie beugte sich über das Waschbecken und wusch sich das Gesicht mit kaltem Wasser. Als sie sich aufrichtete, fiel ihr Blick auf ihr Gesicht in Drews Rasierspiegel. Sie betrachtete es eine Weile, holte dann kurz Luft und versetzte dem Spiegel einen Schlag, der ihn mit einem lauten Scheppern in der Badewanne landen ließ.

Erleichtert darüber, dass er nicht zu Bruch gegangen war, hob Gem ihn auf und stellte ihn wieder auf die gekachelte Ablage. Sie hasste sich dafür, wie sie sich aufführte. Es war beinahe so, als sei sie es, die letzten Endes aus der Auseinandersetzung mit dem Carjacker als Verliererin hervorgegangen war. Gerade so, als ob sich seine Finger immer noch um ihre Kehle krallten und das Leben aus ihr herausquetschten. Sie wusste, dass sie so nicht weitermachen konnte. Tatenlos dabei zuzusehen, wie es immer weiter mit ihr bergab ging und ihr Selbsthass unaufhörlich mit jeder Sekunde zunahm.

Gem ging nach unten, setzte sich auf das Sofa und nahm ihr Buch vom Couchtisch. Es war ein Kriminalroman, der zu Zeiten Elizabeth I. spielte und den sie bereits zu einem Drittel gelesen, jedoch seit dem Überfall nicht mehr angerührt hatte.

Sie begann zu lesen, doch sie konnte sich einfach nicht konzentrieren, und ihre Hände zitterten so stark, dass die Buchstaben vor ihren Augen verschwammen. Sie klappte das Buch zu und legte es auf die Armlehne, dann stand sie auf und ging in die Küche. Sie schenkte sich ein großes Glas Weißwein ein, trank es zur Hälfte aus und füllte es wieder.

Sie verwandelte sich in einen anderen Menschen, und sie verabscheute, was aus ihr wurde. Das alles musste sich ändern, und zwar schnell. Drew würde in einer Stunde nach Hause kommen, und dann würden sie miteinander reden und einen Plan machen – einen Weg finden, wie sie ihr Leben wieder auf die Reihe bekam. Gott sei Dank hatte sie jemanden, auf den sie sich verlassen konnte und der ihr half, diesen Albtraum zu überstehen.

DER FREUND

Bentley verstaute den letzten Ordner in der Schreibtischschublade und schloss sie zu. Wenn er sich in den nächsten Minuten auf den Weg machte, konnte er zu Hause sein, noch bevor Gem mit ihm rechnete. Er lehnte sich zurück, stellte sich die Erleichterung auf ihrem Gesicht vor und musste lächeln.

Er stand auf, schob seinen Bürostuhl an den Schreibtisch und bückte sich, um seinen Aktenkoffer zu nehmen. Als er sich wieder aufrichtete, ging die Tür zu seinem Büro auf, und eine hochgewachsene Gestalt mit einer Kapuzenjacke trat ein. Bentley erstarrte. Er konnte nicht glauben, was er sah.

Der Mann drehte sich halb um, schloss die Tür und zog die Kapuze vom Kopf. »Guten Abend, Andrew«, sagte er.

Bentley ließ den Aktenkoffer fallen und riss staunend den Mund auf. Darauf war er nicht vorbereitet. Er hätte nie für möglich gehalten, dass Norton so dämlich sein würde, ihm noch einmal unter die Augen zu treten.

»Was zum Teufel machst du in meinem Büro? Hast du sie noch alle?«, fragte er.

Norton machte ein paar Schritte auf ihn zu. »Na, das ist aber keine nette Begrüßung. Ich war schon mal hier, weißt du noch? Ich bin zurückgekommen, weil wir noch ein paar unerledigte Geschäfte haben, wie du weißt. Du hast doch hoffentlich nicht geglaubt, dass ich das abhaken und dir einfach so durchgehen lassen würde, oder? Du müsstest mich eigentlich besser kennen.«

Bentley zog seinen Bürostuhl wieder vom Schreibtisch weg. Er war überrumpelt worden, doch die Überraschung legte sich allmählich, und er spürte, dass er sich durch eine Position hinter seinem Schreibtisch eher einen psychologischen Vorteil verschaffen und die Kontrolle über die Situation zurückgewinnen konnte. Er setzte sich und bedeutete seinem ungebetenen Gast, ebenfalls Platz zu nehmen.

Norton blieb stehen, wo er war. Er warf seinen Kopf in den Nacken und lachte. »Ich bin keiner von deinen aufgeblasenen Mandanten, die sich selbst so super-wichtig finden. Und ich bin nicht hier, um mich hinzusetzen und mich von dir mit irgendwelchem verquasten Scheiß volllabern zu lassen. Du schuldest mir was, und ich bin hier, um diese Schulden einzutreiben.«

Bentley legte seine Hände auf die Schreibtischplatte und verschränkte die Finger. Sein Herz hatte aufgehört, wie wild zu pochen, und er spürte, wie allmählich sein Selbstvertrauen wieder zurückkehrte. Er hatte keinen Grund zur Sorge, redete er sich ein. Er hatte Erfahrung in solchen Angelegenheiten. Verhandeln war seine Stärke.

»Mir ist nicht bekannt, dass ich dir etwas schulden würde. Keinen einzigen Penny. Aber vielleicht klärst du mich ja auf?«

Norton warf den Kopf zurück und lachte erneut. »Ich kann's dir auch buchstabieren, mache ich aber nicht. Ist auch nicht notwendig. Aber das ist wieder mal typisch für dich. Du denkst bei allem immer nur ans Geld. Glaubst du, ich wäre hier, wenn ich dir nicht schon mal den Arsch gerettet hätte?«

Bentley schüttelte bedächtig den Kopf. Das war ein Thema, das er tunlichst vermeiden wollte. »Wie bist du überhaupt ins Haus gekommen?«

»Ich habe die Hintertür aufgebrochen. Ging ganz problemlos. Ist überraschend einfach, sich an jemanden anzuschleichen, wenn die Flure mit dickem Teppich ausgelegt sind. Ich wusste, dass die Alarmanlage ausgeschaltet ist, weil du ja noch da bist und Überstunden abreißt wie ein braver kleiner Bürobursche.«

»Woher wusstest du, dass ich um diese Zeit noch da sein würde?«

Ein vertrautes Lächeln zeichnete sich auf Nortons Gesicht ab. »Ich habe dich eine ganze Weile beobachtet. Es mag für dich eine Überraschung sein, aber ich bin ein sehr methodischer Mensch. Ich war schon immer besser organisiert, als ich mir habe anmerken lassen. Ich weiß, wie viele Überstunden du hier abreißt. Ich bin mir allerdings nicht sicher, ob du damit deinen Boss beeindrucken willst oder du verzweifelt versuchst, der Schlampe aus dem Weg zu gehen, die bei dir zu Hause herumlungert. So wie ich dich kenne, trifft vermutlich beides zu.«

Die Zornesröte stieg Bentley ins Gesicht. »Was hält mich davon ab, die Polizei zu rufen? Die brauchen nur ein paar Minuten, und schon sind sie hier. Was ich beim besten Willen nicht verstehe, ist, warum du mir unbedingt so auf den Sack gehen musst, wo es doch am schlauesten wäre, erst mal abzutauchen und sich ruhig zu verhalten.«

Norton zog seine Kapuze wieder über den Kopf und tief in die Stirn. »Ich habe es satt, auf Tauchstation zu gehen. Da bin ich nicht der Typ für. Aber mach nur, ruf die Bullen, wenn du unbedingt willst. Aber vielleicht traust du dich ja nicht. Weil du Schiss hast, was ich ihnen erzählen könnte? Da kann ich dir keinen Vorwurf machen. Du hast allen Grund, Schiss zu haben. Und jetzt wirst du mir geben, was du mir schuldest. Oder soll ich es mir nehmen?«

Bentley leckte sich über seine trockenen Lippen. Niemand ließ sich gern drohen. Und er schon gar nicht. Die Tage, in denen man in dieser Weise mit ihm umspringen konnte, waren lange vorbei. Er musste Norton klarmachen, dass die

Situation nun eine andere war und er auf diese Tour nicht weiterkam.

»Hier gibt es Kameras auf sämtlichen Fluren und Treppenhäusern. Überall im Gebäude, auf allen Etagen, selbst in der Lobby. Und zwar die besten Kameras auf dem Markt, die Bildqualität ist einfach unglaublich. Es gibt jetzt schon Aufnahmen von dir, wie du in dieses Büro hineingehst, und auf dem Weg nach draußen wird es noch mal neue Bilder von dir geben.«

Norton zuckte nur mit den Achseln. »Ich bin schon an zig Überwachungskameras vorbeigelaufen, die mich aufgenommen haben. Und ich laufe immer noch frei und unbehelligt herum, wie es mir gerade Spaß macht. Es macht mir nichts aus, gefilmt zu werden. Es gefällt mir, wenn die Leute genau wissen, was ich tue. Es wäre doch jammerschade, wenn man versuchen würde, mir etwas anzuhängen, was ich gar nicht getan habe. Und weil ich wusste, dass in deinem Büro keine Kamera hängt, habe ich sogar selber eine mitgebracht.«

Er zog den Reißverschluss seiner Jacke auf, schob die Hand hinein und zog eine teuer aussehende Digitalkamera heraus. Er ging quer durch den Raum und positionierte sie so auf einem Aktenschrank aus Eichenholz und Glas, dass die Linse auf den Schreibtisch gerichtet war.

»Ich habe sie eingeschaltet, damit sie alles aufnimmt, was passiert«, sagte er und ging wieder auf seine alte Position zurück, wobei er über die Schulter schaute, um sicherzugehen, dass er im Bild war. »Das Ding hier macht 1A Videos. Ich hab's schon ausprobiert.«

Bentley sprang von seinem Stuhl auf und rauschte mit geballten Fäusten um den Schreibtisch herum. »Was zum Teufel soll dieser Quatsch? Ich habe für so was keine Zeit.«

Norton griff blitzschnell mit der rechten Hand hinter seinen Rücken und zog ein Jagdmesser mit einem schwarzen

Griff aus seinem Hosenbund. Er stocherte mit der Klinge in Bentleys Richtung.

»Da liegst du leider falsch«, sagte er. »Du hast alle Zeit der Welt – ob es dir gefällt oder nicht.«

Bentleys Hirn arbeitete auf Hochtouren. In dem Bewusstsein, wozu Norton fähig war, ging er alle Optionen durch. Er hob beschwichtigend seine Hände. »Das ist völlig unnötig. Wenn du wirklich der festen Meinung bist, dass ich dir was schulde, dann zahle ich eben. Auch wenn du es eigentlich vermasselt hast.« Er griff in die Innentasche seines Jacketts und zog eine schwarze Brieftasche aus Leder hervor. »Also gut«, sagte er und klatschte ein Bündel Banknoten auf den Schreibtisch. »Zweihundertfünfzig Pfund in bar. Damit kannst du erst mal von der Bildfläche verschwinden, vielleicht sogar die Stadt für eine Weile verlassen. Das wäre am besten für uns beide.«

Das Messer in der ausgestreckten Hand haltend, machte Norton ein paar Schritte auf ihn zu. Bentley krümmte sich, als die Klingenspitze sich in sein Hemd bohrte und die Haut oberhalb seines Nabels ritzte, sodass eine kleine blutrote Blüte sich auf dem schneeweißen Hemdstoff abzuzeichnen begann. Er versuchte, nach hinten auszuweichen, doch der Schreibtisch stand im Weg.

Er streckte seine Finger aus und ballte sie dann wieder zur Faust und überlegte, ob er wohl schnell und kräftig genug war, um Nortons Hand zu packen und ihm das Messer zu entwinden.

Norton grinste hämisch. »Du würdest es gar zu gerne probieren, oder? Ich sehe es in deinen Augen. Komm, zeig mir, was du draufhast. Hast du so viel Mumm? Hast du nicht – wenn ich mich recht erinnere.«

Bentley hatte sich immer für den Stärkeren von ihnen gehalten. Noch nicht jetzt, sagte er sich. *Zu riskant. Nicht aufhören zu reden und Zeit gewinnen.*

»Hör mir zu«, sagte Bentley. »Das ist alles völlig überflüssig. Betrachte das Bargeld hier als erste Rate, als Anzahlung. Nimm erst mal das, und ich gebe dir noch mehr. Jederzeit, kein Problem.«

Norton zog sein Messer ein paar Zentimeter zurück. Bentley stöhnte laut auf vor Erleichterung.

»Wie kann ich sicher sein, dass ich dir trauen kann?«, sagte Norton. »Vergiss es. Blöde Frage. Geht einfach nicht. Du warst schon immer glitschig wie'n Aal – und doppelt so schleimig.«

Bentley betastete vorsichtig mit der rechten Handfläche den Blutfleck auf seinem Hemd. Die Wunde war zwar schmerzhaft, aber nur oberflächlich.

»Ich besorge dir noch mehr Geld, ich schwöre es dir. Ich habe jede Menge davon. Denk mal nach. Du wirst wesentlich mehr als zweihundertfünfzig Pfund brauchen, wenn du aus London raus und dir irgendwo anders was Neues suchen willst.«

Norton schwieg zwar beharrlich, doch Bentley hatte den Eindruck, dass er es schaffte, zu ihm vorzudringen. Er war schon immer unberechenbar gewesen, aber wenn man es schlau anstellte, konnte man ihn meistens dazu bringen, auf die eigene Linie einzuschwenken.

»Nimm jetzt erst mal hier dieses Bargeld, gib mir ein, zwei Tage, und ich treibe den Rest von dem auf, was ich dir schulde. Und noch mehr, wenn du willst.«

Norton hob das Messer und wischte mit Daumen und Zeigefinger einen hellroten Blutfleck von der Klingenspitze. Bentley interpretierte es als ein gutes Zeichen.

»Rühr dich nicht von der Stelle. Denk nicht mal dran«, sagte Norton. Er ergriff das Geld mit der linken Hand und stopfte es in seine Jackentasche. Zwei Geldscheine lösten sich aus dem Bündel und flatterten auf den Boden. Er beugte sich hinunter, um sie aufzuheben, und stützte sich dabei mit der Hand, in der er das Messer hielt, auf der Tischkante ab.

Bentley spürte, wie sich sämtliche Muskeln in seinem Körper spannten – bereit, sich auf Norton zu stürzen. Sein Herz raste, Adrenalin flutete durch seinen Körper, doch er bewegte sich nicht von der Stelle. Der Moment schien sich in Zeitlupe abzuspielen. Bentleys Bauchgefühl trieb ihn zur Attacke. Sein Verstand hielt ihn im Zaum. Warum ein unnötiges Risiko eingehen. Er konnte Norton zulabern und einwickeln, und es würde nicht mal eine Stunde dauern, bis er ihm aus der Hand fraß.

Norton stand auf und dehnte seine Schultern. Seine Augen kalt und grau wie Eis.

»Das war's dann«, sagte er und bewegte sich auf Bentley zu.

»Was hast du …«

Noch bevor er die Worte aussprechen konnte, krachte Nortons muskulöser Unterarm seitlich gegen seinen Hals. Der Schlag hatte eine solche Wucht, dass Bentley schwer benommen und vor Schmerzen zuckend zu Boden fiel. Bevor er auch nur ansatzweise wieder klar denken konnte, krallte sich eine Hand um seine Kehle. Nortons Kraft und Schnelligkeit hatten ihn völlig überrascht. Der Mann war viel stärker als der Junge von damals.

Der Griff um seine Kehle wurde lockerer. Bentley hustete, spuckte und rang keuchend nach Luft. Er schloss die Augen und versuchte, ruhig durchzuatmen. Als er die Augen wieder öffnete, sah er Norton, der kopfschüttelnd auf ihn herabstarrte. Bentley öffnete den Mund, doch bevor er etwas sagen konnte, drückte ihm Norton den Unterarm voll auf die Kehle. Voller Panik ruderte Bentley unkontrolliert mit den Armen und zappelte wild mit den Beinen. Das kann doch nicht sein, dachte er. *So kann es unmöglich zu Ende gehen.*

Norton verlagerte sein Gewicht, bis er einen besseren Hebel hatte und noch größeren Druck ausüben konnte. Bentley hörte auf zu zappeln. Sein Schädel fühlte sich an, als würde er jeden Moment bersten. Seine Sicht verschwamm und wurde immer trüber. Er versuchte, sich auf Nortons Gesicht zu fokussieren, doch es löste sich in Nichts auf.

Jemand flüsterte ihm etwas ins Ohr. Die letzten Worte, die er in seinem Leben hörte.

»Das Spiel ist vorbei. Ich hab gewonnen.«

38

AUFGEBEN

DER DETECTIVE

Während er auf Shields wartete, blätterte Day durch den Pathologie-Bericht von Kevin Finch. Wie erwartet, gab es keine Überraschungen. Es war Mord. Der Mann war verprügelt und dann angezündet worden.

Vermutliche Todesursache: multiples Organversagen, verursacht durch massive Schmerzen und akuten Schock. Rückstände von Asche und Ruß in seinen Lungen wiesen darauf hin, dass das arme Schwein noch am Leben gewesen war, als die Flammen rings umher loderten.

Shields betrat das Büro, zog die Tür hinter sich zu und setzte sich. Day fand, dass sie müde aussah.

»Wie läuft's mit den Kinderheimen?«, fragte er.

»Nichts bis jetzt.«

Day hob den Bericht des Leichenbeschauers an, wedelte Shields damit zu und ließ ihn wieder auf den Schreibtisch fallen. »Definitiv Mord«, sagte er. »Nicht, dass es daran jemals große Zweifel gegeben hätte. Wie es aussieht, war Finch noch ziemlich lebendig, als er angezündet wurde. Lebendig und vermutlich bei vollem Bewusstsein.«

Shields zuckte zusammen. »Das ist das Böse in Reinkultur.«

»Schlimmer als das«, sagte Day. »Sowohl der Pathologe als auch die Brandexperten der Feuerwehr kommen zu dem Ergebnis, dass der ursprüngliche Brandherd der Körper des Opfers war. Finch war regelrecht mit Benzin getränkt, als Norton ein brennendes Streichholz auf ihn geworfen hat. Mit anderen

Worten, er hat Finch als spritgetränkten menschlichen Grillanzünder verwendet.«

Shields rieb sich mit der Hand übers Gesicht. »Das können wir unmöglich für uns behalten.«

»Das ist auch keineswegs meine Absicht. Das wäre nicht machbar. Finchs Tod wird sofort an New Scotland Yard weitergeleitet.«

»Einschließlich des Namens des Tatverdächtigen?«

»Wir geben ihnen alles, was wir über Norton wissen. Warum sollten wir auch nicht? Ich habe sogar schon die entsprechenden Schritte in die Wege geleitet. Der Überfall auf Gem Golding ist formal aber immer noch unser Fall, deswegen sehe ich keinen Grund, unsere Anstrengungen, Norton zu fassen, einzustellen. Mit ein bisschen Glück schnappen wir ihn vielleicht sogar zuerst.«

Shields neigte den Kopf zur Seite und verzog das Gesicht. »Was ist mit Drew Bentley? Wir sind ziemlich sicher, dass er von Norton vor den Zug gestoßen wurde. Der Yard sollte durchaus wissen, dass der Mann, den sie jagen, schon mindestens zwei Leute umgebracht hat.«

Day überlegte einen Moment und nickte dann. »Stimmt. Sagen Sie beim Leichenbeschauer Bescheid, dass der Tod von Bentley nicht länger als Selbstmord betrachtet wird, und setzen Sie das Mordermittlungsteam East London über die Verbindung zu Finchs Tod in Kenntnis. Ich bin sicher, die sind dankbar, dass wir ihnen schon eine Menge Arbeit abgenommen haben.«

In diesem Augenblick klopfte es an der Tür. Shields stand auf, öffnete sie und sah sich einem verschüchtert dreinblickenden Detective Stock gegenüber, der einen Kaffeebecher in der Hand hielt.

Day blickte zu Shields und verdrehte die Augen. »Um Himmels willen! Ich gehe mal davon aus, dass Sie einen guten Grund haben, hier anzuklopfen, also stehen Sie da nicht herum, sondern kommen rein und sagen uns, worum es geht.«

Der junge Detective trat eilig in den Raum, stellte seinen Kaffee auf Days Schreibtisch und ließ beide Hände in seine Taschen gleiten. Er warf Shields einen nervösen Blick zu, während er sein Gewicht von einem Fuß auf den anderen verlagerte. »Also, Boss, die Sache ist die«, sagte er. »Wir haben gerade eine E-Mail von Scotland Yard bekommen, die uns den Namen des DCI geschickt haben, der die Ermittlungen im Mordfall Finch leiten wird.«

»Das ist schon mal flott«, sagte Day. »Und weiter, oder ist das ein Quiz? Dann hätte ich aber gern einen Tipp.«

»Ähm ... äh ... wie es aussieht, ist es Detective Chief Inspector Rob Hardy, Boss.«

Day lehnte sich auf seinem Stuhl zurück und verschränkte die Arme vor der Brust. Jetzt war ihm der Grund für Stocks merkwürdiges Verhalten klar. Jeder auf dem Revier kannte mittlerweile die Geschichte, dass seine Frau ihre Koffer gepackt und bei Hardy eingezogen war. Zuvor hatten die beiden über Monate hinweg eine Affäre gehabt.

Das einzig Gute daran war, dass, wenn er sich wirklich mies fühlte, er immer wieder das Bild von Hardy abrufen konnte, wie er auf dem Boden lag, sein Lächeln von seiner überheblichen, dämlichen Fresse gewischt und stattdessen Blut, das aus seinem Mund auf den Teppichboden des Teamraums sickerte.

»Dann werde ich Ihnen beiden mal was sagen«, erklärte Day. »Es ist ein Glück, dass wir nach wie vor unser Bestes geben werden, um diesen Psychopathen zu fassen, denn Rob Hardy ist einer der miserabelsten Ermittler, mit denen ich je zusammengearbeitet habe. Und um das Ganze noch schlimmer zu machen, hält sich der elende kleine Penner auch noch für einen tollen Kerl.«

Shields schenkte ihm ein verkniffenes Lächeln. »Also gut, Bill, das ist jetzt auch geklärt«, sagte sie zu Stock gewandt. »Was gibt's Neues in Bezug auf Nortons Kinderheime?«

Stock kramte in seiner Jackentasche, brachte ein zerknittertes Notizbuch zum Vorschein und klappte es auf. »Nun, ich denke, wir haben einen Treffer gelandet. Ich bin die Akten der Kinder durchgegangen, die 2008 in einem Heim mit Namen Greenhills in Croydon untergebracht waren. Und auf dieser Liste steht ein Connor Norton. Das ist kein so weitverbreiteter Name. Das müsste er sein.«

»Wie alt war er damals?«, fragte Day.

Stock schaute wieder in seine Aufzeichnungen. »Hier steht, er war sechzehn. Das würde passen, oder?«

Shields und Day nickten. Ermutigt fuhr Stock fort. »Greenhills wurde vor vier Jahren geschlossen, wegen Kürzungen der öffentlichen Mittel, aber ich habe die Namen und Adressen der Leute, die zu der Zeit dort angestellt waren, als Norton dort Insasse war.«

Day erhob sich ganz plötzlich, nahm seine Jacke von der Stuhllehne und schlüpfte hinein. »Gute Arbeit«, sagte er. »Wir müssen diese Leute so schnell wie möglich vernehmen. Sie bleiben hier und sehen, was Sie noch alles ausgraben können zum Thema Norton und die staatliche Kinderfürsorge.«

Stock lächelte und stand stramm. »Das ist noch nicht alles, Boss. Es gibt noch mehr. Einen anderen Namen, der ebenfalls auf der Liste von Greenhills stand und der mir aufgefallen ist. Ein Bewohner namens Andrew Bentley. Damals siebzehneinhalb Jahre alt.«

39

KÄMPFEN

GEM DIE KRIEGERIN

Gem saß mit rotgeweinten Augen auf dem Bett, ihre Arme um die Knie geschlungen, an denen sie sich jetzt ihre Tränen abwischte, während sie sich fragte, ob sie kurz davor war, vollends durchzudrehen. Drew war tot. In seinem Büro ermordet. Gems erste Reaktion auf die Nachricht hatte die Detectives überrascht. Sie hatte gelacht. Nicht, weil sie dachte, es sei lustig. Sondern weil es sich doch nur um einen kranken Witz handeln konnte, und tränenüberströmt zusammenzubrechen hätte bedeutet, es als Realität anzuerkennen. Zu akzeptieren, dass es die Wahrheit war.

All das änderte sich jedoch schlagartig, und der ganze Schrecken brach über sie herein in dem Moment, als die hochgewachsene Polizistin sie fragte, ob sie ein Familienmitglied oder einen engen Freund anrufen sollte und ihr versprach, dass ein Beamter der Opferbetreuung für ein paar Tage bei ihr bleiben würde. Bei diesen simplen Worten hatte Gem mit einem Mal das Gefühl, als würde ihr Herz in einem Schraubstock zerquetscht, und sie zitterte am ganzen Leib und vergoss eine wahre Flut von Tränen.

Als Drew nicht nach Hause gekommen war und auch nicht auf Anrufe reagierte, hatte sie tief in ihrem Inneren gespürt, dass etwas nicht in Ordnung war. Es war gar nicht seine Art, nicht Bescheid zu sagen, wenn er umdisponieren musste. Er hatte immer darauf bestanden, dass sie es genauso hielt. Dennoch hatte sie noch eine Stunde gewartet, bevor sie die Polizei anrief.

Ein Klopfen an der Tür ließ sie zusammenzucken. »Ich bin's, Carol. Ist mit Ihnen alles in Ordnung da drin, Gem? Ich setze mal Wasser auf. Wollen Sie auch einen Tee oder Kaffee?«

Die Beamtin von der Abteilung Opferbetreuung erledigte nur ihren Job, aber Gem ging sie auf die Nerven, besonders ihre schrille Stimme. Sie wollte weder Tee noch Kaffee. Sie wollte nichts und niemanden – außer Drew. Und wenn sie ihn nicht haben konnte, wollte sie allein sein.

»Nein danke, Carol«, sagte sie. »Für mich nichts. Ich bin müde und werde mich mal hinlegen.«

»Sind Sie sicher, dass Sie nichts zum Frühstück wollen? Ich kann Ihnen eine Schüssel Cornflakes bringen, oder Toast?«

Gem gab keine Antwort. Sie wollte sich nicht unterhalten. Sie wollte Stille. Nach etwa einer Minute hörte sie Carols Schritte, die sich auf der Galerie entfernten und dann schwer von den Treppenstufen hinauf hallten.

Gems Blick fiel auf das Bild in dem silbernen Rahmen auf ihrem Frisiertisch an der gegenüberliegenden Wand. Es war ein Foto von ihr und Drew, wie sie beide am Strand von Barbados Cocktails schlürften. Ihr erster gemeinsamer Urlaub im Ausland. Sie waren beide braun gebrannt und wirkten wie im Glücksrausch. Es war ihrer beider Lieblingsurlaubsfoto gewesen.

Sie glitt vom Bett, nahm das Foto und starrte mehrere Sekunden lang darauf, ihre Augen auf Drews lächelndes Gesicht gerichtet. Dann fiel ihr Blick auf den Stuhl neben dem Schrank. Über seiner Lehne hing eines seiner schwarzen T-Shirts. Sie hielt es vor ihr Gesicht und roch daran, roch ihn. Sie drapierte das T-Shirt sorgfältig um den Bilderrahmen, legte sich wieder auf das Bett und rollte sich zusammen.

Das trübe Morgenlicht strömte durch die Jalousien und projizierte schräge Streifen an die Wand. In der Ferne hörte Gem das stete Brummen des Verkehrs. Sie war die ganze Nacht wach gewesen und brauchte dringend die Erlösung durch den Schlaf. Das Letzte, was sie wollte, war, sich schlaflos im Bett zu wälzen und sich vorzustellen, wie Drew kalt und leblos auf dem Boden seines Büros ausgestreckt lag. Doch genau das würde passieren, wie sie wusste.

Die Detectives würden in ein paar Stunden zurückkehren und ihr weitere Fragen stellen. Sie hatten ihr bisher nicht gesagt, ob es für den Mord an Drew einen Tatverdächtigen gab. Als ob man ihr das noch sagen müsste.

Tränen rannen über ihre Wangen, und sie drückte die Augen zu. Drews Leben war ausgelöscht worden wie eine Kerzenflamme. Wenn sie in jener Nacht nicht noch bei dem Laden angehalten hätte, wenn sie sich bei dem Überfall passiver verhalten hätte, getan hätte, was ihr gesagt wurde, wenn sie zugelassen hätte, dass Norton sie betatschte, sie ihm den Wagen überlassen hätte – dann wäre all das nicht passiert. Wenn sie die Zeit hätte zurückdrehen und alles noch einmal neu durchleben können, diesmal als fügsames Opfer, dann hätte sie es getan.

Warum war sie zur Presse gegangen und hatte den Mann, der sie attackiert hatte, heruntergemacht und ihn so provoziert? Drew war nicht glücklich gewesen über ihre Entscheidung, sich an die Öffentlichkeit zu wenden. Er hatte sie zur Vorsicht gemahnt, und sie hatte seine Bedenken beiseitegewischt.

Sie presste das T-Shirt und den Bilderrahmen fest an ihren Bauch. Drew gab es nicht mehr. Und nichts konnte ihn zurückbringen. Doch ein Teil von ihm würde immer bei ihr bleiben.

DER DETECTIVE

Day und Shields saßen vor dem Bildschirm und schauten schweigend mit an, wie Drew Bentley zu Tode gewürgt wurde. Den Anblick von Leichen waren beide mittlerweile gewohnt, doch dies war das erste Mal, dass sie mit ansahen, wie jemand vor laufender Kamera ermordet wurde.

Als das Video zu Ende war, rieb Day sich die Augen. Eine Mischung aus Zorn und Verzweiflung brodelte in seiner Brust. Wer oder was hat diesen kaltblütigen Killer zu dem gemacht, was er ist?, fragte er sich.

»Wollen Sie's noch einmal ansehen?«, fragte Shields.

Day schüttelte den Kopf. »Nein, schalten Sie das Ding aus. Ich denke, für den Augenblick haben wir genug gesehen.«

Shields schloss die Videodatei, stand auf und humpelte zum Fenster. Es war unübersehbar, dass die Wunde in ihrem Oberschenkel ihr körperlich zu schaffen machte, doch mit anzusehen, wie Norton Bentley zu Tode würgte, hatte ihr vermutlich vor Augen geführt, wie nahe sie selbst einem solchen Schicksal gewesen war. Er überlegte einen Moment lang, ob er ihr anbieten sollte, sich für eine Zeitlang freistellen zu lassen, doch dann verwarf er den Gedanken gleich wieder. Er brauchte sie für diesen Fall.

»Warum ist Norton so scharf darauf, dass wir ihn in Aktion sehen?«, fragte Shields. »Er hat die Kamera benutzt, die er dem Fotografen der *Daily News* abgenommen hat, um alles zu filmen, und dann hat er sie an Ort und Stelle zurückgelassen, damit wir sie finden. Der Clip fängt damit an, wie er eine Münze in die Luft schnippt. Was zum Teufel soll das bedeuten? Es muss irgendwie wichtig sein.«

»Er will, dass wir es sehen, denn er ist stolz auf das, was er tut«, sagte Day. »Er ist ein Exhibitionist. Ein krankes Hirn, das mit seinen Taten angibt und sich im gleichen Moment über uns lustig macht. Er hat Ihnen damals einen Moment lang die Chance gegeben, sich zur Wehr zu setzen, und Sie haben es nicht getan – was im Nachhinein die richtige Entscheidung war, denn er hat Sie am Leben gelassen. Auf mich wirkt es in diesem Video so, als hätte er Bentley ebenfalls bewusst eine

Chance gegeben, einen Angriff zu starten. Als er das Geld hat fallen lassen und sich nach unten gebeugt hat, um es aufzuheben – in dem Moment sah es für mich so aus, als wollte er Bentley zu einem Angriff provozieren. Und die Körpersprache von Bentley – seine Haltung, die Art wie er sich nach vorne lehnt – wirkt, als ob er kurz davorstand, es zu riskieren. Allem Anschein nach hatten die beiden zuvor eine längere Diskussion, doch weil der Ton nicht eingeschaltet war, gehe ich davon aus, dass Norton die Unterhaltung nicht sonderlich wichtig war. Ich würde allerdings Geld darauf wetten, dass er Bentley provozieren wollte, um sein Leben zu kämpfen.«

Shields saß kerzengerade auf ihrem Stuhl. »Man wirft eine Münze, um etwas zu klären, eine Entscheidung herbeizuführen. Kopf oder Zahl. Kennt jeder. Vielleicht ist es das, was Norton da abzieht. Eine Entscheidung treffen, ob sein Opfer am Leben bleibt oder sterben muss.«

Day drehte den Kopf und schaute seine Kollegin an. Etwas sagte ihm, dass sie auf der richtigen Fährte war. »Ich glaube nicht, dass es ganz so einfach ist«, sagte er. »Aber es ist möglich, dass Norton sich ein krankes Spiel ausgedacht hat und dass er die Münze benutzt, um die Parameter festzulegen. Alles scheint damit zusammenzuhängen, ob sein Opfer sich wehrt oder nachgibt. Wäre es möglich, dass Bentleys innerhalb eines Sekundenbruchteils getroffene Entscheidung, kein Risiko einzugehen, genau das war, was ihn dann sein Leben gekostet hat? In dem Sinne, dass, wenn er um sein Leben gekämpft hätte, Norton ihn auch am Leben gelassen hätte?«

Day verstummte und versuchte, sich in das Denken eines Psychopathen, einer Person ohne Gewissen und Empathie, hineinzuversetzen. Er stellte sich vor, seine eigenen Bedürfnisse und Wünsche über alles andere zu stellen, andere Menschen aus schierem Spaß zu kontrollieren oder ihnen wehzutun – einfach nur deshalb, weil es ihm einen Kick verschaffte – und dabei mit völliger Gleichgültigkeit zu agieren.

Es war erstaunlich einfach, sich in diese Denkweise hineinzuversetzen. Es kostete kaum Mühe.

»Nun, ich glaube nicht, dass er die Münze benutzt, um zu entscheiden, wer sein Opfer wird. Er hat eindeutig andere Motive, die im Zusammenhang mit Gem Golding zu stehen scheinen. Vielleicht wirft er die Münze, um zu entscheiden, wie sie sterben.«

»Das könnte sein«, sagte Shields. »Ich glaube auch, dass eine unglaublich verquere Logik dahintersteht. Es ist allerdings ziemlich riskant, was er da macht. Denn wie konnte Norton sich so sicher sein, dass er mit Bentley fertigwürde, falls es dazu kommen würde? Wenn ich ihn attackiert hätte, säße er vielleicht schon hinter Gittern.«

Day schüttelte den Kopf und schlug mit der flachen Hand auf den Schreibtisch. »Genau das ist es. Echte Hardcore-Psychopathen stehen auf Risiken. Ich hatte mit Einigen von denen zu tun, und glauben Sie mir, der Nervenkitzel, die Erregung, die mit einem Risiko einhergeht, damit, jemanden umzubringen – das sind zwei der wenigen Emotionen, die solche Leute überhaupt zu empfinden in der Lage sind. Darüber hinaus haben sie ein dermaßen übersteigertes Ego, dass eine Niederlage für sie gar nicht erst vorstellbar ist. Sie sind in dem Glauben, dass sie unbesiegbar sind. Ganz besonders unmittelbar im Anschluss daran, wenn sie jemanden getötet haben. Und je mehr Menschen sie umbringen, desto unantastbarer fühlen sie sich. Und genau das ist ihr Verderben, der Grund, warum sie geschnappt werden. Irgendwann treiben sie es zu weit mit dem Risiko.«

»Moment mal«, sagte Shields. »Schauen wir uns das Bentley-Video noch mal an. Nur den Anfang. Die Stelle, wo er die Münze wirft.«

Sie humpelte zurück zu ihrem Stuhl, schnappte sich die Maus und klickte auf Play. Sie sahen zu, wie die Ein-Pfund-Münze durch die Luft wirbelte, auf Nortons Handfläche landete und dann auf den Handrücken der anderen Hand geklatscht wurde. Day beugte sich vor, um besser sehen zu können.

»Kopf«, sagte Day. »Bentley hat die Gelegenheit ausgeschlagen, um sein Leben zu kämpfen, und wurde umgebracht. Wenn er die Möglichkeit genutzt hätte, als Norton sich herunterbeugte, um die Scheine aufzusammeln, die er vorher mit Absicht hatte fallen lassen, wäre er dann mit dem Leben davongekommen? Denken Sie an Gem Golding. Sie hat sich gewehrt. Was wäre, wenn in ihrem Fall die Münze auf Zahl gelandet wäre und sie, um zu überleben, keine Gegenwehr hätte leisten dürfen? Stattdessen konnte sie entkommen, und das bedeutet, dass er sich immer noch an die Regeln hält. Und warum er nicht aufhören wird.«

Shields zuckte mit den Achseln, doch Day wurde von einem Adrenalinschub erfasst und sein Puls ging schneller. Endlich kamen sie dem Killer auf die Spur und begannen, sich in seine Denkweise hineinzuversetzen. Er wusste aus seiner Zeit beim Mordermittlungsteam, dass dies ein guter Anfang war. Er würde einen Polizeipsychologen hinzuziehen, damit der sich das Videomaterial ansah und ein Täterprofil erstellte und bei der Gelegenheit Shields' Theorie über das Werfen der Münze erwähnen. Diese Leute wussten besser als irgendwer sonst, wie die Hirne von Killern wie Norton tickten.

»Natürlich wird das Morddezernat den Bentley-Fall übernehmen, der wiederum ganz offensichtlich in Zusammenhang steht mit dem Überfall auf Gem Golding. Das Carjacking ist technisch gesehen allerdings immer noch unser Fall.«

»Die vom Yard sehen das eventuell anders«, sagte Shields. »Ich bin mir sogar ziemlich sicher, dass sie unsere Bemühungen als unnötige Einmischung betrachten und behaupten werden, wir würden deren Ermittlungen behindern. Die werden nicht wollen, dass wir ihnen in die Quere kommen.«

»Mir ist egal, was die eventuell denken«, sagte Day. »Wir untersuchen nach wie vor den Autoraub, und wenn wir schnell sind, können wir Norton schnappen, bevor das Mordermittlungsteam überhaupt in die Gänge kommt. Dagegen kann ja niemand etwas haben. Ich kann mir nicht vorstellen, dass die von Scotland Yard sich darüber beschweren werden. Ich will alles über Bentleys Background wissen. Seine Familie, der ganze Kram. Denken Sie dran, dass dies – offiziell – Teil der Ermittlungen im Golding-Fall ist und nichts mit dem Mord zu tun hat.«

Shields machte den Mund auf, um zu protestieren, überlegte es sich dann aber anders. Day wusste, was sie dachte und warum ihr nicht wohl dabei war, die Vorschriften derart locker zu handhaben.

»Sie brauchen sich keine Sorgen zu machen, dass das irgendwelche negativen Folgen für Sie nach sich ziehen könnte. Das Ganze ist meine Entscheidung. Wenn wir Norton fassen, bevor der Yard auch nur in seine Nähe kommt, ist alles prima. Kein vernünftiger Mensch wird sich beschweren, weil wir einen Killer gefasst haben. Und falls es doch in die Hose gehen sollte, dann haben Sie nur Befehle ausgeführt. Meine Befehle.«

40

AUFGEBEN

GEM DAS OPFER

Gem stand unter der Dusche und ließ sich so lange das heiße Wasser auf das Gesicht prasseln, bis sie endlich zu weinen aufhörte. Sie stieg aus der Duschkabine, stellte ihren Fuß vorsichtig auf die weiße Gummimatte und trocknete sich langsam und sorgfältig ab.

Ihre Mutter war mit dem Zug zurück nach Wales gefahren, hatte ihr aber versprochen, noch vor Drews Beerdigung wieder zurückzukehren. Wann das sein würde, stand derzeit noch in den Sternen. Bisher hatte die Polizei noch keine Auskunft darüber geben können, wann der Leichnam freigegeben werden würde – zumal jetzt, wo sein Tod als Mordfall eingestuft worden war.

Insgeheim war Gem froh darüber, sich mit dem Begräbnis mit all seiner Endgültigkeit vorerst nicht befassen zu müssen. Im Augenblick war ihr eher danach, sich auf die Jagd nach dem Mörder zu konzentrieren.

Sie war gerade fertig mit Abtrocknen, als im Flur das Telefon klingelte. Weil sie sich eigentlich anziehen musste, um zur Arbeit zu fahren, hätte sie es am liebsten ignoriert, doch dann schlang sie das Handtuch um ihren Körper, verließ das Badezimmer und stieg die Treppe hinunter.

Sie zog das Handtuch ein Stück nach oben und nahm den Hörer in die Hand. Vermutlich war es die Polizei oder der Reporter der *Daily News*, mit dem sie vor ein paar Tagen gesprochen hatte.

»Hallo?«, sagte sie.

Stille.
»Hallo?«
»Wie geht es dir?«
Die Stimme klang tief und sanft und vertraut. Gem lief es kalt über den Rücken.
»Wer ist da? Was wollen Sie?«
»Ich bin sicher, du weißt, wer ich bin, Gem.«
Bei der geradezu beiläufigen Erwähnung ihres Namens krampfte sich Gem der Magen zusammen. Sie musste sich sehr zusammenreißen, um den Hörer nicht einfach aufzuknallen. Stattdessen atmete sie tief durch.
»Sie haben Drew umgebracht!«, kreischte sie. »Sie haben ihn ermordet!«
Es wurde still in der Leitung, doch Gem hörte nach wie vor seinen Atem – ruhig und regelmäßig. Sie wartete nicht, bis er antwortete.
»Warum haben Sie das getan? Ich kann es einfach nicht verstehen.«
»Ach komm schon. Ich glaube, du verstehst das schon sehr gut«, sagte er, und seine Stimme klang dabei, als würde er lächeln. »Ganz tief in deinem Herzen verstehst du es doch. Du willst es nur nicht wahrhaben. Noch nicht. Drew Bentley war nicht der Richtige für dich. Er hätte dein Leben zerstört. Ich weiß, du durchlebst gerade eine schwere Zeit, aber mach dir keine Sorgen. Ich werde mich um dich kümmern. Verlass dich drauf.«
Gem schwirrte der Kopf. Sie verstand gar nichts mehr. »Warum haben Sie Drew ermordet? Warum rufen Sie mich an und stellen mir nach? Warum lassen Sie mich nicht in Ruhe? Haben Sie nicht irgendwann mal genug?«
Sie hörte ihren eigenen Atem. Er war laut und gehetzt. Eine einzelne Schweißperle rann ihr über die Stirn. Sie wusste nicht, ob sie ihn weiterreden lassen oder einfach auflegen sollte.

»Du bist durcheinander, das ist normal. Aber bald wirst du alles verstehen. Versprochen. In einer Hinsicht irrst du dich allerdings. Ich bin nicht hinter dir her, um dir etwas anzutun, Gem. Im Gegenteil. Ich werde dich retten und für dich sorgen. Wir werden ein großartiges Paar sein.«

Gem wischte sich mit dem Handrücken den Schweiß von der Stirn. »Sie sind geisteskrank. Ein armer Irrer.«

Er lachte laut auf. Der Klang seines Lachens machte ihr mehr Angst als alles, was er bisher gesagt hatte. »Mein Geisteszustand ist schon häufiger angezweifelt worden, aber in einer Welt, die so verrückt ist wie diese, ist es ganz hilfreich, ein bisschen durchgeknallt zu sein.«

Gem konnte sich kaum noch auf den Beinen halten. Sie lehnte sich gegen die Wand. »Warum gerade ich? Was wollen Sie von mir?«

»Ist das nicht offensichtlich? Ich will dich, Gem. Jetzt in diesem Augenblick. Ich will, dass du nach oben gehst und dir etwas anziehst. Dir muss doch kalt sein, so wie du herumstehst mit nichts weiter als einem Handtuch am Leib.«

Gem ließ den Hörer fallen und kauerte sich am Boden zusammen. Sie zog das Handtuch hinauf zu ihren Achseln und über die Knie.

DER DETECTIVE

Die Frau, die die Tür aufmachte, sah jünger aus, als Day erwartet hatte. Amanda Turner war zehn Jahre lang im Greenhills-Kinderheim angestellt und zum Zeitpunkt seiner Schließung die stellvertretende Heimleiterin gewesen. Sie war hochgewachsen und spindeldürr, hatte glatte braune Haare mit grauen Strähnen und einem quer geschnittenen Pony, unter dem sie mit halb gesenktem Kopf hervorschaute und die beiden Detectives musterte.

Day hielt seine Dienstmarke hoch. »Guten Tag, Mrs. Turner. Sie schauen ein bisschen verwirrt, aber meine Kollegin, Detective Shields, hat mit Ihnen telefoniert und Sie gefragt, ob Sie bereit wären, sich mit uns über Greenhills zu unterhalten.«

Turner nickte, trat einen Schritt zurück und hielt die Tür weit auf. »Natürlich«, sagte sie. »Verzeihen Sie bitte. Ich weiß auch nicht warum, aber irgendwie hatte ich mit jemandem in Uniform gerechnet.«

Sie führte die Polizisten in ein winziges, vollgestelltes Wohnzimmer. In den Alkoven zu beiden Seiten des Kamins standen Regale, auf denen alle erdenklichen Tierarten in Gestalt kleiner Porzellanminiaturen arrangiert waren. Neben dem antik aussehenden Fernsehgerät stand eine Vitrine mit Weihnachtsbaumschmuck in allen Variationen.

Weil es sonst nirgends Platz gab, mussten sich die beiden Detectives notgedrungen gemeinsam auf ein winziges Sofa zwängen, und so saßen sie da – Schulter an Schulter, Ellbogen an Ellbogen –, während Mrs. Turner in der Küche verschwand. Gleich darauf kehrte sie mit einem blümchengemusterten Plastiktablett zurück, auf dem drei feine Porzellantassen mit milchigem Tee standen.

Day wäre ein großer Becher Kaffee lieber gewesen, doch er bedankte sich lächelnd und süffelte einen kleinen Schluck. Shields hingegen nahm ihre Tasse und trank sie in einem Zug aus.

»Eine interessante Sammlung haben Sie da«, sagte Shields und nickte in Richtung der Porzellanfiguren. »Es dauert bestimmt viele Jahre, bis man so eine Sammlung zusammengekriegt hat.«

Day warf ihr einen skeptischen Blick zu. Er fragte sich, ob sie einfach nur höflich war oder tatsächlich einen so piefigen Geschmack hatte. Mrs. Turner stellte das Tablett auf den Couchtisch aus dunklem Holz und setzte sich. »Mein verstorbener Mann, Charlie, hat die Figuren gesammelt. Er ist vor einem Jahr an einem Herzinfarkt gestorben. Wenn ich ehrlich bin, mag ich die Dinger gar nicht. Ich mochte sie noch nie. Aber ich kann mich nicht dazu aufraffen, sie loszuwerden. Noch nicht. Das wäre nicht richtig, irgendwie.«

Day stellte seine Tasse auf den Tisch. Er merkte, dass die Frau offenbar nicht viel Gesellschaft hatte und versuchen würde, den Besuch in die Länge zu ziehen. Doch er hatte keine Zeit, lange um den heißen Brei herumzureden.

»Wir möchten Ihnen ein paar Fragen stellen über Ihre Zeit in Greenhills«, sagte er. »Insbesondere über zwei Heimzöglinge. Connor Norton und Andrew Bentley. Können Sie sich an sie erinnern?«

»Connor und Andrew? Aber ja, natürlich erinnere ich mich an die beiden. Greenhills war eine kleine Einrichtung mit einer Maximalbelegung von fünfzehn Jungen im Alter von vierzehn bis siebzehn Jahren. Bei den Älteren lag der Schwerpunkt auf der Vorbereitung darauf, selbstständig zurechtzukommen, sobald sie die Einrichtung verließen.«

»Wie alt waren Norton und Bentley, als Sie in Greenhills anfingen zu arbeiten?«

Mrs. Turner runzelte die Stirn. »Es ist reichlich lange her, aber ich glaube, sie müssen so etwa fünfzehn oder sechzehn gewesen sein.«

»Kamen sie gut miteinander aus? Waren sie Freunde?«

Mrs. Turner nahm ihre Tasse und führte sie zum Mund. Shields fiel auf, dass ihre Hand zitterte, als sie die Tasse wieder abstellte.

»Soweit ich mich erinnere, waren die beiden wie Pech und Schwefel. Irgendwann hatten sie sogar ein gemeinsames Zimmer, glaube ich. Und ich kann mich nicht erinnern, dass die beiden je gestritten hätten, was für Jugendliche in dem Alter sehr ungewöhnlich ist. Meiner Meinung nach könnte es daran gelegen haben, dass beide schon so lange in Fürsorgeeinrichtungen untergebracht waren. Von Kindesbeinen an. Und noch früher, schon als Säuglinge. Sie kannten nie etwas Anderes. Sie konnten es beide gar nicht erwarten, alt genug zu sein, um Greenhills zu verlassen. Sie hatten sogar gesprochen, sich eine gemeinsame Wohnung zu nehmen.«

»Wie waren sie als Teenager?«, fragte Shields. »Kompliziert? Wie würden Sie ihre Persönlichkeit beschreiben?«

Mrs. Turner verschränkte die Hände von ihrem Bauch. Ihre Finger krallten sich fest ineinander. »Jedes der Kinder in Greenhills hatte seine eigenen Probleme. Als kleiner Junge geriet Connor regelmäßig in Prügeleien mit Kindern aus der Umgebung, aber er hat eine Therapie bei einem Kinderpsychologen gemacht, und die schien zu wirken. Er lernte, sich zu beherrschen – jedenfalls die meiste Zeit. Aber er konnte immer noch extrem furchteinflößend sein, wenn er wollte.«

»Und wie war es bei Bentley?«, fragte Day.

»Wie gesagt, all diese Kinder hatten ihre individuellen Probleme. Vergessen Sie nicht, sie hatten entweder ihre Eltern verloren, oder sie waren von ihnen abgeschoben, vernachlässigt oder missbraucht worden. Das Besondere an Andrew waren seine ausgeprägte Fokussierung und sein großer Ehrgeiz. Deswegen fand ich es so merkwürdig, dass er und Connor sich so nahe waren. Das alles änderte sich natürlich schlagartig, als …«

»Als was?«, fragte Day.

Mrs. Turner blinzelte und fasste sich an den Hals. »Mein Gott. Wollen Sie etwa sagen, dass Connor wiederaufgetaucht ist? Nach all den Jahren? Ist es das, worum es hier geht?«

Shields atmete zischend ein und beugte sich vor, als wäre sie nicht sicher, ob sie richtig gehört hatte. »Was meinen Sie mit ›wiederaufgetaucht‹?«

»Sie sagen nicht, dass er tot ist? Dass Sie seine Leiche gefunden haben?«

»Nein, wir haben seine Leiche nicht gefunden. Was meinen Sie mit Ihrer Frage, ob er wiederaufgetaucht ist?«

Mrs. Turner warf Day einen kurzen Blick zu und wandte

sich dann wieder zu Shields. »Ach so«, sagte sie. »Ich dachte, sie wüssten davon, dass Connor weggelaufen ist. Er hatte nur noch ein Jahr, bis er alt genug gewesen wäre, um ganz offiziell ausziehen zu können, aber er ist einfach verschwunden. Weggerannt und für vermisst erklärt.«

Day begriff nicht, was er da zu hören bekam. »Sie sagen, dass Connor Norton offiziell als vermisst gilt?«

Mrs. Turner nickte. »Ganz genau. Er war als vermisst gemeldet und ist es meines Wissens immer noch. Alljährlich verschwinden Hunderte, wenn nicht Tausende von Kindern aus Fürsorgeheimen. Viele von ihnen tauchen irgendwann wieder auf, aber manche bleiben für immer verschwunden. So wie Connor. Und das lag nicht daran, dass die Polizei nicht nach ihm gesucht hätte. Es war eine große Sache in der Region. Sein Verschwinden passierte zeitgleich mit dem Verschwinden eines Mädchens aus der Gegend. Sie hieß Mary Freeman, war fünfzehn Jahre alt und verschwand spurlos aus dem Haus ihrer Eltern in einer der größten Wohnsiedlungen in Croydon. Die Polizei vermutete, dass die beiden Fälle miteinander zusammenhingen, dass die beiden gemeinsam weggerannt waren, doch sie fand keine Indizien für eine Verbindung zwischen ihnen. Die armen Eltern des Mädchens machten sogar einen Fernsehaufruf und baten um Hinweise, aber ihre Tochter wurde nie gefunden.«

Day warf Shields einen Blick zu. Sie dachten beide das gleiche. »Und was war mit Bentley? Wie ist er damit klargekommen, seinen besten Freund zu verlieren?«

»Erstaunlich gut. Andrew war immer ein Vernunftmensch. Nachdem er Greenhills verlassen hatte, ist er weiter zur Schule gegangen, hat studiert und ist mittlerweile Anwalt, soweit ich gehört habe. Wir sind sehr stolz auf ihn. Andrew war definitiv die größte Erfolgsgeschichte von Greenhills.«

Day stand auf. »Danke für den Tee«, sagte er. »Sie haben uns sehr geholfen.«

Mrs. Turner stützte ihre Hände auf die Stuhllehnen und richtete sich mit einem Stöhnen auf. »Sie haben meine Frage von eben, Connor betreffend, noch nicht beantwortet. Ich habe mich im Lauf der Jahre oft gefragt, was wohl aus ihm geworden ist. Ist er wiederaufgetaucht?«

»Das kann man wohl sagen«, antwortete Shields.

Mrs. Turner lächelte und führte die Detectives zur Tür. »Nach all den Jahren. Sonderbar.«

Eine graue Wolkendecke hing über dem Süden Londons, aus der sich ein heftiger Regen über Croydons Wohn- und Bürotürme ergoss. Day schaute aus dem Beifahrerfenster und betrachtete den Tanz der Regentropfen in den Pfützen am Straßenrand.

Die Scheibenwischer quälten sich quietschend ab in ihrem aussichtlosen Kampf gegen die Wassermassen. Shields starrte angestrengt durch die trübe Windschutzscheibe und hielt an einer roten Ampel an.

»Norton taucht deswegen nicht in den Datenbanken auf, weil ich die Vermisstenkartei nicht gecheckt habe«, sagte sie. »Wir haben nur nach Informationen über verurteilte Straftäter gesucht, oder Leute, die verhaftet, angeklagt oder mit Bewährung davongekommen sind.« Die Ampel sprang auf Grün und sie fuhr langsam weiter.

»Kein Grund, sich deswegen jetzt noch Gedanken zu machen«, sagte Day. »Wie hätten Sie denn ahnen sollen, dass er in der Vermisstenkartei einsortiert war? Niemand macht Ihnen einen Vorwurf, also tun Sie's selbst auch nicht.«

»Mach ich nicht.«

»Gut. Entscheidend ist, dass wir jetzt eine Menge mehr über Nortons Hintergrund wissen. Er ist vor sieben Jahren aus Greenhills abgehauen und hat sich seitdem die ganze Zeit in den dunklen Winkeln Londons herumgetrieben. Und jetzt, so scheint es, hat er es mit einem Mal satt, sich zu verstecken.

Vielleicht ist es ihm einfach langweilig geworden, sich immer nur im Zwielicht herumzutreiben.«

Der Regenguss verlangsamte den Verkehrsfluss so sehr, dass es nur noch im Schneckentempo voranging. Day schätzte, dass der Rückweg zum Revier mindestens eine Stunde dauern würde.

»Sobald wir zurück sind, möchte ich, dass Sie sämtliche Unterlagen zum Fall Mary Freeman heraussuchen. Ich bin sicher, dass sie auch in der Vermisstenkartei geführt ist, und weil sie noch so jung war, hat ihr Verschwinden bei der Polizei von Croydon garantiert Verdacht erregt.«

»Sie meinen, zwischen ihrem und Nortons Verschwinden könnte eine Verbindung bestehen?«

Day überlegte. Er nahm an, dass, wenn Norton und das Mädchen sich tatsächlich gekannt hatten, es damals bei den polizeilichen Ermittlungen herausgekommen wäre. Und jetzt, sieben Jahre später, hatte Norton sich als kaltblütiger Killer entpuppt. Als er damals vermisst gemeldet worden war, hatte er lediglich als einer von vielen jugendlichen Ausreißern gegolten. Konnte es sein, dass das Mädchen sein allererstes Opfer war?

»Die Tatsache, dass das Mädchen zur gleichen Zeit verschwunden ist, als Norton aus dem Kinderheim weggelaufen ist, beweist ja erst mal gar nichts, oder?«, sagte Shields.

Day schüttelte den Kopf. Er wäre gern einer Meinung mit ihr, doch tief im Inneren wusste er es besser. »Wenn wir in Betracht ziehen, was wir mittlerweile über Norton wissen, könnte es durchaus einen Zusammenhang geben, denke ich.«

Shields behielt die Stoßstange ihres Vordermannes im Blick und sagte nichts. Ihr Schweigen sprach Bände.

Day schloss die Augen und versuchte, sich Norton als milchgesichtigen, unbeschwerten Teenager vorzustellen, doch sosehr er sich auch bemühte, es gelang ihm nicht.

»Ich wette, in den Archiven der Jugendfürsorge gibt es bündelweise Akten über Nortons Geisteszustand als Jugendlicher. Ich vermute, dass er auf die Therapiesitzungen, die das Kinderheim damals angeordnet hat, angesprochen hat, weil er da endlich die Aufmerksamkeit bekommen hat, die er sich immer gewünscht hatte. Und davon muss es noch Akten geben. Ich möchte, dass Sie die ausbuddeln, damit wir sie einem Profiler weiterreichen können, der sich damit befassen soll. Mal sehen, was ein Experte dazu sagt.«

Shields nickte und Day schaute wieder aus dem Fenster. Irgendwo da draußen in einer trostlosen Wohnsiedlung in South London saßen jetzt gerade Mary Freemans Eltern und tranken Tee, oder sie betäubten ihren Schmerz mit etwas Stärkerem, während sie immer noch auf einen Anruf der Polizei warteten.

Nach all den Jahren bestand ihre einzige Hoffnung traurigerweise darin, dass ihr kleines Mädchen das Leben mit ihnen so entsetzlich gefunden hatte, dass Weglaufen ihr als einziger Ausweg erschienen war, und dass sie noch am Leben war, sich eine eigene Existenz aufgebaut hatte und sie zu beschäftigt war, um ihre Eltern darüber zu informieren, dass sie noch lebte und es ihr gut ging. Day wusste, dass es sich dabei um ein unwahrscheinliches Szenario handelte. Während seiner Laufbahn hatte er eine Menge über die dunklen Seiten der menschlichen Psyche erfahren und gelernt, dass, wenn es um vermisste junge Mädchen ging, man immer vom Schlimmsten ausgehen musste. Irgendetwas sagte ihm, dass Mary Freeman ihren sechzehnten Geburtstag nicht erlebt hatte.

41

KÄMPFEN

DER REPORTER

Matt Revell saß am Ende des gläsernen Konferenztisches und starrte auf einen der drei Fernsehbildschirme, die von der Decke des Redaktionsraums herunterhingen.

Ein hellrotes Banner mit der Aufschrift *Breaking News* zog am unteren Bildschirmrand entlang, gefolgt von der Meldung, dass die Polizei, nachdem sie den Leichnam eines Anwalts in seinem Londoner Büro gefunden hatte, wegen Mordes ermittelte.

Die Nachrichtensprecherin, eine brünette Frau Mitte dreißig, erklärte, dass, während Drew Bentley, Anwalt bei der Arbeitsrechtskanzlei Stone and Maddox, Überstunden gemacht hatte, ein Eindringling sich Zutritt zu dem Gebäude verschafft und ihn in seinem Büro erwürgt hatte.

Revell war ganz aufgeregt. Auch er hatte eine Stunde zuvor die Pressemitteilung von New Scotland Yard erhalten und sofort die Verbindung hergestellt, dass es sich bei dem Opfer um Gem Goldings Freund handelte. Bisher hatte jedoch kein einziges Presseorgan diesen Zusammenhang erwähnt. Vielleicht sah selbst die Polizei keine Verbindung zwischen den beiden Verbrechen.

Doch selbst wenn das der Fall war, wusste Revell, dass ihm gerade eine weitere große Story in den Schoß gefallen war und er sich an die Fährte hängen musste, bevor jemand anderes ihm zuvorkam. Seine Chefredakteurin hatte ihn zusammengestaucht, weil er sich die Nachricht des Jahres hatte entgehen lassen, als er den Carjacker entkommen ließ, bevor die Polizei vor Ort war. *»Ich bin Journalist und kein Kampfsportler«*, hatte er ihr erklärt. Man muss schon ziemlich dumm sein, sich mit einem Geisteskranken auf eine Schlägerei einzulassen. *Freund der Parkplatzamazone ermordet.* Schlagzeilen wie diese drängten sich einem förmlich auf. Damit würde er bei Duffield wieder Punkte gutmachen. Was er jetzt nur noch brauchte, waren ein paar griffige Zitate seitens der gramgebeugten Freundin des Mordopfers.

Revell drückte den Klingelknopf und wartete. Das Flattern in seinem Magen war seiner Aufregung und eventuell seiner Nervosität geschuldet. Er hatte im Laufe der Jahre schon häufig bei trauernden Angehörigen auf der Matte gestanden und dabei festgestellt, dass es für viele Menschen eine therapeutische Wirkung hatte, wenn sie über einen kürzlich von ihnen gegangenen Angehörigen reden konnten.

Die Tür ging auf, und Revell sah sich einer kräftigen Frau mit dunklen, gewellten Haaren gegenüber, die einen grauen Rock und eine dunkelgrüne Jacke trug. Er hätte wissen können, dass die Polizei eine Beamtin von der Opferbetreuung für Gem abstellen würde.

»Guten Abend«, sagte er. »Ich wollte fragen, ob es möglich wäre, mit Gem Golding zu reden.«

Die Frau schürzte ihre vollen Lippen. »Und Sie sind?«

»Mein Name ist Matt Revell. Ich arbeite für die *Daily News*.«

»Miss Golding fühlt sich nicht wohl, und sie ist nicht in der Lage, mit jemandem zu reden. Das gilt ganz besonders für die Presse.«

Revell lächelte. Höflich, aber bestimmt zu agieren war in Situationen wie dieser die beste Taktik. »Ich verstehe, aber Miss Golding und ich kennen uns. Wie wäre es, wenn Sie ihr sagen, dass ich hier bin und sie dann selbst entscheiden lassen?«

Die Polizistin warf ihm einen strengen Blick zu und machte einen Schritt zurück, um die Tür zu schließen, da erblickte Revell Gem Golding, die in einen flauschigen Morgenmantel gehüllt am Ende des Flurs stand.

»Das ist schon in Ordnung, Carol«, sagte Gem. »Sie können ihn reinlassen.«

Bevor die Polizistin Bedenken anmelden konnte, drückte sich Revell an ihr vorbei und folgte Gem ins Wohnzimmer. Sie setzte sich auf einen der beiden großen Ledersessel, während er auf dem Sofa Platz nahm. Er nahm sein Smartphone aus der Tasche, schaltete die Aufnahme-App ein und zeigte Gem das Display, bevor er das Telefon neben sich auf die Sitzfläche legte. Gem nickte, um ihr Einverständnis zu signalisieren, dass ihre Unterhaltung aufgezeichnet wurde.

»Es tut mir schrecklich leid, was Ihrem Freund passiert ist«, sagte Revell. »Ich konnte es kaum glauben, als ich die Pressemitteilung der Polizei sah.«

Gem antwortete nicht, sondern schlang die Arme um ihren Oberkörper. Sie trug kein Make-up, ihre Wangen waren rosa und fleckig, ihre Augen verquollen und rotgeädert. Unter dem Morgenmantel trug sie Blue Jeans und einen schwarzen Pullover.

»Hat die Polizei irgendeine Idee, warum ihn jemand umbringen wollte?«, fragte Revell.

Gem rieb sich die Oberarme und begann zu zittern. »Ich friere. Hier drin ist es eiskalt. Frieren Sie auch?«

Revell schüttelte den Kopf. Es war ein milder Frühlingsabend und die Heizung war voll aufgedreht.

»Ich wünschte, ich hätte das Interview mit Ihnen nach dem Überfall bleiben lassen«, sagte Gem. »Es war der größte Fehler meines Lebens. Ich habe es getan, weil ich anderen Frauen helfen wollte, die vielleicht in die gleiche schreckliche Situation geraten und nicht wissen, wie sie dann reagieren sollen. Aber wenn ich das Interview nicht gegeben hätte, hätten sich die Dinge vielleicht anders entwickelt und Drew wäre noch am Leben.«

Revell hörte, wie die Polizeibeamtin im Flüsterton telefonierte. Er vermutete, dass mindestens zwei Polizisten in Uniform unterwegs zu ihnen waren, und er entschloss sich zu einer zügigeren Vorgehensweise, als er normalerweise bei einem Interview mit einer trauernden Frau an den Tag legen würde.

»Wollen Sie damit sagen, dass unsere Geschichte darüber, wie Sie den Carjacker abgewehrt haben, mit dem Mord in Zusammenhang steht? Glaubt die Polizei, dass es sich um denselben Täter handelt?«

Gem schüttelte den Kopf. »Offiziell sagen sie das nicht, aber es ist doch offensichtlich, oder? Seit dem Artikel in der *Daily News* bekomme ich anonyme Anrufe, werde auf der Straße verfolgt und jetzt ist Drew tot.«

Von Euphorie gepackt, rutsche Revell zur Sofakante vor. Er hatte seine Geschichte und wollte sie nicht aufs Spiel setzen, doch er musste Gem die Gelegenheit geben, gründlich darüber nachzudenken, was sie als Nächstes sagte.

»Wenn Sie glauben, dass Ihre öffentlichen Äußerungen über den Überfall den Täter provoziert haben, einen Mord zu begehen, halten Sie es dann für klug, ein weiteres Interview zu geben? Sie sind in Trauer und stehen unter Schock, und ich möchte nicht, dass Sie etwas tun oder sagen, was Sie hinterher bereuen.«

Gem atmete tief durch, hob das Kinn und schaute Revell in die Augen. »Es gibt kein Heilmittel gegen Trauer, aber ich versuche, mich so gut es geht davon abzulenken. Die stärkste Empfindung, die ich derzeit spüre, ist Zorn. Ich will, dass Drews Mörder dafür bezahlt, was er mir angetan hat. Ich habe ihm in die Augen geschaut. Ich weiß, dass er abgrundtief böse ist, aber ich weiß auch, dass er hinter seiner Arroganz im Grunde nichts weiter als ein Schwächling ist.«

Unabhängig davon, ob sie recht damit hatte, dass der Killer

derselbe Mann war, der sie überfallen hatte, schien sie davon zumindest fest überzeugt zu sein, und Revell war berechtigt, das auch zu berichten. Die Polizei würde nicht begeistert sein über derartige Schnellschüsse, doch das interessierte ihn nicht.

Die Opferbetreuerin beendete ihr Telefonat und stand nun in der Wohnzimmertür und starrte Revell an. Dieser ließ unbemerkt das Smartphone in seiner Jackentasche verschwinden. Es war Zeit, die Kurve zu kratzen, sich zu verabschieden und zu gehen.

»Wie gesagt, Gem, es tut mir schrecklich leid, was passiert ist. Hoffen wir, dass der Mörder schnell gefasst wird. Haben Sie Verwandte in der Gegend, die Ihnen in dieser Zeit beistehen können?«

Gem blinzelte, um die Tränen zurückzuhalten, und schluckte schwer. »Nur meine Mutter. Sonst habe ich niemanden. Sie lebt in Wales, aber ich hoffe, dass sie bald herkommt und eine Weile bleibt.«

Revell erhob sich. »Das ist gut«, sagte er. »Es ist wichtig, in schweren Zeiten jemanden aus der Familie um sich zu haben. Danke, dass Sie sich die Zeit genommen haben, mit mir zu reden. Auf Wiedersehen.«

Er steuerte auf die Tür zu, die allerdings von der Opferbetreuerin blockiert wurde. Erst im allerletzten Moment trat sie zur Seite und ließ ihn vorbei. Revell eilte durch den Flur, öffnete die Haustür und trat nach draußen. Genau in diesem Moment fuhr ein Streifenwagen vor. Revell lächelte und winkte den beiden Constables zu, während er pfeifend die Straße überquerte.

DER DETECTIVE

Day saß an einem Ecktisch in der Kantine des Reviers und starrte auf den beigefarbenen Hefter, der vor ihm lag. Er hatte die Videoaufzeichnungen des Angriffs auf Shields und der Ermordung Drew Bentleys an eine Psychologin geschickt, mit der er schon im Mordermittlungsteam zusammengearbeitet hatte, damit sie ein vollständiges Täterprofil erstellen würde. Darüber hinaus hatte er sie gebeten, ihre Ansicht darüber zu äußern, was es mit Norton und der Münze auf sich hatte.

Wie von ihm erwartet, hatte Shields sich nach ihrer Rückkehr zur Arbeit bemerkenswert unbeeindruckt und konzentriert gezeigt. Hilfreich dabei war, dass die Details der Attacke auf sie bisher noch nicht an die Presse gelangt waren, doch sobald Norton einmal gefasst war, würde sie vor Gericht aussagen müssen.

Normalerweise hätte Shields das Profil zur gleichen Zeit wie er zugeschickt bekommen, doch Day hatte darum gebeten, damit ein wenig zu warten, um zuerst selbst einen Blick hineinwerfen zu können. Er klappte den Hefter auf und begann zu lesen:

TÄTERPROFIL ERSTELLT VON DANNI YORK, KRIMINALPSYCHOLOGIN

Nach der Auswertung der Videos des Täters in Aktion bin ich zu dem Ergebnis gekommen, dass er als Musterbeispiel eines Psychopathen einzustufen ist. Aus diesem Grund finde ich es überraschend, dass er in keiner der nationalen Datenbanken über Gesetzesbrecher auftaucht. Es ist unwahrscheinlich, dass er nicht schon seit seinen späten Teenagerjahren in kriminelle Aktivitäten verwickelt ist. Insofern muss man ihm eine große Geschicklichkeit attestieren, sich nicht schnappen zu lassen.

Psychopathen weisen typischerweise folgende Merkmale auf: Furchtlosigkeit, Mangel an Empathie, Narzissmus, Unfähigkeit, mit Zurückweisungen oder Demütigungen umzugehen, und ein obsessives Verlangen nach Macht und Kontrolle. Dieser Täter zeigt alle erwähnten Merkmale. Mit Sicherheit empfand er die Berichterstattung über den Überfall auf Gem Golding als demütigend, und das könnte der Auslöser für die im Anschluss erfolgte plötzliche Eskalation der Gewalttaten gewesen sein.

Die Art und Weise, wie er mit der Polizeibeamtin und dem Mordopfer Bentley gespielt hat, indem er ihnen scheinbar die Gelegenheit gab, entweder zu kämpfen oder sich zu ergeben, demonstriert das Verlangen des Täters, seiner Umgebung seinen Willen aufzuzwingen und sie zu kontrollieren. Studien haben ergeben, dass die Gehirne von Psychopathen, wenn sie extreme Taten begehen, große Mengen von Dopamin freisetzen – eine chemische Substanz, die Belohnungs- oder Glücksgefühle hervorruft.

Meiner Meinung nach benutzt er die Münze, um sich selbst zu einer Art Spielleiter zu machen. Auf den ersten Blick mag es zwar scheinen, dass die Münze über das Schicksal des Opfers entscheidet, doch die Sachlage ist komplexer. Wenn beispielsweise die Münze auf Zahl landet, und Zahl bedeutet Widerstand leisten, dann muss das Opfer sich wehren, um weiterleben zu dürfen. Ich glaube, dass es Norton eine tiefe Befriedigung verschafft, das Spiel zu kontrollieren, zumal er mehr Einflussmöglichkeiten hat, als man auf den ersten Blick vermutet. Er ist derjenige, der dem Opfer die Gelegenheit gibt, zu kämpfen oder nicht. Er kann bestimmen, wie lange er seinem Opfer den Rücken zuwendet oder wie schnell er das Messer wieder aufhebt, nachdem er es fallen gelassen hat. Das Ergebnis hängt also nicht nur von der Münze ab.

Die Kämpfen-oder-Aufgeben-Regel schafft eine Win-Win-Situation für den Täter. Er kontrolliert das Spiel. Wenn das Opfer in der vorherbestimmten »richtigen« Art und Weise handelt, dann lässt er es am Leben. Dadurch verschafft sich jemand wie er ein Machtgefühl, das ebenso stark ist wie in dem Fall, in dem er jemanden tötet, weil das Opfer die »falsche« Entscheidung getroffen hat.

Es ist möglich, dass er das Spiel erst nach dem Überfall und dem versuchten Autoraub entwickelt hat und dass es von der Berichterstattung in den Medien inspiriert war. Es kann aber auch sein, dass seine Wurzeln tiefer liegen.

Worüber allerdings kein Zweifel besteht, ist die totale Fixierung des Täters auf das Opfer des Überfalls, Gem Golding. Detective Shields wurde entführt, als sie aus Goldings Haus kam, und der Mann, der ermordet wurde, war ihr Freund.

Über den persönlichen Hintergrund des Täters kann ich nur spekulieren, doch ich wage die Vermutung, dass er eine problematische Kindheit hatte. Damit soll nicht angedeutet werden, dass dies das psychopatische Krankheitsbild verursacht hat. Ich will damit sagen, dass er ohnehin ein schwieriges Kind gewesen wäre. Mittlerweile herrscht die Auffassung, dass Psychopathie eher durch genetische und organische Anomalien des Gehirns verursacht wird als durch Umwelteinflüsse, wobei traumatische Erfahrungen in der Kindheit durchaus ein Auslöser sein können.

Ich bin überzeugt, dass das finale Ziel des Täters Gem Golding darstellt, die Frau, die sich weigerte, sich seinem Willen unterzuordnen und es dann auch noch gewagt hat, ihn öffentlich zu demütigen, indem sie ein Zeitungsinterview gegeben hat. Meines Erachtens ist dies nur eine Frage der Zeit.

Anmerkung dazu, wie Opfer auf traumatische Gewalterfahrungen reagieren.

Verbrechensopfer reagieren auf eine von drei Arten: Flucht, Kampf oder Erstarren. Alle drei sind instinktive Reaktionen, und die Erstarrungsreaktion ist die ursprünglichste. Niemand sollte Scham empfinden oder Vorwürfen ausgesetzt sein wegen einer instinktgesteuerten Reaktion, die man nicht kontrollieren kann.

Day klappte den Hefter zu. Nortons tödliches »Spiel« mit der Münze schlug ihm schwer auf den Magen. Er würde dafür sorgen, dass Shields schnellstens eine Kopie des Täterprofils zugestellt wurde. Er kannte sie mittlerweile gut genug, um zu wissen, dass sie damit umgehen konnte.

Er fragte sich, ob sie aufgrund ihrer Ausbildung und Berufserfahrung zu dem Schluss gelangt war, dass sie, wenn sie sich dem Täter unterwarf, überleben und irgendwann in den Genuss kommen würde, den Mann hinter Gitter zu bringen. Oder war sie vor Furcht erstarrt, während das kranke Hirn des Killers in Glückshormonen badete?

42

AUFGEBEN

GEM DAS OPFER

Gem Golding saß mit verschränkten Armen und übereinandergeschlagenen Beinen auf dem Stuhl. Trotz des Drohanrufs am vorangegangenen Tag fühlte sie sich stärker als in der Zeit davor. Sie war angeschlagen, aber noch lange nicht besiegt.

Detective Inspector Day betrat den Raum, begleitet von einer zierlichen dunkelhaarigen Frau in schwarzen Hosen und einem dreiviertellangen burgunderroten Mantel. Sie nahmen gegenüber von Gem Platz und legten die Hefter, die sie in der Hand hielten, auf den Tisch.

»Das ist Danni York«, sagte Day. »Sie ist Kriminalpsychologin mit dem Spezialgebiet Täterprofile. Sie hat sich Ihr Aussageprotokoll über den Drohanruf durchgelesen, und ich glaube, dass es Sie vielleicht interessieren würde, zu welchen Schlüssen sie gekommen ist.«

Gem nickte Danni York zu. Die Psychologin lächelte sie kurz an, öffnete dann den Hefter und strich die oberste Seite glatt. Gem wusste nicht, ob sie an einem psychologischen Täterprofil großes Interesse hatte. Der Mann war ein kaltblütiger Killer. Was brauchte man sonst noch dazu zu sagen? Sie neigte den Kopf zur Seite und zog eine Augenbraue hoch. York wertete dies als Zeichen anzufangen.

»Der Täter hat eindeutige psychopathische Züge, doch soweit es das Interesse an Ihrer Person betrifft, zeigt er alle Anzeichen eines wahnhaften, obsessiven, realitätsfernen Denkens. Seit dem Überfall hat er eine Obsession für Sie entwickelt. Er will Sie besitzen und mit Ihnen zusammen sein, und mit großer Wahrscheinlichkeit glaubt er, dass Sie das Gleiche empfinden.«

Gem lief rot an. »Das ist absurd. Völliger Nonsens.«

York hob beschwichtigend die Hand. »Missverstehen Sie mich nicht«, sagte sie. »Ich unterstelle keineswegs, dass dies, was Sie angeht, zutrifft. Ich erkläre nur, was der Täter denkt, wie sein Hirn die Realität verbiegt. Das ist insofern wichtig, weil es für uns, DI Day und mich, hilfreich sein kann, vorherzusehen, was der Täter als Nächstes unternehmen wird.«

York wandte sich Day zu, der zustimmend nickte. »Täterprofile können in Fällen wie diesem äußerst nützlich sein«, sagte er. »Wir sind froh über alles, was uns hilft, diesen Mann zu fassen und dafür zu sorgen, dass er sich für seine Verbrechen verantworten muss.«

Gem wollte mehr als irgendwer sonst, dass Drews Killer gefasst wurde. »In Ordnung. Ich verstehe.«

York schaute kurz auf ihre Kopie des Täterprofils und fuhr fort. »Die wahnhafte Fixierung des Täters auf Sie bringt ihn dazu, sich Entschuldigungen für Sie zurechtzulegen, warum Sie nicht in der von ihm gewünschten Art und Weise reagieren. Er redet sich ein, dass Einflüsse von Außen – andere Leute beispielsweise – schuld sind und Sie davon abhalten, das zu tun, was Sie wirklich wollen. Unglücklicherweise kann das Familienmitglieder, Polizisten und Partner in Gefahr bringen.«

Gem dachte an Drew und biss die Zähne zusammen, um nicht laut aufzustöhnen. Day zog ein Päckchen Taschentücher aus seiner Tasche und bot sie ihr an. »Nein, danke«, sagte sie. »Mir geht es gut. Fahren Sie bitte fort.«

»Aller Wahrscheinlichkeit nach wurde seine Obsession im Verlauf des Überfalls ausgelöst«, sagte York. »Etwas, das Sie gesagt oder getan haben, oder vielleicht sogar etwas, von dem er sich einbildet, dass Sie es gesagt oder getan haben, hat ihm diese Wahnidee eingepflanzt, die in seinem Kopf nun munter vor sich hin wuchert.«

»Was zum Beispiel? Was meinen Sie?«, fragte Gem.

»Vielleicht haben Sie ihn angelächelt, um ihm zu verstehen zu geben, dass Sie keine Bedrohung darstellen. Oder Sie haben zustimmend auf irgendetwas reagiert, das er gesagt hat, um ihn zu beruhigen. Es muss keine große Sache gewesen sein. Doch sein Hirn hat daraus den Schluss gezogen, dass zwischen Ihnen beiden eine besondere Verbindung besteht.«

Gem schloss die Augen und dachte an den besagten Abend zurück. Alles, was sie gewollt hatte, war, diesen Parkplatz lebend zu verlassen. Sie legte ihre linke Hand auf den rechten Ärmel ihres Pullovers und rieb den Gipsverband an ihrem Handgelenk. Der Gips war spröde geworden und bekam an manchen Stellen Risse. Sie hatte später noch einen Arzttermin, bei dem er abgenommen werden sollte. Wenn man Scham, Schuldgefühle und Trauer doch auch so einfach loswerden könnte.

»Ich habe ihn nicht angelächelt«, sagte sie. »Nie im Leben. Ich war zu verängstigt, um zu lächeln. Aber ich habe ihm gesagt, er kann den Wagen nehmen. Dass er ihn gerne haben kann, und dass ich ihn nicht bei der Polizei anzeigen würde. Ich war verzweifelt und wollte nur, dass er verschwindet.«

York schaute zu Day hinüber und nickte ihm zu. Gem interpretierte diese Geste als »habe ich doch gesagt«. Bildeten sich die beiden ein Urteil über sie, fragte sie sich. Sie hatte das Gefühl, dass dem so war, und es gefiel ihr überhaupt nicht.

»Wollen Sie sagen, weil ich versucht habe, ihn zu beschwichtigen, weil ich verzweifelt war und nur vermeiden wollte, dass er mir etwas antut, hat er das als Zeichen aufgefasst, dass ich eine Art Verbundenheit zwischen ihm und mir gespürt habe?«

»Niemand macht Ihnen irgendwelche Vorwürfe«, sagte Day kopfschüttelnd. »Es geht nicht darum, was genau Sie gesagt oder getan haben, sondern darum, was der Angreifer sich daraus zurechtgebastelt hat.«

Gem senkte den Kopf und schlug die Hände vor das Gesicht. Bleib stark, sagte sie sich. *Du musst jetzt stark bleiben.*

»Da ist noch etwas«, sagte sie. »Ich habe es in meiner ursprünglichen Aussage nach dem Überfall nicht erwähnt, weil ich mich geschämt habe, aber er hat sich an mich gedrückt und mich unsittlich berührt.«

York zückte einen Kugelschreiber und machte eine Notiz auf dem Rand ihres Berichts. Day kniff seine Lippen zusammen und warf ihr einen besorgten Blick zu. Gem war erleichtert, darin keine Anzeichen von Missbilligung oder Mitleid zu erkennen. Die Psychologin hörte auf zu schreiben und ließ den Stift auf die Tischplatte fallen. »Lassen Sie mich noch einmal betonen, dass wir nicht hier sind, um Ihr Verhalten in irgendeiner Weise zu kritisieren«, sagte sie. »Ich selber weiß auch nicht, wie ich in einer solchen Situation reagiert hätte, aber weil es keine Gegenwehr Ihrerseits gab und im Zeugenaufruf der Polizei der sexuelle Übergriff nicht erwähnt wurde, ist es möglich, dass der Täter es so ausgelegt hat, dass Sie gewisse Gefühle für ihn hegen und den sexuellen Aspekt deshalb für sich behalten haben.«

Gem faltete die Beine auseinander und stützte ihre Ellbogen auf die Oberschenkel, als würde sie sich jeden Moment übergeben. *Wie ist es bloß zu diesem Irrsinn gekommen? Dieser durchgeknallte Killer denkt, es gibt eine spezielle Verbindung zwischen uns. Er hat Drew umgebracht, weil er dachte, dass es genau das ist, was ich tief in meinem Inneren will.*

»Wenn ich mich gewehrt oder Ihnen sofort von dem sexuellen Übergriff erzählt hätte, glauben Sie, dass Drew dann noch am Leben wäre?«

»Quälen Sie sich nicht mit Selbstvorwürfen«, sagte Day. »Niemand wird je wissen, was eventuell passiert wäre. Wenn

Sie Widerstand geleistet hätten, wäre es gut möglich, dass Sie schwer verletzt worden wären. Oder Schlimmeres.«

Gem richtete sich langsam auf und dehnte ihre Schultern. »Lassen Sie mich eine Nachricht für ihn formulieren«, sagte sie, auch wenn ihr der Gedanke ebenso clever wie gefährlich erschien. »Ich möchte klarstellen, dass der bloße Gedanke daran, ich hätte ein Interesse an einer Beziehung mit ihm, absoluter hirnverbrannter Unsinn ist.«

Auf der gegenüberliegenden Seite des Tischs tauschten Day und York zweifelnde Blicke aus. Doch Gem wusste, dass sie es tun musste. Es überraschte sie selbst, wie sehr sie von der Richtigkeit ihres Vorhabens überzeugt war.

»Die Medien haben sich bis jetzt nicht sonderlich für mich interessiert. Ich war nur ein bedauernswertes Opfer. Aber jetzt ist es eine andere Geschichte. Viel größer. Wenn Sie meinen, dass es hilft, werde ich alles Nötige dafür tun, um diesen Mann zu fassen. Ich werde mit den Zeitungen reden, im Fernsehen um Hinweise aus der Bevölkerung bitten und ihm zweifelsfrei zu verstehen geben, dass ich nur eines will: dass er bestraft wird und bezahlen muss für das, was er getan hat.« Sie atmete tief durch und lehnte sich zurück.

Day reagierte als Erster. »Es wäre möglich, dass eine öffentliche Kampagne uns hilft. Vielleicht regt sich ja bei irgendjemandem das Gedächtnis, oder jemand erkennt ihn, und wir können daraus wichtige Erkenntnisse gewinnen. Ich muss das mit New Scotland Yard abklären, denn deren Mordermittlungsteam ist nun mit dem Fall befasst.«

Gem schüttelte den Kopf. »Ich will in dieser Angelegenheit nur mit Ihnen zusammenarbeiten, mit niemandem sonst.«

Day lächelte. »Ich werde sehen, was ich tun kann. Es ist theoretisch möglich, denn der Überfall auf Sie ist immer noch mein Fall. Wir müssten dann Ihren Fernsehauftritt an diesem Thema festmachen.«

York hatte bisher geschwiegen. Sie nahm ihren Stift zur

Hand und trommelte damit nachdenklich auf der Tischplatte herum. »Die Idee ist gut, aber ich muss Sie warnen, dass eine solche Vorgehensweise einige Gefahren mit sich bringt. Der Täter hat sich eine Fantasie zurechtgebastelt, in der Sie und er zusammengehören, und er ist bereit, alles dafür zu tun, dass diese Fantasie Realität wird. Er betrachtet Sie als ein Objekt, das er besitzen und beherrschen will.«

»Mir ist aber egal, was er von mir denkt, oder was sein krankes Hirn will oder braucht. Und genau das will ich ihm auch sagen.«

»Und genau das ist der springende Punkt«, sagte York. »Es wird Sie sicher nicht überraschen, aber Psychopathen kommen mit Zurückweisungen nicht klar. Wenn er den Eindruck gewinnt, dass Sie ihn vor aller Öffentlichkeit demütigen wollen, wird er das Gefühl haben, in einer unverzeihlichen Weise betrogen worden zu sein.«

»Die Gefühle dieses Kerls sind mir scheißegal«, blaffte Gem. »Und wenn Sie's genau wissen wollen – ich *will* ihn demütigen. Soll dieses kranke Schwein doch ruhig denken, ich hätte ihn betrogen. Ich will ihm in jeder erdenklichen Weise an den Karren fahren, und ich will, dass er für seine Taten bezahlt.«

York hob beschwichtigend die Hände. »Bitte beruhigen Sie sich und hören mir zu. Es ist wichtig, dass Sie verstehen, was ich sage. Der Täter hat sich die ganze Zeit über eingeredet, dass Sie tief in Ihrem Herzen mit ihm zusammen sein wollen. Ein Fernsehauftritt, bei dem Sie ihn öffentlich heruntermachen, wird aller Wahrscheinlichkeit nach einen Kulminationspunkt darstellen. Sobald er wirklich glaubt, dass sie ihn zurückweisen, sobald seine Wahnvorstellung an der Realität zerbröselt, wird eine grundlegende Veränderung eintreten. Von da an sind nicht mehr nur Ihre Freunde oder Verwandten in Gefahr. Er wird Sie persönlich leiden sehen wollen. Von da an werden Sie seine Zielscheibe sein.«

Gem warf Day einen Blick zu und schaute dann wieder York an. Sie hatte schon einmal den Befehlen dieses Monsters gehorcht, und was hatte es ihr eingebracht? Einen Augenblick lang ließen die Worte der Psychologin die Ereignisse jenes Abends auf dem Parkplatz wieder lebendig werden – der Moment, als sie ihm in die Augen geschaut und darin nichts als Finsternis erblickt hatte. Die Erinnerung ließ sie schaudern.

»Trotzdem«, sagte sie. »Wir tun es. Ich bin bereit.«

43

KÄMPFEN

DER SPIELMEISTER

Norton saß an einem der Tische in dem beengten Frühstücksraum seines Billighotels und starrte auf die Titelseite der *Daily News* vom gleichen Tag. Die Schlagzeile verkündete in großen Lettern: *Freund der Parkplatzamazone von Psycho-Carjacker ermordet.* Darunter stand in kleinerer Schrift *Exklusiv von Matt Revell.*

Der Reporter hatte sich Gems Behauptung, dass der Killer der gleiche Mann war, der sie überfallen hatte, zum Aufhänger seiner Story gemacht. Er hatte den Artikel mit Wiederholungen der schillerndsten Details des missglückten Überfalls aufgepeppt – wie sie sich gegen ihn gewehrt und ihn anschließend mit ihrem Wagen angefahren hatte. Ein junges Paar an einem der Nachbartische schaute kurz zu Norton herüber. Die beiden unterhielten sich kurz im Flüsterton und wandten sich dann wieder ihren Spiegeleiern mit Bohnen und Toast zu.

Norton zog sich den Schirm seines Baseballcaps tiefer ins Gesicht, trank seinen Kaffee aus und las den Artikel zum dritten Mal. Der Mord an Drew Bentley wurde als »abscheuliches Verbrechen aus Rache« bezeichnet. Revell zufolge hatte der Carjacker den Anwalt umgebracht, um sich an Gem Golding dafür zu rächen, dass sie ihn öffentlich gedemütigt hatte. Im letzten Absatz wurden die Leser darauf hingewiesen, dass die Zeitung die Geschichte New Scotland Yard vorgelegt hatte mit der Bitte, sie zu bestätigen oder zu dementieren, worauf die Pressestelle der Polizei mit einem »Kein Kommentar« reagiert hatte.

Der gesamte Artikel enthielt nur eine Aussage von Golding, die wirklich neu war: »Ich will, dass Drews Mörder für seine Taten bezahlt. Ich habe ihm in die Augen geschaut und weiß, dass er abgrundtief böse und tief in seinem Inneren ein armseliger Schwächling ist.«

Norton mahlte mit den Kiefern, sodass die Muskeln in seinem Gesicht zuckten. Normalerweise vermied er es, sich seinen Zorn anmerken zu lassen, außer wenn es darum ging, seine Position klarzumachen und eine Situation zu seinem Vorteil zu manipulieren, doch in diesem Augenblick musste er seine ganze Kraft darauf verwenden, ruhig zu bleiben.

Er atmete ein paarmal tief durch und wartete darauf, dass sein Zorn abflaute. Als er wieder in der Lage war, klar zu denken, fing er an, einen Plan zu schmieden. Der Zeitpunkt würde kommen, an dem Gem Golding für ihre Beleidigungen, Beschuldigungen und Respektlosigkeiten teuer bezahlen würde.

Jeder halbwegs vernünftige Mensch hätte inzwischen gelernt, dass es besser war, den Mund zu halten. Doch nicht sie. Sie musste unbedingt Ärger machen. Nicht einmal Bentleys Tod hatte sie zum Schweigen gebracht. Norton dachte einen Moment nach und lächelte dann – mit einem Mal war ihm klar geworden, was er zu tun hatte.

Alle hatten ihn immer wieder unterschätzt. Im Heim hatte Bentley tatsächlich geglaubt, er wäre der Schlauere von ihnen, der Anführer, und Norton wäre sein treuer, dankbarer Gefolgsmann. Er gönnte sich ein kurzes Lächeln bei der Erinnerung daran, wie leicht es gewesen war, diesem Schwachkopf gewisse Ideen in sein Hirn zu pflanzen. Einmal hatten sie nachmittags ein Dutzend Bierdosen aus einem Lebensmittelladen geklaut. Laut lachend waren sie mit tief ins Gesicht gezogenen Kapuzen dem übergewichtigen Wachmann einfach davongerannt, und zurück im Heim hatte Bentley vor den anderen Kindern damit geprahlt, wie er aus einer Laune heraus den Entschluss gefasst habe, die Biere zu stehlen. Einfach so zum Spaß. Der Trottel glaubte wirklich, dass es seine Idee gewesen war.

Norton schüttelte den Kopf. Er war vor jenem Tag schon drei Mal als Kunde in dem Laden gewesen, hatte die Überwachungskameras ausgecheckt und herausgefunden, dass der dickwanstige Wachmann vor seiner Nachmittagsschicht gerne ein paar Stunden im nahegelegenen Pub abhing.

Unterschätzt zu werden machte alles viel leichter. Es war ein riesiger Vorteil. Die Polizei, die Medien, diese Golding-Schlampe, alle machten sie den gleichen Fehler. Sie ahnten nicht, mit was für einem brillanten Geist sie es zu tun hatten.

DER DETECTIVE

Day fuhr seinen Wagen auf den Parkplatz unter seinem Bürofenster und stellte den Motor aus. Er betrachtete den Briefumschlag, der ungeöffnet neben ihm auf dem Beifahrersitz lag, und überlegte, ihn in kleine Fetzen zu reißen und aus dem Fenster zu werfen.

Er hatte den Gedanken daran ausgeblendet, seitdem der Postbote ihn durch den Briefschlitz geschoben hatte. Er konnte sich vorstellen, was in dem Umschlag steckte, und er hatte keine Lust, es anzufassen, geschweige denn zu lesen. Dort draußen lief ein Killer herum und trieb sein Unwesen, und er musste sich darauf konzentrieren, ihn zu fassen, statt ein Schreiben vom Anwalt seiner Frau durchzulesen. Sie hatte nie einen Anwalt gehabt, als sie noch zusammen gewesen waren. Sie hatte nie einen gebraucht. Ganz sicher hatte Hardy sie aufgestachelt, einen dieser skrupellosen Scheidungsanwälte zu engagieren. Für dessen Rechnung dieser Wichser dann auch liebend gerne aufkommen würde.

Day griff nach dem Umschlag, riss ihn auf und zog den Brief heraus. Er las ihn rasch durch – einmal war genug –, dann zerknüllte er ihn zu einer Kugel und warf sie über die Schulter auf den Rücksitz. Er beugte sich vor und drückte seine Stirn gegen den oberen Rand des Lenkrads.

Den Brief aufzumachen war ein großer Fehler gewesen. Die morgendliche Lagebesprechung sollte in zwanzig Minuten beginnen und er musste sich zusammenreißen. Er versuchte, seine Gedanken in eine andere Richtung zu lenken, als die Beifahrertür aufging und Shields auf den Sitz neben ihm glitt.

»Aha, Sie haben also einen heimlichen Bewunderer, der Ihnen Fanpost schickt«, sagte sie lächelnd. »Deswegen muss man nicht gleich verzweifeln.«

Day richtete sich auf. »Wovon reden Sie?«

»Der Brief da. Sie sollten mehr Respekt für Ihre Fans haben.«

»Der ist von meiner Frau, beziehungsweise von ihrem Anwalt. Sie will die Scheidung. Und zwar sofort.«

»Ach so. Das wusste ich nicht. Es tut mir leid.«

»Braucht es nicht. Ist ja nicht Ihre Schuld.«

»Geht's Ihnen gut?«

Day gab keine Antwort. Es ging ihm überhaupt nicht gut. Das genaue Gegenteil traf eher zu, aber er fand es klüger, es seiner jüngeren Kollegin gegenüber nicht einzugestehen.

Nach einer kurzen Weile brach Shields das peinliche Schweigen. »Andererseits kann das für Sie ja keine so unerwartete Nachricht sein, oder kommt es etwa überraschend? Sie hat Sie verlassen und ist bei einem anderen Mann eingezogen, oder? Sie müssen doch damit gerechnet haben, dass es so kommen würde.«

Ihre Nüchternheit war schmerzhaft, wie ein Schlag ins Gesicht. Aber sie hatte recht. »Es kommt mir ein bisschen überhastet vor, das ist alles. Ich hatte immer noch die Hoffnung, dass ich meine Frau dazu würde bewegen können, zu mir zurückzukehren. Unsere Familie wieder zusammenzubringen. Danach wollte ich mich darauf konzentrieren, wieder in meine alte Abteilung zurückversetzt zu werden. Das war der Plan.«

»Sie würden Ihre Frau wieder bei sich aufnehmen, Boss? Ihr verzeihen, wenn sie Sie darum bitten würde?«

»Ich weiß nicht. Vielleicht. Wahrscheinlich. Sobald sie einmal geschieden ist, kann sie Hardy heiraten.«

»Sagen Sie mir, wenn ich mich um meinen eigenen Kram kümmern soll, aber warum wollen Sie, dass alles wieder so wird wie vorher? So großartig kann es ja nicht gewesen sein, sonst wäre sie ja nicht ausgezogen.«

Day unterdrückte das Verlangen, Shields zu sagen, dass sie recht hatte und sie sich wirklich um ihren eigenen Kram kümmern sollte. Ihm war nicht wohl dabei, sein Privatleben mit einer Kollegin zu diskutieren, doch in der kurzen Zeit, in der er sie kannte, hatte er ihre nüchterne Betrachtungsweise der Dinge zu schätzen gelernt.

»Wenn wir uns scheiden lassen, kann sie wieder heiraten, und Hardy wird offiziell Toms Stiefvater. Ich mache mir Sorgen, dass ich auch noch meinen Sohn verliere. Ich verbocke es jetzt schon andauernd und vertröste ihn, wo wir doch eigentlich mehr Zeit miteinander verbringen sollten.«

Shields machte die Tür halb auf und schickte sich an auszusteigen. »Sie arbeiten im Moment rund um die Uhr, um einen Killer zu fassen. Das müssten die doch verstehen.«

Day zuckte mit den Achseln. »Sicher. Aber zu verstehen, was es für mich bedeutet, Detective zu sein, ist Amy offensichtlich nicht genug.« Er schaute auf die Uhr und stemmte seine Schulter gegen die Tür. »Wir müssen uns auf den Weg machen, sonst kommen wir zu spät.«

Als sie den Teamraum betraten, saß dort Stock mit den Füßen auf dem Schreibtisch und kaute auf einem Sandwich herum. Er war unrasiert und sah zerknittert aus. Der junge Detective hatte noch Datensätze durchforstet, als sie am Abend zuvor gegangen waren, und Day vermutete, dass er in der Zwischenzeit nicht zu Hause gewesen war.

Als sie näher kamen, nahm Stock die Füße vom Tisch, stopfte sich das halb aufgegessene Sandwich in die Jackentasche und wischte sich hastig die Krümel vom zerknitterten Hemd.

»Sie sehen aus, als hätten Sie die ganze Nacht hier zugebracht«, sagte Shields. »Ich hoffe, dass es sich gelohnt hat.«

Stock stand auf und lächelte. »Ich habe in der Tat etwas Interessantes gefunden.« Neben seinem Schreibtisch stand eine weiße Tafel. Am oberen Rand hingen Fotos von Gem Golding und Drew Bentley, sowie die körnige CCTV-Aufnahme von Norton.

Stock tippte auf das Foto von Bentley. »Andrew Bentley verbrachte mehrere Jahre in dem Kinderheim in Croydon, nachdem man ihn seiner drogensüchtigen Mutter weggenommen hatte. Ich habe ein paar alte Zeitungsartikel gefunden, in denen er als ein Musterbeispiel für das Jugendfürsorgesystem dargestellt wurde. Ein leuchtendes Beispiel für einen Heiminsassen, der den sozialen Aufstieg geschafft hatte.«

Day zuckte mit den Achseln; er machte aus seiner Enttäuschung keinen Hehl. »Nette Hintergrundrecherche über das Opfer«, sagte er. »Doch das bringt uns bei der Suche nach Connor Norton nicht weiter.«

Stock ließ den Kopf hängen. Er hob die Ausgabe der *Daily Mail* auf, die auf seinem Schreibtisch lag, und reichte sie Day. »Unsere Telefonhotline hat heute Morgen schon eine Menge Anrufe bekommen als Reaktion auf diesen Artikel. Wir haben schon mit einigen Leuten gesprochen, die sich bei uns gemeldet und behauptet haben, sie hätten Norton gesehen.«

Day nahm die Zeitung und las die Schlagzeile. *Freund der Parkplatzamazone von Psycho-Carjacker ermordet.* Regungslos las er den Artikel, doch er hatte Mühe, sich zu beherrschen. »Warum wurde ich nicht vorab informiert, dass das hier erscheinen würde?«, wollte er wissen.

Stock schaute Shields ratlos und hilfesuchend an.

»Boss, ich glaube nicht, dass überhaupt irgendwer darüber informiert war«, sagte sie.

Day machte auf dem Absatz kehrt und marschierte aus dem Raum. Der Morgen hatte beschissen angefangen. Und es ging weiter rapide bergab.

44

AUFGEBEN

DER SPIELMEISTER

Norton legte den Kopf in den Nacken und trank seine Bierflasche in einem Zug halb aus. Die Öffentlichkeitsfahndung der Polizei lief seit zwei Minuten im Fernsehen, und er sah sich mit einem schiefen Lächeln im Gesicht an, wie Detective Inspector Day jeden, der Hinweise über den Aufenthaltsort des Täters hatte, aufforderte, die vertrauliche Hotline der Polizei anzurufen.

Er war sehr gespannt darauf gewesen, den Mann in Augenschein zu nehmen, der so grandios daran scheiterte, ihn aufzuspüren. Day machte einen ziemlich intelligenten Eindruck, wirkte körperlich fit und relativ jung für einen Senior Detective, doch Norton kam schnell zu der Einschätzung, dass Day ihm intellektuell nicht das Wasser reichen konnte.

Es dauerte nicht lange, bis die Ausführungen des Detective ihn zu langweilen begannen. Er konnte es kaum erwarten, die Hauptattraktion, den Star der Show zu sehen. Er glitt vom Sofa und kniete sich auf dem dicken Teppich vor den Fernseher, um einen besseren Blick auf die Frau zu haben, die rechts neben dem Detective saß.

Er sah, wie Gem Golding nach einem Glas Wasser griff, das vor ihr auf dem Tisch stand, und er erinnerte sich an ihren Körper, und daran, wie fest sie sich an ihn gedrückt hatte. Sie trank einen Schluck, schien nervös und gab sich alle Mühe, nicht in die Kamera zu blicken. Norton verstand, warum sie einen trockenen Mund hatte. Sie wurde gezwungen, an dieser

Sendung teilzunehmen. Irgendwann war sie unter dem enormen Druck eingeknickt. Er würde ihr das nicht ankreiden.

Im Gegenteil. Zu sehen, wie sie vor den Fernsehkameras vorgeführt wurde, blass und verletzlich im Scheinwerferlicht, verstärkte nur sein Verlangen, sie zu beschützen, die Sache in die Hand zu nehmen und sie irgendwohin in Sicherheit zu bringen, damit sie sich nicht länger verstellen musste.

Er hörte ein Geräusch hinter sich und drehte sich langsam um. Alice stand in der Tür und wartete auf die Erlaubnis einzutreten. Er schwenkte die Bierflasche und sie huschte in die Küche. Norton griff nach der Fernbedienung und stellte den Ton lauter. Day sagte gerade etwas Interessantes.

»Außer wegen des Überfalls wird der Verdächtige in Verbindung mit mindestens einem weiteren schweren Verbrechen gesucht. Leider können wir dazu derzeit noch keine Details bekanntgeben. Wir möchten, dass sich jeder meldet, der irgendwelche Hinweise geben kann, doch ich betone in diesem Zusammenhang, dass eine Annäherung an ihn unter allen Umständen vermieden werden sollte. Wenn Sie ihn sehen oder wissen, wo er sich aufhält, dann – ich wiederhole – versuchen Sie nicht, sich ihm anzunähern. Dieser Mann ist extrem gefährlich und darüber hinaus höchstwahrscheinlich bewaffnet.«

Norton trank sein Bier aus und warf die leere Flasche auf die Couch. So langsam wurde er warm mit diesem Detective Inspector Day. Der Mann wusste, wovon er redete.

Day beendete seinen Vortrag und die Kamera schwenkte hinüber zu einer Großaufnahme von Gem Golding. Sie senkte kurz den Kopf, warf einen Blick auf den Text, den die Polizei für sie vorbereitet hatte, und schaute dann genau in die Kamera.

Fasziniert rutschte Norton dicht an den Fernseher heran. Es war beinahe, als wäre sie bei ihm im Zimmer.

»Nachdem dieser Mann mich attackiert und versucht hat,

mich zu erwürgen, als er mir das Handgelenk gebrochen und mein Auto gestohlen hat, wurden meine Verletzungen im Krankenhaus behandelt und ich im Anschluss daran nach Hause geschickt. Natürlich stand ich damals noch unter Schock und wollte nicht darüber reden, was mir passiert war. Ich wollte alles hinter mir lassen und wieder mein Leben leben. Heute weiß ich, dass das ein Fehler gewesen ist. Eine falsche Herangehensweise meinerseits. Ich betrachte es als schieren Glücksfall, dass ich überlebt habe. Und ich hätte früher an die Öffentlichkeit gehen sollen.« Sie zögerte einen Moment, strich mit der Zunge über ihre Lippen und holte tief Luft. »Dieser Mann muss gefasst werden, bevor er weiteren unschuldigen Menschen Schaden zufügen kann. Das Böse wird nur so lange gedeihen, wie wir uns ihm nicht entgegenstellen. Das ist der Grund, warum ich mich heute an Sie wende. Bitte, rufen Sie die Polizei an, wenn Sie glauben, Informationen zu haben, die zur Ergreifung dieses Monsters führen könnten.«

Die Kamera zoomte noch näher an Gem heran, bis ihr Gesicht fast den ganzen Bildschirm ausfüllte. Ihre Wangen hatten nun eine kräftigere Farbe als zu Beginn ihrer Ansprache, und ihre Augen starrten Norton feindselig an.

Er wollte es nicht glauben, aber ihre Worte waren eindeutig. Daran gab es nichts zu deuten. Die Wut, die ihn antrieb, stieg in seinem Inneren auf wie ein eisiger Nebel. Sie waren Gem auf den Pelz gerückt und hatten sie umgedreht. Sie stand nun auf deren Seite. Und sie würde für ihren Verrat bezahlen.

Norton ballte die Fäuste und streckte dann langsam die Finger wieder aus. Sein Zorn verlieh ihm Kraft und Macht, solange es ihm gelang, kühlen Kopf zu bewahren.

Er stand auf und versetzte dem Fernseher einen Tritt. Der Bildschirm zersplitterte krachend, die Glassplitter regneten auf den Teppich herab. Hinter sich hörte er plötzlich jemanden nach Luft schnappen. Alice stand zitternd im Türrahmen, eine frisch geöffnete Flasche Bier in der Hand.

Norton streckte die Hand aus, ergriff das Bier und lächelte über beide Ohren. »Im Fernsehen läuft einfach zu viel Mist«, sagte er.

GEM DAS OPFER

Gem steckte den Schlüssel ins Schloss, stieß die Haustür auf und trat in den Flur. Detective Sergeant Shields hatte ihr versichert, sich darum zu kümmern, dass in der nächsten Zeit nachts immer ein Streifenwagen vor dem Haus stand.

Sie sperrte die Tür hinter sich zu, wobei sie darauf achtete, dass alle Schlösser doppelt verriegelt waren. Die Aussicht auf den versprochenen Streifenwagen war zwar beruhigend, doch sie rechnete nicht damit, viel Schlaf zu bekommen in dieser Nacht. Das Haus war viel zu groß für eine Person. Der viele Platz und die Stille machten sie nur noch nervöser. Sie ging in die Küche und zog mit knurrendem Magen die Kühlschranktür auf. Vor dem Fernsehauftritt war sie so angespannt gewesen, dass sie an Essen nicht einmal denken wollte, doch nun war sie am Verhungern. Ihre Mum hatte, typisch Mutter, vor ihrer Abreise nach Wales darauf bestanden, ihre Essensvorräte mit einem Stapel Fertiggerichte aufzustocken. Und so packte Gem nun einen Cottage Pie für eine Person aus, schob ihn in die Mikrowelle und stellte den Timer auf acht Minuten.

Die Mikrowelle summte los, und nachdem Gem sich ein großes Glas Weißwein eingeschenkt hatte, setzte sie sich an den Küchentisch. Die Polizei war sehr zufrieden mit der Reaktion des Publikums auf den Fahndungsaufruf. Etliche Leute hatten schon Minuten nach der Ausstrahlung angerufen und erklärt, Norton gesehen zu haben.

Gem nippte an ihrem Wein und schloss die Augen. Allmählich fiel die Spannung von ihr ab. Drew hätte bemängelt, dass der Wein zu kalt war, um nach irgendwas zu schmecken.

Er hatte immer darauf bestanden, dass eine Flasche, die aus dem Kühlschrank kam, erst ein kleines bisschen aufwärmen musste, bevor man sie trinken konnte. Sie nahm noch einen – diesmal etwas größeren – Schluck. Sie mochte ihren Weißwein jedenfalls lieber eiskalt.

Die Mikrowelle klingelte. Gem zog sich einen Ofenhandschuh über, um das dampfende Gericht zum Tisch zu tragen. Sie nahm eine Gabel und stach damit in das Kartoffelpüree, das die Konsistenz und die Farbe von mehligem Kleister hatte.

Ihr erster – und hoffentlich letzter – Fernsehauftritt war gar nicht so schrecklich gewesen, wie sie erwartet hatte. Sie war anfangs ein wenig nervös gewesen, dann aber war sie in Schwung gekommen. Sie schob sich eine Gabel mit Püree und Hackfleisch in den Mund. Es war heiß, salzig und unglaublich fade, aber sie war so hungrig, dass es ihr egal war.

Den Typen, der sie überfallen hatte, öffentlich bloßzustellen, hatte ihr eine tiefe Befriedigung verschafft. Es war ein befreiendes Gefühl, der Welt zu sagen, was er ihr angetan hatte. Während sie ihr Glas noch einmal vollschenkte, fragte sie sich, ob der Kerl die Sendung angeschaut hatte. Er musste unbedingt begreifen, wie sehr sie ihn verabscheute. Sie hoffte von ganzem Herzen, dass er es nun geschnallt hatte – dass sie seine kranke Illusion ein für alle Mal zertrümmert hatte.

Gem schob das halb aufgegessene Gericht von sich, nahm ihr Glas und schritt durch das Wohnzimmer. Sie hörte, wie ein Auto vorfuhr, und ging zum Fenster. Shields hatte Wort gehalten. Gem seufzte vor Erleichterung, als sie den uniformierten Beamten hinter dem Lenkrad des Streifenwagens erblickte.

Die Warnung der Kriminalpsychologin war eindeutig gewesen. Gem wusste, dass sie nach ihrem Fernsehauftritt in Lebensgefahr schwebte.

45

KÄMPFEN

DER DETECTIVE

Day hatte New Scotland Yard seit seinem Disziplinarverfahren nicht mehr betreten. Während der Fahrstuhlfahrt in den vierten Stock stellten sich gemischte Gefühle bei ihm ein. Er hatte es immer als ein Privileg empfunden, im Yard zu arbeiten. Der Ort strahlte eine zielgerichtete Geschäftigkeit aus, das Gefühl, dass alle wussten, was sie taten und warum sie es taten. Und nun kehrte er heute hierher zurück, weil man ihn herzitiert hatte wie einen Schuljungen zum Büro des Direktors.

Die Fahrstuhltür glitt mit einem Ping auf und er trat hinaus auf den Korridor. Die Tür zum Büro von Chief Superintendent Sherri Cox war geschlossen, doch er hörte dahinter das leises Stimmengemurmel.

Er klopfte einmal an und trat ein, ohne eine Antwort abzuwarten. Cox hob den Kopf und schaute von ihrem Platz hinter dem großen Schreibtisch aus Eichenholz überrascht zu ihm auf. »Guten Tag, Elliot«, sagte sie mit einem dünnen Lächeln. »Es ist eine ganze Weile her seit dem letzten Mal.«

Der einzige leere Stuhl stand neben dem des anderen Polizeibeamten im Raum. Es war die Person, die zu sehen Day nicht die geringste Lust verspürte. Detective Chief Inspector Rob Hardy bedachte ihn mit einem knappen Kopfnicken.

Day schob den Stuhl von Hardy weg zum anderen Ende des Schreibtischs und setzte sich erst dann. Cox rollte mit den Augen und verschränkte die Hände ineinander.

»Ich weiß, dass Sie beide ernste persönliche Probleme miteinander haben, doch ich wäre dankbar, wenn Sie beide diese Unterredung als strikt dienstliche Angelegenheit behandeln«, sagte sie. »Wissen Sie was? Streichen Sie das. Ich bitte Sie nicht darum, sich professionell zu verhalten. Ich bestehe darauf.«

Day fixierte seinen Blick auf Cox. Sie war mindestens zehn Jahre älter als er, trug ein schickes dunkles Kostüm, und ihre kinnlange Pagenfrisur wirkte um einige Stufen blonder als beim letzten Mal, als er sie gesehen hatte.

»Ich möchte wissen, was ich hier soll«, sagte er.

Cox seufzte, beugte sich vor und stützte ihre Ellbogen auf den Schreibtisch. »Ich habe Sie herkommen lassen, um Sie daran zu erinnern, dass der Bentley-Fall ab jetzt vom Morderittlungsteam East London untersucht wird und dass DCI Hardy die Ermittlungen leitet.«

»Daran brauche ich nicht erinnert zu werden«, sagte Day. »Mein Team hat bereits alles, was wir zum Tod von Bentley haben, weitergeleitet.«

Cox zuckte gereizt mit den Lippen. »Das Problem ist, dass Sie nach wie vor mit großem Aufwand den Überfall auf Bentleys Freundin, Gem Golding, verfolgen. Rob ist der Ansicht, dass, da es sich ja in beiden Fällen um denselben Täter handelt, es keinen großen Sinn macht, wenn Sie den Fall noch weiterverfolgen.«

Day schaute kurz zu Hardy hinüber, dessen schmale Lippen sich zu einem hämischen Grinsen verzogen. Er stellte sich vor, wie dieser Typ mit Tom beim Abendessen saß und ihm davon erzählte, dass sein inkompetenter Vater zum Yard zitiert worden war und einen ordentlichen Arschtritt kassiert hatte.

»Ich sehe kein Problem darin, dass mein Team den Hinweisen nachgeht, die das Resultat der harten Ermittlungsarbeit meiner Leute sind. Wenn dabei etwas auftaucht, das am Ende dazu führt, dass Bentleys Killer gefasst wird, ist das doch wohl ein positives Resultat?«

Hardy schnaubte laut und schüttelte den Kopf. »Ich will nicht, dass Sie und Ihre Bande von Amateuren durch meine Ermittlungen trampeln. Eine Mordermittlung hat die oberste Priorität. Vergessen Sie den Autodiebstahl und kommen Sie mir nicht in die Quere dabei, Bentleys Killer zu schnappen.«

Day kämpfte verzweifelt gegen das brennende Verlangen an, seine frühere Drohung, Hardy aus dem Fenster zu werfen, in die Tat umzusetzen. Die Tatsache, dass eine hochrangige Beamtin Zeugin des Ganzen sein würde, machte es ihm ein wenig leichter, dieses Verlangen im Zaum zu halten.

Hardy ignorierend, wandte er sich an Cox. »Wenn Sie mir befehlen, die Ermittlungen in dem Golding-Fall einzustellen, dann muss ich Ihnen sagen, dass ich das für keine gute Idee halte. Die Arbeit, die wir in die Ermittlungen investiert haben, bringt erste Hinweise, und ich versichere Ihnen, dass alles ans zuständige Mordermittlungsteam weitergeleitet wird.«

Cox faltete ihre Hände auseinander und trommelte mit den Fingern auf den Schreibtisch. »Von mir aus können Sie den Fall gerne weiterbearbeiten, aber ich will nicht, dass Sie den Mordermittlungen in die Quere kommen. Sämtliche Hinweise, die bei Ihnen eingehen und zu einer Verhaftung führen könnten, sind unverzüglich an Rob und sein Team weiterzuleiten. Ist das klar?«

Day zwang sich, nicht zu Hardy hinüberzuschauen. Selbst der kleinste Anflug dieses reptilienhaften Lächelns hätte seine ohnehin schon arg strapazierte Selbstbeherrschung auf eine harte Probe gestellt. Die Erlaubnis, die Ermittlungen im Golding-Fall weiterzuführen, war ein kleiner Sieg, und er war bereit, sich damit zufriedenzugeben.

»Ich kann Ihnen versichern, dass ich niemals etwas tun würde, das die Chancen aufs Spiel setzt, Drew Bentleys Mörder vor Gericht zu bringen.«

46

AUFGEBEN

GEM DAS OPFER

Gem hatte länger geschlafen als in den ganzen Wochen zuvor, doch die Müdigkeit steckte ihr immer noch in den Knochen, und sie lag mit schweren Gliedern auf dem Bett. Es war ein unruhiger, von Zuckungen durchsetzter Schlaf gewesen. Drew war durch ihre Träume gegeistert. Er war vor ihr aufgetaucht, als wäre er lebendig, aber dennoch irgendwie unwirklich. Dann wiederum ging er absichtlich an ihr vorbei, ohne sie zu beachten und ohne zu reagieren, als sie seinen Namen rief. Später irgendwann saß er auf ihrer Bettkante, in seinem besten Anzug, und starrte auf das Display seines Handys.

Sie rollte sich aus dem Bett und ging zur Dusche. Als sie am Spiegel vorbeikam, blieb sie kurz stehen, um sich zu betrachten. Sie sah blass und abgespannt aus, aber eigentlich hatte sie gleich nach dem Aufstehen noch nie eine besonders gute Figur abgegeben.

Ein paar Minuten unter der heißen Dusche brachten sie wieder auf Vordermann, und zum ersten Mal seit Wochen fühlte sie sich gut genug, um überhaupt ans Frühstücken denken zu können. Nachdem sie sich für die Arbeit angezogen hatte, stellte sie einen Kessel Wasser auf und schob zwei Scheiben Weißbrot in den Toaster. Dann ging sie zur Haustür, schloss auf und öffnete sie. Der Streifenwagen stand immer noch vor dem Haus.

Gem trat ins Freie und klopfte ans Beifahrerfenster. Der Constable zuckte bei dem Geräusch zusammen. Er ließ das Fenster herunter und beugte sich zu ihr herüber.

»Ist alles in Ordnung?«, fragte er.

Gem beugte sich hinab, um den Polizisten besser sehen zu können. Sie schätzte, dass er in ihrem Alter war, und dafür, dass er die ganze Nacht im Dienst gewesen war, machte er einen bemerkenswert frischen Eindruck.

»Ich hab mich gefragt, ob Sie vielleicht einen Kaffee möchten oder einen Tee, oder etwas frühstücken. Ich kann Ihnen was bringen«, sagte sie.

Der Constable schüttelte lächelnd den Kopf. »Das ist sehr nett, aber nicht notwendig.« Er deutete auf eine große Thermoskanne auf dem Sitz neben sich. »Da habe ich noch Kaffee drin, und in ein paar Minuten hab ich Schluss und fahre erst mal in die Kantine. Ich bin aber heute Abend wieder hier.«

»Das ist beruhigend«, sagte Gem. »Darf ich fragen, wie Sie heißen?«

Der Constable lächelte, und Gem bemerkte, dass er ein wenig rot wurde.

»Ich bin PC Weaver. PC Mark Weaver.«

»Nun denn, PC Weaver«, sagte Gem. »Vielen Dank. Schön zu wissen, dass Sie heute Nacht wieder hier draußen sind.«

Der Constable nickte verlegen und streckte die Hand nach dem Fensterheber aus. »Ich mache nur meinen Job«, sagte er.

Gem bestellte sich ein Taxi, das fünfzehn Minuten später ankam. Sie stieg hinten ein und versicherte sich, dass der Fahrer wusste, wo er hinmusste. Die Fahrt nach Covent Garden dauerte normalerweise eine halbe Stunde – Zeit, die sie für gewöhnlich nutzte, um ihren Arbeitstag durchzuplanen.

Die Taxifahrt zur Arbeit und zurück nach Hause waren nicht billig, aber nach dem, was Drew passiert war, hatte Gem nicht das geringste Verlangen, sich auch nur in die Nähe eines U-Bahnhofs zu begeben. Sie war aber zuversichtlich, dass sie bald wieder in der Lage sein würde, Auto zu fahren.

Als das Taxi in die City Road einbog, klingelte Gems Handy. Sie schaute auf das Display und stellte zu ihrer eigenen Überraschung fest, dass der Anrufer Detective Inspector Day war.

Er kam ohne Umschweife zum Thema. »Es gibt da ein paar Dinge, über die ich mit Ihnen sprechen muss.«

Gem sagte nichts, da sie spürte, dass der Detective sorgsam darauf bedacht war, die richtigen Worte zu wählen.

»Wir haben möglicherweise eine heiße Spur zu Norton. Wir vermuten, dass er in einer Pension in Stepney abgestiegen ist. Eine anonyme Anruferin hat sich bei unserer Hotline gemeldet und erklärt, sie hätte ihn in der Nähe des U-Bahnhofs Stepney gesehen, und wir wissen, dass er früher mal eine Beziehung zu der Besitzerin der Pension hatte.«

Gems Herz schlug schneller. Stepney war gerade mal fünf Kilometer von Shoreditch entfernt. Und sie hatte sich von der Tatsache, dass London eine stetig wachsende Stadt mit nahezu neun Millionen Einwohnern war, in Sicherheit wiegen lassen. Bei der Vorstellung, dass er ihr die ganze Zeit über so nahe gewesen war, wurde ihr ganz flau im Magen.

»Muss ich mir Sorgen machen?«

»Nein, es besteht kein Grund für Sie, in Panik zu verfallen. Wir werden weiterhin jede Nacht einen Streifenwagen vor Ihrem Haus postieren, bis diese Sache ausgestanden ist.«

Gem schluckte. »Es war in der Tat letzte Nacht sehr beruhigend zu wissen, dass jemand da war.«

»Gut«, sagte Day. »Die andere Sache, die ich noch erwähnen wollte, ist, dass wir bei unseren Nachforschungen Mr. Bentleys Hintergrund betreffend auf ein paar interessante Details gestoßen sind. Wir wissen jetzt, dass er im Kinderheim Greenhills im Süden Londons untergebracht war, und zwar zur selben Zeit wie Norton, mit dem er anscheinend eng befreundet war. Und zwar so eng, dass die beiden sich ein Zimmer teilten.«

»Das ist nicht Ihr Ernst.«

»Doch.«

Gem traute ihren Ohren nicht. Sie wusste, dass Drew einige Jahre in Einrichtungen der Jugendfürsorge untergebracht gewesen war, und er machte gelegentlich Witze darüber, dass er keine Verwandten hatte, die er mit seinen Erfolgen beeindrucken konnte, doch abgesehen von diesen wenigen Momenten hatte er ihr klar zu verstehen gegeben, dass er über diese Zeit nicht reden wollte. Die Vergangenheit solle man ruhen lassen, war sein Standardspruch gewesen.

»Sie sagen also, dass Drew früher befreundet war mit dem Mann, der ihn umgebracht hat? Dem Mann, der mich überfallen hat?«

»So sieht es aus. Norton ist aus dem Heim weggelaufen und wurde als vermisst gemeldet. Ungefähr zur gleichen Zeit ist ein fünfzehnjähriges Mädchen aus der Umgebung verschwunden. Die örtliche Polizei befürchtete damals, dass sie entführt worden ist. Eine Leiche wurde jedenfalls nie gefunden.«

Gem fand diese Information verwirrend. Was versuchte der Detective ihr zu sagen? Was hatte das mit ihr und mit Drew zu tun?

»Warum sollte Norton nach all den Jahren wiederauftauchen und auf einmal alles daransetzen, unser Leben zu ruinieren?«

»Ich weiß nicht«, sagte Day. »Erinnern Sie sich daran, dass Drew jemals den Namen des vermissten Mädchens erwähnt hat? Sie hieß Mary Freeman.«

»Nein. Niemals. Warum sollte er?«

»Ich weiß es auch nicht, aber wir müssen jeder Spur nachgehen. Wenn Ihnen irgendeine Bemerkung einfällt, die Mr. Bentley mal gemacht hat über seine Zeit im Heim, informieren Sie mich bitte.«

Gem ließ das Telefon wieder in ihre Tasche gleiten und schaute aus dem Fenster. Der Verkehr bewegte sich im Schneckentempo voran. Doch die Gedanken an das vermisste Mädchen und Drews Zeit im Kinderheim schwirrten ihr unablässig im Kopf herum. Irgendwie ergab das alles keinen Sinn.

DER DETECTIVE

Day drückte auf die Play-Taste und hörte sich die Aufnahme der anonymen Anruferin noch einmal an.

Die Frau sprach so schnell, dass ihre Worte teilweise schwer verständlich waren. »Der Mann, den Sie suchen. Der Carjacker. Ich bin sicher, dass ich ihn gestern Nacht am U-Bahnhof Stepney Green gesehen hab. Er stand da herum und trug ein dunkles Basecap und eine Kapuzenjacke. Es war definitiv der Mann, den ich im Fernsehen gesehen habe. Ich bin ganz sicher.«

Es war nicht viel, doch der U-Bahnhof lag nur zehn Minuten Fußweg von der Pension »Roman Villa« entfernt. Umso bemerkenswerter fand Day die Tatsache, dass sich die Stimme der anonymen Anruferin – zumindest in seinen Ohren – anhörte wie die von Alice Shelton.

Auf dem Weg zum Parkplatz schaute er im Teamraum vorbei. Shields hatte sich einen wohlverdienten freien Tag genommen. Von den sieben Schreibtischen im Raum waren nur drei besetzt, wobei an zweien zivile Sachbearbeiter saßen, die er gebeten hatte, alles auszugraben, was über die Ermittlungen der Polizei von Croydon im Fall der verschwundenen Mary Freeman zu finden war.

Dreißig Minuten später klingelte er an der Tür der Pension. Er hielt den Knopf mehrere Sekunden lang gedrückt. Nach etwa einer Minute klopfte er energisch mit der Faust gegen die Tür. Er wollte gerade wieder die Klingel bedienen, als sich die Tür langsam öffnete.

Alice Sheltons Auge sah aus wie eine reife Pflaume – glänzend, lila und bis auf einen kleinen Schlitz zugeschwollen.

Ihre Unterlippe war aufgeplatzt und blutüberkrustet, wirkte wie aufgeblasen. Day starrte in den Flur und zog sein Handy aus der Tasche, doch Shelton hob ihre Hand.

»Er ist nicht da«, presste sie undeutlich zwischen ihren geschwollenen Lippen hervor. »Er ist weg.«

Day trat ins Haus, legte sanft eine Hand auf Sheltons Schulter und geleitete sie ins Wohnzimmer am Ende des Flurs. Er setzte sie auf das Sofa und bemerkte den zerborstenen Fernseher und die Glassplitter auf dem Teppich.

»Ich glaube, ich sollte einen Krankenwagen rufen«, sagte er. »Das sieht aus, als müsste es genäht werden.«

Shelton schüttelte den Kopf. »Nicht nötig. Ich komme schon klar. Ich hab Schmerzmittel in rauen Mengen. Um ehrlich zu sein, bin ich einfach nur froh, dass er endlich weg ist.«

Day ließ seinen Blick über den zertrümmerten Fernseher schweifen und dann wieder zurück zu dem, was Norton aus Sheltons Gesicht gemacht hatte. Was für eine Kreatur ist das, fragte er sich.

»Es war die Sondersendung mit dieser Frau – Gem Golding«, sagte Shelton. »Er hat sie angeschaut und dabei ganz ruhig sein Bier getrunken, und plötzlich hat er den Fernseher zusammengetreten.«

»Wie lange war Norton hier?«, fragte Day.

Shelton senkte den Kopf und schwieg.

»War er schon bei Ihnen, als ich mit Detective Sergeant Shields hier war?«

Shelton nickte. »Ich hatte Angst, irgendwas zu sagen. Er stand in der Abstellkammer und hat unser ganzes Gespräch mitangehört.«

Day war stinksauer, doch er ließ es sich nicht anmerken. Wenn sie ihnen Norton gleich ausgeliefert hätte, dann würde er jetzt hinter Gittern sitzen und auf seinen Prozess warten.

»Wann hat er Ihnen das angetan?«

Shelton hob zitternd eine Hand und betastete vorsichtig ihr geschwollenes Gesicht. Sie zuckte zusammen. »Die Lippe gleich nachdem er den Fernseher zertreten hat, und das Auge heute am frühen Morgen, gleich nach dem Aufstehen, kurz bevor er weg ist. Ein kleines Abschiedsgeschenk, hat er gesagt. Etwas, das mich an ihn erinnert.«

Day schüttelte verzweifelt den Kopf. All das hier wäre vermeidbar gewesen. »Das waren Sie, die bei der Hotline angerufen und einen anonymen Hinweis gegeben hat, richtig?«

Shelton versuchte entschuldigend zu lächeln, doch dabei platzte ihre Lippe erneut auf und fing an zu bluten. Sie nahm ein Papiertuch aus ihrer Tasche und betupfte sich vorsichtig den Mund. »Ich wollte nur, dass er endgültig verschwindet, und dachte, dass Sie, wenn er in der Nähe gesichtet würde, daraus schließen, dass er hier ist. Es ist fast so, als hätte er einen sechsten Sinn für so was. Ich wünschte, ich wäre schon früher so mutig gewesen. Ich wünschte, ich hätte den Mut gehabt, den Mund aufzumachen – so wie die Frau im Fernsehen.«

47

KÄMPFEN

DER SPIELMEISTER

Die Abenddämmerung senkte sich wie ein grauer Nebel über die zerklüftete Skyline von East London. Tief hängende Wolken türmten sich bedrohlich über der Stadt auf. Norton, der in westlicher Richtung die Whitechapel Road entlangfuhr, passierte die viktorianische Fassade des berüchtigten Blind Beggar Pub.

Der Lieferwagen stank nach Zigarettenrauch und altem Schweiß. Norton kurbelte das Fenster herunter und atmete tief ein. Die Luft war zwar nicht gerade frisch, aber immer noch besser als die im Auto. Er betastete seine Jackentasche; seine Finger strichen zärtlich am Griff des Messers entlang.

Ihm fiel das von blankem Horror gezeichnete Gesicht des Lieferwagenbesitzers wieder ein, als er ihm die Schlüssel gereicht hatte. Er lächelte. Das Messer war wie ein Zauberstab. Er musste nur damit herumwedeln und »Spring!« sagen, und die Leute sprangen.

Er war viel zu lange in dem Hotel geblieben. Die ersten paar Tage hatte die Frau an der Rezeption sich gar nicht einkriegt vor lauter Lächeln, aber in letzter Zeit war ihm aufgefallen, dass sie, wann immer er an ihr vorbeikam, an ihrem Augenbrauen-Piercing herumfummelte und so tat, als würde sie gerade woanders hinschauen. Es wäre nur noch eine Frage der Zeit gewesen, bis sie ihrem Boss im Flüsterton von ihrem Verdacht erzählt oder die Hotline der Polizei angerufen hätte.

Der Verkehr bewegte sich nur noch im Kriechtempo vorwärts, als Norton die goldene Kuppel der Moschee von East London passierte. Er schaute auf seine Uhr und trommelte nervös mit den Fingern auf das Lenkrad. Jetzt, wo er sich für ein bestimmtes Vorgehen entschieden hatte, konnte er es kaum erwarten, es in die Tat umzusetzen.

Er hatte das Gefühl, dass die Polizei ihm immer dichter auf den Fersen war. Er war in diesem Teil Londons so aktiv gewesen, hatte seinen Kopf so häufig aus der Deckung gesteckt, dass es früher oder später so hatte kommen müssen. Es war Zeit, sich abzusetzen und einen anderen Schlupfwinkel in der Stadt zu finden, wo er unterkriechen konnte.

Doch er würde sich nicht still und heimlich von der Bildfläche verdrücken. Das war nicht sein Stil. Er hatte noch eine Rechnung offen mit einem Störfaktor, der die Klappe zu weit aufriss und deshalb zum Schweigen gebracht werden musste. Und für derartige Missionen hatte er immer schon ein spezielles Talent besessen.

GEM DIE KRIEGERIN

Sobald die ersten Regentropfen auf den Gehweg prasselten, zog Gem die Kapuze ihres Mantels über den Kopf. Zu ihrer Rechten ragte der quadratische Glockenturm der St. Leonard's Church in den tiefgrauen Himmel. Sie bog in die Hackney Road ein und fing an zu rennen, um es nach Hause zu schaffen, bevor der Wolkenbruch losging.

Sie war fast an ihrer Haustür angelangt, als der Himmel seine Schleusen öffnete. Als sie den Schlüssel ins Schloss steckte, war sie klatschnass. Sie zog ihren Mantel aus und hängte ihn an den Kleiderhaken im Flur.

Die Beamtin von der Opferbetreuung war nicht begeistert gewesen, als Gem erklärt hatte, sie würde einen Spaziergang machen, doch Gem hatte ihre Bedenken beiseitegewischt. Seit ihrem letzten Interview mit dem Reporter der *Daily News* hatte sie den Eindruck, als würde sie Fortschritte machen. Sie hatte die Kraft aufgebracht, Norton erneut bloßzustellen – und das trotz der anonymen Anrufe, trotz des Stalkings und trotz des Mordes an Drew. Sie war stolz auf sich – zum ersten Mal seit langer Zeit.

Vielleicht war dies ja der Wendepunkt. Es lag in ihrer Macht, oder? Sie musste sich nur dafür entscheiden. Wenn sie ihre alte Persönlichkeit wieder zum Leben erwecken wollte, wieder zu der Frau werden wollte, die vor dem Abend des Überfalls das Gefühl hatte, sie könnte alles erreichen, dann würde sie vielleicht auch den Zeitungsschlagzeilen gerecht werden und wirklich zu einer kriegerischen Amazone werden, die ein Vorbild für andere Frauen war.

Sie ging in die Küche, wo Carol am Tisch saß und energisch die Tastatur ihres Laptops bearbeitete.

Carol hob den Kopf und lächelte. »Wie war der Spaziergang?«

»Prima, aber ein bisschen feucht«, sagte Gem. »Ich gehe nach oben und trockne mich ab. Wie wär's, wenn ich uns danach einen Kaffee mache?«

Carol nickte und wandte sich wieder ihrem Laptop zu.

Gem ließ sie allein und ging nach oben. Sie hatte bis jetzt noch keine Gelegenheit gehabt, richtig zu trauern, doch das würde irgendwann von allein losgehen. Sie wusste, dass die wirklich schweren Momente ihr erst noch bevorstanden – da war vor allem die Beerdigung –, aber zum ersten Mal seit Wochen blickte sie wieder mit einem gewissen Optimismus in die Zukunft.

DER DETECTIVE

Shields kam in Days Büro hereingerauscht. »Norton ist aufgetaucht«, sagte sie. »Sieht aus, als hätte er sich in einer billigen Absteige auf der Mile End Road verkrochen. Vor ungefähr einer Stunde hat er ausgecheckt, ohne zu bezahlen, und sich mit einem Lieferwagen aus dem Staub gemacht, den er auf dem Hotelparkplatz gestohlen hat.«

Day schaute von seinem Schreibtisch auf. Sein Gehirn arbeitete auf Hochtouren. »Sind wir sicher, dass er es ist?«

»Sowohl der Hotelmanager als auch der Besitzer des Lieferwagens haben ihn anhand der CCTV-Fotos und des Phantombilds identifiziert.«

Day spürte die Aufregung seiner Untergebenen, doch er bemühte sich um einen gelassenen und professionellen Tonfall. »Sorgen Sie dafür, dass wir, so schnell es geht, einen automatischen Kennzeichenabgleich an den Start kriegen. In diesem Teil der Stadt gibt es haufenweise CCTV-Kameras, wir müssen an ihm dranbleiben und nach Möglichkeit herausfinden, was er vorhat.«

Shields wollte schon gehen, blieb dann aber doch noch kurz an der Tür stehen. »Was ist mit Scotland Yard?«, sagte sie. »Von Rechts wegen sollten wir das Ermittlungsteam im Bentley-Fall von der Sichtung informieren. Wenn wir das nicht tun und irgendwas schiefläuft, fliegt uns die Sache um die Ohren.«

Day hob die Hand. »Ich habe nicht gesagt, dass wir es für uns behalten sollen. Aber vielleicht sollten wir eine Stunde warten, bis wir genauer wissen, was vor sich geht. Im Augenblick untersuchen wir nur den Diebstahl eines Lieferwagens.«

Shields schaute ihn streng an und machte sich dann auf den Weg in den Teamraum. Day lehnte sich seufzend auf seinem Stuhl zurück. Er hatte darum betteln müssen, bei der Polizei bleiben zu dürfen, nachdem er aus dem Mordermittlungsteam rausgeflogen war. Ein weiterer Fehltritt und seine Tage als Polizist wären endgültig vorbei. Doch die Gelegenheit, Norton hinter Gitter zu bringen und es Hardy zu zeigen, wie man so etwas machte, war zu verlockend, um ihr zu widerstehen.

48

AUFGEBEN

GEM DAS OPFER

Gem saß am Küchentisch, nippte an ihrem Kaffee und lauschte auf den Regen, der gegen das Fenster prasselte. Hinter ihr lag ein erfolgreicher Tag im Büro. Melanie hatte sie gebeten, zwei Produktpräsentationen zu übernehmen, und die meisten ihrer Kollegen hatten mittlerweile aufgehört, sie wie eine Mimose zu behandeln, die bei der ersten sich bietenden Gelegenheit in Tränen ausbrechen konnte.

Sich mit aller Energie in die Arbeit zu stürzen, hatte ihr geholfen, die Gedanken an die Zukunft beiseitezuschieben. Ihr war klar, dass sie sich irgendwann der Realität stellen und ihr Leben auf die Reihe bekommen musste – spätestens nach Drews Beerdigung. Doch wer konnte ihr sagen, wann das über die Bühne gehen würde? Die Polizei jedenfalls hielt sich mit Auskünften zurück, und es sah nicht aus, als würde man seinen Leichnam in naher Zukunft freigeben.

Sie stellte ihre Tasse ab, stützte die Ellbogen auf die Tischplatte und das Kinn auf die Handflächen. Wenn Drew nicht ermordet worden wäre, wären sie dann noch immer zusammen, fragte sie sich. Vermutlich nicht. Nein, definitiv nicht. Er hatte ihr Druck gemacht, ihre Karriere aufzugeben, damit er seine eigene weiter voranbringen konnte; er hatte sie angelogen und versucht, sie zu manipulieren. Sie wusste, dass er berechnend und sogar ein bisschen kalt sein konnte, aber was die Polizei ihr erzählt hatte darüber, dass er eine Ehefrau brauchte, um bei Stone and Maddox zum Partner aufzusteigen, hatte sie zutiefst verletzt und erschüttert. Nie im Leben hätte sie ihm das verziehen. Niemals.

Auf der Heimfahrt vom Büro hatte sie sich bei dem Gedanken ertappt, in eine preiswertere Wohngegend umzuziehen und sich eine Zukunft ohne Drew auszumalen.

Sie hatte sogar angefangen, sich einen Karriereplan zurechtzulegen: Entweder sie würde innerhalb der nächsten zwölf Monate befördert oder sie würde sich eine Stelle bei einer größeren PR-Agentur suchen. Ihre Welt war aus den Fugen geraten und sie musste sich neu justieren.

Norton würde bald gefasst werden. Es war unerlässlich, fest daran zu glauben. Man würde ihn vor Gericht stellen, ihn verurteilen und ins Gefängnis stecken – ohne die Aussicht, jemals wieder freizukommen. Erst dann wäre alles vorbei, und sie wäre in der Lage, sich dem Leben zu stellen und es trotz all seiner Ungewissheiten wieder zu genießen.

Als das Taxi sie zu Hause absetzte, war sie erleichtert, den Streifenwagen vor dem Haus zu sehen. Sie winkte PC Weaver zu, und er reagierte, indem er freundlich mit der Fingerspitze an den Schirm seiner Mütze tippte.

Es war zwar beruhigend zu wissen, dass der Constable die ganze Nacht über Wache halten würde, doch allzu wohl fühlte sich Gem nicht ganz allein in dem Haus, das viel zu groß für einen einzelnen Menschen war. Sie beschloss, vor dem Zubettgehen ihre Mutter anzurufen in der Hoffnung, sie dazu zu bewegen, früher als geplant nach London zurückzukehren.

Sie lächelte bei diesem Gedanken, denn sie wusste, dass nicht allzu viel Überzeugungsarbeit ihrerseits notwendig sein würde. Sie brauchte nur ein Wort zu sagen, und ihre Mutter würde alles stehen und liegen lassen und sich in den nächsten Zug setzen. Sie war immer für sie dagewesen, und als Gem zu der starken und unabhängigen Frau geworden war, die ihre Mutter sich immer erhofft hatte, war sie von Freude und Stolz erfüllt, dass ihre Tochter nun auf eigenen Beinen ihren Weg durch Leben gehen würde.

Gem trank ihren Kaffee aus, ging ins Wohnzimmer und zog die Vorhänge einen Spalt weit auf. Draußen war es mittlerweile dunkel, und das Licht der Straßenlaternen schimmerte in den Pfützen auf dem Gehweg.

Schon als Kind hatte sie das Prasseln des Regens gegen die Fensterscheiben ähnlich beruhigend gefunden wie ein Schlaflied – besonders, wenn man warm eingepackt im Bett lag. Sie holte tief Luft und nahm sich fest vor, heute Abend endlich mal wieder zu lesen – etwas, das sie so gern mochte, was sie aber seit dem Überfall nicht mehr getan hatte. Sie würde kein neues Buch anfangen, sondern eines ihrer Lieblingsbücher hervorkramen.

Der Regen wurde heftiger und prasselte lautstark auf das Dach des Streifenwagens. Gem konnte nur die Silhouette von PC Weaver auf dem Fahrersitz des Wagens erkennen. Sie fragte sich, wie viel ein Constable wohl verdiente, und schätzte, dass es nicht besonders viel war – jedenfalls nicht genug für diese Arbeit.

49

KÄMPFEN

GEM DIE KRIEGERIN

Gem zog ihre nassen Klamotten aus und schlüpfte in eine bequeme blaue Jogginghose und einen cremefarbenen Pullover. Sie setzte sich auf die Bettkante und lauschte dem Regen, der ans Fenster prasselte. Es war ein Geräusch, das sie schon als kleines Mädchen tröstend und beruhigend zugleich gefunden hatte.

Sie ließ ihren Blick durch das Zimmer wandern und sah das gerahmte Foto von sich und Drew auf ihrer ersten gemeinsamen Urlaubsreise. Was würde er jetzt von ihr halten?, fragte sie sich.

Gem stand auf und ging zu Drews Kleiderschrank. Sie lächelte gedankenverloren darüber, wie sehr er immer auf Ordnung und Routine bedacht gewesen war – selbst wenn es nur darum ging, seine Kleider aufzuhängen. Er hatte darauf bestanden, niemals zwei Tage hintereinander im gleichen Anzug zur Arbeit zu gehen. Sie streckte die Hand aus und berührte den einzigen leeren Kleiderbügel. Der Anzug, den er am Tag seiner Ermordung getragen hatte, steckte nun vermutlich zusammengefaltet und mit einem Etikett versehen in einer Plastikhülle der Spurensicherung.

Sie schloss die Tür des Kleiderschranks und ging nach unten. Carol saß noch immer in der Küche und arbeitete an ihrem Laptop. Sie hob den Kopf und schaute lächelnd zu Gem herüber.

Bei ihrer ersten Begegnung hatte Carol Gem erklärt, dass ihre Rolle als Beamtin bei der Opferbetreuung darin bestand, emotionalen Beistand zu leisten und darüber hinaus als Bindeglied zu den Ermittlern zu fungieren. Gem war mehr als dankbar für ihre Gesellschaft.

»Ich nehme an, man gewöhnt sich mit der Zeit daran, mit Leuten zu tun zu haben, die einen geliebten Menschen verloren haben«, sagte sie.

Carol schüttelte den Kopf und eine Locke ihres graugesträhnten Haares fiel ihr ins Gesicht. Sie strich sie mit dem Finger zur Seite. »Man gewöhnt sich, glaube ich, nie daran, aber man lernt, mit schwierigen Situationen umzugehen. Um ganz ehrlich zu sein, mag ich es einfach, Menschen zu helfen. Deswegen habe ich mich damals für die entsprechende Zusatzausbildung beworben. Sie wissen, dass Sie sich mit Sorgen oder Fragen immer an mich wenden können, ja? Egal, was.«

Gem spürte, dass Carols sanfte Art auf dem festen Vorsatz beruhte, Gutes zu tun. Sie wollte sie fragen, ob sie selbst jemals Opfer eines Gewaltverbrechens geworden war, und wenn ja, wie sie reagiert hatte. Doch dann ließ sie es doch lieber bleiben. Eine Frage wie diese schob man besser hinaus, bis man sich näher kennengelernt hatte.

Gem schaute auf ihre Uhr. »Es ist schon fast neun. Wie lange bleiben Sie eigentlich hier?«

Carol schaute ebenfalls auf die Uhr und schaltete eilig ihren Laptop aus. »Ich muss in ein paar Minuten los. Zu Hause warten schon mein Freund und zwei junge Teenager.«

Gem versuchte, ihre Enttäuschung zu verbergen, doch es gelang ihr nicht.

Carol klemmte sich den Laptop unter den Arm und berührte Gem zärtlich am Ellbogen. »Sie brauchen sich keine Sorgen zu machen«, sagte sie. »Detective Sergeant Shields wird sich alle erdenkliche Mühe geben, einen Streifenwagen aufzutreiben, der über Nacht vor dem Haus Wache schiebt. Im Augenblick sind alle noch im Einsatz, aber man hat mir versichert, dass der erste verfügbare Wagen hier herbeordert wird.«

Gem nickte. Gott sei gedankt für Sergeant Shields, dachte sie, während sie Carol den Flur entlang geleitete. Als die Beamtin hinaustrat in den Regen, machte Gem die Tür hinter ihr zu und verriegelte alle Schlösser.

50

AUFGEBEN

GEM DAS OPFER

Gem saß auf dem Sofa. In der einen Hand hielt sie ein Glas Weißwein und in der anderen Donna Tarts *Die geheime Geschichte*. Sie hatte das Buch schon so oft gelesen, dass es so etwas ein guter alter Freund geworden war. Sie fand immer etwas Neues, das sie zum Nachdenken anregte, und heute Abend war es nicht anders als sonst. Sie stieß auf einen Satz: *Psychologie ist nur ein anderer Ausdruck für das, was die Menschen früherer Zeiten Schicksal nannten.*

Sie wollte gerade ihr Weinglas auf den Couchtisch stellen, als es an der Tür klingelte. Sie klappte das Buch zu und fragte sich, wer ihr wohl so spät noch einen Besuch abstattete. Wer immer es sein mochte, hatte es geschafft, an PC Weaver vorbeizukommen, wenn es nicht der Constable selbst war, der an der Tür klingelte.

Gem ging zum Fenster und zog den Vorhang zurück. Der Streifenwagen stand noch immer an Ort und Stelle im strömenden Regen, doch sie konnte nirgendwo im Wageninneren PC Weaver erkennen. Sie stieß einen Seufzer der Erleichterung aus. Vermutlich ist ihm der Kaffee ausgegangen, oder er will bloß nachschauen, ob alles in Ordnung ist, dachte sie. Es klingelte erneut und dann ein drittes Mal. Gem zog die Vorhänge zu und eilte zur Tür. Der arme Kerl musste mittlerweile völlig durchnässt sein.

Sie war schon dabei, die Tür zu entriegeln, als sie noch einmal zögerte und das Auge an den Spion presste. Im Regen konnte sie die Gestalt, die seitlich zur Tür stand, nur verschwommen erkennen, doch die glänzende Mütze von PC Weaver war deutlich zu sehen.

Sie löste die Sicherheitsriegel und zog die Tür auf. Ein Windstoß wehte ihr eine Ladung Regen ins Gesicht, und die geschwungene Klinge eines Jagdmessers schimmerte silbern in der Dunkelheit.

51

KÄMPFEN

DER SPIELMEISTER

Norton bremste und hielt vor einem italienischen Restaurant. Er ließ den Motor laufen und die Scheinwerfer eingeschaltet, stieg aus dem Lieferwagen und überquerte die Straße, um dann in entgegengesetzter Richtung zum U-Bahnhof London Bridge zu laufen.

Er klappte seinen Kragen hoch und zog den Schirm seines Baseballcaps ins Gesicht. Es würde nicht lange dauern, bis die Polizei einen Anruf erhielt wegen des verlassenen Fahrzeugs.

Manche Leute würden es als Ablenkungsmanöver bezeichnen, doch für ihn war es Teil des Spiels. Bis der weiße Lieferwagen als gestohlen identifiziert war, wäre er schon längst wieder auf der Nordseite des Flusses, um einen ganz speziellen Hausbesuch zu machen.

Als er vor dem U-Bahnhof stand, hob Norton den Kopf und betrachtete The Shard, das riesige Hochhaus an der London Bridge, das in den dunklen Nachthimmel über der Themse hineinstach wie einee Glasscherbe. Der Regen prasselte kribbelnd auf sein Gesicht, doch Norton starrte weiter auf den Wolkenkratzer. Für ihn war er ein Symbol von Ehrgeiz und Zielstrebigkeit und insofern eine schonungslose Erinnerung an sein eigenes Versagen, der Welt seinen Stempel aufzudrücken.

Er fragte sich oft, was jemand mit seinen Fähigkeiten hätte bewirken können, wenn er die Chance dazu gehabt hätte. Es schmerzte ihn, daran zu denken, was er alles verpasst hatte. Die meisten Menschen hingen der Vorstellung an, dass man das bekam, was man verdiente. Aber Norton wusste, dass das Unfug war. Allerdings änderte sich die Lage allmählich. Er würde es allen, all den gewöhnlichen, normalen Leuten da draußen zeigen, wie außergewöhnlich er war. Die Welt würde noch schwer über ihn staunen.

Er riss sich vom Anblick des Wolkenkratzers los, fischte die Ein-Pfund-Münze aus seiner Jackentasche und schnippte sie in die Luft. Als die Münze wieder auf dem Weg nach unten war, fing er sie mit der rechten Hand auf und klatschte sie auf den Handrücken seiner Linken.

52

AUFGEBEN

GEM DAS OPFER

Gem lag zusammengekauert auf der Seite und starrte blinzelnd in die Dunkelheit. Ihre Hand- und Fußgelenke waren mit grauem Klebeband umwickelt, ihr Mund mit einem Streifen des gleichen Materials zugeklebt.

Der Kofferraum des Streifenwagens roch nach Schweiß, Angst und frischem Blut. Soweit sie es beurteilen konnte, hatte sie selbst keine Verletzungen, was bedeutete, dass es PC Weaver sein musste, der blutete. Eines seiner Knie bohrte sich schmerzhaft in ihre Hüfte. Das andere drückte gegen ihre Schulter. Er bewegte sich nicht, und sie hoffte, dass er noch am Leben war.

In dem Bemühen, ihre Lunge mit Sauerstoff zu füllen, atmete Gem tief durch die Nase ein. Sie schloss ihre Augen, biss die Zähne zusammen und versuchte mit aller Kraft, ihre Hände auseinanderzubiegen, doch das Klebeband gab nicht nach.

Der Streifenwagen wurde langsamer, machte eine Linkskurve und kam dann zum Stehen. Gem hörte, wie die Handbremse angezogen wurde, dann schaukelte der Wagen nach einer Seite und die Fahrertür wurde schallend zugeschlagen.

Der Regen prasselte lautstark auf die Karosserie. Gem konnte Nortons Schritte zwar nicht hören, doch sie wusste, dass er auf dem Weg zu ihr war. In der Ferne heulte eine Sirene, und für einen kurzen Moment gab sie sich der Hoffnung hin, dass Hilfe unterwegs war.

Shields schreckte auf, als jemand mit voller Wucht gegen einen Papierkorb trat und dieser in hohem Bogen durch den Teamraum wirbelte und seinen Inhalt über die grauen Teppichfliesen verstreute.

»Golding ist entführt worden«, sagte Day, während er auf den Stadtplan zuschritt, der neben Shields' Schreibtisch an der Wand hing.

»Und der Constable, der vor ihrem Haus Wache geschoben hat, ist ebenfalls verschwunden.«

Shields stand auf und stellte sich neben ihn. »Was meinen Sie mit ›entführt worden‹?«

Day warf ihr einen gereizten Blick zu. Er hatte keine Lust, das Offensichtliche zu erklären. Er nahm einen Filzstift und malte einen Kreis um eine bestimmte Stelle auf der Hackney Road in Shoreditch. »Sie ist von zu Hause entführt worden, und zwar vor etwa zwanzig Minuten. Als der Beamte, der zu ihrer Bewachung abgestellt war, auf einen Kontrollanruf über Funk nicht reagierte, wurde ein weiterer Streifenwagen zu ihrem Haus geschickt. Die Vordertür stand offen, auf dem Boden war eine Pfütze, wo es reingeregnet hatte, und es gab weder eine Spur von Golding noch von PC Weaver oder dem Streifenwagen. Ich will, dass sämtliche verfügbaren Kräfte die Nachbarschaft abklappern und nach Zeugen suchen. Irgendwer muss etwas gesehen haben.«

Shields nickte. »Wenn wir davon ausgehen, dass Norton dahintersteckt, müssen wir Scotland Yard informieren, Boss. Das können wir nicht auf eigene Faust erledigen.«

»Klar steckt Norton dahinter. Ich habe das Mordermittlungsteam auch schon darüber informiert, und sämtliche Streifenwagen in London halten Ausschau nach ihnen.«

Day dachte einen Moment lang nach. Er hatte Herzklopfen. Im Adrenalinrausch traf man schnell falsche Entscheidungen. Er legte die Hände vors Gesicht und massierte seine Schläfen. Wo würde Norton sein Opfer hinschaffen? Wenn er sie umbringen wollte, warum hatte er es nicht bei der ersten sich bietenden Gelegenheit getan – bei ihr zu Hause, als er vor der Tür stand? Vielleicht schwebte ihm ein besonderer Ort vor. Er griff in seine Jackentasche, zog sein Handy heraus und scrollte durch seine Kontakte, bis er schließlich eine Nummer wählte. Am anderen Ende war eine Mailbox.

»Hallo Danni. Hier ist DI Day. Entschuldigen Sie, dass ich so spät noch anrufe, aber wir haben es mit einer Entführung zu tun – eventuell sogar mit Mord. Das Ganze ist in vollem Gang, und der Täter ist Connor Norton, über den Sie kürzlich ein Profil für uns erstellt haben. Ich brauche Sie hier so bald wie möglich. Am liebsten sogar noch früher.«

GEM DAS OPFER

Der Kofferraumdeckel ging auf. Gem schaute nach oben und sah Norton, der eingehüllt in Kaskaden strömenden Regens zu ihr herunterlächelte. Das Baseballcap war verschwunden und sein dunkles Haar klebte ihm klitschnass am Schädel.

Er beugte sich herab, griff mit seinen Händen unter ihre Achseln und hievte sie nahezu mühelos aus dem Wagen. Er legte sie rücklings auf den Boden, knallte den Kofferraum zu und kauerte sich neben sie. Mit einer schnellen Bewegung riss er ihr das Klebeband vom Mund, wobei sich Haut mit ablöste. In dem verzweifelten Bemühen, nicht zu schreien, presste sie die Lippen aufeinander. Sie schmeckte Blut.

Sie ließ Norton nicht aus den Augen. Er starrte sie regungslos an und schwieg. Wir sind nur aus einem einzigen Grund hier, dachte Gem.

»Der Constable braucht dringend einen Arzt oder Sanitäter«, sagte sie. »Sie müssen ihn so schnell wie möglich in ein Krankenhaus bringen.«

Norton zuckte mit den Achseln, und Gem wusste, dass er nicht schauspielerte. Ihm war es wirklich egal, ob Weaver starb oder am Leben blieb. Verzweifelt überlegte sie, wie sie Norton angehen sollte. Aggressiv auf Konfrontationskurs gehen? Versuchen, vernünftig mit ihm zu reden? Sag die Wahrheit, sagte sie sich. *Auch wenn er sie nicht hören will.*

»Sie haben Drew umgebracht. Ihn vor den Zug gestoßen«, sagte sie. »Was hat er Ihnen je getan?«

Norton warf den Kopf in den Nacken und lachte schallend. »Andrew Bentley. Was für ein Prachtkerl! Das Heimkind, das es ganz nach oben geschafft hat. Ein Vorbild für uns alle. Ich habe ihm den größten Gefallen getan, den man einem Menschen tun kann. Er hatte große Pläne, und ich habe dafür gesorgt, dass dieses kleine Gör ihm nicht das Leben versaut, bevor es richtig anfängt. Und er hat mich angeschissen. Abgesägt und über Bord gekippt. Reicht das?«

Gem erinnerte sich daran, dass Day ihr von einem Mädchen erzählt hatte, das vermisst wurde, seit Norton aus dem Heim fortgelaufen war. Sie sagte kein Wort in der Hoffnung auf eine Erklärung. Ein Regentropfen rann von Nortons Haaransatz in sein rechtes Auge. Er schüttelte den Kopf, sodass ihr aus seinen Haaren Myriaden winziger Wassertropfen ins Gesicht sprühten.

»Ich nehme an, er hat dir nie von dem Mädchen im Wald erzählt.«

Gem sagte nichts.

»Mary Freeman. War ein echter Hingucker. Wir mochten sie beide, aber sie stand mehr auf Andrew. Niemand wusste, was da abging – nur ich. Dann wurde die kleine Schlampe schwanger. Natürlich wollte Andrew davon nichts wissen. Er hatte große Pläne. Er bat mich darum, mit ihr zu reden.

Ich habe immer die Dreckarbeit für ihn erledigt. Er sagte, ich hätte ein Talent, Leute dazu zu bringen, Sachen zu tun, die sie eigentlich nicht machen wollten, und dass man sein Talent nutzen sollte. Das Lustige ist, dass er immer dachte, er hätte mich dazu angestiftet, mich um die Sache zu kümmern, während ich die ganze Zeit schon wusste, was zu tun war, und mich entschlossen hatte, es durchzuziehen. Ich war derjenige, der alles unter Kontrolle hatte. Ich habe die Regeln aufgestellt.«

Gems Hirn arbeitete auf Hochtouren. *Bleib ruhig und warte auf deine Gelegenheit.* »Was haben Sie mit ihr gemacht?«

»Ich habe getan, was getan werden musste. Hinterher hat er vorgeschlagen, dass ich weglaufen soll. Er sagte, dass andauernd Heimkinder wegrennen und dass die Polizei keine Verbindung herstellen würde zwischen meinem Verschwinden und ihrem. Damit hatte er allerdings recht.«

»Ich glaube Ihnen nicht«, sagte Gem. »Sie denken sich das alles nur aus.«

Norton schüttelte den Kopf und grinste. »Warum sollte ich das tun? Du hast mich gefragt, warum ich Drew umgebracht habe, und ich habe es dir erzählt. In London unterzutauchen fiel mir nicht schwer. Diese Stadt ist ein anonymer menschlicher Ameisenhaufen. Ich habe getan, was nötig war, um zu überleben, und auf Andrew gewartet, um mich wieder mit ihm zusammenzutun. Aber als er seinen dicken Job in der Stadt an Land gezogen hat, wollte er von mir nichts mehr wissen. Der Schleimbeutel. Nach allem, was ich für ihn getan hatte.«

Gem strich sich mit der Zunge über die Lippen. Sie waren immer noch blutig und taten weh. Das ist nur das wirre Gerede eines Irren, sagte sie sich. *Lass dich nicht von einem krankhaften Lügner einwickeln.* Doch dann wurde sie jäh aus ihren Gedanken gerissen, als Norton ein Messer aus seinem

Hosenbund zog. Blitzschnell durchschnitt er das Klebeband an ihren Hand- und Fußgelenken.

»Los geht's«, sagte er.

Gem rappelte sich auf und folgte ihm. Ihre Füße waren taub und ihre Glieder steif. Sie stampfte auf den Boden auf, um die Blutzirkulation in ihren Beinen in Gang zu bringen, und schaute sich um. Trotz der Dunkelheit wusste sie sofort, dass sie sich auf dem Parkplatz befanden, wo alles angefangen hatte. Er war leer bis auf den Streifenwagen, und in dem Laden brannte kein Licht. Es musste nach Mitternacht sein.

Norton drückte ihr das Messer in den Rücken und schob sie vor sich her zur Motorhaube des Wagens. Der Motor lief noch, die Scheinwerfer strahlten in die Dunkelheit. Norton drehte sie herum, und sie spürte seinen Atem im Gesicht, während die Messerklinge sich in ihre Rippen bohrte.

»Da sind wir wieder«, sagte er. »Da, wo wir uns zum ersten Mal begegnet sind. Na, so was. Und da sagen die Leute immer, Romantik wäre tot.«

53

KÄMPFEN

DER DETECTIVE

»Der Lieferwagen, den Norton gestohlen hat, wurde gefunden«, erklärte Shields, während sie in Days Büro marschierte. »Er stand leer und verlassen auf der Südseite des Flusses in der Union Street in Southwark.«

Day schaute von dem Bericht auf, in dem er gerade las. »Von Norton keine Spur?«

»Keine Spur. Unsere Forensiker untersuchen den Wagen gerade, aber wir wissen ja, dass Norton den Wagen gestohlen hat. Was wir nicht wissen, ist, wo der Kerl steckt.«

Day war genauso frustiert wie sein Sergeant. Wie es schien, verstand Norton es, ihnen immer einen Schritt voraus zu sein. »Warum stiehlt er einen Lieferwagen, fährt damit nach Southwark und lässt ihn dann stehen? Das ist ziemlich weit weg und nicht sein Revier.«

Shields setzte sich auf den Besucherstuhl am Schreibtisch und nahm sich einen Moment Zeit, ehe sie antwortete. »Ich weiß es natürlich nicht mit letzter Sicherheit, aber ich kann mir nicht vorstellen, dass er das Interesse an Gem Golding plötzlich verloren hat. Der geklaute Lieferwagen mag in Süd-London stehen, aber Norton selbst kann inzwischen überall sein. Ich wollte als Schutzmaßnahme einen Streifenwagen zu Goldings Haus abkommandieren, aber mir wurde mitgeteilt, dass gerade Personalmangel herrsche und wir vorerst niemanden hinschicken können. Falls sich das nicht sehr bald ändert, nehme ich eines unserer Zivilfahrzeuge und fahre selbst hin.«

Day hielt es für eine Verschwendung von Ressourcen, falls

sein bester Detective sich vor Goldings Haus die Nacht um die Ohren schlüge, doch er brachte es nicht über sich, ihr seine Missbilligung kundzutun.

»Beauftragen Sie jemanden damit herauszufinden, ob man uns bei der städtischen Überwachungszentrale sagen kann, wo Norton mit dem Lieferwagen herumgegurkt ist, bevor er ihn stehen ließ. Vielleicht kommen wir so darauf, was er vorhat.«

GEM DIE KRIEGERIN

Gem überprüfte noch einmal, ob Haus- und Hintertür sicher verriegelt waren. Anschließend ging sie in die Küche und goss sich einen Wein ein. Nachdem sie zwei Schlucke getrunken hatte, nahm sie das große Tranchiermesser aus der Besteckschublade.

Das Gewicht des Messers in ihrer Hand fühlte sich seltsam an, während sie die Treppe hinaufstieg, ins Schlafzimmer ging und es unter ihr Kopfkissen schob. Würde sie es benutzen können, wenn sie dazu gezwungen wäre? Sie wusste keine Antwort darauf, aber sie fühlte sich ein wenig besser bei dem Gedanken, dass es dort war.

Sie ging zum Fenster und schaute zwischen den Lamellen der Jalousie auf die Straße hinaus. Ihr war ein Streifenwagen versprochen worden, doch der ließ auf sich warten. Sie nahm das Handy vom Nachttisch und sah nach, wie spät es war. Kurz nach Mitternacht. An Schlaf war heute Nacht nicht zu denken, so viel stand fest.

Shields hatte gesagt, sie könne sie jederzeit anrufen, falls sie etwas brauchte. Nun, sie brauchte etwas, nämlich dass jemand ihr die entsetzliche Angst nahm. Sie scrollte zur Nummer der Polizistin und tippte auf Anruf. Die Mailbox sprang an. Sie wollte gerade eine Nachricht hinterlassen, als das Geräusch klirrenden Glases sie innehalten ließ.

Gem gefriert das Blut in den Adern. Es verschnürt ihr die Kehle. Sie geht schnell zur Schlafzimmertür und drückt ein Ohr daran. Sie hört jemanden im Bad umhergehen und ihr Herz hämmert ihr gegen die Rippen. Sie versucht, 999 zu wählen, doch es ist zu spät. Die Schlafzimmertür fliegt auf, schlägt gegen ihren Arm und schleudert ihr das Telefon aus der Hand.

Norton steht auf der Türschwelle, in dunkler Hose und dunkler Jacke, ein noch dunkleres Lächeln auf den Lippen.

Bin ich selbst schuld an alldem?, fragt sie sich. Wenn ich mich nicht gewehrt hätte, wenn ich ihm einfach den Wagenschlüssel gegeben und ihn hätte davonfahren lassen, dann wäre er jetzt vielleicht nicht hier.

Norton nickt nachdenklich, als ob er ihre Gedanken gelesen hätte. »Du hättest ruhig bleiben sollen. Hättest mir den Respekt zeigen sollen, den ich verdiene. Aber selbst, wenn du es getan hättest, wären wir jetzt hier. Das Spiel muss zu Ende gespielt werden.«

Gem macht einen Schritt zur Seite, bewegt sich näher ans Bett heran, näher ans Kopfkissen. Sie muss ihn ablenken, ihn am Reden halten.

»Warum mussten Sie Drew umbringen? Er hat Ihnen nichts getan. Genau genommen war er der Einzige, der mir ausreden wollte, mich an die Zeitung zu wenden. Er wollte nicht, dass ich mit der Presse über den Überfall rede.«

»Das glaub ich gern«, sagt Norton mit einem breiten Lächeln.

Gem begreift es nicht. »Drew war ein guter Mensch. Er hat es nicht verdient, auf diese Weise zu sterben.«

Norton lacht. »Wahrscheinlich glaubst du, ihr hättet perfekt zueinander gepasst, aber ich kann dir versichern, dass ich deinen Andrew besser kannte als du. Viel besser. Der wahre Andrew Bentley war kein guter Mensch. Er hat den Überfall arrangiert. Die ganze Sache. Hat mich dafür bezahlt. So sehr hast du ihm am Herzen gelegen.«

Gem schüttelt den Kopf. »Sie lügen. Sie sind verrückt.«

»Es ist alles wahr«, erwidert Norton. »Was hältst du jetzt von deinem wunderbaren Drew, häh?«

Gem macht einen weiteren Schritt zur Seite und setzt sich auf die Bettkante, legt die Hand aufs Kissen.

»Steh auf«, sagt Norton. »Widersetze dich mir nicht noch mal.« Er geht auf sie zu und zückt sein Jagdmesser. »Ich habe gesagt, du sollst aufstehen«, sagt er mit seltsam ruhiger Stimme.

Es ist soweit, denkt Gem. Dieses Monster will mich zerstören, aber ich muss es nicht hinnehmen. Ich habe mich schon einmal gegen ihn zur Wehr gesetzt. Schaffe ich es ein zweites Mal? Soll ich das Wagnis eingehen? *Ihr Hirn liefert keine Antwort, ihr Bauch hingegen schon.*

Sie schiebt ihre Hand unter das Kissen und zieht das Tranchiermesser heraus. Norton tritt zu ihr heran, und sie schwingt instinktiv die Klinge auf seinen rechten Arm zu, schneidet in die weiche Unterseite seines Handgelenks.

Das Messer fällt aus seinen Fingern. Nortons Blut spritzt auf den Teppich. Er stöhnt laut auf und sinkt auf die Knie.

Am ganzen Körper zitternd, richtet Gem das Tranchiermesser auf Nortons Gesicht. Das Blut fließt ihm weiter aus der Wunde, dennoch kommt er auf die Beine. Sie ist im Begriff, ein zweites Mal zuzuschlagen, als er sich unvermittelt auf sie stürzt. Durch den Zusammenprall fällt sie rückwärts auf das Bett. Norton windet ihr das Messer aus der Hand und schleudert es quer durch das Zimmer.

Gem versucht, ihn von sich hinunterzuschieben, doch trotz seiner Verwundung ist er viel zu stark für sie. Er drückt sie mit seinem Gewicht herunter und presst ihr den linken Unterarm auf die Kehle. Sein Blick flackert. Der Blutverlust zeigt Wirkung, aber Gem weiß, dass es für sie zu spät sein wird, wenn er schwach genug ist, um ihn von sich herunterzuschieben.

»Du hast die falsche Wahl getroffen«, flüstert Norton. »Du hast verloren.«

54

AUFGEBEN

DER DETECTIVE

Day und Danni York standen im Teamraum vor dem Stadtplan an der Wand. Die Kriminalpsychologin war kurz nach Mitternacht eingetroffen, zwanglos in Jeans und weitem Pulli.

»Ich glaube nicht, dass er London verlässt«, sagte York. »Noch nicht. Erst wenn er mit dem, was er für sein Opfer geplant hat, fertig ist. Er ist ein Raubtier und die Stadt ist sein Jagdrevier, sein Schlachtfeld.«

Der Begriff »Schlachtfeld« ließ Day zusammenzucken, aber er wusste, dass sie recht hatte. Falls sie den Streifenwagen nicht bald lokalisierten, könnten sie ebenso gut gleich damit beginnen, nach der Leiche zu suchen, nein, nach zwei Leichen. Sein Blick wanderte über den riesigen Stadtplan, vom Zentrum in die angrenzenden Ballungsgebiete, suchte nach Antworten.

»Es gibt so viele finstere Gassen und dunkle Ecken in der Stadt«, sagte er. »So viele Verstecke.«

York wandte sich ab und lehnte sich an die Tischkante eines unbesetzten Schreibtischs. »Norton weiß genau, wo er Gem Golding hinbringen will. Er wird sich nicht spontan entscheiden. Seit dem Überfall ist er besessen von der Frau. In seinem Kopf dreht sich alles nur um sie, und alles nahm mit dem Carjacking seinen Anfang: die Morde, sein Stalking, seine Gier nach Vergeltung. Für Menschen wie ihn ist das Leben ein einziges großes Spiel aus Gewalt, Kontrolle und Manipulation. Er muss gewinnen und wird dafür alles Nötige tun.«

Mit einem Nicken bekundete Day seine Zustimmung, als

plötzlich Shields quer durch den Raum rief: »Wir haben einen Kamera-Treffer. Der gestohlene Streifenwagen wurde vor dreißig Minuten auf der Old Ford Road in Bethnal Green gesichtet, in östliche Richtung fahrend.«

Day blickte auf den Stadtplan, folgte der Route, die Norton genommen hatte. Falls er nach der Sichtung weiter nach Osten gefahren war, an der Südseite des Victoria Parks entlang, würde ihn jedes Abbiegen nach rechts nach Bow führen, dorthin, wo alles angefangen hatte.

»Ich glaube, er kehrt zum Ausgangspunkt zurück. Es könnte sein, dass er sie zu dem Parkplatz bringt, auf dem sich ihre Wege zum ersten Mal gekreuzt haben.« Er sah York an, bat um ihre Meinung.

»Klingt plausibel«, sagte sie. »Er würde es jedenfalls als poetische Gerechtigkeit betrachten. Während des Überfalls hat er sich zum ersten Mal eine geheime Verbindung zwischen ihnen eingebildet. An den Ort zurückzukehren wäre also passend. Es wäre der perfekte Ort, um sie zu bestrafen für das, was er als ihren Verrat betrachtet.«

Day deutete mit dem Finger auf einen uniformierten Constable im hinteren Teil des Raumes. »Ich will, dass jeder Wagen und jeder Streifenpolizist in der Gegend alarmiert wird.«

Dann fuhr er herum und rauschte Richtung Ausgang, winkte unterdessen Shields zu sich. »Kommen Sie. Wir müssen los. Sie fahren.«

55

AUFGEBEN

GEM DAS OPFER

Der Parkplatz ist dunkler als in Gems Erinnerung. Sie schaut auf und sieht, wie Norton das Messer herunternimmt. Er steht jedoch zu dicht vor ihr, als dass sie an Flucht denken könnte. Sie sieht ihm direkt in die Augen, spürt eine Welle der Verachtung in sich aufsteigen.

»Sie sind nichts weiter als ein mieser Feigling«, sagt sie.

Einen Moment lang wirkt Norton beinahe schockiert wegen ihrer Worte. Er legt den Kopf schräg und grinst. »Und was war mit deinem Drew? Er war der größte verdammte Feigling, dem ich je begegnet bin. Aber ein ziemlich schlauer Feigling, das muss ich ihm lassen.«

Gem hebt das Kinn. »Er war ein guter Mensch. Er mag im selben Kinderheim gewesen sein wie Sie, aber er hat nicht zugelassen, dass seine Lebensumstände ihn runterziehen. Er hat etwas aus sich gemacht.«

Norton geht langsam um sie herum, umkreist sie wie ein Wolf vor dem todbringenden Sprung. »Den Überfall hat sich dein toller Drew ausgedacht«, faucht er. »Er rief an und sagte mir, dass du hier halten würdest, um Schmerztabletten zu kaufen.«

Gem öffnet den Mund, um etwas zu sagen, doch die Worte bleiben ihr im Hals stecken. Sie schluckt sie hinunter und versucht es von Neuem. »Das ist gelogen. Sie sind ein Lügner.«

Norton hört auf, sie zu umkreisen, und schiebt sein Gesicht so dicht vor ihres, dass ihre Nasenspitzen sich berühren. »Ich lüge nie«, zischt er. »Nur, wenn ich muss.«

Sie weicht zurück und er lässt es geschehen.

»Ich hab dir ja erzählt, dass er nichts von mir wissen wollte, aber herauszufinden, für welche schicke Kanzlei er arbeitete, war ein Kinderspiel. Ich brauchte Geld, und Andrew stand in meiner Schuld. Er willigte ein, mir Kohle zu geben, falls ich einen kleinen Job für ihn erledigen würde. Zweitausend davor, zweitausend danach. Er wollte dir ein bisschen Angst einjagen. Es sollte ihm helfen, dich davon zu überzeugen, deine Arbeit an den Nagel zu hängen. Wie gesagt, er war feige, aber listig.«

Gem schüttelt den Kopf. »Nein, nein, nein. Ich glaube Ihnen nicht. Das ist alles ausgedacht. Blanker Unsinn.«

Norton lacht erneut. »Warum sollte ich mir so einen Scheiß ausdenken?«, sagt er. »Hinterher meinte er, ich hätte die Sache verbockt. Ich hätte dir nur das Auto wegnehmen sollen. Das konnte ich ihm nicht durchgehen lassen. Aber er musste ohnehin sterben, damit er uns nicht länger im Weg stand. Damit wir zusammen sein konnten.«

»Sie sind total krank. Ein Wir *hat es nie gegeben.«*

Norton schüttelt langsam den Kopf. »Du weißt genau, dass es zwischen uns beiden etwas ganz Besonderes gab. Bis auch du mich betrogen hast.«

Gems Herz flattert wie ein eingesperrter Vogel. Ihr fallen die ständigen Streitereien mit Drew wegen ihrer Arbeit ein. Sie kann sich einfach nicht vorstellen, dass Drew zu so etwas fähig gewesen sein soll, aber plötzlich kommen ihr Zweifel.

»Was ist los?«, verhöhnt Norton sie. »Fehlen dir die Worte?« Als sie ihm nicht antwortet, tritt er zu ihr heran und richtet das Messer auf ihren Bauch. »Auf die Knie mit dir.«

Gem rührt sich nicht. Tu nichts Unüberlegtes, sagt sie sich. Zu viel steht auf dem Spiel.

Norton zögert, dann zieht er eine Ein-Pfund-Münze aus der Hosentasche und schnippt sie in die Luft. Die Münze wirbelt durch die Dunkelheit und landet zwischen seinen Füßen.

Er bückt sich, sieht nach, zieht die dunklen Augen zu Schlitzen zusammen. »Zahl«, sagt er. »Interessant. Wenn du tust, was ich sage, geschieht dir nichts.«

Nichts, was dieser Mann sagt oder tut, ergibt einen Sinn, *denkt Gem. Sie blickt auf die Münze hinab, und plötzlich fällt ihr die erste Begegnung mit dem Kerl ein, hier auf dem Parkplatz. Sie zuckt zusammen, als sie in ihrer Erinnerng ihr Handy, ihren Lippenstift und eine Ein-Pfund-Münze verstreut am Boden liegen sieht. Sie hatte gedacht, die Münze wäre aus ihrer Handtasche gefallen.*

»Alles, was ich will, ist, dass du ein bisschen Demut zeigst«, sagt Norton. »Das ist doch nicht zu viel verlangt, oder? So, jetzt runter auf die Knie.«

Gem bleibt stehen. Hinter sich hört sie, wie der Motor des Streifenwagens im Leerlauf vor sich hintuckert, und plötzlich wird ihr klar, warum Norton die Scheinwerfer eingeschaltet lässt. Er will, dass es hell genug ist, damit die Überwachungskamera sein Werk filmen kann. Die Welt soll seinen Triumph sehen können. Er ist nicht hier, um sie davonkommen zu lassen.

Er packt sie am Hinterkopf bei den Haaren und beginnt, sie hinunterzudrücken.

»Nicht«, sagt sie, »ich bin schwanger.«

Er reißt sie so heftig an den Haaren, dass ihr nichts anderes übrig bleibt, als auf die Knie zu sinken.

»Mit der Lüge hast du es schon mal probiert, weißt du noch? Für wie blöd hältst du mich?«

»Ich lüge nicht, wirklich. Ich trage Drews Baby in mir.«

Er holt mit dem rechten Fuß aus und tritt ihr in den Bauch. Gem schreit auf und stürzt auf die Seite, rollt sich instinktiv zusammen.

Sie hechelt lautstark, als hätte der Tritt ihr die Luft aus der Lunge gepresst, aber sie ist nicht so atemlos, wie es scheint. Sie greift sich an den Bauch und überlegt, sieht unterdessen, wie Norton erneut mit dem Fuß ausholt.

Plötzlich macht es Klick *in ihrem Kopf, und sie weiß, was sie tun wird. Diesmal wird es anders sein. Sie ist anders. Was immer geschehen wird, sie wird kein zweites Mal sein Opfer sein. Während er den Fuß nach hinten hebt, tritt sie ihm gegen das Standbein, rammt ihren Absatz mit voller Wucht gegen sein Knie. Sie hört ein Knacken, wie ein zerbrechender Zweig, und sie weiß, dass sie ernsthaften Schaden angerichtet hat.*

Norton schreit auf, sein Bein knickt ein. Er stürzt zu Boden, versucht, den Sturz mit ausgestreckten Armen abzufedern. Dabei rutscht ihm das Messer aus der Hand.

Gem hebt es auf und springt auf die Beine, will schon weglaufen. Aber dann zögert sie und schaut auf Norton hinab. Die Sache muss hier und jetzt enden, ein für alle Mal, *denkt sie.*

Norton versucht aufzustehen, doch das Knie knickt wieder ein, und er fällt erneut auf den Rücken. Gem wirft das Messer von einer Hand in die andere und wieder zurück, spürt das Gewicht.

Norton schaut zu ihr auf. »Du hast es nicht in dir.«

»Du wärst überrascht, wenn du wüsstest, wozu ich fähig bin, wenn ich muss.«

Norton verzieht das Gesicht, während er sich aufsetzt. »Wenn du es tun willst, dann tu es doch«, herrscht er sie an.

Gem schaut kurz auf das Messer in ihrer Hand, dann sprintet sie zum Streifenwagen und gleitet auf den Fahrersitz. Sie muss PC Weaver ins Krankenhaus bringen, aber mit Norton ist sie noch nicht fertig.

Plötzlich hört sie eine näher kommende Polizeisirene. Sie lässt ein paarmal den Motor aufheulen, bevor sie zurücksetzt, den Blick auf Norton gerichtet. Er hat sich auf den Bauch gedreht und kriecht langsam auf das Auto zu, wie ein verwundeter Soldat, der durch den Schlamm robbt.

Gem hält an und schaltet in den Vorwärtsgang. Sie kann die Sache jetzt beenden, sagt sie sich. Sicherstellen, dass Norton nie wieder ihr Leben befleckt. Sie kann die Stadt zu einem sicheren

Ort machen. Die Sirene klingt jetzt sehr nahe. Sie muss eine Entscheidung treffen. Die Scheinwerfer des Streifenwagens hüllen Norton in einen Lichttunnel. Sie meint, ihn lächeln zu sehen, sie herauszufordern, es zu tun.

Sie steigt voll aufs Gas, hält das Lenkrad fest umklammert, während der Wagen mit aufbrüllendem Motor vorwärts rast. In Nortons Augen sieht sie keine Spur von Furcht, nur Überraschung.

Im allerletzten Moment macht sie eine Vollbremsung, aber der Boden ist schlüpfrig, und der Streifenwagen schliddert mit kreischenden Reifen weiter. Ein Polizeifahrzeug rast mit Blaulicht und heulender Sirene auf den Parkplatz, gefolgt von einem weiteren Wagen. Shields springt vom Fahrersitz und läuft auf Norton zu.

Day und zwei uniformierte Constables folgen ihr, und die Constables schleppen Norton weg. Gem steigt aus dem Streifenwagen und wankt Day entgegen. »PC Weaver liegt im Kofferraum«, sagt sie. »Ich glaube, er ist schwer verletzt.«

Ein Rettungswagen biegt auf den Parkplatz ein und Day winkt ihn heran. Er und Gem sehen zu, wie die Sanitäter PC Weaver behutsam auf eine Trage legen.

Gem zittern die Beine und Day reicht ihr die Hand. Sie nimmt sie und stützt sich daran ab.

»Es ist vorbei«, sagt er.

Gem krümmt sich und greift sich an den Bauch. »Meinen Sie wirklich?«, stöhnt sie.

56

AUFGEBEN

DER DETECTIVE

»Ich hasse diesen Geruch«, sagte Shields, während sie durch den Krankenhauskorridor schritt. »Der Geruch von Krankheit, Verfall und Tod.«

Day trat zur Seite, um eine Krankenschwester durchzulassen, die eine im Pyjama gewandete Frau im Rollstuhl vor sich herschob. »Wie ich sehe, sind Sie heute Morgen bester Laune«, sagte er. »Betrachten Sie es mal von der anderen Seite. Es mag ein unangenehmer Geruch sein, aber er kann auch für Heilung, Fürsorge und Hoffnung stehen.«

Shields warf ihrem Vorgesetzten einen argwöhnischen Blick zu. »Sie sind heute aber kuschelig drauf.«

Day gestattete sich ein Lächeln. Zwei Tage waren seit Nortons Festnahme vergangen. Die Berichterstattung in den Medien lief auf Hochtouren, die Boulevardblätter brachten die Geschichte auf der Titelseite. In seinem Exklusivbericht schrieb Matt Revell, die Festnahme sei durch das Hackney Criminal Investigation Department erfolgt und es sei Days und Shields' alleiniges Verdienst, einen Serienkiller von der Straße geholt zu haben. Hardy würde vor Wut schäumen.

»Ich bin einfach froh, dass wir Norton geschnappt haben«, sagte Day.

»Ich nehme an, jetzt haben Sie etwas mehr Zeit, um Ihre Ehe zu retten.«

Er schüttelte den Kopf. Eigentlich scheute er davor zurück, mit Kollegen über Privates zu reden, aber mit Shields lag die Sache anders. Er wusste nicht warum, es war halt so.

»Nein, die Scheidung wird kommen. Das akzeptiere ich. Ich nehme mir ein Beispiel an Ihnen, ich konzentriere mich voll auf die Arbeit und lasse die Finger von Beziehungen. Außer von der mit Tom, natürlich.«

Am Ende des Korridors blieben sie vor dem Stationseingang stehen. »Bereit?«, fragte Shields.

Day nickte und sie drückte auf den Klingelknopf.

57

AUFGEBEN

GEM DAS OPFER

Gem riss den Blick vom Fernseher neben ihrem Krankenbett los, als Day und Shields eintraten.

Die Detectives blickten zum Bildschirm. Unter den Filmaufnahmen von Spürhunden in einem Waldgebiet nahe Croydon zog ein hellrotes Banner mit der Aufschrift *Breaking News: Leiche von vermisstem Mädchen in einem Waldgrab gefunden* entlang. Gem schob ihr Kissen zurecht, setzte sich höher auf und zog die blütenweiße Bettdecke an den Bauch.

»Es ist so traurig für die Eltern, oder?«, sagte sie. »Nach all den Jahren.«

»Wenigstens wissen sie jetzt, was passiert ist«, sagte Day. »Es muss eine Qual gewesen sein, sich verzweifelt an die Hoffnung zu klammern, dass ihre Tochter noch am Leben sein könnte.«

Gem konnte sich nicht vorstellen, wie man mit einer solchen Last leben konnte, Tag um Tag das Schlimmste zu befürchten, aber nie Gewissheit zu haben.

»Jetzt können Sie Norton wegen Mordes an ihr anklagen, richtig?«, fragte Gem.

Day seufzte und nickte leicht. »Das hoffen wir, ja … und wegen Mordes an ihrem ungeborenen Kind.«

Gem schloss die Augen und ließ das Kinn auf die Brust sinken. Wie kann eine einzelne Person nur so viel Unheil anrichten?, fragte sie sich. »Redet Norton mit Ihnen, gesteht er seine Taten?«

Day trat näher ans Bett heran. »Im Moment gibt er noch gar nichts zu, aber ich glaube, bald wird er es tun. Menschen wie er halten sich für klüger als der Rest von uns, und sie können nicht widerstehen, uns zu demonstrieren, wie sie uns überlistet haben.«

Gem zog die Stirn kraus, setzte sich noch etwas höher auf und bedeutete ihm, weiterzureden.

»Was Sie über Norton und seine Münzwürfe erzählen, ist hochinteressant für die Kriminalpsychologin, die bei dem Fall mitarbeitet. Die letzten Einzelheiten kennen wir noch nicht, aber sie glaubt, dass Norton sich ein verdrehtes Spiel ausgedacht hat, bei dem die Münze darüber entscheidet, ob sein Opfer überlebt oder stirbt, je nach dem, ob sie sich ihm unterwerfen oder sich wehren.«

Gem stockte der Atem. Im Geiste sah sie, wie die Münze durch die Dunkelheit wirbelte.

»Das ist so krank«, sagte sie.

Days Telefon trällerte. Er zog es aus der Tasche und schaute aufs Display. »Entschuldigen Sie bitte, ich muss drangehen«, sagte er und eilte aus dem Zimmer, das Handy am Ohr.

Als er verschwunden war, setzte Shields sich zu ihr ans Bett. »Wie schlafen Sie?«, fragte sie.

Gem lächelte. »Ich glaube, in den letzten beiden Nächten habe ich mehr geschlafen als in den zwei Wochen davor. Nachher werde ich entlassen. Ich kann es kaum erwarten, nach Hause zu kommen, all das hinter mir zu lassen und wieder zu arbeiten.«

»Wie geht es dem Bauch?«, fragte Shields.

Shields konnte nicht anders, als die Polizistin anzustrahlen. »Mir wurde gesagt, dass alles gut sei. Ich hatte einen Gebärmutterscan und offenbar ist alles in Ordnung. Ich habe einige Prellungen am Bauch, aber das ist alles äußerlich.«

»Wusste Drew, dass Sie schwanger sind?«

Gem rieb ihre Augen. »Nein, er hat es nicht gewusst. Ich

wusste es ja selbst nicht. Meine Tage waren ausgeblieben, aber nach all der Aufregung, nach all dem Stress, da dachte ich … ach, ich weiß nicht, was ich dachte.«

Day kehrte ins Zimmer zurück, seine Miene eine Mischung aus Entsetzen und Aufregung. »Als die Forensiker heute Morgen Mary Freemans Überreste aushoben, haben sie auf ihrem Schädel eine Münze gefunden.«

Gem blickte zu Shields, dann zurück zu Day. »Was hat das zu bedeuten?«

»Es bedeutet, dass wir eine direkte Verbindung zwischen Nortons Angriff auf Sie und Mary Freemans Ermordung haben. Auch bedeutet es, dass wir jeden ungeklärten Mordfall und jeden Vermisstenfall der letzten sieben Jahre neu untersuchen müssen. Es scheint, als hätte Norton sein mörderisches Spiel schon seit langer Zeit getrieben.«

Nachdem die Detectives gegangen waren, schlug Gem die Decke zurück, stieg aus dem Bett und ging zum Fenster. Kleine zarte Wolken rasten kreuz und quer über den Himmel, ein Spiegel des hektischen Treibens der Stadt.

Bei der Vorstellung eines jugendlichen Norton, der mit einer Münze in der Hand neben Mary Freemans Leiche hockte, drehte sich ihr der Magen um. Sie schüttelte den Kopf, um das Bild zu vertreiben. Augenblicklich wurde es durch die Erkenntnis ersetzt, dass ihre Entscheidung am Abend des Überfalls alles verändert hatte.

Sie hatte viel verloren, aber so viel gewonnen. Sie musste ihre Karriere wieder in Gang bringen und sich ein neues Leben aufbauen. Es war unnötig, sich endlos darüber den Kopf zu zerbrechen. Nie wieder werde ich jemandes Opfer sein, sagte sie sich. *Und mein Baby auch nicht.*

Danksagung

Wenn ein Buch schließlich in den Regalen steht, war es nie nur das Werk eines Einzelnen. Jedem, der diesem Roman auf den Weg geholfen hat, bin ich zu tiefstem Dank verpflichtet.

Meine Lektorin bei Sourcebooks, Shana Drehs, war einfach großartig, ebenso ihr Redaktionsteam, das aus MJ Johnston, Heather Hall und Sabrina Baskey besteht.

Natürlich spreche ich auch meiner wunderbaren Agentin, Madeleine Milburn, deren Scharfblick wie immer von unschätzbarem Wert war, meinen aufrichtigen Dank aus.

Ein Dankeschön auch an meinen Bruder, Patrick, einem früheren Police-Detective, der bereitwillig meine mannigfaltigen Fragen beantwortet hat. Alle Fehler im Buch gehen natürlich auf meine Kappe.

Die Ermutigung all jener, die einem nahestehen, ist gerade in den Anfangstagen von immenser Wichtigkeit, besonders wenn ein Autor mit der ersten Fassung seiner Geschichte ringt. Ich schätze mich glücklich wegen der unglaublichen Liebe und Unterstützung meiner Familie, wobei ich im Besonderen meine Frau, Valerie, erwähnen möchte, eine kluge, hochgeschätzte Leserin.